中國語言文字研究輯刊

七　編

許 錟 輝 主編

第8冊

傳鈔古文《尚書》文字之研究（第六冊）

許 舒 絜 著

花木蘭文化出版社

國家圖書館出版品預行編目資料

傳鈔古文《尚書》文字之研究（第六冊）／許舒絜 著 — 初版 — 新北市：花木蘭文化出版社，2014〔民103〕

目 6+334 面；21×29.7 公分

（中國語言文字研究輯刊　七編；第 8 冊）

ISBN 978-986-322-848-6（精裝）

1.尚書　2.研究考訂

802.08　　103013629

ISBN-978-986-322-848-6

9 789863 228486

中國語言文字研究輯刊

七　編　　第八冊　　ISBN：978-986-322-848-6

傳鈔古文《尚書》文字之研究（第六冊）

作　　者　許舒絜

主　　編　許錟輝

總 編 輯　杜潔祥

副總編輯　楊嘉樂

編　　輯　許郁翎

出　　版　花木蘭文化出版社

社　　長　高小娟

聯絡地址　235 新北市中和區中安街七二號十三樓

電話：02-2923-1455／傳眞：02-2923-1452

網　　址　http://www.huamulan.tw 信箱 hml 810518@gmail.com

印　　刷　普羅文化出版廣告事業

初　　版　2014 年 9 月

定　　價　七編 19 冊（精裝）新台幣 46,000 元

傳鈔古文《尚書》文字之研究（第六冊）

許舒絜 著

目　次

第八冊

〈周書〉

二十七、泰誓上

泰誓上	惟十有一年武王伐殷	一月戊午師渡孟津作泰誓三篇
唐石經	惟十有一年武王伐殷	一月戊午師渡孟津作泰誓三篇
書古文訓	惟十𠂇弌秊武王伐殷	弌月戊午帀[illegible]盟𦨖迮泰𣃔弎篇
晁刻古文尚書		
上圖本（八）	惟十有一秊武王伐殷	一月戊午師渡孟津作泰斷三篇
上圖本（影）	惟十有一年武王伐殷	一月戊午師渡孟津作泰誓三篇
足利本	惟十有一年武王伐殷	一月戊午師渡孟津作泰誓三篇
古梓堂本		
天理本		
觀智院本		
上圖本（元）		
內野本	惟十𠂇一秊武王伐殷	一月戊午師渡孟津作泰斷三篇
島田本		
九條本		
神田本	[illegible]一年武王伐殷	一月戊午師渡孟津作泰誓三篇
岩崎本		
敦煌本		
魏石經		
漢石經		
戰國楚簡		

1125、渡

「渡」字在傳鈔古文《尚書》有下列不同字形：

（1）汗 5.61 四 4.11 1 2

《汗簡》、《古文四聲韻》錄《古尚書》「渡」字作：汗 5.61 四 4.11，右从古文「宅」字，《古文四聲韻》錄《古尚書》「度」字作四 4.11 下云「亦宅字」，又錄四 4.11 籀韻形，同形於《汗簡》收《古尚書》「宅」字作汗 4.51，下云「亦度字」，敦煌本尚書寫本、日古寫本、《書古文訓》「度」字多作，敦煌本《經典釋文·舜典》P3315 謂此形爲古「度」字，《說文》以爲古文「宅」，乃借「宅」爲「度」字（參見“度”字）。《書古文訓》「渡」字作1，爲四 4.11 之隸定，「渡」「」乃聲符更替。岩崎本作2，右下「又」訛似「攵」。

【傳鈔古文《尚書》「渡」字構形異同表】

渡	傳抄古尚書文字 汗 5.61 四 4.11	戰國楚簡	石經	敦煌本	岩崎本	神田本 b	九條本	島田本 b	內野本	上圖（元）	觀智院 b	天理本	古梓堂 b	足利本	上圖本（影）	上圖本（八）	古文尚書晁刻	書古文訓	尚書篇目
一月戊午師渡孟津作泰誓三篇					渡														泰誓上

1126、泰

「泰」字在傳鈔古文《尚書》有下列不同字形：

（1）太

《書古文訓》〈君奭〉「有若泰顛」「泰」字作太，爲《說文》古文作之變，「泰」「太」古相通用，《孟子》「泰山」「太山」互見，《史記·封禪書》亦作「太山」，漢碑〈張休涯涘銘〉「泰山」作「山」。

（2）泰1 2

岩崎本、內野本、足利本「泰」字或作泰，所从「水」變作「水」，上圖本（影）或變作2。

【傳鈔古文《尚書》「泰」字構形異同表】

泰	戰國楚簡	石經	敦煌本	岩崎本 神田本b	九條本 島田本b	內野本	上圖（元） 觀智院b	天理本 古梓堂b	足利本	上圖本（影）	上圖本（八）	古文尚書晁刻	書古文訓	尚書篇目
一月戊午師渡孟津作泰誓三篇														泰誓上
有若泰顛														君奭

泰誓上	戰國楚簡	漢石經	魏石經	敦煌本			岩崎本	神田本	九條本	島田本	內野本	上圖本（元）	觀智院本	天理本	古梓堂本	足利本	上圖本（影）	上圖本（八）	晁刻古文尚書	書古文訓	唐石經
惟十有三年春大會于孟津																					
王曰嗟我友邦冢君越我御事庶士								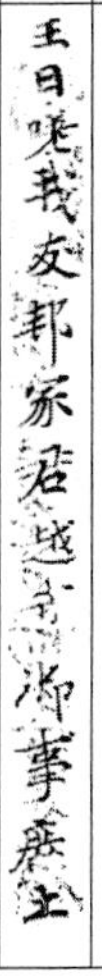										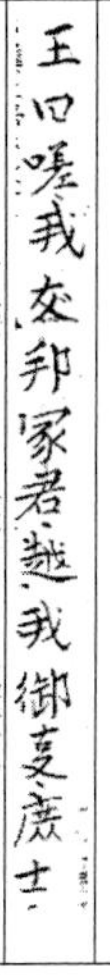			

明聽誓惟天地萬物父母

惟人萬物之靈亶聰明作元后

元后作民父母今商王受弗敬上天

降災下民沈湎冒色敢行暴虐

1127、冒

「冒」字在傳鈔古文《尚書》有下列不同字形：

（1）䀤

〈君奭〉「惟茲四人昭武王惟冒丕單稱德」《說文》目部「䀤」字下引作「〈周書〉曰『武王惟䀤』」段注云：「今書作『冒』，蓋古文以『䀤』爲『冒』」，乃假借「䀤」爲「冒」字，孫星衍《注疏》云：「（冒）與懋相近，又通『勖』，勉也」，此處「䀤」「冒」當皆「勖」之假借字。

（2）冒冒$_1$冐$_2$昌$_3$罥$_4$罥$_5$

敦煌本 P2748、九條本、內野本、足利本、上圖本（影）、上圖本（八）「冒」字或作冒冒$_1$，所从「目」少一畫變作「日」，內野本或作冐$_2$，「目」變作「月」，上圖本（影）或作昌$_3$，訛與「昌」字混同。九條本或作罥$_4$，觀智院本或作罥$_5$，偏旁「冃」字訛作「罒」。

（3）媢

《書古文訓》〈秦誓〉「人之有技冒疾以惡之」「冒」字作媢，《說文》女部「媢」字「夫妒婦也。从女冒聲」，段注云：「〈大學〉曰：『媢疾以惡之』鄭曰：『媢，妒也』……《尚書》衹作『冒』」，今作「冒」乃「媢」之假借字，《撰異》謂「古文从省、假借」。

（4）冒冒$_1$胃$_2$

內野本、古梓堂本、上圖本（影）、上圖本（八）「冒」字或作冒冒$_1$，偏旁「冃」字訛多一直筆，訛誤作从「田」，所从「目」復變作「日」；上圖本（影）或變作胃$_2$，訛誤與「胃」字混同。

【傳鈔古文《尚書》「冒」字構形異同表】

冒	戰國楚簡	石經	敦煌本	岩崎本	神田本b	九條本	島田本b	內野本	上圖（元）	觀智院b	天理本	古梓堂b	足利本	上圖本（影）	上圖本（八）	古文尚書晁刻	書古文訓	尚書篇目
沈湎冒色敢行暴虐														胃	冒			泰誓上
惟時怙冒聞于上帝								冐							冒			康誥

迪見冒聞于上帝			冒 P2748		冒	冒				冒				君奭
惟茲四人昭武王惟冒丕單稱德			冒 P2748		冒	冒			冒	冒	冒			君奭
丕冒海隅出日罔不率俾			冒 P2748		冒				冒	冒	冒			君奭
爾無以釗冒貢于非幾							冒$_b$		冒	冒	冒			顧命
人之有技冒疾以惡之					冒	冒		冒$_b$	冒	冒	冒		媢	秦誓

泰誓上	戰國楚簡	漢石經	魏石經	敦煌本			岩崎本	神田本	九條本	島田本	內野本	上圖本（元）	觀智院本	天理本	古梓堂本	足利本	上圖本（影）	上圖本（八）	晁刻古文尚書	書古文訓	唐石經
罪人以族官人以世								辠人以族官人以世			辠人以𡦗宮人以丗					罪人以族官人以世	罪人以官人以世	辠人以𡦗官人以世		辠人㠯𡦗官人㠯丗	罪人以族官人以世
惟宮室臺榭陂池侈服								惟宮室臺榭陂池侈服			惟宮室臺榭陂池侈服					惟宮室臺榭陂池侈服	惟宮室臺榭陂池侈服	惟宮室臺榭陂池侈服		惟宮室臺榭陂池侈舟	惟宮室臺榭陂池侈服

1128、臺

「臺」字在傳鈔古文《尚書》有下列不同字形：

（1）臺$_1$臺$_2$

敦煌本 S799「臺」字作臺$_1$，上形略變，內野本、足利本、上圖本（影）、上圖本（八）或作臺$_2$，上形變作「其」字上半。

【傳鈔古文《尚書》「臺」字構形異同表】

臺	戰國楚簡	石經	敦煌本	岩崎本 神田本b	九條本 島田本b	內野本	上圖（元） 觀智院b	天理本 古梓堂b	足利本	上圖本（影）	上圖本（八）	古文尚書晁刻	書古文訓	尚書篇目
惟宮室臺榭陂池侈服														泰誓上
散鹿臺之財發鉅橋之粟			 S799											武成

泰誓上	戰國楚簡	漢石經	魏石經	敦煌本			岩崎本	神田本	九條本	島田本	內野本	上圖本（元）	觀智院本	天理本	古梓堂本	足利本	上圖本（影）	上圖本（八）	晁刻古文尚書	書古文訓	唐石經
以殘害于爾萬姓焚炙忠良											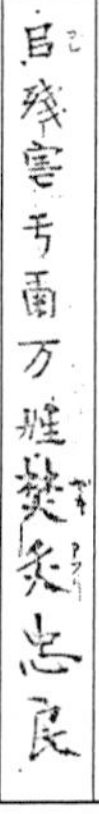						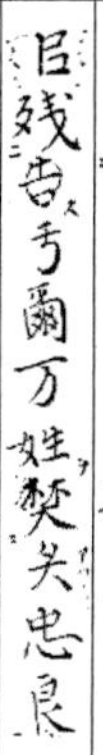				

1129、炙

「炙」字在傳鈔古文《尚書》有下列不同字形：

(1) $_{1}$$_{2}$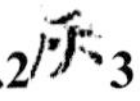$_{3}$

上圖本（八）「炙」字作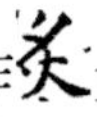$_{1}$，上所从「月」（肉）少一畫，足利本、上圖本（影）作$_{2}$，復其下「火」訛作「大」；岩崎本省變作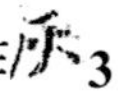$_{3}$。

【傳鈔古文《尚書》「炙」字構形異同表】

炙	戰國楚簡	石經	敦煌本	岩崎本 神田本b	九條本 島田本b	內野本	上圖（元） 觀智院b	天理本 古梓堂b	足利本	上圖本（影）	上圖本（八）	古文尚書晁刻	書古文訓	尚書篇目
焚炙忠良														泰誓上

泰誓上	戰國楚簡	漢石經	魏石經	敦煌本			岩崎本	神田本	九條本	島田本	內野本	上圖本（元）	觀智院本	天理本	古梓堂本	足利本	上圖本（影）	上圖本（八）	晁刻古文尚書	書古文訓	唐石經
刳剔孕婦皇天震怒																		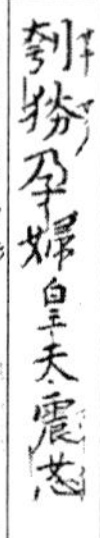			

1130、剔

「剔」字在傳鈔古文《尚書》有下列不同字形：

（1）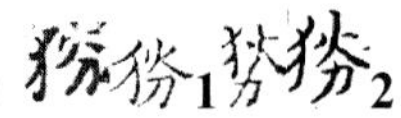

岩崎本、《書古文訓》「剔」字作，《集韻》入聲十 23 錫韻「剔」字古作「⿰犭⿱火刀」，此形移「刀」於「火」下，《汗簡》錄義雲章作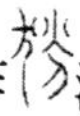汗 **2.21**，與此同形，內野本、上圖本（八）作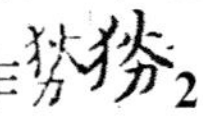，偏旁「刀」字變作「力」。古璽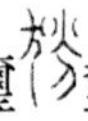**璽彙 3488****璽彙 0377**，何琳儀釋爲「⿰犭⿱火刀」（剔）字〔註 352〕。易、狄音近皆屬錫韻，「剔」字作「⿰犭⿱火刀」乃聲旁更替，與《說文》辵部「逖」字古作「逷」、心部「愓」字或从狄作「悐」類同。

【傳鈔古文《尚書》「剔」字構形異同表】

剔	戰國楚簡	石經	敦煌本	岩崎本	神田本 b	九條本	島田本 b	內野本	上圖（元）	觀智院 b	天理本	古梓堂 b	足利本	上圖本（影）	上圖本（八）	古文尚書晁刻	書古文訓	尚書篇目
刳剔孕婦皇天震怒																		泰誓上

1131、孕

「孕」字在傳鈔古文《尚書》有下列不同字形：

（1）汗 **2.20**1

〔註 352〕參見何琳儀〈古璽雜釋〉，《遼海文物學刊》，1986：2，頁 141。

《汗簡》錄《古尚書》「孕」字作：**汗 2.20**，《古文四聲韻》錄此形作**四 4.40 汗簡**，《箋正》云：「《尚書》『孕』字止〈泰誓〉『孕婦』一見，薛本作⿰月黽，此形誤也。《管子・五行篇》『⿰月黽婦不銷棄』，是秦漢閒有此形，別作『⿰女黽』，《太玄經》『好⿰女黽惡躩』是。《一切經音義》履云『孕古文⿰月黽』，蓋漢後字書有以『⿰月黽』當古文『孕』者，僞《尚書》所自采」。

《書古文訓》「孕」字作**1**，爲**汗 2.20****四 4.40 汗簡**之隸定稍訛，《集韻》去聲八 47 證韻「⿰月黽」字「妊也，或作『孕』」，張家山漢墓《脈書》作「⿰月黽」**張家山.脈書 3**，與此同，馬王堆漢墓帛書《經法》「孕」作「繩」，乃「⿰月黽」之假借字。「孕」字甲骨文作**佚 586**，爲象形字，「⿰月黽」「⿰女黽」从黽聲，爲形聲字。

（2）

神田本「孕」字作，所从「子」俗變似「于」。

【傳鈔古文《尚書》「孕」字構形異同表】

孕	傳抄古尚書文字 **汗 2.20**	戰國楚簡	石經	敦煌本	岩崎本 神田本b	九條本 島田本b	內野本	上圖（元） 觀智院b	天理本 古梓堂b	足利本	上圖本（影）	上圖本（八）	古文尚書晁刻	書古文訓	尚書篇目
剢剔孕婦皇天震怒					b										泰誓上

泰誓上	戰國楚簡	漢石經	魏石經	敦煌本			岩崎本	神田本	九條本	島田本	內野本	上圖本（元）	觀智院本	天理本	古梓堂本	足利本	上圖本（影）	上圖本（八）	晁刻古文尚書	書古文訓	唐石經
命我文考肅將天威大勳未集																					

肆予小子發以爾友邦冢君	觀政于商惟受罔有悛心	乃夷居弗事上帝神祇	遺厥先宗廟弗祀犧牲粢盛
𨽻予小学發㠯尒友𡵂冢㒵	觀政亏𧶜惟𠬪宔ナ悛心	𠧧尸𡰥弜𠭖上帝神示	遺氒先宗庿弜禩犧牲粢盛
肆予小子發㠯尒友邦冢君	觀政觀政惟受宅有悛心	迺凥居弗叓上帝神祇	遺氒先宗廟弗祀儀牲粢盛
肆予小子發㠯爾友邦冢君	觀政于商惟受罔有悛心	廼夷居不宣上帝神祇	遺欮先宗庿弗祀犧牲粢盛
肆予小子發㠯爾友邦冢君	觀政于商惟受罔有悛心	迺夷居不叓上帝神祇	夷居不叓上帝神祇犧牲粢盛
肆予小子發㠯爾友邦冢君	觀政于商惟受亡ナ悛心	迺尸居弗事上帝神祇	遺氒先宗廟弗祀犧牲粢盛
肆予小子發㠯尒友邦冢君	觀政于商惟受亡又悛心	乃尸居弗事上帝神祇	遺氒先宗庿弗祀犧牲粢盛
肆予小子發以爾友邦冢君	觀政于商惟受罔有悛心	乃夷居弗事上帝神祇	遺厥先宗廟弗祀犧牲粢盛

既于凶盜乃曰吾有民有命																					
罔懲其侮天佑下民作之君作之師																					

1132、懲

「懲」字在傳鈔古文《尚書》有下列不同字形：

（1）

《書古文訓》「懲」字作，其上偏旁「徵」字省彳並少一畫作「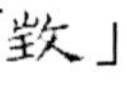」，「𢼸」「徵」二字同。

【傳鈔古文《尚書》「懲」字構形異同表】

懲	戰國楚簡	石經	敦煌本	岩崎本 神田本b	九條本 島田本b	內野本	上圖（元） 觀智院b	天理本 古梓堂b	足利本	上圖本（影）	上圖本（八）	古文尚書晁刻	書古文訓	尚書篇目
罔懲其侮														泰誓上
其今爾何懲														呂刑

	惟其克相上帝寵綏四方	有罪無罪予曷敢有越厥志	同力度德同德度義受有臣億萬
唐石經	惟其克相上帝寵綏四方	有罪無罪予曷敢有越厥志	同力度德同德度義受有臣億萬
書古文訓	惟亓戶昧上帝寵娞三匚	ナ辠亡辠予害敔ナ越氒志	同力庑悳同悳庑訟𠬪ナ臣億萬
晁刻古文尚書			
上圖本（八）	惟亓克相上帝寵綏四方	有辠亡辠予害敢有越氒志	同力度悳同悳度誼受有臣億萬
上圖本（影）	惟其克相上帝寵綏四方	有罪亡罪予曷敢有越厥志	同力度德同悳度義受有臣億方
足利本	惟其克相上帝寵綏四方	有罪亡罪予曷敢有越厥志	同力度悳同悳度義受有臣億方
古梓堂本			
天理本			
觀智院本			
上圖本（元）			
內野本	惟亓克相上帝寵綏三方	ナ辠亡辠予害敢ナ越氒志	同力度悳同悳度誼受ナ臣億方
島田本			
九條本			
神田本	惟亓克相上帝寵綏四方	ナ罪亡罪予害敢ナ越氒志	同力度悳同悳度誼受ナ臣億方
岩崎本			
敦煌本			
魏石經			
漢石經			
戰國楚簡			
泰誓上	惟其克相上帝寵綏四方	有罪無罪予曷敢有越厥志	同力度德同德度義受有臣億萬

1133、億

「億」字在傳鈔古文《尚書》有下列不同字形：

（1）汗 3.41四 5.27

「億」字《說文》篆文作，从人意聲，《汗簡》、《古文四聲韻》錄《古尚

書》作：汗 3.41四 5.27，《書古文訓》作，爲此形隸古定，右形假「童」爲「意」，與**楊統碑**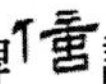**譙敏碑**同形，金文作**命瓜君壺「至于△萬年」****牆盤「康王遂尹△疆」**，則假「童」爲「意」，再借爲「億」字。

【傳鈔古文《尚書》「億」字構形異同表】

億	傳抄古尚書文字 汗 3.41 四 5.27	戰國楚簡	石經	敦煌本	岩崎本 神田本b	九條本 島田本b	內野本	上圖（元） 觀智院b	天理本 古梓堂b	足利本	上圖本（影）	上圖本（八）	古文尚書晁刻	書古文訓	尚書篇目
受有臣億萬															泰誓上
惟億萬心															泰誓上
公其以予萬億年															洛誥

泰誓上	戰國楚簡	漢石經	魏石經	敦煌本			岩崎本	神田本	九條本	島田本	內野本	上圖本（元）	觀智院本	天理本	古梓堂本	足利本	上圖本（影）	上圖本（八）	晁刻古文尚書	書古文訓	唐石經
惟億萬心予有臣三千								惟億万心予ナ臣三千			惟億万心予ナ臣弍千					惟億万心予有臣三千	惟億万心予有臣三千	惟億萬心予有臣弍千		惟僮萬心予ナ臣弍千	惟億萬心予有臣三千
惟一心商罪貫盈天命誅之								惟心商罪貫盈天命誅之			惟弌心商辠貫盈天命誅㞢					惟一心商罪貫盈天命誅之	惟一心商罪貫盈天命誅之	惟一心商辠貫盈天命誅之		惟弌心商辠貫盈兲命𢦏㞢	惟一心商罪貫盈天命誅之

予弗順天厥罪惟鈞予小子夙夜祗懼	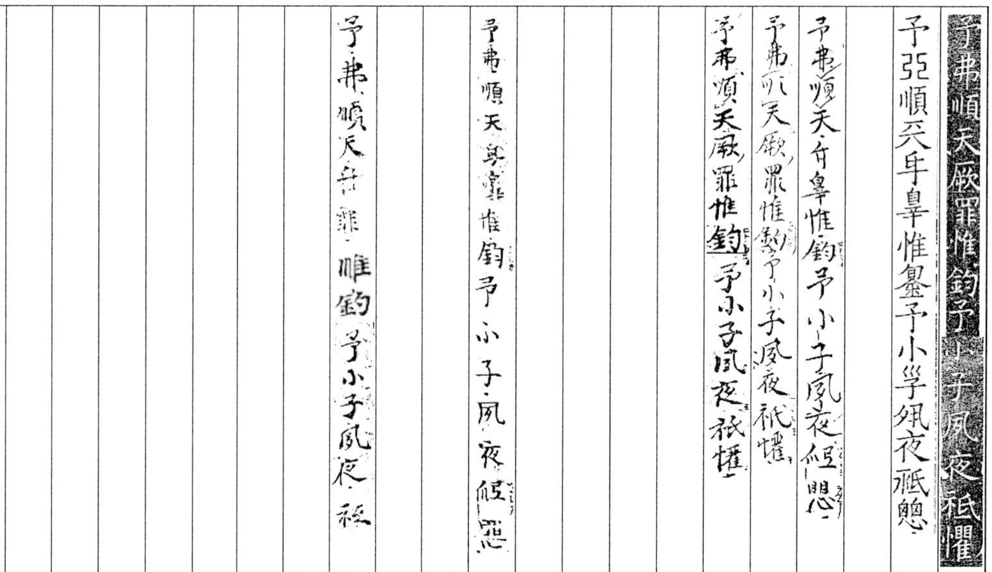
受命文考類于上帝宜于冢土	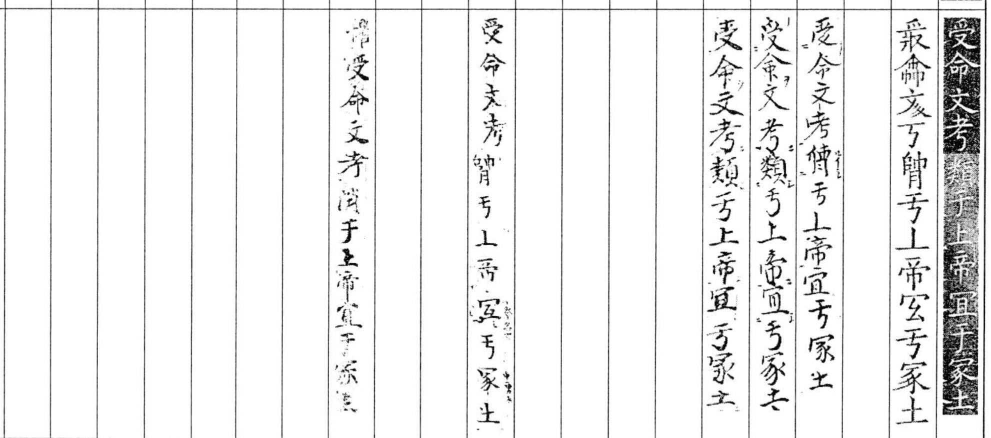
以爾有眾底天之罰天矜于民	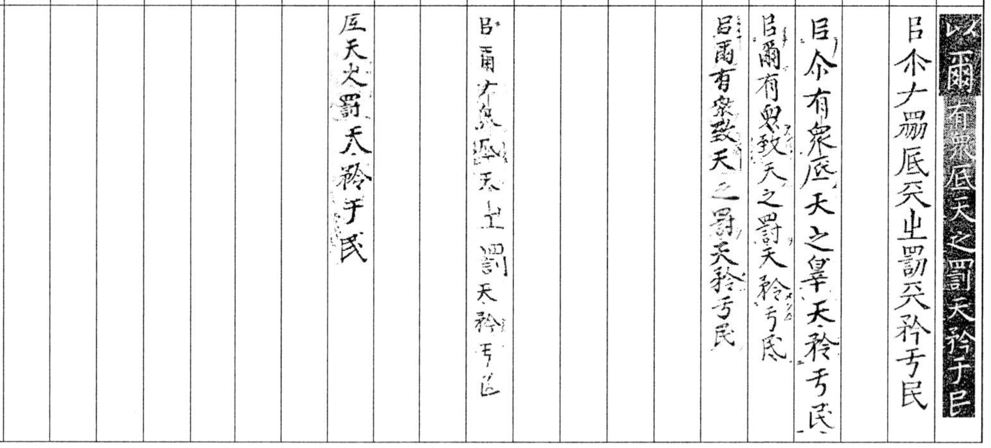

民之所欲天必從之爾尚弼予一人	民虫所欲天必刅虫尒尚𢐀予弌人		〻之所欲天必刅之尒尚𢐀予弌人	〻之所欲天必從之尒尚弼予一人	〻之所欲天必從之尒尚弼予一人					〻虫所欲天必刅虫尒尚𢐀予弌人			〻之所欲天必從尒尚弼予一人								民之所欲天必從之爾尚弼予一人
永清四海時哉弗可失	㫚清亖衆旹才弜可失		永清亖海旹才不可失	永清四海旹才弗可失	永清四海旹才弗可失					永清亖衆旹才弗可失			永清亖海								永清四海時哉弗可失

二十八、泰誓中

唐石經	
書古文訓	
晁刻古文尚書	
上圖本（八）	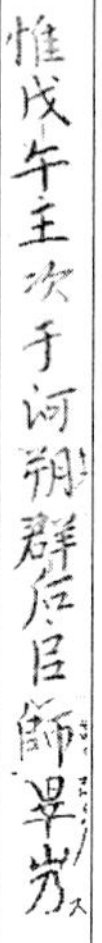
上圖本（影）	
足利本	
古梓堂本	
天理本	
觀智院本	
上圖本（元）	
內野本	
島田本	
九條本	
神田本	
岩崎本	
敦煌本	
魏石經	
漢石經	
戰國楚簡	
秦誓中	惟戊午王次于河朔群后以師畢會

1134、畢

「畢」字在傳鈔古文《尚書》有下列不同字形：

（1）魏三體

魏三體石經〈顧命〉「畢」字古文作，金文作段簋倗仲鼎召卣，又增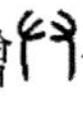作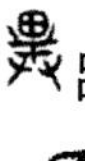郘鐘邾公華鐘，魏三體當由此訛變。

（2）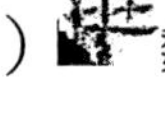魏三體1

魏三體石經〈顧命〉「畢」字隸體作，日諸古寫本、《書古文訓》多作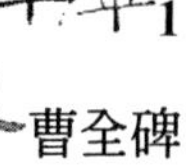1與此形皆下少一短橫，爲《說文》篆文之隸變，與漢碑作史晨碑曹全碑同形。

（3）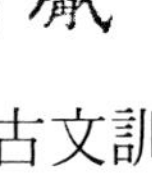

《書古文訓》〈大誥〉「攸受休畢」「畢」字作，《詩・豳風・七月》「一之日觱發」《釋文》云：「『觱』音必，《說文》作『畢』」，二字音近通假，漢碑郭旻碑「洪纖△舉」亦以「觱」爲「畢」，《隸辨》謂「『畢』與『觱』古蓋通用」。

【傳鈔古文《尚書》「畢」字構形異同表】

畢	戰國楚簡	石經	敦煌本	岩崎本 神田本b	九條本 島田本b	內野本	上圖（元） 觀智院b	天理本 古梓堂b	足利本	上圖本（影）	上圖本（八）	古文尚書晁刻	書古文訓	尚書篇目
群后以師畢會				畢		畢			畢	畢	畢		畢	泰誓中
畢獻方物					畢 b	畢			畢	畢	畢		畢	旅獒
攸受休畢						畢			畢	畢	畢		[illegible]	大誥
若有疾惟民其畢棄咎						畢			畢	畢	畢			康誥
公薨成王葬于畢告周公作亳姑							畢		畢		畢		畢	周官
成王將崩命召公畢公率諸侯相康王作顧命							畢				畢		畢	顧命
畢公衛侯毛公師氏虎臣百尹御事		畢 魏				畢	畢						畢	顧命
入應門左畢公率東方諸侯						畢	畢		畢	畢	畢			康王之誥
康王命作冊畢						畢			畢	畢	畢		畢	畢命
分居里成周郊作畢命											畢		畢	畢命
命畢公保釐東郊				畢		畢			畢	畢	畢		畢	畢命

泰誓中	戰國楚簡	漢石經	魏石經	敦煌本			岩崎本	神田本	九條本	島田本	內野本	上圖本（元）	觀智院本	天理本	古梓堂本	足利本	上圖本（影）	上圖本（八）	晁刻古文尚書	書古文訓	唐石經
王乃徇師而誓曰嗚呼西土有眾								王乃徇師而誓曰烏虖西土又衆			王迺徇師而斷曰烏虖西土有衆					王廼徇師而誓曰烏虖西土有衆	王迺徇師而誓曰烏虖西土有衆	王迺徇師而斷曰烏呼西土有衆		王卤殉帀而斷曰[illegible]虖卤土ナ[illegible]	[illegible]乃徇師而誓曰嗚呼西土有衆

1135、犁

「播棄犁老」《國語・吳語》、《墨子・明鬼下》引此句「犁」字作「黎」，〈正義〉引孫炎曰：「耈面凍犁色似浮垢也，然則老人背皮似鮐，面色似犁，故鮐背之耈稱犁老」，「犁」、「黎」當皆「黧」之假借字。

「犁」字在傳鈔古文《尚書》有下列不同字形：

(1) 犁：12

神田本、內野本、《書古文訓》「犁」字作1，右上从篆文「刀」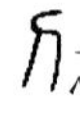之隸古定。上圖本（八）作2，左上所从「禾」訛作「礻」。

（2）黎：

足利本、上圖本（影）「犁」字作，爲「黎」字之訛變（參見“黎”字），阮元《校勘記》云：「『播棄犁老』傳鈔古文『犁』作『黎』，注同」，此二本正與之相合。

【傳鈔古文《尚書》「犁」字構形異同表】

犁	戰國楚簡	石經	敦煌本	岩崎本 神田本b	九條本 島田本b	內野本	上圖（元） 觀智院b	天理本 古梓堂b	足利本	上圖本（影）	上圖本（八）	古文尚書晁刻	書古文訓	尚書篇目
播棄犁老				b					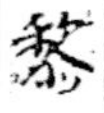					泰誓中

泰誓中	戰國楚簡	漢石經	魏石經	敦煌本			岩崎本	神田本	九條本	島田本	內野本	上圖本（元）	觀智院本	天理本	古梓堂本	足利本	上圖本（影）	上圖本（八）	晁刻古文尚書	書古文訓	唐石經
昵比罪人淫酗肆虐臣下化之																		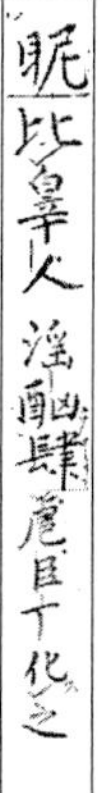		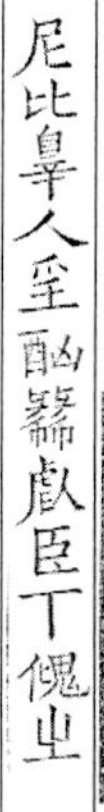	
朋家作仇脅權相滅無辜籲天																	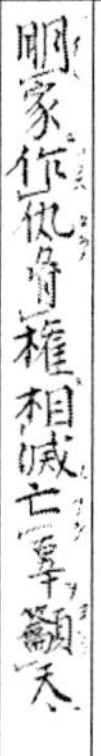				

穢德彰聞惟天惠民惟辟奉天							穢德彰聞惟天惠民惟辟奉天
有夏桀弗克若天流毒下國							有夏桀弗克若天流毒下國
天乃佑命成湯降黜夏命							天乃佑命成湯降黜夏命
惟受罪浮于桀剝喪元良							惟受罪浮于桀剝喪元良

1136、剝

「剝」字在傳鈔古文《尚書》有下列不同字形：

（1）卜刂：四 5.7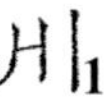1

《古文四聲韻》錄《古尚書》「剝」字作：四 5.7，當即《說文》或體从卜作之訛變，二字聲符更替，此形之右與其所錄《古尚書》「列」字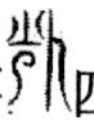四 5.13 所从刀類同，其左與所錄《古尚書》「朴」字四 5.3 右下所从卜亦相類。

《書古文訓》「剝」字作1，爲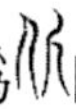四 5.7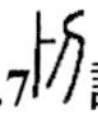說文剝字或體之隸古定訛變。

（2）剝：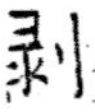1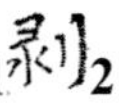2

內野本、足利本、上圖本（影）「剝」字作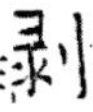1，爲《說文》篆文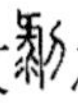之隸變，上圖本（八）作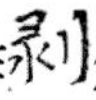2，左下變作「水」。

【傳鈔古文《尚書》「剝」字構形異同表】

剝	傳抄古尚書文字 四 5.7	戰國楚簡	石經	敦煌本	岩崎本	神田本 b	九條本	島田本 b	內野本	上圖（元）	觀智院 b	天理本	古梓堂 b	足利本	上圖本（影）	上圖本（八）	古文尚書晁刻	書古文訓	尚書篇目
剝喪元良						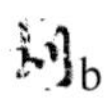b			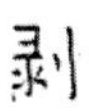							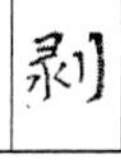		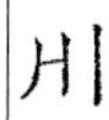	泰誓中

泰誓中	戰國楚簡	漢石經	魏石經	敦煌本			岩崎本	神田本	九條本	島田本	內野本	上圖本（元）	觀智院本	天理本	古梓堂本	足利本	上圖本（影）	上圖本（八）	晁刻古文尚書	書古文訓	唐石經
賊虐諫輔謂己有天命																					

謂敬不足行謂祭無益謂暴無傷								謂敬弗足行冒祭無益謂暴無傷			冒敬弗足行冒祭亡益冒暴亡傷					謂敬弗足行謂祭亡益謂暴亡傷	謂敬弗足行謂祭亡益謂暴亡傷	冒敬弗足行冒祭亡益冒暴亡傷		胃敬弜足行胃祭亡蒜胃虣亡昜	謂敬不足行謂祭無益謂暴無傷
厥監惟不遠在彼夏王								氒監惟弗遠在彼夏王			氒監惟弗遠在彼夏王					厥監惟弗遠在彼夏王	厥監惟弗遠在彼夏王	氒監惟弗遠在彼夏王		氒鑒惟弜遠圣彼亶王	厥監惟不遠在彼夏王
天其以予乂民朕夢協朕卜								天亓㠯予乂民朕夢協朕卜			兲亓㠯予乂民般夢叶般卜					天其㠯予乂民朕夢叶般卜	天其㠯予乂民朕夢叶般卜	兲亓㠯予乂民般夢叶般卜		兲亓㠯予乂民𦨶夢叶𦨶卜	天其以予乂民朕夢協朕卜
襲于休祥戎商必克受有億兆夷人								襲于休祥戎商必克受億兆𡰥人			襲亐休祥戎商必克受ナ億兆𡰥人					襲亐休祥戎商必克受有億兆夷人	襲亐休祥戎商必克受有億兆夷人	襲亐休祥戎商必克受有億兆𡰥人		𢧜亐休祥戎𠷎必亯𠬪ナ億仦𡰥人	襲于休祥戎商必克受有億兆夷人

1137、襲

（1）

「襲」字敦煌本 S799、上圖本（八）作 **1**，所从「龍」之右形變作「尤」或「**尢**」，與《古文四聲韻》錄 **四 1.12 王存乂切韻**所从類同。

（2）

「襲」字《書古文訓》作，同形於《古文四聲韻》錄「襲」字古老子作 **四 5.22**、《汗簡》「習」字錄義雲章作 **汗 5.68**（ **四 5.22 義雲章**），《玉篇》衣部「襲」字古文作「」，《一切經音義》「襲，古文褶二形」，《箋正》謂「『習』非，夏『習』『襲』下兩出之字从戈習聲，是後世別造侵襲人國字」，黃錫全以爲「猶如中山王壺『誅』字作 〔註 353〕」。「習」、「襲」古音皆屬邪紐緝部，音同相通。

【傳鈔古文《尚書》「襲」字構形異同表】

襲	戰國楚簡	石經	敦煌本	岩崎本	神田本b	九條本	島田本b	內野本	上圖（元）	觀智院b	天理本	古梓堂b	足利本	上圖本（影）	上圖本（八）	古文尚書晁刻	書古文訓	尚書篇目
襲于休祥			S799															泰誓中

1138、角

「角」字在傳鈔古文《尚書》有下列不同字形：

（1）

《書古文訓》「角」字作，爲《說文》篆文作之隸古定。

〔註 353〕參見黃錫全，《汗簡注釋》，武漢：武漢大學出版社，1993，頁 431。

【傳鈔古文《尚書》「角」字構形異同表】

尚書篇目	書古文訓	古文尚書晁刻	上圖本（八）	上圖本（影）	足利本	古梓堂b	天理本	觀智院b	上圖（元）	內野本	島田本b	九條本b	神田本b	岩崎本	敦煌本	石經	戰國楚簡	角
泰誓中	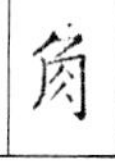																	若崩厥角

唐石經	書古文訓	晁刻古文尚書	上圖本（八）	上圖本（影）	足利本	古梓堂本	天理本	觀智院本	上圖本（元）	內野本	島田本	九條本	神田本	岩崎本			敦煌本	魏石經	漢石經	戰國楚簡	泰誓中
																					離心離德予有亂臣十人
																					同心同德雖有周親不如仁人

天視自我民視天聽自我民聽	百姓有過在予一人今朕必往	我武惟揚侵于之疆取彼凶殘	我伐用張于湯有光勖哉夫子
兲眎自㦻民眎兲聽自㦻民聽	百姓ナ過亖予弌人今朕必徃	㦻武惟敭侵亏㞢畺取彼凶殘	㦻伐用張亏湯ナ炗勖才夫学
天眎自我民眎天聽自我民聽	百姓有過在予弌人今朕必往	我武惟敭侵亏㞢畺取彼凶殘	我伐用張亏湯有光勗哉夫子
天視自我民視天聽自我民聽	百姓有過在予一人今朕必往	我武惟揚侵于之疆取彼凶殘	我伐用張亏湯有光勖才夫子
天視自我民視天聽自我民聽	百姓有過在予一人今朕必往	我武惟揚侵于之疆取彼凶殘	我伐用張亏湯有光勖才夫子
天眎自我民眎天聽自我民聽	百姓ナ過亖予弌人今朕必往	我武惟敭侵亏㞢畺取彼凶殘	我伐用張亏湯ナ炗勖才夫子
天視自我民視天聽自我民聽	百姓ナ過在予一人今朕必往	我武惟揚侵于之疆取彼凶殘	我伐用張于湯ナ光勖哉夫子
天視自我民視天聽自我民聽	百姓有過在予一人今朕必往	我武惟揚侵于之疆取彼凶殘	我伐用張于湯有光勖哉夫子

罔或無畏寧執非敵百姓懔懔	若崩厥角嗚呼乃一德一心	立定厥功惟克永世
宅或亡[illegible]寍執非敵百姓[illegible][illegible]	若崩氒角[illegible]虖[illegible]弌悳弌心	立定氒[illegible]惟[illegible][illegible]𠀍
宅或亡畏寧執非敵百姓懔々	若崩厥角烏呼迺弌悳弌心	立定氒功惟克永世
罔或亡畏寧執非敵百姓懔々	若崩厥角嗚虖迺弌悳弌心	立定厥功惟克永世
罔或亡畏寧執非敵百姓懔々	若崩厥角烏虖迺弌悳弌心	立定厥功惟克永世
宅或亡畏寧執非敵百姓懔々	若崩氒角烏虖迺弌悳弌心	立定氒功惟克永世
[illegible]執非敵百姓懔々	若崩氒角烏虖乃一悳一心	[illegible]惟克永世
罔或無畏寧執非敵百姓懔懔	若崩厥角嗚呼乃一德一心	立定厥功惟克永世

二十九、泰誓下

泰誓下	時厥明王乃大巡六師明誓眾士	王曰嗚呼我西土君子天有顯道	厥類惟彰今商王受狎侮五常
唐石經	時厥明王乃大巡六師明誓衆士	王曰嗚呼我西土君子天有顯道	厥類惟彰今商王受狎侮五常
書古文訓	旹氒朙王𠧧大徇六帀朙𣂔眾士	王曰緐虖𢦓卤土𠳆𢀈兲𠂇㬎衜	氒𩔁惟彰今𠅘王𠭢狎侮㐅𢙆
晁刻古文尚書			
上圖本（八）	旹厥明日王廼大巡六師明断衆士	王曰烏呼我西土君子亢有顯道	氒類惟彰今商王受狎侮㐅常
上圖本（影）	旹厥明王廼大巡六師明誓衆士	王曰烏虖我西土君子天有㬎道	厥類惟彰今商王受狎侮五常
足利本	旹厥明日王廼大巡六師明誓衆士	王曰烏虖我西土君子天有顯道	厥類惟彰今商王受狎侮五常
古梓堂本			
天理本			
觀智院本			
上圖本（元）			
內野本	旹氒明日王廼大巡六師明断衆士	王曰烏虖𢦓西土君子亢𠂇顯道	氒類惟彰商王受狎侮㐅常
島田本			
九條本			
神田本	時亓明王乃大巡六師明誓衆士	王曰烏虖我西土君子天𠂇顯道	亓類惟彰商王受狎侮五常
岩崎本			
敦煌本S799	旹氒明王乃大巡六師明斷衆士	王曰烏呼我西土君子天𠂇顯道	氒類惟彰商王受狎侮㐅常
魏石經			
漢石經			
戰國楚簡			

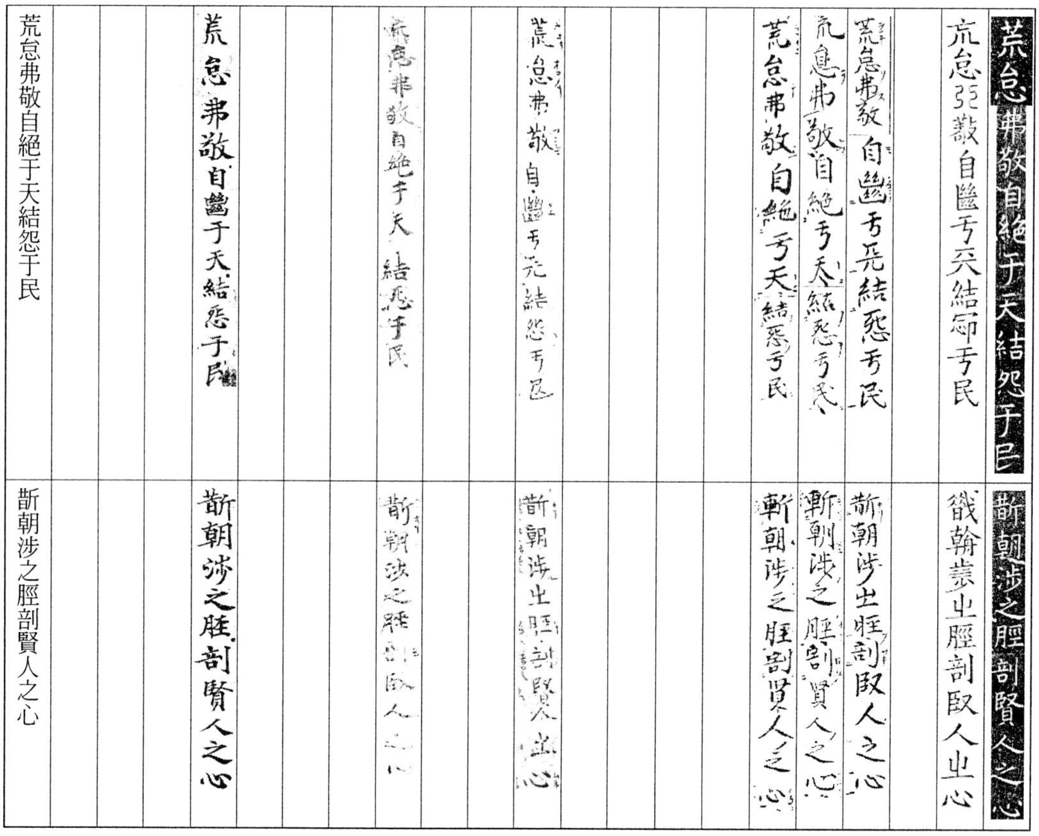

1139、斮

「斮」字在傳鈔古文《尚書》有下列不同字形：

（1）⿰昔戈：⿰昔戈

《書古文訓》「斮」字作⿰昔戈，左从「昔」字作 **汗 3.33** **四 5.16** **魏三體**之隸古定，《集韻》入聲十 18 藥韻「斮」字或作「⿰昔戈」，偏旁「戈」、「斤」義類相通，「斮」、「⿰昔戈」爲義符更替。

（2）斬

足利本、上圖本（影）「斮」字作斬，《說文》斤部「斮」字「斬也」，「斮」「斬」同義字。

【傳鈔古文《尚書》「斮」字構形異同表】

斮	戰國楚簡	石經	敦煌本	岩崎本 神田本b	九條本 島田本b	內野本	上圖（元） 觀智院b	天理本 古梓堂b	足利本	上圖本（影）	上圖本（八）	古文尚書晁刻	書古文訓	尚書篇目
斮朝涉之脛			 S799											泰誓下

1140、脛

「脛」字在傳鈔古文《尚書》有下列不同字形：

（1）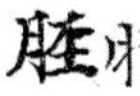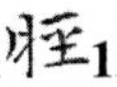1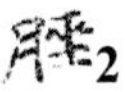2

敦煌本 S799、足利本、上圖本（影）、上圖本（八）「脛」字作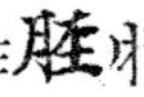1，偏旁「巠」字筆畫訛變，所从「巛」中筆下貫，左右變作二點；神田本作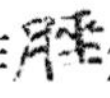2，右下訛似从「坐」。

【傳鈔古文《尚書》「脛」字構形異同表】

脛	戰國楚簡	石經	敦煌本	岩崎本 神田本b	九條本 島田本b	內野本	上圖（元） 觀智院b	天理本 古梓堂b	足利本	上圖本（影）	上圖本（八）	古文尚書晁刻	書古文訓	尚書篇目
斮朝涉之脛			 S799	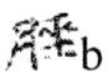b										泰誓下

1141、剖

「剖」字在傳鈔古文《尚書》有下列不同字形：

（1）

足利本、上圖本（影）「剖」字作，左形从害之隸變（參見“害”字），此爲「割」字，「剖」「割」義類相通。

【傳鈔古文《尚書》「剖字構形異同表】

剖	戰國楚簡	石經	敦煌本	岩崎本	神田本b	九條本	島田本b	內野本	上圖（元）	觀智院b	天理本	古梓堂b	足利本	上圖本（影）	上圖本（八）	古文尚書晁刻	書古文訓	尚書篇目
剖賢人之心														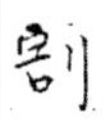				泰誓下

泰誓下	戰國楚簡	漢石經	魏石經	敦煌本S799			岩崎本	神田本	九條本	島田本	內野本	上圖本（元）	觀智院本	天理本	古梓堂本	足利本	上圖本（影）	上圖本（八）	晁刻古文尚書	書古文訓	唐石經
放黜師保屏棄典刑囚奴正士																				放黜帀采屏弃篾剄囚佊正士	

1142、囚

「囚」字在傳鈔古文《尚書》有下列不同字形：

（1）**魏三體**

魏三體石經〈多方〉「囚」字古文作，與篆文同形。

【傳鈔古文《尚書》「囚」字構形異同表】

囚	戰國楚簡	石經	敦煌本	岩崎本	神田本b	九條本	島田本b	內野本	上圖（元）	觀智院b	天理本	古梓堂b	足利本	上圖本（影）	上圖本（八）	古文尚書晁刻	書古文訓	尚書篇目
屏棄典刑囚奴正士																		泰誓下
要囚殄戮多罪亦克用勸		 魏																多方

唐石經	郊社不修宗廟不享	作奇技淫巧以悅婦人
書古文訓	郊𡉏弜攸宗庿弜亯	㸩奇技㸒巧㠯兊婦人
晁刻古文尚書		
上圖本（八）	郊社弗修宗廟弗亯	作奇技淫巧㠯悅婦人
上圖本（影）	郊社弗修宗廟弗享	作奇技淫巧㠯悅婦人
足利本	郊社弗修宗廟弗享	作奇技淫巧㠯悅婦人
古梓堂本		
天理本		
觀智院本		
上圖本（元）		
內野本	郊社弗修宗廟弗亯	作奇技淫巧㠯悅婦人
島田本		
九條本		
神田本	郊社弗脩宗廟弗亯	作奇伎淫巧㠯悅婦人
岩崎本		
敦煌本S799	郊社弗修宗廟弗亯	作奇伎淫巧㠯悅婦人
魏石經		
漢石經		
戰國楚簡		
泰誓下	郊社不修宗廟不享	作奇技淫巧以悅婦人

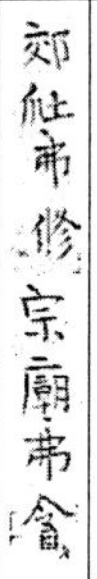

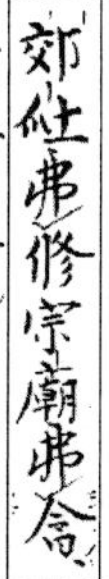

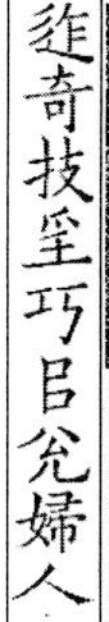

1143、技

「技」字在傳鈔古文《尚書》有下列不同字形：

（1）伎：伎伎$_1$伎伎$_2$

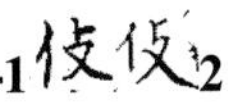

敦煌本 S799、P3871、岩崎本、九條本「技」字或作伎伎 $_1$，所从「支」多一飾點，此作「伎」字，內野本、足利本、上圖本（影）、上圖本（八）或亦作「伎」，作伎伎 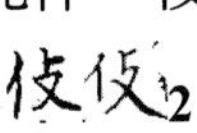$_2$，「支」訛作「攴」。敦煌本 S799、P3871 岩崎本〈泰誓下〉「作奇技淫巧」，九條本、內野本、足利本、上圖本（影）、上圖本（八）〈秦誓〉三例「技」字皆作「伎」，假「伎」爲「技」。

（2）枝 

上圖本（影）〈秦誓〉「人之有技冒疾以惡之」「技」字作枝 ，偏旁「扌」字訛作「木」，誤爲「枝」字。

【傳鈔古文《尚書》「技」字構形異同表】

技	戰國楚簡	石經	敦煌本	岩崎本 神田本b	九條本 島田本b	內野本	上圖(元) 觀智院b	天理本 古梓堂b	足利本	上圖本(影)	上圖本(八)	古文尚書晁刻	書古文訓	尚書篇目
作奇技淫巧以悅婦人			 S799											泰誓下
斷斷猗無他技								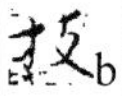b						秦誓
人之有技若己有之								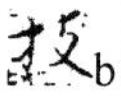b						秦誓
人之有技冒疾以惡之			 P3871					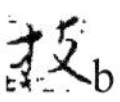b						秦誓

泰誓下	戰國楚簡	漢石經	魏石經	敦煌本 S799			岩崎本	神田本	九條本	島田本	內野本	上圖本(元)	觀智院本	天理本	古梓堂本	足利本	上圖本(影)	上圖本(八)	晁刻古文尚書	書古文訓	唐石經
上帝弗順祝降時喪																				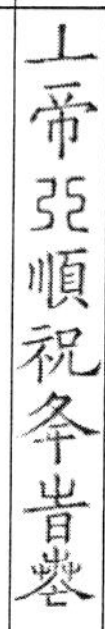	
爾其孜孜奉予一人恭行天罰																					

古人有言曰撫我則后虐我則讎			古人ナ言曰攺我則后虐我則讎		古之ナ言曰攺我則后虐我則隺		古人ナ言曰撫我則后虐我則		古人有言曰撫我則后虐我則讎	古人有言曰攺我則后歔我則	古人有言曰撫我則后虐我則讎
獨夫受洪惟作威乃汝世讎			獨夫受洪惟作畏乃女世讎		獨夫受洪惟作畏乃女世		獨夫受洪惟作畏乃汝世		獨夫受洪惟作畏乃汝世讎	獨夫受洪惟作畏乃女世	獨夫受洪惟作乃汝世讎
樹德務滋除惡務本			樹德務滋除惡務本		樹德務滋除惡務本		樹德務滋除惡務本		樹德務滋除惡務本	樹德務滋除惡務本	尌惪務滋除惡務本

1144、滋

「滋」字在傳鈔古文《尚書》有下列不同字形：

（1）𦬊汗 1.5　𦬊四 1.21　芓

《汗簡》、《古文四聲韻》錄《古尚書》「滋」字作：𦬊汗 1.5　𦬊四 1.21，《說文》艸部「芓」字「麻母也。从艸子聲」古音屬從紐之部，「滋」字精紐之部，乃假「芓」爲「滋」字。

〈君奭〉「天休滋至」九條本、內野本、足利本、上圖本（影）、上圖本（八）、《書古文訓》「滋」字作芓，爲傳抄古尚書𦬊汗 1.5　𦬊四 1.21 之隸定。

（2）滋

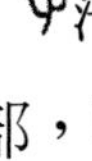

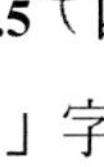

《書古文訓》「滋」字或作⿰氵𢆶，《集韻》平聲一 7 之韻「滋」字古作⿰氵𢆶，偏旁「玆」、「𢆶」古爲一字，「玆」字魏三體石經〈多士〉、〈君奭〉、〈立政〉等古文作𢆶，即《說文》「𢆶」字𢆶，从二幺，金文作𢆶何尊𢆶毛公鼎𢆶曾姬無卹壺等形，《集韻》「玆」字古作「𢆶」，又「慈」字中山王壺亦从「𢆶」作⿱𢆶心中山王壺。

（3）⿰氵茲

岩崎本〈泰誓下〉「樹德務滋」「滋」字作⿰氵茲，《說文》水部「滋」字「益也，从水玆聲」，玄部「玆」字訓「黑也」，艸部「茲」字「草木多益，从艸絲省聲」，「玆」「茲」二字形近混同，「滋」字聲符當爲艸部「茲」字。作⿰氵茲乃俗書以聲符爲「滋」字。

【傳鈔古文《尚書》「滋」字構形異同表】

滋	傳抄古尚書文字 芓汗 1.5 芓四 1.21	戰國楚簡	石經	敦煌本	岩崎本 神田本b	九條本 島田本b	內野本	上圖（元） 觀智院b	天理本 古梓堂b	足利本	上圖本（影）	上圖本（八）	古文尚書晁刻	書古文訓	尚書篇目
樹德務滋					⿰氵茲b									⿰氵𢆶	泰誓下
天休滋至						芓	芓			芓	芓	芓		芓	君奭

泰誓下	戰國楚簡	漢石經	魏石經	敦煌本 S799			岩崎本	神田本	九條本	島田本	內野本	上圖本（元）	觀智院本	天理本	古梓堂本	足利本	上圖本（影）	上圖本（八）	晁刻古文尚書	書古文訓	唐石經
肆予小子誕以爾眾士殄殲乃讎				肆予小子誕㠯尒衆士殄殲乃讎				肆予小子誕㠯尔衆士殄殲乃讎			肆予小子誕㠯爾衆士殄殲迺讎					肆予小子誕㠯爾衆士殄殲迺讎	肆予小子誕㠯爾衆士殄殲迺讎	肆予小子誕㠯尒衆士殄殲迺讎		𨽿予小𡥆唌㠯尒𦦗士𣦵殲𠧢𠷎	肆予小子誕以爾衆士殄殲乃讎

爾衆士其尚迪果毅以登乃辟	介𠙧士亓尚迪果忍吕登叀侵		尒眾士亓尚迪果毅吕登迺侵	爾眾士其尚迪果毅吕登迺辟	爾眾士其尚迪果毅吕登迺辟					爾眾士亓尚迪果毅吕登迺侵			尒眾士亓尚迪果忍吕登乃侵				尒眾士其尚迪果忍吕登乃侵				爾眾士其尚迪果毅以登乃辟
功多有厚賞不迪有顯戮	𢒅𡖊𠂇垕賞弗迪𠂇㬎剹		功多有垕賞弗迪有顯剹	功多有厚賞弗迪有顯戮	功多有厚賞弗迪有顯戮					功𡖊𠂇垕賞弗迪𠂇顯剹			功多有[illegible]				功多𠂇垕賞弗迪𠂇顯剹				功多有厚賞不迪有顯戮
嗚呼惟我文考若日月之照臨	烏虖惟𢦏彣丂若日月㞢照臨		烏虖惟我文考若日月㞢照臨	烏虖惟我文考若日月之照臨	烏虖惟我文考若日月之照臨					烏虖惟我文考若日月㞢照臨			烏虖惟我文考若日月之照臨				烏虖惟我文考若日月之照臨				嗚呼惟我文考若日月之照臨
光于四方顯于西土	灮亏三匚㬎亏卤土		光亏四方顯亏西土	光亏四方顯亏西土	光亏四方顯亏西土					光亏三方顯亏西土			光亏三方顯于西土				光于三方顯于西土				光于四方顯于西土

惟我有周誕受多方予克受	非予武惟朕文考無罪	受克予非朕文考有罪惟予小子無良
惟𢦏ナ周㢟𣪊𠩺匚予亯𣪊	非予武惟朕𢘅丂亡辠	𣪊亯予非朕𢘅丂ナ辠惟予小𢀈亡𣍃
惟我有周誕受多方予克受	非予武惟般文孝亡辠	受克予非般文孝有辠惟予小子亡良
惟我有周誕受多方予克受	非予武惟朕文考亡罪	受克予非朕文考有罪惟予小子亡良
惟我有周誕受多方予克受	非予武惟朕文考亡罪	受克予非朕文考有罪惟予小子亡良
惟我ナ周誕受多方予克受	非予武惟般文考亡辠	受克予非般文考ナ辠惟予小子亡良
惟我有周誕受多方予克受	非予武惟朕文亡辠	受克予非朕文考又辠惟予小子無良
惟我ナ周誕受多方予克受	非予武惟朕文考亡辠	受克予非朕文考ナ辠惟予小子亡良
惟我有周誕受多方予克受	非予武惟朕文考無罪	受克予非朕文考有罪惟予小子無良

三十、牧　誓

牧誓	武王戎車三百兩虎賁三百人	與受戰于牧野作牧誓	時甲子昧爽王朝至于商郊牧野乃誓
唐石經			
書古文訓			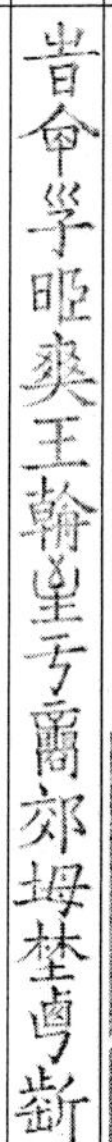
晁刻古文尚書			
上圖本（八）			
上圖本（影）			
足利本			
古梓堂			
天理本			
觀智院			
上圖本（元）			
內野本			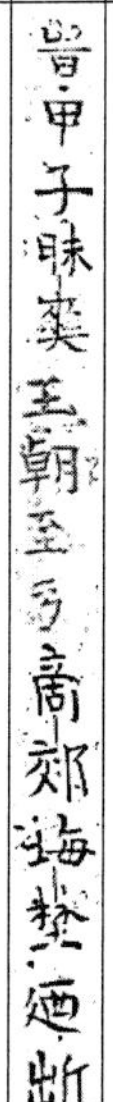
島田本			
九條本			
神田本			
岩崎本			
敦煌本 S799			
魏石經			
漢石經			
戰國楚簡			

1145、郊

「郊」字在傳鈔古文《尚書》有下列不同字形：

(1) 123

神田本「郊」字或作1，爲篆文之隸定，漢代作**漢帛書.老子甲 19****孫臏 10**，神田本又或作2，所从「交」訛與「犮」混同；內野本、上圖本（元）或作3，「交」之下半訛作「火」。

【傳鈔古文《尚書》「郊」字構形異同表】

郊	戰國楚簡	石經	敦煌本	岩崎本 神田本b	九條本 島田本b	內野本	上圖（元） 觀智院b	天理本 古梓堂b	足利本	上圖本（影）	上圖本（八）	古文尚書晁刻	書古文訓	尚書篇目
王朝至于商郊牧野乃誓				b										牧誓
如熊如羆于商郊														牧誓
癸亥陳于商郊				b										武成
周公既沒命君陳分正東郊成周作君陳														君陳
命汝尹茲東郊敬哉														君陳
康王命作冊畢分居里成周郊作畢命														畢命

牧誓	戰國楚簡	漢石經	魏石經	敦煌本 S799			岩崎本	神田本	九條本	島田本	內野本	上圖本（元）	觀智院	天理本	古梓堂	足利本	上圖本（影）	上圖本（八）	晁刻古文尚書	書古文訓	唐石經
王左杖黃鉞右秉白旄以麾				王左杖黃鉞右秉白旄㠯麾				王左杖黃鉞右秉白旄㠯麾			王左杖黃鉞右秉白旄㠯麾					王左杖黃鉞右秉白旄㠯麾	王左杖黃鉞右秉白旄㠯麾	王左杖黃鉞右秉白旄㠯麾		王左杖灸戉右秉白旄㠯麾	王左杖黃鉞右秉白旄以麾

1146、杖

「杖」字在傳鈔古文《尚書》有下列不同字形：

（1）扙

敦煌本 S799「杖」字作扙，偏旁「木」字訛作「扌」。

【傳鈔古文《尚書》「杖」字構形異同表】

杖	戰國楚簡	石經	敦煌本	岩崎本	神田本b	九條本	島田本b	內野本	上圖（元）	觀智院b	天理本	古梓堂b	足利本	上圖本（影）	上圖本（八）	古文尚書晁刻	書古文訓	尚書篇目
王左杖黃鉞右秉白旄以麾			扙 S799															牧誓

1147、鉞

「鉞」字在傳鈔古文《尚書》有下列不同字形：

（1）戉

「鉞」字《書古文訓》作戉1，《釋文》云：「鉞，音越，本又作『戉』」，《說文》「戉」字「斧也，从戈𠄌聲，「戉」爲「鉞」字初文。司馬法曰『夏執玄戉，殷執白戚，周左杖黃戉右秉白髦』」，「戉」字甲金文作乙 4692 甲 3181 戉父癸甗 戉箙卣，象斧之形，後變作師克盨 師克盨 虢季子白盤，《說文》誤釋爲形聲字。

（2）鉞鉞

敦煌本 S799〈牧誓〉「王左杖黃鉞」、足利本、上圖本（影）〈顧命〉「一人冕執銳立于側階」「執銳」作「執鉞銳」「鉞」字作鉞鉞，所从「戉」寫與「戊」混同。「戉」爲「鉞」字初文。

【傳鈔古文《尚書》「鉞」字構形異同表】

鉞	戰國楚簡	石經	敦煌本	岩崎本	神田本b	九條本	島田本b	內野本	上圖（元）	觀智院b	天理本	古梓堂b	足利本	上圖本（影）	上圖本（八）	古文尚書晁刻	書古文訓	尚書篇目
王左杖黃鉞			鉞 S799														戉	牧誓

一人冕執鉞立于西堂													戉	顧命
一人冕執銳立于側階 *足利本.上圖本（影）作執鉞銳									鉞	鉞				顧命

1148、秉

「秉」字在傳鈔古文《尚書》有下列不同字形：

（1）**魏三體**

魏三體石經〈君奭〉「秉」字古文作，與「及」字古文作**魏三體僖公**形近，當源於甲金文作**甲 209** **保卣** **王孫鐘** **沇兒鐘** **齊鞄氏鐘**形，其下形當爲「人」形下加飾筆作、而變作，其「人」形之上亦常綴加飾筆，作、，如**侯馬** **中山王鼎** **郭店.緇衣 5** **郭店.尊德 18**，楚簡又从辵作**包山 123** **郭店.語叢 2.19**，與《說文》「及」字古文一作形同。「秉」字石經古文作**魏三體**，疑亦「及」字古文，與从「禾」字頭之「秉」字形近相混〔註 354〕，郭店楚簡**郭店.唐虞之道 15「時弗可△（及）歖（嘻）」** **郭店.唐虞之道 19「△（及）其又（有）天下也」** **郭店.唐虞之道 24「△（及）其爲堯臣也」**，整理小組釋作「秉」字，於文義上作「及」，故又注「及」字，《戰國文字編》皆列入「及」字〔註 355〕，此與**魏三體秉字**同形，依上述當皆釋爲「及」字。

（2）

內野本「秉」字或作，所从「禾」上形變作「亠」。

（3）$_1$ $_2$

敦煌本 S799、P2748「秉」字作$_1$，所从「禾」之下半訛多二畫，訛作「水」形，敦煌本 S2074、足利本、上圖本（影）、上圖本（八）或作$_2$，復所从「禾」上形變作「亠」。

（4）康：$_1$ $_2$ $_3$

九條本〈酒誥〉「顯小民經德秉哲」「秉」字作$_1$，上圖本（八）〈金縢〉

〔註 354〕參見李家浩，〈讀《郭店楚墓竹簡》瑣議〉，《中國哲學研究（二十），瀋陽：遼寧教育出版社，1999，頁 339～351；趙立偉，《魏三體石經古文輯證》，北京：社會科學文獻出版社，2007，頁 249～251。

〔註 355〕《戰國文字編》，湯餘惠等，福州：福建人民出版社，2002，頁 181。

「植璧秉珪」作康2，觀智院本〈顧命〉二例作康3上圖本（影）、上圖本（八）〈君奭〉「王人罔不秉德明恤」、〈多方〉「非我有周秉德不康寧」作康3，其旁更注爲「秉」字，上述諸例字形皆爲「秉」字作（3）秉秉2形復左訛多一畫，而與「康」字訛混。

【傳鈔古文《尚書》「秉」字構形異同表】

秉	戰國楚簡	石經	敦煌本	岩崎本	神田本b	九條本	島田本b	內野本	上圖（元）	觀智院b	天理本	古梓堂b	足利本	上圖本（影）	上圖本（八）	古文尚書晁刻	書古文訓	尚書篇目
王左杖黃鉞右秉白旄以麾			S799															牧誓
植璧秉珪																		金縢
顯小民經德秉哲																		酒誥
惟我下民秉爲惟天明畏			P2748															多士
王人罔不秉德明恤		魏	P2748															君奭
亦惟純佑秉德迪知天威			P2748															君奭
非我有周秉德不康寧			S2074															多方
大史秉書									b									顧命
秉璋以酢									b									顧命

牧誓	戰國楚簡	漢石經	魏石經	敦煌本S799			岩崎本	神田本	九條本	島田本	內野本	上圖本（元）	觀智院	天理本	古梓堂	足利本	上圖本（影）	上圖本（八）	晁刻古文尚書	書古文訓	唐石經
曰逖矣西土之人				曰遏矢西土之人				曰逷矣西土之人			曰遏矣西土出人					曰逖矣西土之人	曰逖矣西土之人	曰遏矣西土出人		曰逷矣卤土业人	曰逖矣西土之人

1149、逖

「逖」字在傳鈔古文《尚書》有下列不同字形：

（1）逷汗 1.8 逷四 5.15 逷逷逷$_1$ 逿$_2$

《汗簡》、《古文四聲韻》錄《古尚書》「逖」字作：逷汗 1.8 逷四 5.15，《說文》古文作逷，段注云：「李善《文選注》引《書》皆作『逷』，衛包始改爲『逖』也。」敦煌本 S799、P2748、P2630、S2074、神田本、九條本、上圖本（八）、《書古文訓》或作逷逷逷$_1$，與傳抄古文同形，內野本或作逿$_2$，所从「易」訛作「昜」。易、狄音近，「逖」字古文作「逷」乃聲旁更替。

【傳鈔古文《尚書》「逖」字構形異同表】

逖	傳抄古尚書文字 逷汗 1.8 逷四 5.15	戰國楚簡	石經	敦煌本	岩崎本 神田本b	九條本 島田本b	內野本	上圖（元） 觀智院b	天理本 古梓堂b	足利本	上圖本（影）	上圖本（八）	古文尚書晁刻	書古文訓	尚書篇目
曰逖矣西土之人				逷 S799	逷b		逿					逿		逷	牧誓
我乃明致天罰移爾遐逖				逷 P2748										逷	多士
我則致天之罰離逖爾土				逷 P2630 逷 S2074		逷								逷	多方

1150、矣

「矣」字在傳鈔古文《尚書》有下列不同字形：

（1）矣$_1$ 矣矣$_2$ 矣$_3$

內野本「矣」字或作矣$_1$，所从「矢」字訛變作「失」，或少一畫變作矣$_2$，敦煌本 S799、P2630、九條本或作矣$_2$，「矢」字訛變作「夫」，足利本、上圖本（影）、上圖本（八）或變作从「天」：矣$_3$。

【傳鈔古文《尚書》「矣」字構形異同表】

矣	戰國楚簡	石經	敦煌本	岩崎本 神田本b	九條本 島田本b	內野本	上圖（元） 觀智院b	天理本 古梓堂b	足利本	上圖本（影）	上圖本（八）	古文尚書晁刻	書古文訓	尚書篇目
逖矣西土之人			 S799											牧誓
告嗣天子王矣														立政
拜手稽首后矣			 P2630											立政

牧誓	戰國楚簡	漢石經	魏石經	敦煌本 S799			岩崎本	神田本	九條本	島田本	內野本	上圖本（元）	觀智院	天理本	古梓堂	足利本	上圖本（影）	上圖本（八）	晁刻古文尚書	書古文訓	唐石經
王曰嗟我友邦冢君											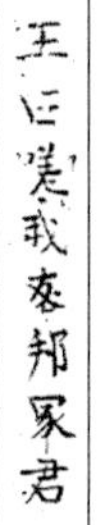					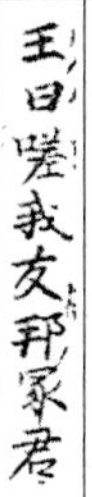					
御事司徒司馬司空亞旅師氏千夫長百夫長																		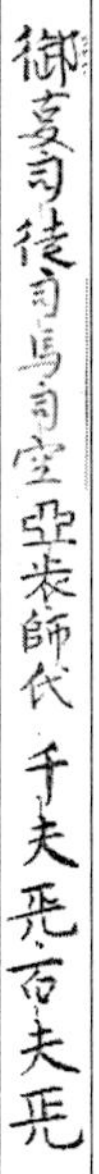		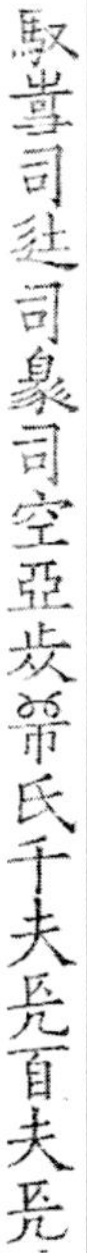	

1151、氏

「氏」字在傳鈔古文《尚書》有下列不同字形：

（1）**上博 1 緇衣 19**

楚簡上博〈緇衣〉19 引「〈君奭〉員「□□□□□□□□□□□□，集大命于氏（是）身。」〔註 356〕「氏」字作**上博 1 緇衣 19**，源自甲金文作**鐵 140.1** **拾 12.3** **令鼎** **衛鼎** **散盤** **散盤** **頌鼎** **齊鞄氏鐘** **弔孫氏戈** **中山王鼎**等形。敦煌本 P5543、S799、九條本、上圖本（元）、足利本、上圖本（影）「氏」字作，右上多一飾點。

【傳鈔古文《尚書》「氏」字構形異同表】

氏	戰國楚簡	石經	敦煌本	岩崎本	神田本 b	九條本	島田本 b	內野本	上圖（元）	觀智院 b	天理本	古梓堂 b	足利本	上圖本（影）	上圖本（八）	古文尚書晁刻	書古文訓	尚書篇目
予誓告汝有扈氏			P5543															甘誓
予惟聞汝宂言夏氏有罪																		湯誓
御事司徒司馬司空亞旅師氏千夫長百夫長			S799															牧誓
畢公衛侯毛公師氏虎臣百尹御事									b									顧命

〔註 356〕今本〈緇衣〉引「〈君奭〉云：昔在上帝周田觀文王之德，其集大命於厥躬。」
今本〈君奭〉云：「在昔上帝割申勸寧王之德，其集大命于厥躬。」

牧誓	戰國楚簡	漢石經	魏石經	敦煌本 S799			岩崎本	神田本	九條本	島田本	內野本	上圖本（元）	觀智院	天理本	古梓堂	足利本	上圖本（影）	上圖本（八）	晁刻古文尚書	書古文訓	唐石經
及庸蜀羌髳微盧彭濮人																					

1152、羌

「羌」字在傳鈔古文《尚書》有下列不同字形：

（1）123

《書古文訓》「羌」字作1，爲《說文》古文作之隸古定。敦煌本 S799 作2，乃篆文作隸定訛誤，形訛似「羞」；上圖本（八）少一畫訛作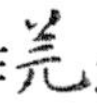3。

【傳鈔古文《尚書》「羌」字構形異同表】

羌	戰國楚簡	石經	敦煌本	岩崎本	神田本 b	九條本	島田本 b	內野本	上圖（元）	觀智院 b	天理本	古梓堂 b	足利本	上圖本（影）	上圖本（八）	古文尚書晁刻	書古文訓	尚書篇目
及庸蜀羌髳微盧彭濮人			 S799															牧誓

1153、髳

「髳」字在傳鈔古文《尚書》有下列不同字形：

（1）123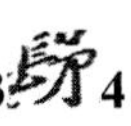4

「髳」字爲《說文》髟部「鬏」字之或體省形作，《書古文訓》隸定作1。上圖本（影）作2，其下所从「矛」訛少一畫作「予」；敦煌本 S799 作3，「矛」訛作「方」；神田本作4，所从「髟」訛省「彡」。

【傳鈔古文《尚書》「髳」字構形異同表】

髳	戰國楚簡	石經	敦煌本	岩崎本 神田本 b	九條本 島田本 b	內野本	上圖（元） 觀智院 b	天理本 古梓堂 b	足利本	上圖本（影）	上圖本（八）	古文尚書晁刻	書古文訓	尚書篇目
及庸蜀羌髳微盧彭濮人			S799	b										牧誓

1154、盧

「盧」字在傳鈔古文《尚書》有下列不同字形：

（1）1 2

〈牧誓〉、〈立政〉「盧」字二例敦煌本 S799、S2074、P2630、岩崎本、內野本、足利本、上圖本（八）或作1，上从「虍」之隸變俗寫；九條本或作2，所从「虍」之隸變與「雨」混近。

（2）

〈牧誓〉、〈立政〉「盧」字二例地名《書古文訓》作，與《史記・周本紀》作「纑」相合。

（3）魏三體

魏三體石經〈文侯之命〉「盧弓一盧矢百」「盧」字古文作，爲「旅」字古文（參見“旅”字），篆文作，乃假「旅」爲「盧」字。

（4）1 2 3

〈文侯之命〉「盧弓一盧矢百」「盧」字內野本作1，足利本、上圖本（影）、上圖本（八）、觀智院本作2，其右所从乃「旅」字古文之隸古定訛變，「山」爲「止」之訛，《書古文訓》訛从「矢」作3，其左所从「玄」疑爲「方」之訛，此 3 形當皆爲「旅」字之訛變，與魏三體石經此處假「旅」爲「盧」字相合。

【傳鈔古文《尚書》「盧」字構形異同表】

盧	戰國楚簡	石經	敦煌本	岩崎本 神田本b	九條本 島田本b	內野本	上圖（元） 觀智院b	天理本 古梓堂b	足利本	上圖本（影）	上圖本（八）	古文尚書晁刻	書古文訓	尚書篇目
及庸蜀羌髳微盧彭濮人			盧 S799	盧		盧			盧		盧		纑	牧誓
夷微盧烝三亳阪尹			盧 S2074 盧 P2630		盧	盧			盧		盧		纑	立政
盧弓一		 魏				玈	玈b		玈	玈	玈		玈	文侯之命
盧矢百		 魏				玈	玈b		玈	玈	玈		玈	文侯之命

1155、濮

「濮」字在傳鈔古文《尚書》有下列不同字形：

（1）濮濮$_{1}$濮濮$_{2}$濮$_{3}$

內野本、足利本、上圖本（影）「濮」字作濮濮$_{1}$，所从「業」變作从「艹」，神田本、上圖本（八）作濮濮$_{2}$，「業」變作「業」，其偏旁「氵」字或寫作一畫；敦煌本 S799 作濮$_{3}$，所从「僕」字訛从彳且多一畫。

【傳鈔古文《尚書》「濮」字構形異同表】

濮	戰國楚簡	石經	敦煌本	岩崎本 神田本b	九條本 島田本b	內野本	上圖（元） 觀智院b	天理本 古梓堂b	足利本	上圖本（影）	上圖本（八）	古文尚書晁刻	書古文訓	尚書篇目
及庸蜀羌髳微盧彭濮人				濮b		濮			濮	濮	濮		濮	牧誓

牧誓	稱爾戈比爾干立爾矛予其誓
戰國楚簡	
漢石經	
魏石經	
敦煌本 S799	爯尒戈比尒干立尒柔予亓斷
岩崎本	
神田本	爯尒戈比尒干立尒矛予亓誓
九條本	
島田本	
內野本	爯爾戈比爾干立爾矛予亓斷
上圖本（元）	
觀智院	
天理本	
古梓堂	
足利本	称爾戈比爾干立爾矛予其誓
上圖本（影）	称爾戈比爾干立爾矛予其誓
上圖本（八）	称尒戈比尒干立尒戈予亓断
晁刻古文尚書	
書古文訓	爯尒戈比尒干立尒矛予亓斷
唐石經	稱爾戈比爾干立爾矛予其誓

1156、矛

「矛」字在傳鈔古文《尚書》有下列不同字形：

（1）𢦓

《書古文訓》〈費誓〉「鍛乃戈矛」「矛」字作𢦓，《說文》古文「矛」从戈作𢦓，此形訛誤作「我」，「我」字《說文》古文作𢦓，魏三體石經古文作𢦓，《書古文訓》作𢦓。

（2）柔

敦煌本 S799〈牧誓〉「比爾干立爾矛」「矛」字作柔，爲《說文》篆文矛之隸訛。

（3）戈

上圖本（八）〈牧誓〉「比爾干立爾矛」「矛」字作戈，乃與上文「戈」字相涉誤作。

【傳鈔古文《尚書》「矛」字構形異同表】

矛	戰國楚簡	石經	敦煌本	岩崎本 神田本b	九條本 島田本b	內野本	上圖(元) 觀智院b	天理本 古梓堂b	足利本	上圖本(影)	上圖本(八)	古文尚書晁刻	書古文訓	尚書篇目
比爾干立爾矛			 S799											牧誓
鍛乃戈矛														費誓

牧誓	戰國楚簡	漢石經	魏石經	敦煌本 S799			岩崎本	神田本	九條本	島田本	內野本	上圖本(元)	觀智院	天理本	古梓堂	足利本	上圖本(影)	上圖本(八)	晁刻古文尚書	書古文訓	唐石經
王曰古人有言曰牝雞無晨																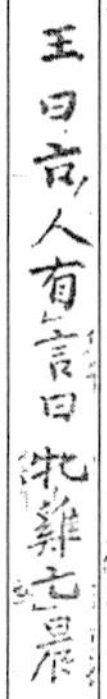					

1157、牝

「牝」字在傳鈔古文《尚書》有下列不同字形：

(1) 

神田本「牝」字作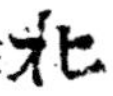，偏旁「牛」字俗寫似「才」，與「犧」字或作岩崎本相類。

【傳鈔古文《尚書》「牝」字構形異同表】

牝	戰國楚簡	石經	敦煌本	岩崎本 神田本b	九條本 島田本b	內野本	上圖(元) 觀智院b	天理本 古梓堂b	足利本	上圖本(影)	上圖本(八)	古文尚書晁刻	書古文訓	尚書篇目
牝雞無晨				b										牧誓
牝雞之晨惟家之索				b										牧誓

1158、晨

「晨」字在傳鈔古文《尚書》有下列不同字形：

（1）晨：12

上圖本（八）「晨」字或作1，下从「辰」字篆文之隸變俗寫；《書古文訓》作2，上所从「日」訛作「臼」，下爲「辰」字篆文之隸古定訛變（參見“辰”字）。

（2）辰：12

敦煌本 S799「晨」字或作1，爲「辰」字篆文之隸變俗寫，或訛从「广」作2，皆假「辰」爲「晨」字。

（3）1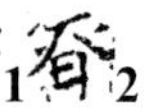2

內野本「晨」字或作1，其上从《說文》「辰」字古文作之隸定，此形移「日」於下，與楚帛書乙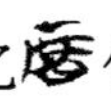包山 178璽彙 3188璽彙 3170郭店.五行 19郭店.五行 20 等類同，神田本或作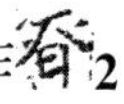2，爲1 形之訛變。

【傳鈔古文《尚書》「晨」字構形異同表】

晨	戰國楚簡	石經	敦煌本	岩崎本 神田本 b	九條本 島田本 b	內野本	上圖（元） 觀智院 b	天理本 古梓堂 b	足利本	上圖本（影）	上圖本（八）	古文尚書晁刻	書古文訓	尚書篇目
牝雞無晨			 S799	b										牧誓
牝雞之晨惟家之索			 S799											牧誓

版本	牝雞之晨惟家之索今商王受惟婦言是用	昏棄厥肆祀弗荅昏棄厥遺王父母弟
唐石經		
書古文訓		
晁刻古文尚書		
上圖本（八）		
上圖本（影）		
足利本		
古梓堂		
天理本		
觀智院		
上圖本（元）		
內野本	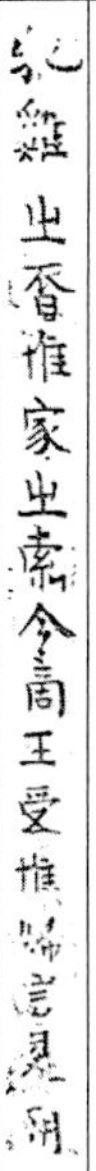	
島田本		
九條本		
神田本		
岩崎本		
敦煌本 S799		
魏石經		
漢石經		厥遺任王孔作父母弟
戰國楚簡		
牧誓	牝雞之晨惟家之索今商王受惟婦言是用	昏棄厥肆祀弗荅昏棄厥遺王父母弟

1159、荅

「荅」字在傳鈔古文《尚書》有下列不同字形：

(1) 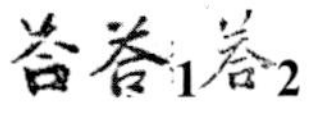

敦煌本 P2748、觀智院本、足利本、上圖本（影）、上圖本（八）「荅」字或作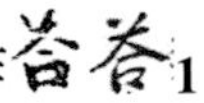，敦煌本 P4509 作，爲篆文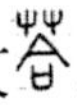之隸變，與**武威簡.士相見 9****流沙簡.補遺 1.14**石門頌同形。

（2）

足利本、上圖本（影）、上圖本（八）「荅」字或作，偏旁「艹」、「竹」常混作不分，「答」爲「荅」之俗字，又《集韻》入聲十27合韻「答」字通作「荅」。

（3）1 2

「合」字楚簡作包山 **83** 包山 **214** 包山 **266** 望山信陽 **1.39** 信陽 **2.24** 郭店.老子甲 **26** 郭店.老子甲 **34** 郭店.老子甲 **19**，戰國又或下从口作**璽彙 3343** **長合鼎**，偏旁「合」字或作形，如「弇」字中山王鼎作 **中山王鼎**，「⿱鼓合」字《說文》古文作，石鼓文作 **石鼓文**，爲「合」字異體〔註357〕，又《汗簡》錄牧子文「荅」字作：汗 **2.26**，《古文四聲韻》錄此爲「合」字作**合.四 5.20**。「合」爲「荅」（答）字之初文，如陳侯因𬁛錞「𢑽氒惪」即「荅（答）揚厥德」〔註358〕。敦煌本 S6017「荅」字作 **1**，《書古文訓》〈洛誥〉二例作 **2**，皆爲「合」字作之隸變，與「享」字（亯）或作混同（參見“享”字）。

（4）**1** **2** **3**

內野本、觀智院本、上圖本（八）、《書古文訓》「荅」字或作 **1**，敦煌本 P2748、內野本或變作 **2**，《書古文訓》或變作 **3**，《集韻》「答」字古作「」「」，皆爲形之訛變，類同於石經作：**汗 2.28** **四 5.20**。 **2** 形與「享」（亯）字或作混同。

（5）

內野本〈洛誥〉「奉荅天命」「荅」字作，左側更注「荅」字，爲「荅」字作（4）形訛誤爲「當」字。

（6）

敦煌本 S799〈牧誓〉「昏棄厥肆祀弗荅」「荅」字作，爲「荅」字作（3） **1** **2** 形之訛誤。

〔註357〕參見黃錫全，《汗簡注釋》，武漢：武漢大學出版社，1993，頁 212、李家浩，〈包山 226 號竹簡所記木器研究〉，《國學研究》第二卷，頁 544。

〔註358〕參見黃錫全，《汗簡注釋》，武漢：武漢大學出版社，1993，頁 212。

【傳鈔古文《尚書》「荅」字構形異同表】

荅	戰國楚簡	石經	敦煌本	岩崎本	神田本b	九條本	島田本b	內野本	上圖（元）	觀智院b	天理本	古梓堂b	足利本	上圖本（影）	上圖本（八）	古文尚書晁刻	書古文訓	尚書篇目
昏棄厥肆祀弗荅			荅 S799												答		畣	牧誓
奉荅天命			荅 P2748 畣 S6017					荅畣						荅	荅		畣	洛誥
篤前人成烈荅其師			畣 P2748					畣					答	荅	畣		畣	洛誥
用荅揚文武之光訓			荅 P4509					畣	畣b				荅	荅	畣		畣	顧命
王再拜興荅曰眇眇予末小子			荅 P4509					畣	畣b				荅	荅	畣		畣	顧命
秉璋以酢授宗人同拜王荅拜								畣	畣b				荅	荅	畣		畣	顧命
拜王荅拜太保降收諸侯出廟門俟								畣	荅b				荅	荅	畣		畣	顧命
王義嗣德荅拜								畣	畣b				荅	荅	畣		畣	康王之誥

牧誓	戰國楚簡	漢石經	魏石經	敦煌本S799			岩崎本	神田本	九條本	島田本	內野本	上圖本（元）	觀智院	天理本	古梓堂	足利本	上圖本（影）	上圖本（八）	晁刻古文尚書	書古文訓	唐石經
不迪乃惟四方之多罪逋逃		不迪乃維四方下缺		弗迪乃惟亖方之多辠逋逃				弗迪乃惟亖方之多辠逋逃			弗迪迺惟亖方㞢多辠逋逃					弗迪迺惟四方之多罪逋逃	弗迪迺惟四方之多罪逋逃	弗迪迺惟亖方之多辠逋逃		弜廸𠧧惟亖匚㞢多辠逋逃	不迪乃惟四方之多罪逋逃

是崇是長是信是使

是以爲大夫卿士俾暴虐于百姓于商郊

以姦宄于商邑今予發

惟恭行天之罰今日之事

不愆于六步七步乃止齊焉

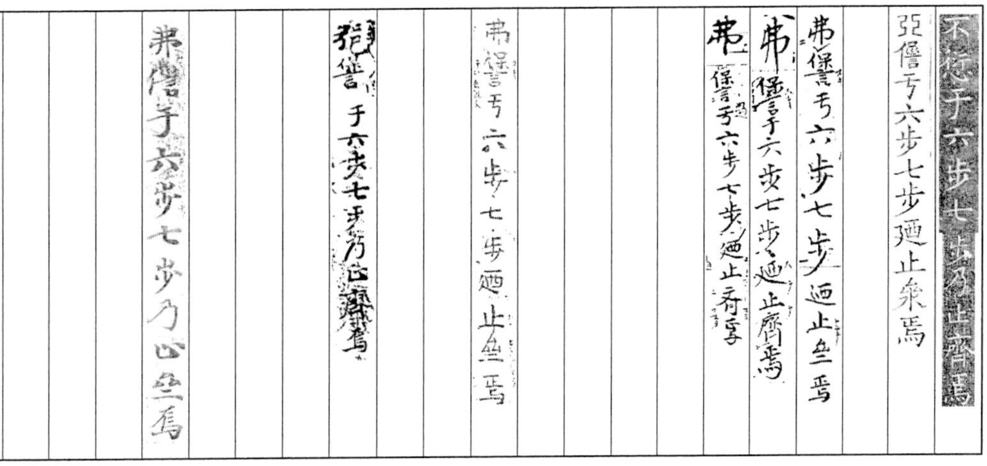

1160、步

「步」字在傳鈔古文《尚書》有下列不同字形：

（1）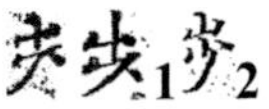

神田本、九條本「步」字或作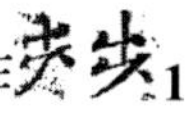，所从「止」訛作「山」，右下多一點，敦煌本 S799 作，復右下訛作「少」。

【傳鈔古文《尚書》「步」字構形異同表】

步	戰國楚簡	石經	敦煌本	岩崎本 神田本b	九條本 島田本b	內野本	上圖（元） 觀智院b	天理本 古梓堂b	足利本	上圖本（影）	上圖本（八）	古文尚書晁刻	書古文訓	尚書篇目
不愆于六步七步			 S799	 b										牧誓
王朝步自周于征伐商			 S799											武成
王朝步自周														召誥

1161、焉

「焉」字在傳鈔古文《尚書》有下列不同字形：

（1）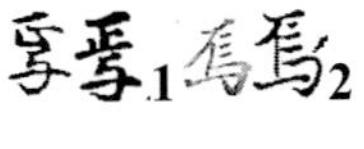

足利本、上圖本（影）「焉」字作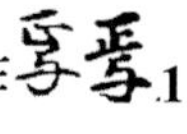，其下形變似「与」；敦煌本 S799 神田本、九條本或作，與尚書敦煌寫本、日古寫本「烏」作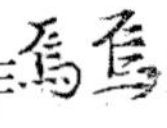混同（參見“鳴”字）。

【傳鈔古文《尚書》「焉」字構形異同表】

焉	戰國楚簡	石經	敦煌本	岩崎本 神田本b	九條本 島田本b	內野本	上圖(元) 觀智院b	天理本 古梓堂b	足利本	上圖本(影)	上圖本(八)	古文尚書晁刻	書古文訓	尚書篇目
不愆于六步七步乃止齊焉			 S799	 b										牧誓
爲壇於南方北面周公立焉														金縢
其心休休焉														秦誓

牧誓	戰國楚簡	漢石經	魏石經	敦煌本 S799			岩崎本	神田本	九條本	島田本	內野本	上圖本(元)	觀智院	天理本	古梓堂	足利本	上圖本(影)	上圖本(八)	晁刻古文尚書	書古文訓	唐石經
夫子勖哉不愆于四伐五伐六伐七伐		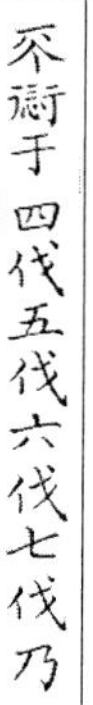																			

1162、勖

「勖」字在傳鈔古文《尚書》有下列不同字形：

（1）勖：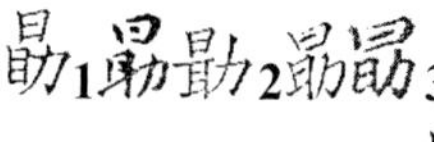

《書古文訓》「勖」字或作1，所从「冃」字變作「日」，「力」移於下；內野本、足利本、上圖本（影）、上圖本（八）、《書古文訓》或作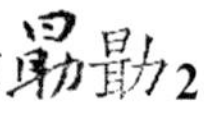2，復所从「目」混作「耳」；敦煌本 P2748、上圖本（影）或作3，所从「目」訛少一畫。

（2）

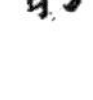

神田本「勖」字作勖，偏旁「冒」字所从「冃」字訛多一直筆，訛誤作从「田」，所从「目」復變作「日」。

（3）勖$_1$勖$_2$

九條本「勖」字作勖$_1$，敦煌本 S799 作勖$_2$，所从「冃」字訛作「罒」。

【傳鈔古文《尚書》「勖」字構形異同表】

勖	戰國楚簡	石經	敦煌本	岩崎本 神田本b	九條本 島田本b	內野本	上圖（元） 觀智院b	天理本 古梓堂b	足利本	上圖本（影）	上圖本（八）	古文尚書晁刻	書古文訓	尚書篇目
我伐用張于湯有光勖哉夫子			勖 S799			勗			勗	勗	勗			泰誓中
夫子勖哉不愆于四伐五伐六伐七伐			勖 S799	勖b		勗			勗	勗	勗		勖	牧誓
勖哉夫子尚桓桓			勗 S799			勗			勗	勗	勗		勖	牧誓
勖哉夫子爾所弗勖其于爾躬有戮			勖 S799			勗			勗	勗	勗		勖	牧誓
收罔勖不及耇造德不降			勗 P2748		勖	勗			勗	勗	勗		勗	君奭
作汝民極曰汝明勖偶王			勗 P2748		勖	勗			勗	勗	勗		勖	君奭

牧誓	戰國楚簡	漢石經	魏石經	敦煌本S799			岩崎本	神田本	九條本	島田本	內野本	上圖本（元）	觀智院	天理本	古梓堂	足利本	上圖本（影）	上圖本（八）	晁刻古文尚書	書古文訓	唐石經
乃止齊焉勖哉夫子尚桓桓				乃止亝焉勖才夫子尚桓〻				乃止齊焉勖才夫子尚桓〻			迺止亝焉勗才夫子尚桓〻					迺止斉焉勗哉夫子尚桓〻	迺止斉焉勗哉夫子尚桓〻	迺止亝焉勗戈夫子尚桓〻		迺止亝焉勖才夫子尚桓桓	乃止齊焉勖哉夫子尚桓桓

如虎如貔如熊如羆于商郊

弗迓克奔以役西土

勖哉夫子爾所弗勖其于爾躬有戮

1163、役

「役」字在傳鈔古文《尚書》有下列不同字形：

(1) 役役

足利本、上圖本（影）、上圖本（八）「役」字或作役役，偏旁「彳」字變作「亻」。

(2) 伇伇伇伇

敦煌本 S799、P2748、S6017、神田本、島田本、上圖本（八）、《書古文訓》「役」字或作伇伇伇伇，《說文》古文从人作，此形爲之隸古定訛變，从人从殳，源自甲骨文作**前 6.4.1****後 2.26.18**。

（3）伇

《書古文訓》〈洛誥〉「惟不役志于享」「役」字作伇，其右从伇**說文古文役**之隸古定。

【傳鈔古文《尚書》「役」字構形異同表】

役	戰國楚簡	石經	敦煌本	岩崎本 神田本b	九條本 島田本b	內野本	上圖（元） 觀智院b	天理本 古梓堂b	足利本	上圖本（影）	上圖本（八）	古文尚書晁刻	書古文訓	尚書篇目
弗迓克奔以役西土			伇 S799	役 b						役				牧誓
不役耳目					伇b					役	伇			旅獒
予造天役										伇			伇	大誥
惟不役志于享			伇 P2748 役 S6017						役	伇	役		伇	洛誥

三十一、武　成

武成	戰國楚簡	漢石經	魏石經	敦煌本S799			岩崎本	神田本	九條本	島田本	內野本	上圖本（元）	觀智院本	天理本	古梓堂本	足利本	上圖本（影）	上圖本（八）	晁刻古文尚書	書古文訓	唐石經
武王伐殷往伐歸獸識其政事作武成																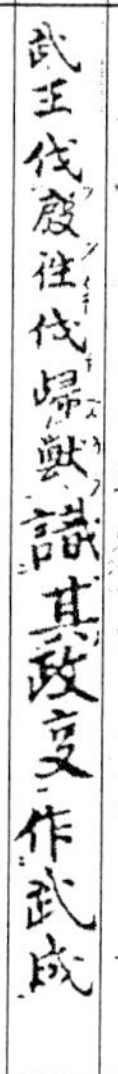		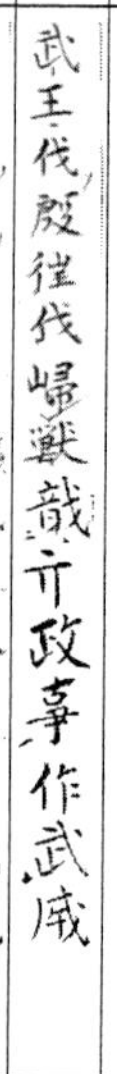		武王伐殷𨑥伐歸嘼𢦏亓政事迮武㦻	
惟一月壬辰旁死魄																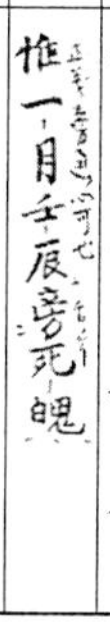				惟弌月壬辰㫄[illegible][illegible]	

1164、魄

「魄」字在傳鈔古文《尚書》有下列不同字形：

（1）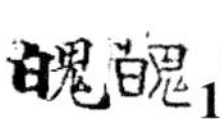123

敦煌本 S799、內野本、足利本、上圖本（影）、上圖本（八）「魄」字或作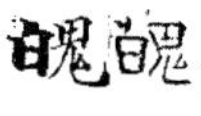1，爲篆文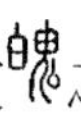之隸變，上圖本（影）或變作2；岩崎本或作3，所从「白」訛作「自」且移於上，與《釋文》云：「魄，字又作『䰟』」類同。

（2）汗 3.35四 4.33

《汗簡》、《古文四聲韻》錄《古尚書》「霸」字作：汗 3.35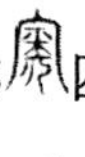四 4.33，《說文》古文作，與此類同，四 4.33 下形爲「月」之訛，《集韻》入聲十 20 陌韻「霸」字古作「」爲此形之隸定。

《尚書》無「霸」字，《說文》「霸」字「月始生霸然也，承大月二日，承小月三日」下引「〈周書〉曰『哉生霸』」徐鉉謂「今俗作必駕切，以爲霸王字」，段注云：「《漢志》所引〈武成〉、〈顧命〉皆作『霸』，後代『魄』行而『霸』廢矣，俗用王霸字實『伯』之假借」，王國維以爲《說文》所引霸「乃壁中古文，《漢書・律歷志》引古文《尚書》〈武成〉、〈顧命〉亦作『霸』，其由孔安國寫定者，則从今文作『魄』」〔註 359〕，金文皆作「霸」，如霸霸鄭虢仲簋霸令簋霸作冊大鼎霸霸姞簋霸衛簋霸史懋壺，爲「月霸」之本字，「魄」乃「霸」之疊韻假借字，元周伯琦《六經正訛》云：「『霸』俗作必駕切，以爲霸王字，而月霸乃用『魄』字，非本義。王霸字本作『伯』，月魄字作『霸』，其義始正」。

（3）霸：霸

《書古文訓》〈康誥〉「惟三月哉生魄」「魄」字作霸，同於《說文》「霸」字下引「〈周書〉曰『哉生霸』」，二字音近假借。

（4）屰

《書古文訓》〈武成〉、〈顧命〉「魄」字作屰，《集韻》「霸」字古作「屰」，疑爲《說文》古文作霸之訛變。

【傳鈔古文《尚書》「魄」字構形異同表】

魄	傳抄古尚書文字 霸 霸.汗 3.35 霸 霸.四 4.33	戰國楚簡	石經	敦煌本	岩崎本	神田本b	九條本	島田本b	內野本	上圖（元）	觀智院b	天理本	古梓堂b	足利本	上圖本（影）	上圖本（八）	古文尚書晁刻	書古文訓	尚書篇目
惟一月壬辰旁死魄				魄 S799	魄				魄					魄	魄	魄		屰	武成
既生魄庶邦冢君暨百工受命于周					魄				魄					魄	魄	魄		屰	武成
惟三月哉生魄									魄					魄	魄	魄		霸	康誥
惟四月哉生魄									魄	魄				魄	魄	魄		屰	顧命

〔註 359〕參見王國維，〈生霸死霸考〉《觀堂集林》，北京：中華書局，1999。

版本			
唐石經	越翼日癸巳王朝步自周于征伐商	厥四月哉生明王來自商至于豐	乃偃武修文歸馬于華山之陽
書古文訓	粤翌日癸巳王翰步自周亐延伐商	氒三月才生明王徠自商𨑒亐豐	𠧟匽武攸彣歸𦤎亐𠌶山㞢昜
晁刻古文尚書			
上圖本（八）	粤翌日癸巳王朝步自周亐征伐商	亣四月戈生明王来自商至亐豐	迺偃武修文歸馬亐山之陽
上圖本（影）	粤翌日癸巳王朝步自周于征伐商	厥四月哉生明王来自商至于豐	迺偃武修文歸馬于華山之陽
足利本	粤翌日癸巳王朝步自周亐征伐商	厥四月哉生明王来自商至亐豐	迺偃武修文歸馬亐華山之陽
古梓堂本			
天理本			
觀智院本			
上圖本（元）			
內野本	粤翌日癸巳王朝步自周亐征伐商	氒三月才生明王來自商至亐豐	迺偃武修文歸馬亐華山㞢昜
島田本			
九條本			
神田本	翌日癸巳王朝步自周于征伐商	氒三月才生明王來自商至于豐	乃偃武脩文歸馬于華山之陽
岩崎本			
敦煌本 S799	粤翌日癸巳王朝步自周于征伐商	氒三月才生明王来自商至于豐	乃偃武修文馬于華山之陽
魏石經			
漢石經			
戰國楚簡			
武成	越翼日癸巳王朝步自周于征伐商	厥四月哉生明王來自商至于豐	乃偃武修文歸馬于華山之陽

1165、偃

「偃」字在傳鈔古文《尚書》有下列不同字形：

（1）偃：偃偃$_1$偃$_2$

上圖本（影）、上圖本（八）「偃」字作偃偃$_1$，所从「女」與日古寫本「安」

字或作安形混同（參見“安”字），內野本作偃2，兩點變作一短橫。

（2）匽：匽

《書古文訓》「偃」字作匽，《漢書・郊祀歌》「興文匽武」，顏注曰：「(匽）古偃字」。

（3）𨓦

島田本「偃」字作𨓦2，當爲「匽」字之訛，其「辶」形爲偏旁「匚」字之「乚」形所訛變（參見“匯”“匪”字）。

【傳鈔古文《尚書》「偃」字構形異同表】

偃	戰國楚簡	石經	敦煌本	岩崎本 神田本b	九條本 島田本b	內野本	上圖(元) 觀智院b	天理本 古梓堂b	足利本	上圖本(影)	上圖本(八)	古文尚書晁刻	書古文訓	尚書篇目
乃偃武修文										偃	偃		匽	武成
禾盡偃大木斯拔						偃							匽	金縢
凡大木所偃盡起而築之					𨓦b								匽	金縢

武成	戰國楚簡	漢石經	魏石經	敦煌本 S799			岩崎本	神田本	九條本	島田本	內野本	上圖本（元）	觀智院本	天理本	古梓堂本	足利本	上圖本（影）	上圖本（八）	晁刻古文尚書	書古文訓	唐石經
放牛于桃林之野示天下弗服																		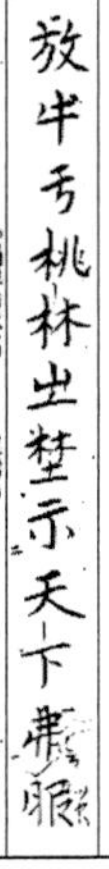			

1166、桃

「桃」字在傳鈔古文《尚書》有下列不同字形：

（1）

敦煌本 S799「桃」字作，爲篆文之隸變俗寫，與武威醫簡 79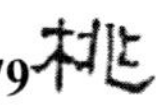漢石經.詩.木瓜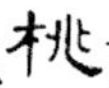曹全碑同形。

【傳鈔古文《尚書》「桃」字構形異同表】

桃	戰國楚簡	石經	敦煌本	岩崎本	神田本b	九條本	島田本b	內野本	上圖（元）	觀智院b	天理本	古梓堂b	足利本	上圖本（影）	上圖本（八）	古文尚書晁刻	書古文訓	尚書篇目
放牛于桃林之野			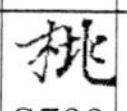 S799															武成

1167、示

「示」字在傳鈔古文《尚書》有下列不同字形：

（1）

敦煌本 S799「示」字作，其上短横變作點。

【傳鈔古文《尚書》「示」字構形異同表】

示	戰國楚簡	石經	敦煌本	岩崎本	神田本b	九條本	島田本b	內野本	上圖（元）	觀智院b	天理本	古梓堂b	足利本	上圖本（影）	上圖本（八）	古文尚書晁刻	書古文訓	尚書篇目
示天下弗服			 S799															武成

武成	戰國楚簡	漢石經	魏石經	敦煌本 S799			岩崎本	神田本	九條本	島田本	內野本	上圖本（元）	觀智院本	天理本	古梓堂本	足利本	上圖本（影）	上圖本（八）	晁刻古文尚書	書古文訓	唐石經
丁未祀于周廟邦甸侯衛駿奔走執豆籩				丁未祀于周庿邦甸侯衛駿奔走執梪邊				丁未祀周庿邦甸侯衛駿奔走執豆籩			丁未祀亐周廟邦甸侯衛駿奔走執豆籩					丁未祀亐周廟邦甸侯衛駿奔走執豆籩	丁未祀于周庿邦甸侯衛駿奔走執豆籩	丁未祀亐周廟邦甸侯衛駿奔走執豆籩		丁未禩亐周廟峕甸矦衛駿犇走執皀籩	丁未祀于周廟邦甸侯衛駿奔走執豆籩

1168、駿

「駿」字在傳鈔古文《尚書》有下列不同字形：

（1）駿駿駿

神田本、足利本、上圖本（影）、上圖本（八）「駿」字作駿駿駿，與駿曹全碑駿徐氏紀產碑類同，右从「夋」之隸書（參見“俊”“浚”“峻”字）。

【傳鈔古文《尚書》「駿」字構形異同表】

駿	戰國楚簡	石經	敦煌本	岩崎本 神田本b	九條本 島田本b	內野本	上圖（元） 觀智院b	天理本 古梓堂b	足利本	上圖本（影）	上圖本（八）	古文尚書晁刻	書古文訓	尚書篇目
睿駿奔走執豆籩			睿	駿b					駿	駿	駿			武成

1169、豆

「豆」字在傳鈔古文《尚書》有下列不同字形：

（1）皀

《書古文訓》「豆」字作皀，《集韻》去聲八 50 候韻「豆」字古作皀，皆爲《說文》古文作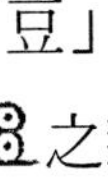之隸古定訛變，源於散盤郭店.老子甲 2 等形，皆象

豆器之形。

（2）梪

「駿奔走執豆籩」《釋文》云：「『豆』本又作『梪』」，敦煌本 S799 作梪，《說文》豆部「梪，木豆謂之豆」，《集韻》「豆」字或从木、从竹，作「梪」、「笠」，「梪」爲「豆」之形聲字異體。

【傳鈔古文《尚書》「豆」字構形異同表】

豆	戰國楚簡	石經	敦煌本	岩崎本 神田本b	九條本 島田本b	內野本	上圖（元） 觀智院b	天理本 古梓堂b	足利本	上圖本（影）	上圖本（八）	古文尚書晁刻	書古文訓	尚書篇目
駿奔走執豆籩			梪 S799				尌						𣅀	武成

1170、籩

「籩」字在傳鈔古文《尚書》有下列不同字形：

（1）邊邊1邊2邊3邊4

足利本、上圖本（八）「」字作邊邊1，所从「邊」之右上訛作「鳥」之上半，上圖本（影）作邊2，訛誤从「鳥」；敦煌本 S799 作邊3，爲「邊」字之訛變，神田本作邊4，皆假「邊」爲「籩」字。

【傳鈔古文《尚書》「籩」字構形異同表】

籩	戰國楚簡	石經	敦煌本	岩崎本 神田本b	九條本 島田本b	內野本	上圖（元） 觀智院b	天理本 古梓堂b	足利本	上圖本（影）	上圖本（八）	古文尚書晁刻	書古文訓	尚書篇目
駿奔走執豆籩			邊 S799	邊 b		籩			邊	邊	邊		籩	武成

武　成	越三日庚戌柴望大告武成	既生魄庶邦冢君暨百工受命于周	王若曰嗚呼群后惟先王建邦啓土
唐石經			
書古文訓			
晁刻古文尚書			
上圖本（八）			
上圖本（影）			
足利本	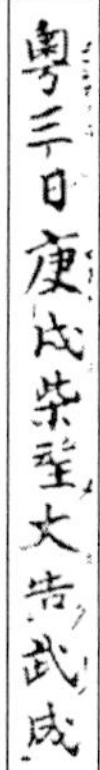		
古梓堂本			
天理本			
觀智院本			
上圖本（元）			
內野本			
島田本			
九條本			
神田本			
岩崎本			
敦煌本S799			
魏石經			
漢石經			
戰國楚簡			

公劉克篤前烈至于大王	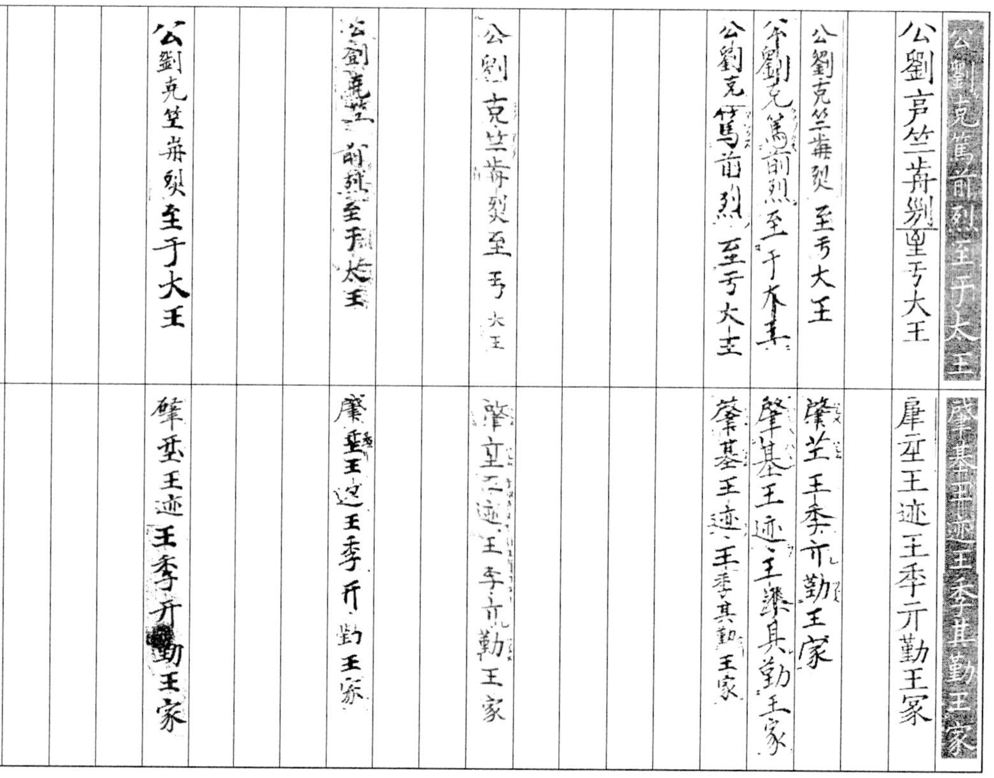
肇基王跡王季其勤王家	

1171、迹

「迹」字在傳鈔古文《尚書》有下列不同字形：

（1）蹟

《書古文訓》〈立政〉「以陟禹之迹」「迹」字作蹟，爲《說文》「迹」字或體从足責作「蹟」。

【傳鈔古文《尚書》「迹」字構形異同表】

迹	戰國楚簡	石經	敦煌本	岩崎本 神田本b	九條本 島田本b	內野本	上圖（元） 觀智院b	天理本 古梓堂b	足利本	上圖本（影）	上圖本（八）	古文尚書晁刻	書古文訓	尚書篇目
肇基王迹			迹 S799	迹		迹			迹		迹		迹	武成
爾乃邁迹自身			迹 S5626 迹 S2074		迹	迹			迹	迹	迹		迹	蔡仲之命
以陟禹之迹			迹 P2630		迹	迹			迹	迹	迹		蹟	立政

武成	戰國楚簡	漢石經	魏石經	敦煌本 S799			岩崎本	神田本	九條本	島田本	內野本	上圖本（元）	觀智院本	天理本	古梓堂本	足利本	上圖本（影）	上圖本（八）	晁刻古文尚書	書古文訓	唐石經
我文考文王克成厥勳誕膺天命																	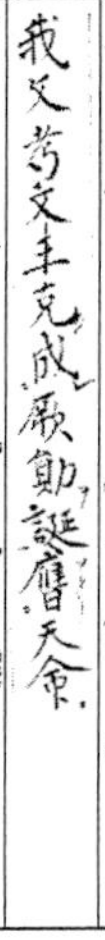 				

1172、膺

「膺」字在傳鈔古文《尚書》有下列不同字形：

（1）12

神田本「膺」字作1，當爲誤作「應」字，內野本、觀智院本作2，所从「月」俗混作「日」。

【傳鈔古文《尚書》「膺」字構形異同表】

膺	戰國楚簡	石經	敦煌本	岩崎本 神田本b	九條本 島田本b	內野本	上圖（元） 觀智院b	天理本 古梓堂b	足利本	上圖本（影）	上圖本（八）	古文尚書晁刻	書古文訓	尚書篇目
誕膺天命				 b										武成
惟予一人膺受多福							b							君陳

唐石經	以撫方夏大邦畏其力小邦懷其德	惟九年大統未集予小子其承厥志	厎商之罪告于皇天后土
書古文訓	㠯攺匚𡕰大𨚗畏亓力小𨚗褱亓悳	惟九季大統未集予小𡥈亓承氒志	厎𠷎㞢辠吿亏皇兲后土
晁刻古文尚書			
上圖本（八）	㠯攺方夏大邦畏亓力小邦懷亓悳	惟九季大統未集予小子亓承氒	厎商之辠告亏皇天后土
上圖本（影）	㠯撫方夏大邦畏其力小邦懷其悳	惟九年大統未集予小子其承厥志	致商之罪告亏皇天后土
足利本	㠯撫方夏大邦畏其力小邦懷其悳	惟九年大統未集予小子其承厥志	致商之罪告亏皇天后土
古梓堂本			
天理本			
觀智院本			
上圖本（元）			
內野本	㠯攺方夏大邦畏亓力小邦褱亓悳	惟九季大統未集予小子亓承氒志	厎商㞢辠吿亏皇兲后土
島田本			
九條本			
神田本	[illegible]大邦畏亓力小邦懷亓悳	惟九年大統未集予小子其承亓志	底商之罪告于皇天后土
岩崎本			
敦煌本 S799	以撫方夏大邦畏亓力小邦懷亓悳	惟九年大統未集予[illegible]亓承氒志	底商之辠告于皇天后土
魏石經			
漢石經			
戰國楚簡			
武　成	以撫方夏大邦畏其力小邦懷其德	惟九年大統未集予小子其承厥志	厎商之罪告于皇天后土

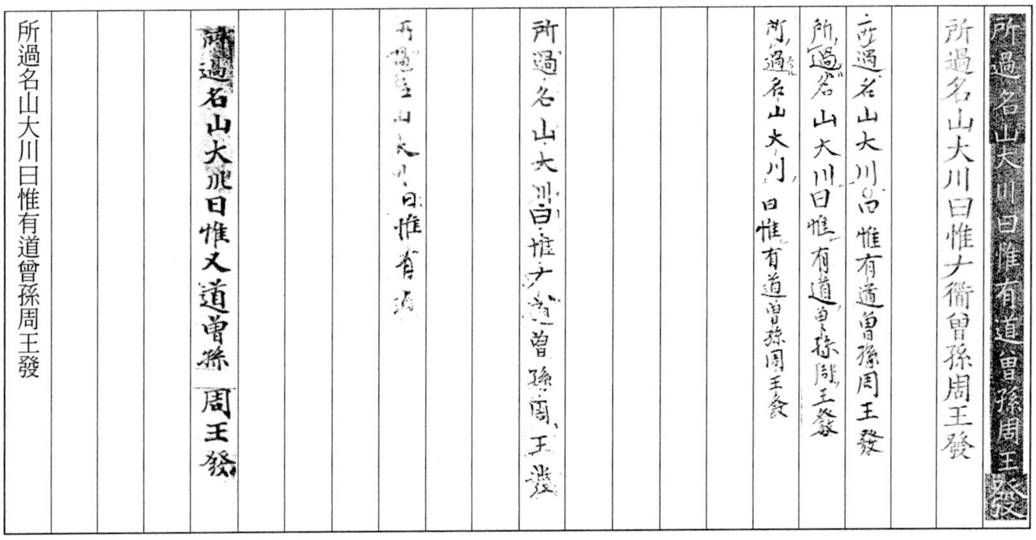

1173、曾

「曾」字在傳鈔古文《尚書》有下列不同字形：

（1）曽1曽2

敦煌本 S799「曾」字作曽1，爲篆文曾之隸變俗寫，與漢簡作曾**武威簡.服傳 33**曾**定縣竹簡 50**曾**漢石經.詩.河廣**等類同；上圖本（影）作曽2，其下「曰」作「=」，爲省略符號。

【傳鈔古文《尚書》「曾」字構形異同表】

曾	戰國楚簡	石經	敦煌本	岩崎本	神田本b	九條本	島田本b	內野本	上圖（元）	觀智院b	天理本	古梓堂b	足利本	上圖本（影）	上圖本（八）	古文尚書晁刻	書古文訓	尚書篇目
惟有道曾孫周王發			曽 S799											曽				武成

武成	將有大正于商今商王受無道	暴殄天物害虐烝民	爲天下逋逃主萃淵藪
唐石經			
書古文訓		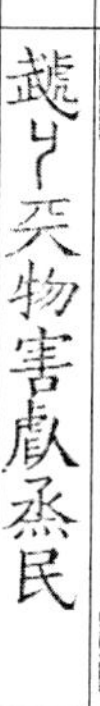	
晁刻古文尚書			
上圖本（八）		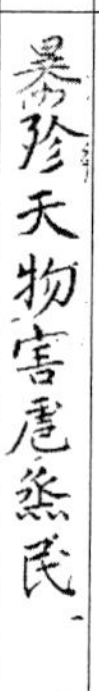	
上圖本（影）			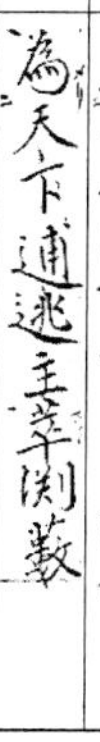
足利本		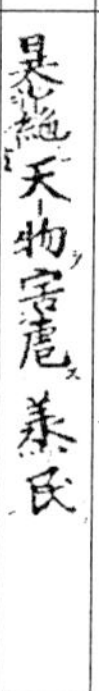	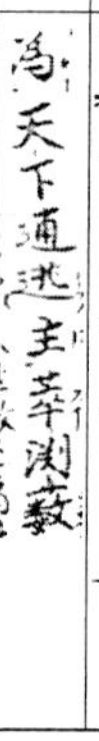
古梓堂本			
天理本			
觀智院本			
上圖本（元）			
內野本			
島田本			
九條本			
神田本			
岩崎本			
敦煌本S799			
魏石經			
漢石經			
戰國楚簡			

1174、萃

「萃」字在傳鈔古文《尚書》有下列不同字形：

（1）12

敦煌本 S799「萃」字作1，神田本作2，上圖本（八）作3，字形皆俗訛。

【傳鈔古文《尚書》「萃」字構形異同表】

萃	戰國楚簡	石經	敦煌本	岩崎本 神田本b	九條本 島田本b	內野本	上圖（元） 觀智院b	天理本 古梓堂b	足利本	上圖本（影）	上圖本（八）	古文尚書晁刻	書古文訓	尚書篇目
爲天下逋逃主萃淵藪			 S799	 b										武成

1175、醉

（1）（字形說明參見“萃”字）

【傳鈔古文《尚書》「醉」字構形異同表】

醉	戰國楚簡	石經	敦煌本	岩崎本 神田本b	九條本 島田本b	內野本	上圖（元） 觀智院b	天理本 古梓堂b	足利本	上圖本（影）	上圖本（八）	古文尚書晁刻	書古文訓	尚書篇目
惟祀德將無醉										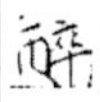				酒誥
爾乃飲食醉飽									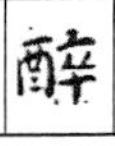					酒誥

武成	戰國楚簡	漢石經	魏石經	敦煌本 S799			岩崎本	神田本	九條本	島田本	內野本	上圖本（元）	觀智院本	天理本	古梓堂本	足利本	上圖本（影）	上圖本（八）	晁刻古文尚書	書古文訓	唐石經
予小子既獲仁人敢祗承上帝																	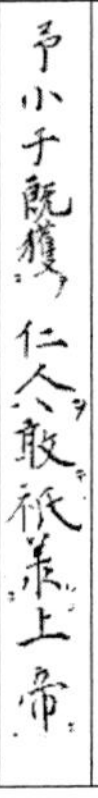				

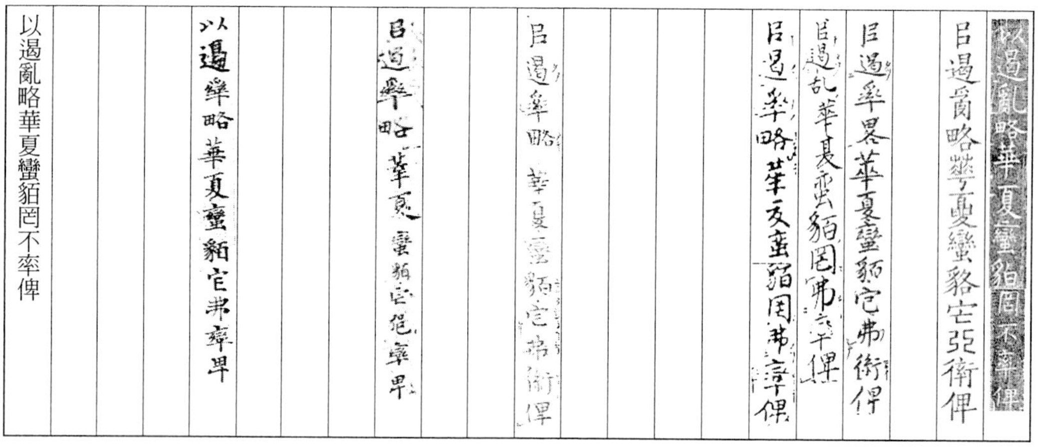

1176、貊

「貊」字在傳鈔古文《尚書》有下列不同字形：

（1）四 5.18貌.汗 4.70

《古文四聲韻》錄《古尚書》「貊」字作：四 5.18，《汗簡》錄此形貌.汗 4.70 注爲「貌」字，與《說文》糸部「緢」字下引「〈周書〉曰『惟緢有稽』」《玉篇》殘卷所引相合，《古文四聲韻》注作「貊」字，當爲「貌」字之誤。

（2）

《書古文訓》「貊」字作，《集韻》「貉」字或作「貊」，《說文》豸部「貉」字「北方豸種也，从豸各聲。孔子曰『貉之爲言惡也』」，「貊」爲「貉」字之異體，聲符更替。

（3）

敦煌本 S799「貊」字作，偏旁「豸」字下形訛誤作「豕」。

【傳鈔古文《尚書》「貊」字構形異同表】

貊	傳抄古尚書文字	戰國楚簡	石經	敦煌本	岩崎本	神田本b	九條本	島田本b	內野本	上圖（元）	觀智院b	天理本	古梓堂b	足利本	上圖本（影）	上圖本（八）	古文尚書晁刻	書古文訓	尚書篇目
	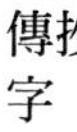四 5.18 貌.汗 4.70																		
華夏蠻貊罔不率俾				 S799															武成

武成	恭天成命肆予東征綏厥士女	惟其士女篚厥玄黃昭我周王	天休震動用附我大邑周惟爾有神尚克相予
唐石經	恭天成命肆予東征綏厥士女	惟其士女篚厥玄黃昭我周王	天休震動用附我大邑周惟爾有神尚克相予
書古文訓	龔兲戚命䋣予東延婑乓士女	惟亓士女棐乓𢆯灸昭𢦓周王	兲休震𨔶甫附𢦓大邑周惟尒ナ𩠐尚亨眛予
晁刻古文尚書			
上圖本（八）	龔天戚命肆予東征綏乓士女	惟亓士女篚乓玄黃昭我周王	天休震𨔶用附我大邑周惟尒有神尚克相予
上圖本（影）	龔天成命肆予東征綏厥士女	惟其士女篚玄黃昭我周王	天休震動用附我大邑周惟爾有神尚克相予
足利本	龔天戚命肆予東征綏厥士女	惟其士女篚玄黃昭我周王	天休震動用附我大邑周惟爾有神尚克相予
古梓堂本			
天理本			
觀智院本			
上圖本（元）			
內野本	龔天戚命肆予東征綏乓士女	惟亓士女篚乓玄黃昭我周王	兲休震𨔶用附我大邑周惟尒ナ神尚克相予
島田本			
九條本			
神田本	恭天成命肆予東征綏乓士女	惟亓士女篚乓玄黃昭我	動用附我大邑周惟尒有神尚克相予
岩崎本			
敦煌本S799	龔天成命肆予東征綏乓士女	惟亓士女篚乓玄黃昭我周王	天休震𨔶用附我大邑周惟爾有神尚克相予
魏石經			
漢石經			
戰國楚簡			

以濟兆民無作神羞	
既戊午師逾孟津癸亥陳于商郊	

1177、亥

「亥」字在傳鈔古文《尚書》有下列不同字形：

（1）

《書古文訓》〈多方〉「惟五月丁亥」「亥」字作，《說文》「亥」字古文作，云：「古文『亥』爲『豕』，與『豕』同」，此作隸定爲「豕」字，源自甲金文作前 7.33.1 甲 2337 乙亥鼎 天亡簋 利鼎 善鼎 弔專父盨 弔專父盨 王孫鐘 申鼎，或上多一畫作 師兌簋 虢季子白盤 陳侯鼎 邵鐘，變作 歸父盤 𬭚鎛 邾公孫班鎛，說文古文亥當演變自 王孫鐘 申鼎形。

【傳鈔古文《尚書》「亥」字構形異同表】

亥	戰國楚簡	石經	敦煌本	岩崎本 / 神田本b	九條本 / 島田本b	內野本	上圖（元）/ 觀智院b	天理本 / 古梓堂b	足利本	上圖本（影）	上圖本（八）	古文尚書晁刻	書古文訓	尚書篇目
癸亥陳于商郊			 S799	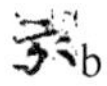b										武成
惟五月丁亥			 S2074											多方

武成	戰國楚簡	漢石經	魏石經	敦煌本S799			岩崎本	神田本	九條本	島田本	內野本	上圖本（元）	觀智院本	天理本	古梓堂本	足利本	上圖本（影）	上圖本（八）	晁刻古文尚書	書古文訓	唐石經
俟天休命甲子昧爽受率其旅若林											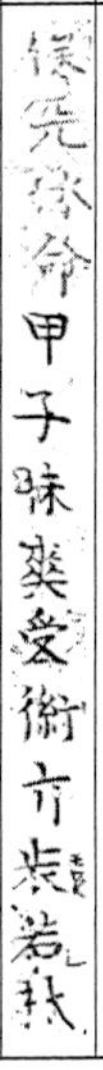										

1178、俟

「俟」字在傳鈔古文《尚書》有下列不同字形：

（1）俟：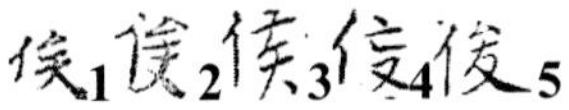

《說文》立部「竢」字「待也」，今則以「俟」爲之，人部「俟」字「大也」，段注曰：「此『俟』之本義也，自經傳假爲『竢』字而『俟』字之本義廢矣。……廢『竢』而用『俟』，則『竢』『俟』爲古今字矣」。

島田本「俟」字作1，所从「矢」訛作「天」，觀智院本作2，「矢」訛似「夫」（參見"矣"字）。「俟」字〈武成〉「俟天休命」上圖本（影）訛作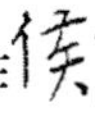3，與「侯」字混同，〈金縢〉「歸俟爾命」上圖本（八）訛作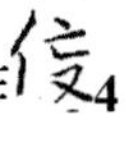4；〈金縢〉「茲攸俟能念予一人」上圖本（影）訛作5，與「俊」字混同。

（2）待：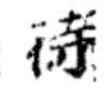

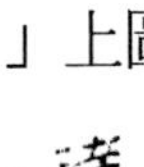

神田本〈武成〉「俟天休命」「俟」字作，爲「待」字，「俟」字乃『竢』之假借字，「俟」「待」同義字。

（3）𫢸：

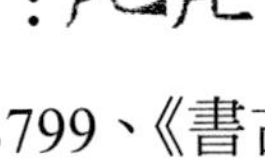

敦煌本S799、《書古文訓》「俟」字皆作，《集韻》「俟」或作「𨑢」，疑此爲「𨑢」寫誤，偏旁「亻」「立」義類同，「矣」「巳」音近。

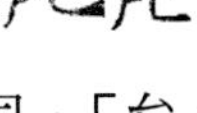

【傳鈔古文《尚書》「侯」字構形異同表】

侯	戰國楚簡	石經	敦煌本	岩崎本 神田本b	九條本 島田本b	內野本	上圖(元) 觀智院b	天理本 古梓堂b	足利本	上圖本(影)	上圖本(八)	古文尚書晁刻	書古文訓	尚書篇目
侯天休命			 S799	 b										武成
歸侯爾命					 b									金縢
茲攸俟能念予一人														金縢
諸侯出廟門俟							 b							顧命

武成	戰國楚簡	漢石經	魏石經	敦煌本 S799			岩崎本	神田本	九條本	島田本	內野本	上圖本（元）	觀智院本	天理本	古梓堂本	足利本	上圖本（影）	上圖本（八）	晁刻古文尚書	書古文訓	唐石經
會于牧野罔有敵于我師											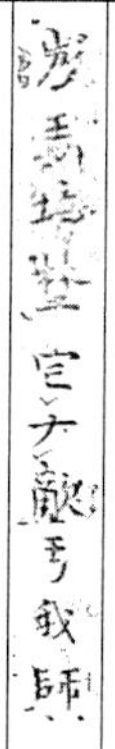							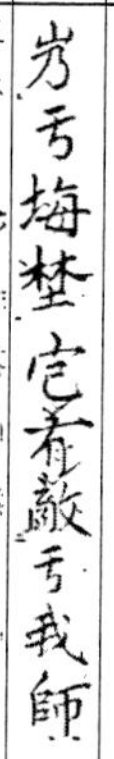			
前徒倒戈攻于後以北																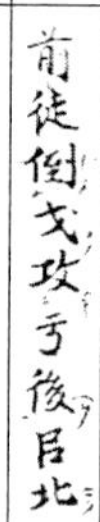		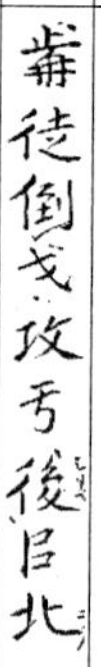			

血流漂杵一戎衣天下大定乃反商政政由舊

1179、漂

「漂」字在傳鈔古文《尚書》有下列不同字形：

（1）瀏

《書古文訓》「漂」字作瀏，《集韻》平聲三 4 宵韻「漂」字「或作瀏」，「瀏」爲「漂」聲符繁化之異體。

【傳鈔古文《尚書》「漂」字構形異同表】

漂	戰國楚簡	石經	敦煌本	岩崎本	神田本 b	九條本	島田本 b	內野本	上圖（元）	觀智院 b	天理本	古梓堂 b	足利本	上圖本（影）	上圖本（八）	古文尚書晁刻	書古文訓	尚書篇目
血流漂杵																	瀏	武成

武成	戰國楚簡	漢石經	魏石經	敦煌本 S799			岩崎本	神田本	九條本	島田本	內野本	上圖本（元）	觀智院本	天理本	古梓堂本	足利本	上圖本（影）	上圖本（八）	晁刻古文尚書	書古文訓	唐石經
釋箕子囚封比干墓式商容閭																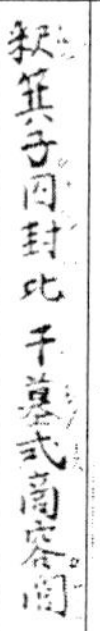		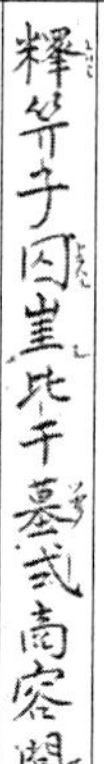		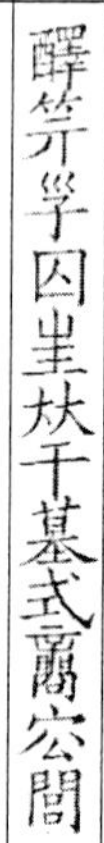	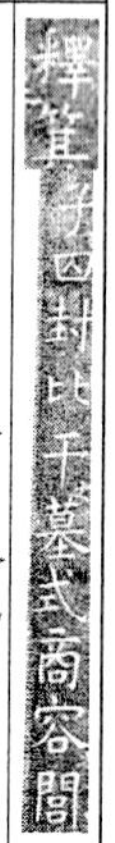

1180、箕

「箕」字在傳鈔古文《尚書》有下列不同字形：

（1）汗 2.21四 1.201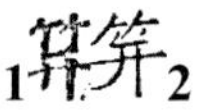2

《汗簡》、《古文四聲韻》錄《古尚書》「箕」字作：汗 2.21四 1.20，戰國作□箕鼎貨系 1604，或作信陽 2.21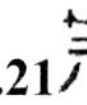璽彙 3108，與此形同，从「丌」與从「亓」無別，「箕」、「」爲聲符更替（參見"其"字）。內野本、上圖本（八）、《書古文訓》「箕」字或作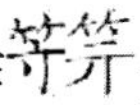1，爲此形之隸定，島田本、上圖本（八）、《書古文訓》或變作2。

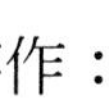

（2）六 30

《訂正六書通》錄《古尚書》「箕」字作：六 30，與《汗簡》錄《說文》「箕」字作汗 2.22 同形，又錄汗 2.2，《說文》「箕」字古文一作，黃錫全謂此皆「㫷」字假爲「箕」（參見"其"字）。

【傳鈔古文《尚書》「箕」字構形異同表】

箕：傳抄古尚書文字 笄汗 2.21 笄四 1.20 箕六 30	戰國楚簡	石經	敦煌本	岩崎本	神田本b	九條本	島田本b	內野本	上圖（元）	觀智院b	天理本	古梓堂b	足利本	上圖本（影）	上圖本（八）	古文尚書晁刻	書古文訓	尚書篇目
釋箕子囚								笄							笄		笄	武成
武王勝殷殺受立武庚以箕子歸作洪範							筭b	笄							笄		笄	洪範
惟十有三祀王訪于箕子							筭b	笄							笄		笄	洪範

1181、墓

「墓」字在傳鈔古文《尚書》有下列不同字形：

（1）墓

敦煌本 S799「墓」字作墓，偏旁「土」字作「圡」。

【傳鈔古文《尚書》「墓」字構形異同表】

墓	戰國楚簡	石經	敦煌本	岩崎本	神田本b	九條本	島田本b	內野本	上圖（元）	觀智院b	天理本	古梓堂b	足利本	上圖本（影）	上圖本（八）	古文尚書晁刻	書古文訓	尚書篇目
封比干墓			墓 S799															武成

武成	戰國楚簡	漢石經	魏石經	敦煌本S799			岩崎本	神田本	九條本	島田本	內野本	上圖本（元）	觀智院本	天理本	古梓堂本	足利本	上圖本（影）	上圖本（八）	晁刻古文尚書	書古文訓	唐石經
散鹿臺之財發鉅橋之粟				散鹿臺之財發巨喬之粟							散鹿臺㞢財發巨喬㞢粟					散鹿臺之財發鉅橋之粟	散鹿臺之財發鉅橋之粟	散鹿臺㞢財發巨喬之粟		散鹿臺㞢財發巨橋㞢粟	散鹿臺之財發鉅橋之粟

1182、散

「散」字《說文》肉部篆文作「雜肉也，从肉㪔聲」，源自金文本作散伯車父鼎散車父簋，或增肉旁作：散伯簋散伯卣五祀衛鼎散盤陳𩞄寇戈，散姬鼎所从二木已見相連，漢碑隸變作散圉令趙君碑，《集韻》換韻「散，分也，隸作『散』」。

「散」字在傳鈔古文《尚書》有下列不同字形：

（1）魏三體散1散2

魏三體石經〈君奭〉「有若散宜生」「散」字古文作，左上為二木之訛變，左下當為「月」（肉）之訛變，而與「昔」字作魏三體.君奭、古作何尊卯簋克鼎蚉壺訛混。

內野本、足利本、上圖本（八）「散」字或作散1，內野本、上圖本（影）或作散2，皆為魏三體之隸定，左形與「昔」字混同（參見“昔”字）。

（2）魏三體

魏三體石經〈君奭〉「散」字篆文作，左形與古文同，乃「㬱」訛變與「昔」字混同，右从「殳」，偏旁「攴」、「殳」相通，漢碑「散」字或變作从「殳」華山亭碑郙閣頌。

（3）散魏三體

魏三體石經〈君奭〉「散」字隸體作散，左上為二木相連訛變，右从「殳」，與漢碑作●郙閣頌（72）同形。

（4）㪔㪔

《書古文訓》「散」字作㪔㪔，為《說文》篆文作之隸古定。

【傳鈔古文《尚書》「散」字構形異同表】

散	戰國楚簡	石經	敦煌本	岩崎本	神田本b	九條本	島田本b	內野本	上圖（元）	觀智院b	天理本	古梓堂b	足利本	上圖本（影）	上圖本（八）	古文尚書晁刻	書古文訓	尚書篇目
散鹿臺之財			散 S799					散						散			㪔	武成
有若散宜生		散 魏	散 P2748					散					散	散	散		㪔	君奭

1183、鹿

「鹿」字在傳鈔古文《尚書》有下列不同字形：

(1) 鹿$_{1}$鹿$_{2}$

敦煌本 S799「鹿」字作鹿$_{1}$，「匕」形皆隸變俗寫作「厶」，與漢代作鹿武威簡.泰射 36 鹿禮器碑鹿漢石經.春秋.僖 21 類同。上圖本（影）作鹿$_{2}$，其下「比」形訛作「从」，與「庶」字寫本多作庶形訛混（參見"庶"字）。

【傳鈔古文《尚書》「鹿」字構形異同表】

鹿	戰國楚簡	石經	敦煌本	岩崎本	神田本b	九條本	島田本b	內野本	上圖（元）	觀智院b	天理本	古梓堂b	足利本	上圖本（影）	上圖本（八）	古文尚書晁刻	書古文訓	尚書篇目
散鹿臺之財			鹿 S799											鹿				武成

1184、鉅

「鉅」字在傳鈔古文《尚書》有下列不同字形：

(1) 巨巨$_{1}$巨$_{2}$

內野本、上圖本（八）、《書古文訓》「鉅」字作巨巨$_{1}$，以聲符「巨」爲「鉅」字；敦煌本 S799 作巨$_{2}$，乃「巨」字之訛誤。

【傳鈔古文《尚書》「鉅」字構形異同表】

鉅	戰國楚簡	石經	敦煌本	岩崎本	神田本b	九條本	島田本b	內野本	上圖（元）	觀智院b	天理本	古梓堂b	足利本	上圖本（影）	上圖本（八）	古文尚書晁刻	書古文訓	尚書篇目
發鉅橋之粟			巨 S799					巨							巨		巨	武成

1185、橋

「橋」字在傳鈔古文《尚書》有下列不同字形：

(1) 喬$_{1}$喬$_{2}$

內野本、上圖本（八）「橋」字作喬$_{1}$，敦煌本 S799 作喬$_{2}$，其上訛作「禾」，以聲符「喬」爲「橋」字。

【傳鈔古文《尚書》「橋」字構形異同表】

橋	戰國楚簡	石經	敦煌本	岩崎本	神田本b	九條本	島田本b	內野本	上圖（元）	觀智院b	天理本	古梓堂b	足利本	上圖本（影）	上圖本（八）	古文尚書晁刻	書古文訓	尚書篇目
發鉅橋之粟			 S799															武成

武成	戰國楚簡	漢石經	魏石經	敦煌本 S799			岩崎本	神田本	九條本	島田本	內野本	上圖本（元）	觀智院本	天理本	古梓堂本	足利本	上圖本（影）	上圖本（八）	晁刻古文尚書	書古文訓	唐石經
大賚于四海而萬姓悅服																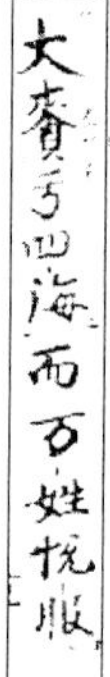	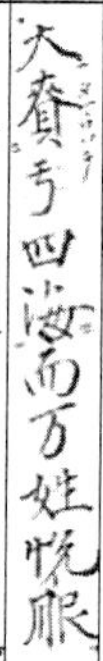	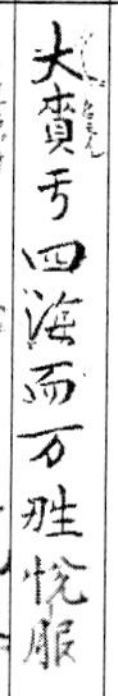		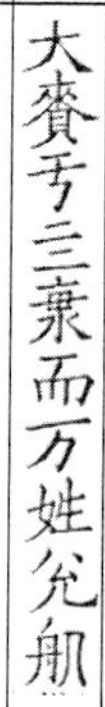	
列爵惟五分土惟三惟賢位事惟能																					

重民五教惟食喪祭																					
惇信明義崇德報功垂拱而天下治																					

三十二、洪 範

洪範	戰國楚簡	漢石經	魏石經	敦煌本			岩崎本	神田本	九條本	島田本	內野本	上圖本（元）	觀智院本	天理本	古梓堂本	足利本	上圖本（影）	上圖本（八）	晁刻古文尚書	書古文訓	唐石經
武王勝殷殺受立武庚以箕子歸作洪範																					

1186、範

「範」字在傳鈔古文《尚書》有下列不同字形：

（1）范

《書古文訓》「範」字作范，《說文》竹部「笵」字訓「法也」，車部「範」字「範軷，从車笵省聲」，「範」爲「笵」之假借字，「笵」爲「型笵」之本字，作「范」則偏旁「艸」、「竹」混用，如漢碑作范劉衡碑「師訓之△」范楊著碑「喪茲師△」。

【傳鈔古文《尚書》「範」字構形異同表】

範	戰國楚簡	石經	敦煌本	岩崎本	神田本b	九條本	島田本b	內野本	上圖（元）	觀智院b	天理本	古梓堂b	足利本	上圖本（影）	上圖本（八）	古文尚書晁刻	書古文訓	尚書篇目
武王勝殷殺受立武庚以箕子歸作洪範																	范	洪範
帝乃震怒不畀洪範九疇																	范	洪範
天乃錫禹洪範九疇																	范	洪範

洪　範	惟十有三祀王訪于箕子	王乃言曰嗚呼箕子	惟天陰騭下民相協厥居	我不知其彝倫攸敘
戰國楚簡				
漢石經				
魏石經				
敦煌本				
岩崎本				
神田本				
九條本				
島田本	惟十又三祀王訪于箕子	王乃言曰烏虖箕子	惟天侌隲民相協身居	我不知亓彝倫逌叙
內野本	惟十大弍祀王訪亏笄子	王乃言曰烏虖笄子	惟天侌騭丁民相叶氒居	我弗知亓彝倫逌叙
上圖本（元）				
觀智院本				
天理本				
古梓堂本	惟十有三祀王訪亏箕子	王乃言曰嗚呼箕子	惟天陰騭下民相叶厥居	我不知其彝倫攸叙
足利本				
上圖本（影）	惟十有三祀王訪亏箕子	王乃言曰嗚虖箕子	惟天陰騭下民相叶厥居	我不知其彝倫攸叙
上圖本（八）	惟十有三祀王訪于箕子	王乃言曰烏呼箕子	惟天陰騭下民相協氒居	我弗知其彝倫逌叙
晁刻古文尚書				
書古文訓	惟十大弍禩王訪亏笄學	王卤𠦃曰緋虖笄學	惟兲侌隲丁民昧叶氒凥	𢦏弜知亓彝倫卤敘
唐石經	惟十有三祀王訪于箕子	王乃言曰嗚呼箕子	惟天陰騭下民相協厥居	我不知其彝倫攸敘

1187、騭

「騭」字在傳鈔古文《尚書》有下列不同字形：

(1) 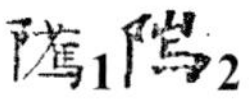

內野本「隲」字作，右上所从「步」省變作「少」；島田本作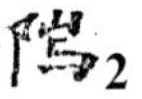，「山」形爲「步」之省訛，「止」形多訛變作「山」，其下爲「馬」之省訛。

【傳鈔古文《尚書》「隲」字構形異同表】

隲	戰國楚簡	石經	敦煌本	岩崎本	神田本b	九條本b	島田本b	內野本	上圖(元)	觀智院b	天理本	古梓堂b	足利本	上圖本(影)	上圖本(八)	古文尚書晁刻	書古文訓	尚書篇目
惟天陰隲下民相協厥居							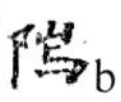											洪範

洪範	戰國楚簡	漢石經	魏石經	敦煌本			岩崎本	神田本	九條本	島田本	內野本	上圖本(元)	觀智院本	天理本	古梓堂本	足利本	上圖本(影)	上圖本(八)	晁刻古文尚書	書古文訓	唐石經
箕子乃言曰我聞在昔鯀陻洪水汩陳其五行																					

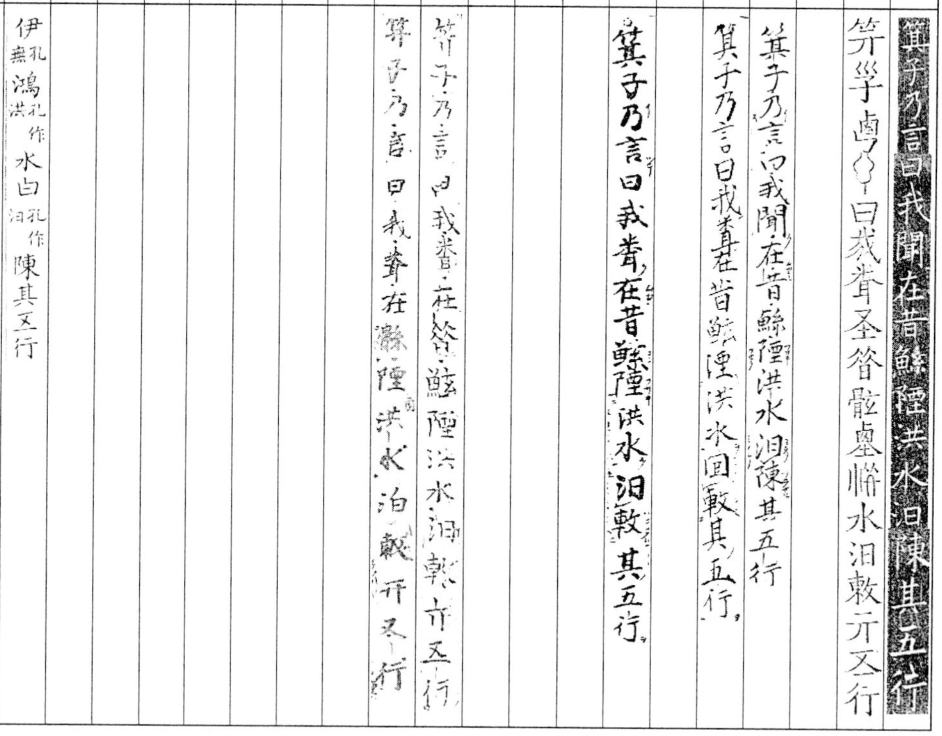

1188、陻

「陻」字在傳鈔古文《尚書》有下列不同字形：

(1) 

《書古文訓》「陻」字作，爲《說文》土部「垔」字古文作之隸古定，

訓「塞也」，下引「《尚書》曰『鯀垔洪水』」，「垔」爲本字，作「陻」則累加義符，《說文》無「陻」字。

(2) 

「陻」字上圖本（影）作，其左所从「阝」俗寫草化混作「氵」。

【傳鈔古文《尚書》「陻」字構形異同表】

陻	戰國楚簡	石經	敦煌本	岩崎本 神田本b	九條本 島田本b	內野本	上圖（元） 觀智院b	天理本 古梓堂b	足利本	上圖本（影）	上圖本（八）	古文尚書晁刻	書古文訓	尚書篇目
鯀陻洪水														洪範

洪範	戰國楚簡	漢石經	魏石經	敦煌本			岩崎本	神田本	九條本	島田本	內野本	上圖本（元）	觀智院本	天理本	古梓堂本	足利本	上圖本（影）	上圖本（八）	晁刻古文尚書	書古文訓	唐石經
帝乃震怒不畀洪範九疇																					
彝倫攸斁鯀則殛死禹乃嗣興										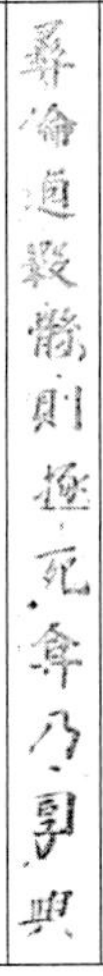	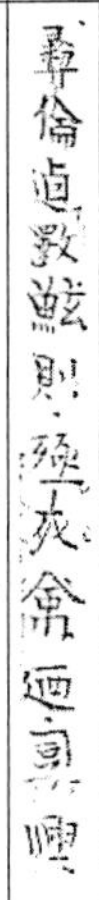							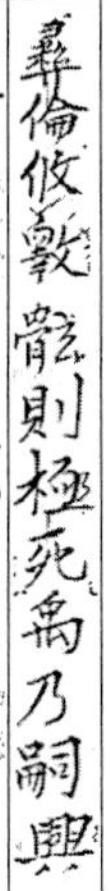			

天乃錫禹洪範九疇彝倫攸敘	初一日五行次二日敬用五事	次三日農用八政次四日協用五紀
兲鹵錫命洪范九𠷎彝倫卣敘	初弍日㐅行𠅏弍日敬用㐅叓	𠅏弍日農用八政𠅏三日叶用㐅紀
天乃錫禹洪範九疇彝倫攸敘	初一日五行次二日敬由五事	次三日農由八政次三日協由五紀
天迺錫禹洪九範疇彝倫攸敘	初一日五行次二日敬用五叓	次三日農用八政次四日恊用五紀
天迺錫禹洪範九疇彝倫攸叙	初一日五行次二日敬用五叓	次三日農用八政次四日恊用五紀
兲迺錫命洪範九𠷎彝倫逌叙	初弍日㐅行次弍日敬用㐅事	次弍日農用八政次三日叶用㐅紀
兲乃錫命洪範九𠷎彝倫逌叙	初一日文	
天乃錫禹洪範九疇彝倫攸敘	初一日五行次二日敬用五事	次三日農用八政次四日協用五紀

次五曰建用皇極次六曰乂用三德	次𠄡曰建𠷎皇極次六曰乂𠷎弍悳		次五曰建由皇極次六曰政乂由三德	次五曰建用皇極次六曰乂用三德		次五曰建用皇極次六曰乂用三德				次𠄡曰建用皇極次六曰乂用弍悳									曰建用皇極次六曰艾乂孔作用三德下缺		次五曰建用皇極次六曰乂用三德
次七曰明用稽疑次八曰念用庶徵	次七曰明𠷎乩疑次八曰忘𠷎厤𢼸		次七曰明用稽疑次八曰念用庶徵	次七曰明用稽疑次八曰念用庶徵		次七曰明用稽疑次八曰念用庶徵				次七曰明用乩疑次八曰念用庶徵											次七曰明用稽疑次八曰念用庶徵
次九曰嚮用五福威用六極	次九曰亯𠷎𠄡福畏𠷎六極		次九曰嚮用𠄡福威用六極	次九曰嚮用五福威用六極		次九曰嚮用五福威用六極				次九曰嚮用𠄡福威用六極											次九曰嚮用五福威用六極

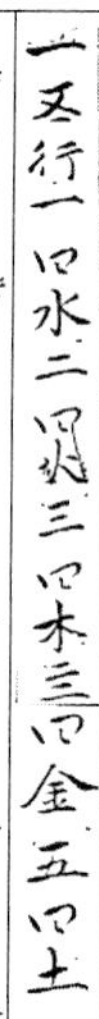	

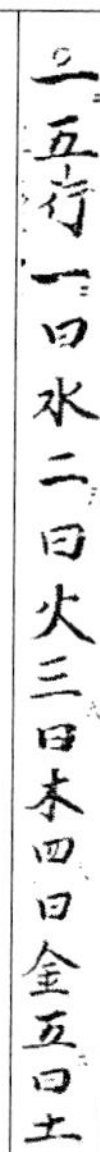	
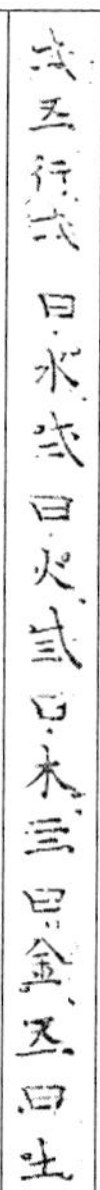	
一五行一曰水二曰火三曰木四曰金五曰土	水曰潤下火曰炎上木曰曲直金曰從革

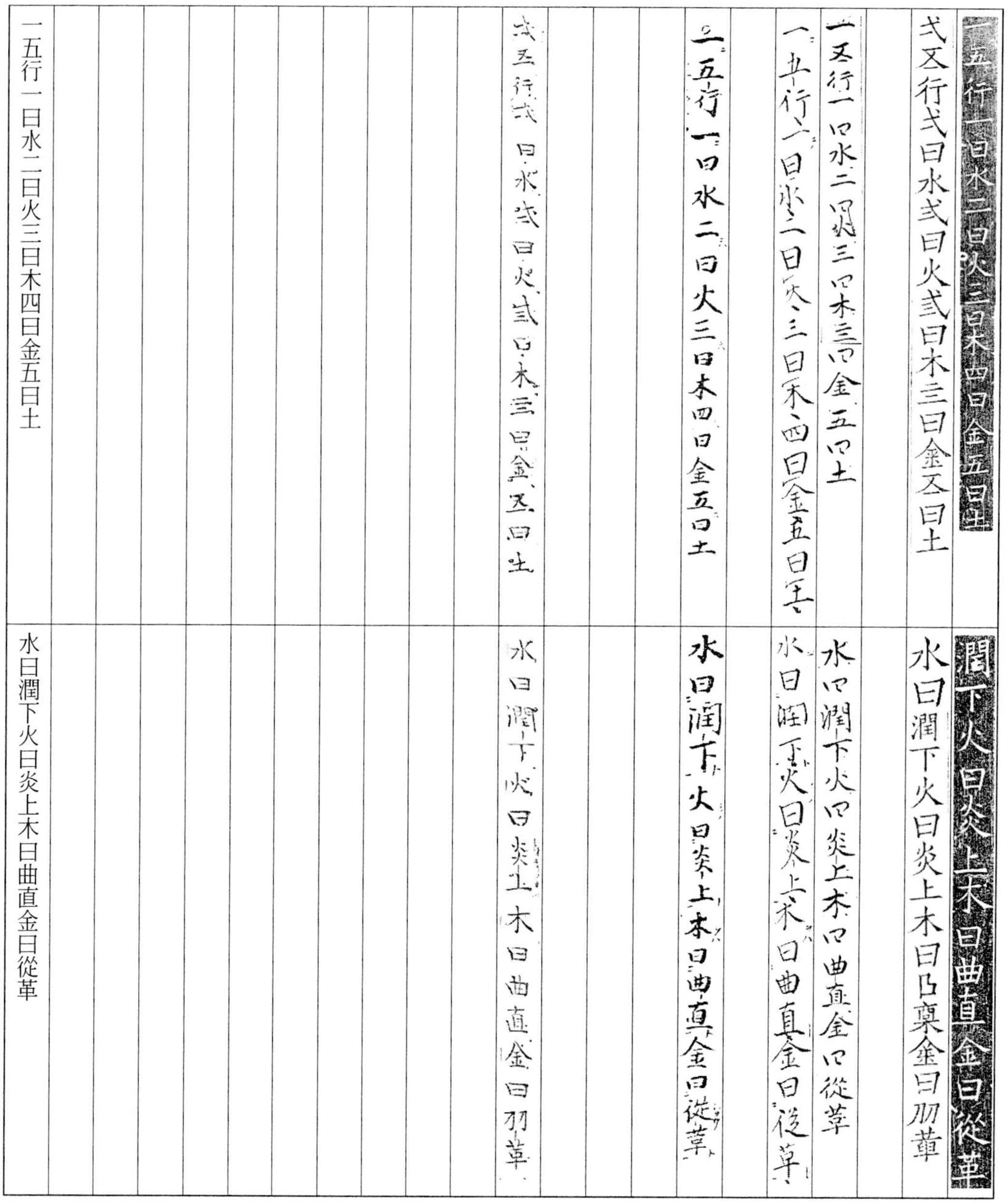

1189、**潤**

「潤」字在傳鈔古文《尚書》有下列不同字形：

(1)

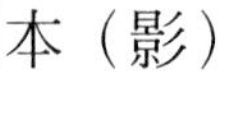

上圖本（影）、上圖本（八）「潤」字作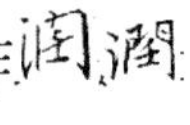，所从「王」變作「壬」。

【傳鈔古文《尚書》「潤」字構形異同表】

潤	戰國楚簡	石經	敦煌本	岩崎本 神田本b	九條本 島田本b	內野本	上圖（元） 觀智院b	天理本 古梓堂b	足利本	上圖本（影）	上圖本（八）	古文尚書晁刻	書古文訓	尚書篇目
水曰潤下														洪範
道洽政治澤潤生民									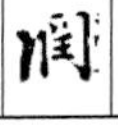		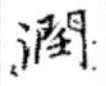			畢命

1190、曲

「曲」字在傳鈔古文《尚書》有下列不同字形：

（1）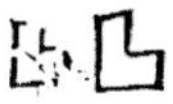

「曲」字內野本、上圖本（八）、《書古文訓》作1，爲《說文》古文作之隸古定，源自金文作曲父丁爵曾子斿鼎。

（2）

九條本〈費誓〉「魯侯伯禽宅曲阜徐夷」「曲」字作2，其旁更注「曲」，乃形誤爲「典」字。

【傳鈔古文《尚書》「曲」字構形異同表】

曲	戰國楚簡	石經	敦煌本	岩崎本 神田本b	九條本 島田本b	內野本	上圖（元） 觀智院b	天理本 古梓堂b	足利本	上圖本（影）	上圖本（八）	古文尚書晁刻	書古文訓	尚書篇目
木曰曲直														洪範
曲直作酸														洪範
魯侯伯禽宅曲阜徐夷														費誓

唐石經	土爰稼穡潤下作鹹炎上作苦	曲直作酸從革作辛稼穡作甘	二五事一曰貌二曰言三曰視四曰聽五曰思
書古文訓	土爰稼嗇潤丁𨑨鹹炎上𨑨苦	𠃑㮚𨑨酸刅革𨑨辛稼嗇𨑨甘	弍乄叓弌曰皃弍曰𢍆弎曰眎三曰聽乄曰息
晁刻古文尚書			
上圖本（八）	土爰稼穡潤下作鹹炎上作苦	曲直作酸從革作辛稼穡作甘	二五叓一曰貌二曰言三曰視三曰聽五曰思
上圖本（影）	土爰稼穡炎上作苦	曲直作酸從革作辛稼穡作甘	二五叓一曰貌二曰言三曰視四曰聽五曰思
足利本			
古梓堂本	土爰稼穡潤下作鹹炎上作苦	曲直作酸從革作辛稼穡作甘	二五叓一曰貌二曰言三曰視四曰聽五曰思
天理本			
觀智院本			
上圖本（元）			
內野本	土爰稼嗇潤下作鹹炎上作苦	曲直作酸刅革作辛稼嗇作甘	弍乄事弌曰皃弍曰言弎曰眎三曰聽乄曰息
島田本			
九條本			
神田本			
岩崎本			
敦煌本			
魏石經			
漢石經	潤下作鹹炎上作苦	曲直作 下缺	
戰國楚簡			
洪範	土爰稼穡潤下作鹹炎上作苦	曲直作酸從革作辛稼穡作甘	二五事一曰貌二曰言三曰視四曰聽五曰思

1191、貌

「貌」字在傳鈔古文《尚書》有下列不同字形：

（1）緢汗 5.70 緢四 5.18 貊緢緢

《汗簡》錄《古尚書》「貌」字作：緢汗 5.70，與《說文》糸部「緢」字下引「〈周書〉曰『惟緢有稽』」相合，《玉篇》殘卷引尚書此句亦作「緢」，岩崎本、《書古文訓》皆作緢緢，「緢」乃「貌」之假借字。《古文四聲韻》錄《古尚書》緢四 5.18 形注作「貊」字，當爲「貌」字之誤。

（2）皃：皃皃1皃2皃3

《說文》皃部「皃」字篆文作皃：「頌儀也，从人白象人面形」，籀文作貌，內野本、《書古文訓》「貌」字或作皃皃1，爲皃說文篆文皃之隸定，上圖本（八）或變作皃2；島田本作皃3，其下「儿」訛誤似「匕」。

（3）貌1貌2

足利本、上圖本（影）「貌」字作貌1，《說文》「皃」字籀文作貌，此形偏旁「皃」所从「儿」變作「八」形，內野本或作貌2，「皃」上訛多一畫。

【傳鈔古文《尚書》「貌」字構形異同表】

貌	傳抄古尚書文字 緢汗 5.70 緢四 5.18 貊	戰國楚簡	石經	敦煌本	岩崎本	神田本 b	九條本	島田本 b	內野本	上圖（元）	觀智院 b	天理本	古梓堂 b	足利本	上圖本（影）	上圖本（八）	古文尚書晁刻	書古文訓	尚書篇目
一曰貌二曰言									皃					貌	貌			皃	洪範
貌曰恭言曰從視曰明								皃b	皃					貌	貌	皃		皃	洪範
惟貌有稽					緢				貌					貌	貌			緢	呂刑

唐石經	
書古文訓	
晁刻古文尚書	
上圖本（八）	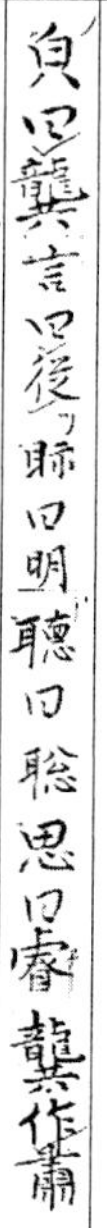
上圖本（影）	
足利本	
古梓堂本	
天理本	
觀智院本	
上圖本（元）	
內野本	
島田本	
九條本	
神田本	
岩崎本	
敦煌本	
魏石經	
漢石經	
戰國楚簡	
洪範	貌曰恭言曰從視曰明聽曰聰思曰睿恭作肅

1192、睿

「思曰睿」《五行傳》、《漢紀》、《說苑》「睿」字作「容」，《五行傳》鄭玄注曰：「『容』當爲『睿』，通也」，《漢書・五行志》引《尚書》經、傳作「容」，《撰異》舉七證謂今文原作「容」，顏師古改作「睿」以合古文作「睿」，強以「容」「睿」爲古今字，錢大昕亦謂伏生本〈洪範〉作「容」字，引證《春秋繁露》、《漢書・五行志》、《說文》「思，容也」，僞古文本因鄭玄注而作「睿」。《撰異》又謂今文作「容」乃「睿」字之誤。《說文》𣦼部「叡（古文作睿），深明也，通也」，谷部「容，深通川也」，二字義可相通，形又相近，古文尚書當本作「睿」，形近誤爲「容」，今文又誤作「容」。

「睿」字在傳鈔古文《尚書》有下列不同字形：

（1）12

內野本「睿」字作1，爲《說文》𣦼部「叡」字古文作之隸變俗寫，上形變似「庀」之隸變；足利本、上圖本（影）作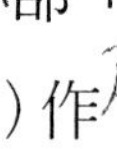2，復下所从「目」訛作「日」。

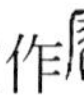

（2）㕡：㕡

《書古文訓》「睿」字作㕡，爲《說文》谷部「㕡」字篆文㕡之隸定俗書，與《漢書・五行志》所引《尚書》經、傳作「㕡」相合，疑爲「睿」字之誤。

（3）⿰𣦼殳

島田本「睿」字作⿰𣦼殳，《說文》𣦼部「叡」字篆文作叡、古文作睿「睿」，此形偏旁「又」字變作「殳」。

【傳鈔古文《尚書》「睿」字構形異同表】

睿	戰國楚簡	石經	敦煌本	岩崎本 神田本b	九條本 島田本b	內野本	上圖（元） 觀智院b	天理本 古梓堂b	足利本	上圖本（影）	上圖本（八）	古文尚書晁刻	書古文訓	尚書篇目
思曰睿					⿰𣦼殳b	睿			睿	睿	睿		㕡	洪範
睿作聖					⿰𣦼殳b	睿			睿	睿	睿		㕡	洪範

洪範	戰國楚簡	漢石經	魏石經	敦煌本			岩崎本	神田本	九條本	島田本	內野本	上圖本（元）	觀智院本	天理本	古梓堂本	足利本	上圖本（影）	上圖本（八）	晁刻古文尚書	書古文訓	唐石經
從作乂明作哲聰作謀睿作聖										刅作乂明作悊聰作惎⿰𣦼殳作聖	刅作乂明作悊聰作惎睿作聖				從作乂明曰哲聰作謀睿作聖		從作乂明曰哲聰作謀睿作聖	從作乂明作哲聰作謀睿作聖		刅迮乂明迮⿰月折聰迮惎㕡迮聖	從作乂明作哲聰作謀睿作聖

1193、哲

「哲」字在傳鈔古文《尚書》有下列不同字形：

（1）⿰月折1晣2

《書古文訓》「明作哲」「哲」字作⿰月折1，所从「月」爲「日」之訛誤，「日哲時燠若」作晰2，乃移「日」於左。

【傳鈔古文《尚書》「哲」字構形異同表】

哲	戰國楚簡	石經	敦煌本	岩崎本 神田本b	九條本 島田本b	內野本	上圖(元) 觀智院b	天理本 古梓堂b	足利本	上圖本(影)	上圖本(八)	古文尚書晁刻	書古文訓	尚書篇目
明作哲					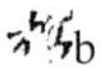b								肵	洪範
曰哲時燠若					b				哲	哲	哲		晰	洪範

洪範	戰國楚簡	漢石經	魏石經	敦煌本			岩崎本	神田本	九條本	島田本	內野本	上圖本(元)	觀智院本	天理本	古梓堂本	足利本	上圖本(影)	上圖本(八)	晁刻古文尚書	書古文訓	唐石經
三八政一曰食二曰貨三曰祀四曰司空		食二曰貨三曰祀四曰司空下缺								三八政一曰食二曰貨三祀三曰司空	弎八政弌曰食弍曰貨弎曰祀三曰司空				三八政一曰食二曰貨三曰祀四曰司空		三八政一曰食二曰貨三曰祀四曰司空	三八政一曰食二曰貨三曰祀三曰司空		弎八政弌曰食弍曰貨弎曰禩三曰司空	三八政一曰食二曰貨三曰祀四曰司空

五曰司徒六曰司寇七曰賓八曰師	㐅曰司徒六曰司寇七曰賔八曰帀		㐅曰司徒六曰司寇七曰賓八曰師	五曰司徒六曰司寇七曰賓八曰師		五曰司徒六曰司寇七曰賓八曰師				㐅曰司徒六曰司寇七曰賓八曰師	㐅曰司徒六曰司寇七曰賓八曰師										五曰司徒六曰司寇七曰賓八曰師
四五紀一曰歲二曰月三曰日四曰星辰五曰曆數	三㐅紀弌曰歲弍曰月弍曰日亖曰星辰㐅曰厤數		亖五紀一曰歲二曰月三曰日四曰星辰五曰曆數	四五紀一曰歲二曰月三曰日四曰星辰五曰曆數		四五紀一曰歲二曰月三曰日四曰星辰五曰曆數				亖㐅紀弌曰歲弍曰月弍曰日亖曰星辰㐅曰曆數	亖㐅紀一曰歲二曰日三曰日亖曰星辰㐅曰曆數										四五紀一曰歲二曰月三曰日四曰星辰五曰曆數
五皇極皇建其有極	㐅皇極皇建亓ナ極		五皇極皇建其有極	五皇極皇建其有極		五皇極皇建其有極				㐅皇極皇建亓ナ極	㐅皇極皇建亓ナ極										五皇極皇建其有極

1	斂時五福用敷錫厥庶民	惟時厥庶民于汝極錫汝保極	凡厥庶民無有淫朋人無有比德
2	斂旹𠄡福用尃錫氒𡰪民	惟旹氒𡰪民亏女極錫女𤓽極	凡氒𡰪民亡ナ至堋人亡ナ夶悳
3			
4	斂時五福用尃錫氒庶民	惟時氒庶民亏女極錫女保極	凡厥庶民亡有滛朋人亡有此悳
5	歛旹五福用敷錫厥庶民	惟旹厥庶民亏汝極錫汝保極	凡厥庶民亡有滛朋人亡有比德
6			
7	歛旹五福用敷錫厥庶民	惟旹厥庶民亏汝極錫汝保極	凡厥庶民亡有滛朋人亡有比德
8			
9			
10			
11	斂旹𠄡福用尃錫氒庶民	惟旹氒庶民亏女極錫女保極	凡氒庶民亡ナ淫朋人亡ナ比悳
12	鎩旹𠄡福用尃錫氒庶民	惟旹氒庶民亍女女保極	凡氒庶民亡ナ滛朋人亡ナ比悳
13			
14			
15			
16			
17			
18			
19			
20		極	凡廞庶民無有涇朋人無有 下缺
21			
22	斂時五福用敷錫厥庶民	惟時厥庶民于汝極錫汝保極	凡厥庶民無有淫朋人無有比德

惟皇作極凡厥庶民有猷有爲有守										惟皇作極凡厥庶民𠂇猷𠂇爲𠂇守	惟皇作極凡厥庶民𠂇猷𠂇爲守				惟皇作極凡厥庶民有猷有爲有守		惟皇作極凡厥庶民有猷有爲有守	惟皇作極凡厥庶民有猷有爲有守		惟皇迮極凡氒𡋿民𠂇繇𠂇爲𠂇守	惟皇作極凡厥庶民有猷有爲有守
汝則念之不協于極不罹于咎										女則念㞢弗協于極弗罹咎	女則念㞢弗叶亏極弗羅罹亏咎				汝則念之弗叶亏極弗罹亏咎		汝則念之弗叶亏極弗罹亏咎	女則念之弗協亏極弗罹于咎		女則忎㞢亞叶亏極亞罹亏咎	女則念之不協于極不罹于咎
皇則受之而康而色										皇則受㞢而康而色	皇則受㞢而康而色				皇則受㞢而康而色		皇則受之而康而色	皇則受之而康而色		皇則𠬪㞢而康而色	皇則受之而康而色
曰予攸好德汝則錫之福										曰予逌好悳女則錫㞢福	曰予逌好悳女則錫㞢福				曰予攸好悳汝則錫之福		曰予攸好悳汝則錫之福	曰予逌好德女則錫之福		曰子卣玗悳女則錫㞢福	曰予攸好德女則錫之福

時人斯其惟皇之極無虐煢獨而畏高明		明																			

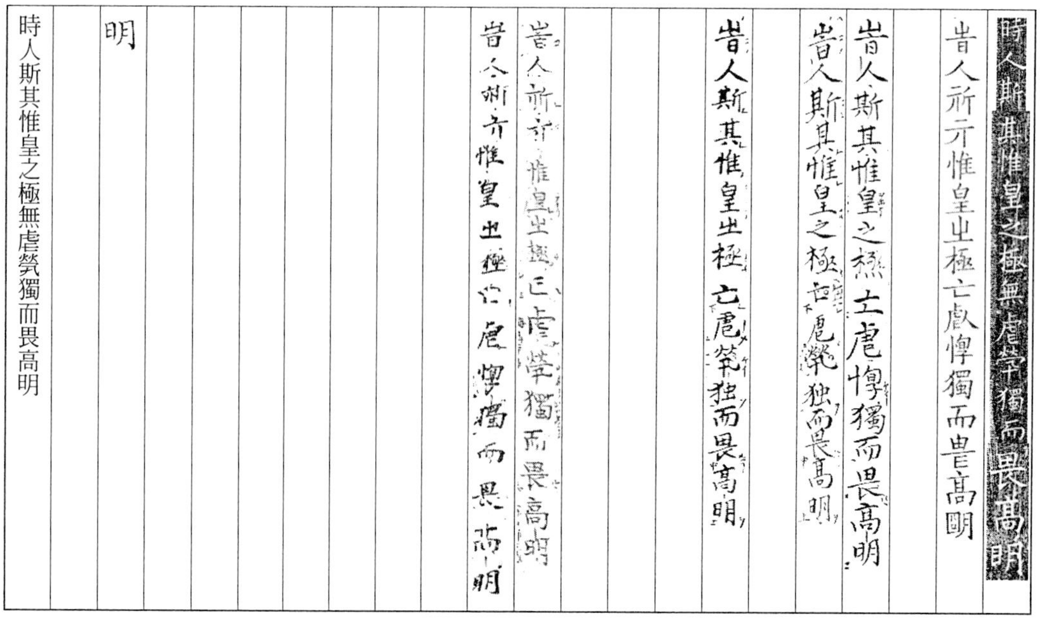

1194、斯

「斯」字在傳鈔古文《尚書》有下列不同字形：

（1）汗 6.76 四 1.16 1 2 3 4

《汗簡》錄《古尚書》「斯」字作：汗 6.76，金文作 幺兒鐘 禹鼎，此形右所从「斤」稍訛，其左从「亓」，與「箕」字从「亓」作 汗 2.21 四 1.20 信陽 2.21 璽彙 3108 相類（參見"箕"字）。《古文四聲韻》錄《古尚書》「斯」字作 四 1.16，右所从「斤」不誤，左从「亓」訛誤作「示」。敦煌本 P3871、內野本、上圖本（八）、《書古文訓》「斯」字作 1，爲 汗 6.76 形之隸定，內野本或中間多一點作 2，或作 3，右旁「斤」與「亓」相涉類化，字形變似从二「亓」；岩崎本或作 4，「亓」訛誤作「亦」。

【傳鈔古文《尚書》「斯」字構形異同表】

斯	傳抄古尚書文字 汗 6.76 四 1.16	戰國楚簡	石經	敦煌本	岩崎本	神田本 b	九條本	島田本 b	內野本	上圖（元）	觀智院 b	天理本	古梓堂 b	足利本	上圖本（影）	上圖本（八）	古文尚書晁刻	書古文訓	尚書篇目
時人斯其惟皇之極					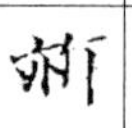 [illegible]				 [illegible]									 [illegible]	洪範
時人斯其辜于其無好德																			洪範
則罪人斯得									 [illegible]									 [illegible]	金縢

大木斯拔														金縢
姑惟教之有斯明享					祈	祈			祈	祈			祈	酒誥
曰斯謀斯猷惟我后之德						祈	祈b						祈	君陳
						祈	祈b						祈	君陳
民訖自若是多盤責人斯無難			祈 P3871		祈	祈					祈		祈	秦誓

1195、煢

「煢」字在傳鈔古文《尚書》有下列不同字形：

（1）煢：煢

足利本、上圖本（影）「煢」字作煢，省冂而變。《說文》卂部「煢」字「回疾也」，段注云：「回轉之疾飛也，引申爲煢獨，取裴回無所依之意」。

（2）惸

島田本、上圖本（八）、《書古文訓》「煢」字作惸惸，《說文》「煢」字段注云：「或作惸」，「惸」字爲兮部「粤」字或體从心作惸，訓「驚辭也」，惸爲惸之隸變。此乃假惸（惸）爲「煢」字。

【傳鈔古文《尚書》「煢」字構形異同表】

煢	戰國楚簡	石經	敦煌本	岩崎本 神田本b	九條本 島田本b	內野本	上圖（元） 觀智院b	天理本 古梓堂b	足利本	上圖本（影）	上圖本（八）	古文尚書晁刻	書古文訓	尚書篇目
無虐煢獨而畏高明					惸b				煢	煢	惸		惸	洪範

唐石經		
書古文訓		
晁刻古文尚書		
上圖本（八）		
上圖本（影）	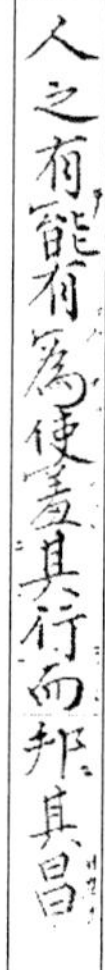	
足利本		
古梓堂本		
天理本		
觀智院本		
上圖本（元）		
內野本		
島田本	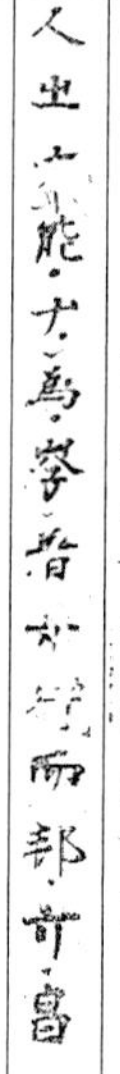	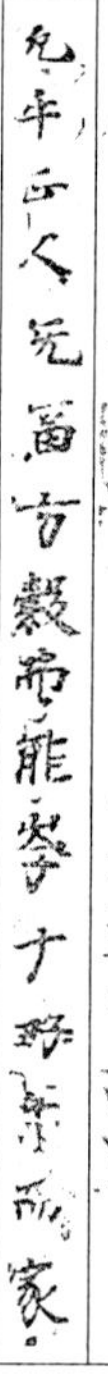
九條本		
神田本		
岩崎本		
敦煌本		
魏石經		
漢石經		
戰國楚簡		
洪　範	人之有能有爲使羞其行而邦其昌	凡厥正人既富方穀汝弗能使有好于而家

時人斯其辜于其無好德
汝雖錫之福其作汝用咎
無偏無陂遵王之義無有作好

1196、陂

「陂」字在傳鈔古文《尚書》有下列不同字形：

(1) 頗頗

《史記・宋世家》、《呂覽・貴公篇》「陂」字皆作「頗」，島田本、內野本、足利本、上圖本（影）、上圖本（八）、《書古文訓》亦皆作「頗」頗頗，《玉篇》「偏」字下引「《書》曰『無偏無頗』」，乃唐開元十四年始改爲「陂」。《唐書・經籍志》謂唐玄宗以「頗」與下句「義」字不協韻而詔改，故唐石經及今刊本作「陂」，《說文》頁部「頗」字「頭偏也」引申爲傾斜、不平之義。《撰異》

云：「玄宗不知『義』『誼』古音本魚何切，而改普多切之『頗』爲彼義切之『陂』，以韻宜寄切之『義』，又不知『陂』之古音亦普多切與『頗』同。古凡皮聲之字皆在第十七歌戈部也」。「陂」「頗」二字音義近同。

【傳鈔古文《尚書》「陂」字構形異同表】

陂	戰國楚簡	石經	敦煌本	岩崎本 神田本b	九條本 島田本b	內野本	上圖（元） 觀智院b	天理本 古梓堂b	足利本	上圖本（影）	上圖本（八）	古文尚書晁刻	書古文訓	尚書篇目
無偏無陂					頗b	頗			頗	頗	頗		頗	洪範

洪範	戰國楚簡	漢石經	魏石經	敦煌本			岩崎本	神田本	九條本	島田本	內野本	上圖本（元）	觀智院本	天理本	古梓堂本	足利本	上圖本（影）	上圖本（八）	晁刻古文尚書	書古文訓	唐石經
遵王之道無有作惡										遵王㞢道亡有作惡	遵王㞢衜亡有作惡				遵王之道亡有作惡		遵王之道亡有作惡	遵王之道亡有作惡		遵王㞢衜毋ナ迮亞	遵王之道無有作惡
遵王之路無偏無黨		路毋偏毋黨								遵王㞢路亡偏亡黨	遵王㞢路亡偏亡黨				遵王之路亡偏亡黨		遵王之路亡偏亡黨	遵王之路亡偏亡黨		遵王㞢路毋偏毋䣊	遵王之路無偏無黨

1197、黨

「黨」字在傳鈔古文《尚書》有下列不同字形：

（1）䣊䣊

《書古文訓》「黨」字作䣊䣊，《說文》邑部「䣊」字「地名」，《玉篇》「䣊」

字「今作黨」，漢婁壽碑「黨」字作⿰尚阝婁壽碑「鄉△州鄰」，《隸辨》謂「《書・洪範》『無偏無黨』古文尚書作『無偏無⿰尚阝』，又郭輔碑『歸懷鄉⿰尚阝』，《集古錄》云：『用鄉⿰尚阝字，與婁壽碑同』」，「⿰尚阝」「黨」二字同音（皆多朗切）假借。

【傳鈔古文《尚書》「黨」字構形異同表】

黨	戰國楚簡	石經	敦煌本	岩崎本	神田本b	九條本	島田本b	內野本	上圖（元）	觀智院b	天理本	古梓堂b	足利本	上圖本（影）	上圖本（八）	古文尚書晁刻	書古文訓	尚書篇目
遵王之路無偏無黨																	⿰尚巴	洪範
王道蕩蕩無黨無偏																	⿰尚阝	洪範

洪範	戰國楚簡	漢石經	魏石經	敦煌本			岩崎本	神田本	九條本	島田本	內野本	上圖本（元）	觀智院本	天理本	古梓堂本	足利本	上圖本（影）	上圖本（八）	晁刻古文尚書	書古文訓	唐石經
王道蕩蕩無黨無偏王道平平無反無側		王道蕩蕩毋黨 下缺								王道蕩亡黨亡偏王道	王衜蕩〻亡黨亡偏王衜平〻亡反				王道蕩〻亡黨亡偏王道平〻亡反亡側		王道蕩〻亡黨亡偏王道平〻亡反亡側	王道蕩〻亡黨亡偏王道平〻亡反亡仄		王衜蕩蕩毋⿰尚阝毋偏王衜平平毋反毋仄	王道蕩蕩無黨無偏王道平平無反無側

王道正直會其有極歸其有極

曰皇極之敷言是彝是訓

于帝其訓凡厥庶民

極之敷言是訓是行以近天子之光

曰天子作民父母以爲天下王	六三德一曰正直二曰剛克	三曰柔克平康正直彊弗友剛克
曰兲孚𨒅民父母㠯爲兲丅王	六三悳弌曰𤴓㮚弍曰㑆亯	弎曰柔亯𢆉康𤴓㮚𢏚弜友㑆亯
曰天子作民父母以爲天下王	六三德一曰正直二曰剛克	三曰柔克平康正直彊弗友剛克
曰天子作民父母以爲天下王	六三德一曰正直二曰剛克	三曰柔克平康正直彊弗友剛克
曰天子作民父母以爲天下王	六三德一曰正直二曰剛克	三曰柔克平康正直彊弗友剛克
曰天子作民父母㠯爲兲丅王	六弎悳弌曰正直弍曰㑆克	弎曰柔克平康正直彊弗友㑆克
爲天下王	三德孔三上有六一曰正直二下缺	
曰天子作民父母以爲天下王	六三德一曰正直二曰剛克	三曰柔克平康正直彊弗友剛克

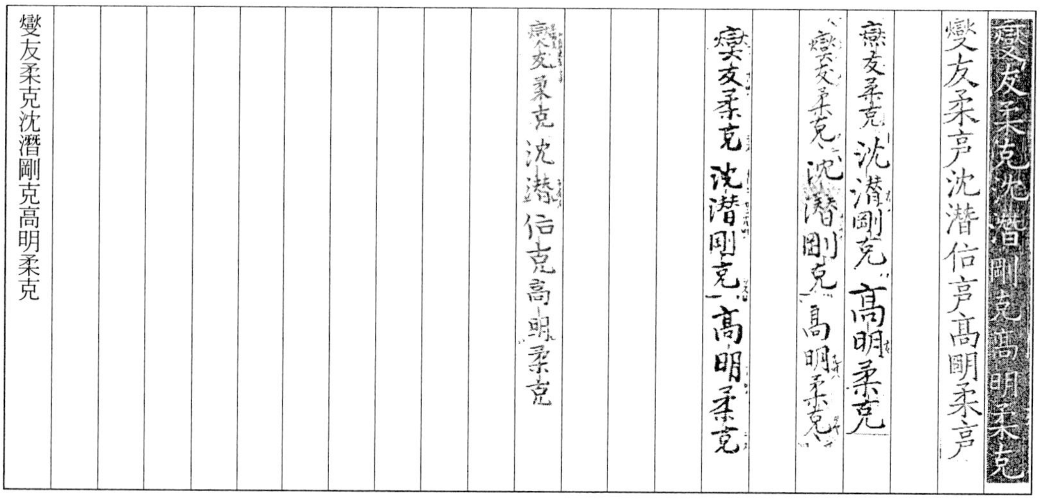

1198、變

「變」字在傳鈔古文《尚書》有下列不同字形：

（1）123

金文「變」字作曾伯●匕，足利本、上圖本（影）作1，其下「又」變似「大」，上圖本（八）或作2，其下作「灬」；敦煌本 P4509 作3，其下从「火」，上形訛作䜌。諸形之下「大」、「火」、「灬」形皆爲「又」與上形所从「火」相涉而類化。

【傳鈔古文《尚書》「變」字構形異同表】

變	戰國楚簡	石經	敦煌本	岩崎本	神田本b	九條本	島田本b	內野本	上圖（元）	觀智院b	天理本	古梓堂b	足利本	上圖本（影）	上圖本（八）	古文尚書晁刻	書古文訓	尚書篇目
變友柔克															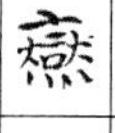			洪範
論道經邦變理陰陽									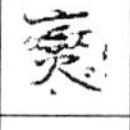				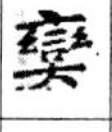	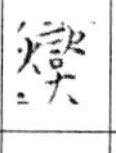	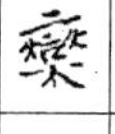			周官
變和天下			 P4509												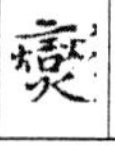			顧命

洪　範	惟辟作福惟辟作威惟辟玉食	臣無有作福作威玉食臣之有作福作威玉食
戰國楚簡		
漢石經		
魏石經		
敦煌本		
岩崎本		
神田本		
九條本		
島田本		
內野本	惟侲作福惟侲作威惟侲玉食	臣臣无作福作威玉食臣㞢ナ作福作威玉食
上圖本（元）		
觀智院本		
天理本		
古梓堂本	惟辟作福惟辟作威惟辟玉食	臣亡有作福作威玉食臣之有作福作威玉食
足利本		
上圖本（影）	惟辟作福惟辟作威惟辟玉食	臣亡有作福作威玉食臣之有作福作威玉食
上圖本（八）	惟辟作福惟辟作威惟辟玉食	臣亡有作福作威玉食臣之有作福作威玉食
晁刻古文尚書		
書古文訓	惟侲迮福惟辟迮畏惟侲玉食	臣亡ナ迮福迮畏玉食臣㞢ナ迮福迮畏玉食
唐石經	惟辟作福惟辟作威惟辟玉食	臣無有作福作威玉食臣之有作福作威玉食

1199、**僻**

「僻」字在傳鈔古文《尚書》有下列不同字形：

（1）辟**隸釋**辟**石經尚書殘碑**辟**1**辟**2**

《隸釋》錄漢石經〈洪範〉「人用側頗僻」「僻」字作辟，《隸辨》錄作辟石經尚書殘碑，島田本、上圖本（八）亦多一畫作辟**1**，內野本、《書古文訓》作辟**2**，「辟」、「僻」音同相通，《禮・樂記》「傲辟喬志」、〈大學〉「人之所愛而辟焉」、《孟子》「放辟邪侈」等皆以「辟」為「僻」。

【傳鈔古文《尚書》「僻」字構形異同表】

僻	戰國楚簡	石經	敦煌本	岩崎本 神田本b	九條本 島田本b	內野本	上圖（元） 觀智院b	天理本 古梓堂b	足利本	上圖本（影）	上圖本（八）	古文尚書晁刻	書古文訓	尚書篇目
人用側頗僻		辟 隸釋			辟b	辟					辟		辟	洪範

唐石經		
書古文訓		
晁刻古文尚書		
上圖本（八）		
上圖本（影）	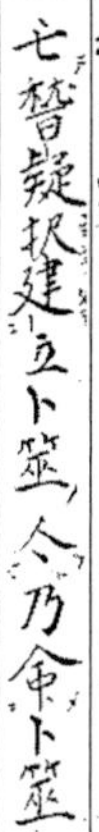	
足利本		
古梓堂本		
天理本		
觀智院本		
上圖本（元）		
內野本		
島田本		
九條本		
神田本		
岩崎本		
敦煌本		
魏石經		
漢石經		
戰國楚簡		
洪　範	七稽疑擇建立卜筮人乃命卜筮	曰雨曰霽曰蒙曰驛曰克曰貞曰悔

1200、霽

「霽」字《史記・宋世家》作「濟」，《集解》引鄭玄注云：「濟者，如雨止之雲氣在上者也」，《撰異》據《周禮・大卜》、《孔疏》引鄭玄注亦釋「濟」字，謂鄭本確作「濟」字，又云：「古凡『止』皆云『濟』」，《爾雅・釋天》「濟謂之霽」，《說文》雨部「霽」字「雨止也」，「濟」「霽」音義皆同，乃義符更替。

「霽」字在傳鈔古文《尚書》有下列不同字形：

（1）霽：

足利本、上圖本（影）「霽」字作，其下从「齊」之省變。

（2）濟：

島田本「霽」字作，爲「濟」字之訛變，所从「齊」下形變作「日」。

（3）

《書古文訓》「霽」字作，此爲「濟」字，與中山王壺作 中山王壺相類，此形所从「齊」字變自戰國作 齊陳曼簠 大眞鎬等形，《汗簡》、《古文四聲韻》錄《古尚書》「濟」字作：汗 5.61 四 3.12 四 4.13（參見"齊""濟"字）。

【傳鈔古文《尚書》「霽」字構形異同表】

霽	戰國楚簡	石經	敦煌本	岩崎本 神田本b	九條本 島田本b	內野本	上圖（元） 觀智院b	天理本 古梓堂b	足利本	上圖本（影）	上圖本（八）	古文尚書晁刻	書古文訓	尚書篇目
曰雨曰霽曰蒙曰驛曰克曰貞曰悔					b									洪範

1201、驛

「曰驛」《說文》口部「圛」字下引「《尚書》曰圛……讀若驛」，〈孔疏〉《詩・載驅》「齊子豈弟」作「齊子愷悌」亦謂〈洪範〉「曰圛」，《詩》鄭玄箋：「古文尚書『弟』爲『圛』」，《史記・宋世家》〈索隱〉云：「涕，音亦，《尚書》作『圛』」，又《撰異》謂鄭箋「今文尚書之『涕』，古文尚書作『圛』，《毛詩》『弟』與『涕』同聲，『弟』亦可讀爲『圛』，《詩・箋》傳寫既久，『涕』作爲『悌』字……今文尚書作『涕』，古文尚書作『圛』，皆有佐證，不得反易之」是古文尚書本作「曰圛」。

「驛」字在傳鈔古文《尚書》有下列不同字形：

（1）驛：

上圖本（八）「驛」字作，偏旁「睪」下形訛似「夆」。《說文》「圛」「讀若驛」，又〈孔疏〉引鄭玄云：「圛即驛也」，衛包當據之改「圛」爲「驛」字，「驛」爲「圛」之同音假借字。

（2） 1 2

內野本、足利本、上圖本（影）、《書古文訓》「驛」字作1，島田本訛作2，古文尚書本作「曰圛」。

【傳鈔古文《尚書》「驛」字構形異同表】

驛	戰國楚簡	石經	敦煌本	岩崎本 神田本b	九條本 島田本b	內野本	上圖（元） 觀智院b	天理本 古梓堂b	足利本	上圖本（影）	上圖本（八）	古文尚書晁刻	書古文訓	尚書篇目
曰雨曰霽曰蒙曰驛曰克曰貞曰悔					b						驛			洪範

洪範	戰國楚簡	漢石經	魏石經	敦煌本			岩崎本	神田本	九條本	島田本	內野本	上圖本（元）	觀智院本	天理本	古梓堂本	足利本	上圖本（影）	上圖本（八）	晁刻古文尚書	書古文訓	唐石經
凡七卜五占用二衍忒立時人作卜筮										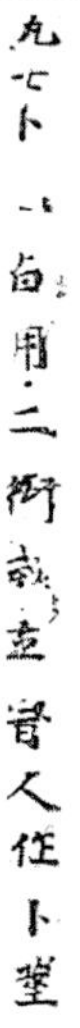								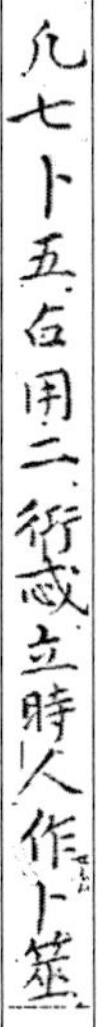			
三人占則從二人之言汝則有大疑謀及乃心		乃心																			

謀及卿士謀及庶人謀及卜筮女則從	龜從筮從卿士從庶民從是之謂大同	身其康彊子孫其逢吉女則從
悬及卿士悬及㞌人悬及卜筮女則刅	龜刅筮刅卿士刅㞌民刅是㞢胃大同	身亓康彊孚孫亓逢吉女
謀及卿士謀及庶人謀及卜筮女則從	龜從筮從卿士從庶民從是之謂大同	身其康彊子孫其逢吉女則從
謀及卿士謀及庶人謀及卜筮汝則從	龜從筮從卿士從庶民從是㞢謂大同	身其康彊子孫其逢吉汝則從
謀及卿士謀及庶人謀及卜筮汝則從	龜從筮從卿士從庶民從是㞢謂大同	身其康彊子孫其逢吉汝則從
悬及卿士悬及庶人悬及卜筮女則刅	龜刅筮刅卿士刅庶民刅是㞢謂大同	身亓康彊子孫亓逢吉女則刅
𢘻及卿士𢘻及庶人·𢘻·及卜筮女·則刅	龜刅·筮刅庶民·刅·是㞢謂大同	身亓·康彊子·孫·亓·逢·吉女·則刅·
諒及卿 缺 諒及庶民 孔作人		
謀及卿士謀及庶人謀及卜筮汝則從	龜從筮從卿士從庶民從是之謂大同	身其康彊子孫其逢吉汝則從

龜從筮從卿士逆庶民逆吉										龜刅筮刅卿士逆庶民逆吉	龜刅筮刅卿士逆庶民逆吉				龜從筮從卿士逆庶民逆吉		龜從筮從卿士逆庶民逆吉	龜從筮從卿士逆庶民逆吉		劓刅龜刅筮刅卿士屰凥民屰吉	龜從筮從卿士逆庶民逆吉
卿士從龜從筮從汝則逆庶民逆吉庶民從龜從筮從汝則逆										卿士刅龜刅筮刅女則逆庶民逆吉庶民刅龜刅筮刅女則逆	卿士刅龜刅筮刅女則逆庶民逆吉庶民刅龜刅筮刅女則逆				卿士從龜從筮從汝則逆卿士逆吉庶民從龜從筮從汝則逆		卿士從龜從筮從汝則逆庶民逆吉庶民從龜從筮從汝則逆	卿士從龜從筮從女則逆庶民逆吉庶民從龜刅筮從女則逆		卿士刅龜刅筮刅女劓屰凥民屰吉凥民刅龜刅筮刅女劓屰	卿士從龜從筮從女則逆庶民逆吉庶民從龜從筮從女則逆

卿士逆吉汝則從龜從筮逆卿士逆庶民逆作內吉作外凶

龜筮共違于人用靜吉用作凶

八庶徵曰雨曰暘曰燠曰寒曰風曰時										八庶徵曰雨曰陽曰烄曰寒曰風曰旹	八庶徵曰雨曰暘曰炧曰寒曰風曰旹				八庶徵曰雨曰暘曰燠曰寒曰風曰旹		八庶徵曰雨曰暘曰燠曰寒曰風曰時	八庶徵曰雨曰暘曰燠曰寒曰風曰時		八屘政曰雨曰暘曰烼曰寒曰風曰旹	八庶徵曰雨曰暘曰燠曰寒曰風曰時
五者來備各以其敘庶草蕃廡										㐅者是來備各㠯亓敘庶草蕃庑	𠄡者是來備各㠯亓敘庶屮蕃庑				五者是來備各以其敘庶草蕃廡		五者是來備各以其敘庶草蕃廡	五者是來備各以其敘庶草蕃廡		𠄡者來葡各㠯亓敘屘屮番庑	五者來備各以其敘庶草蕃廡

1202、燠

「燠」字在傳鈔古文《尚書》有下列不同字形：

（1）四 5.5

《古文四聲韻》錄古尚書「燠」字有作：四 5.5，「奧」「燠」古今字。

（2）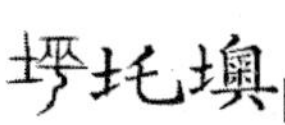四 5.5

《古文四聲韻》錄古尚書「燠」字或作：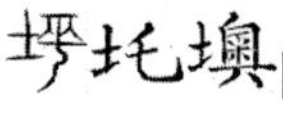四 5.5，四 5.5 與汗 6.73 壞說文古文壞同形，右皆从「奧」之訛變，四 5.5 之右旁則之再變。三形皆爲「壞」字乃借「壞」爲「燠」。（形體演變詳見“隩”字）

（3）汗 4.55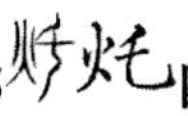四 5.5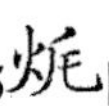四 5.5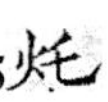

《汗簡》、《古文四聲韻》錄古尚書「燠」字作：汗 4.55四 5.5，《書

古文訓》「燠」字皆作□，□爲此形之隸定，其右爲□**四 5.5**□**汗 6.73 墺**□**說文古文墺**所从訛變而省，《古文四聲韻》又錄作□**四 5.5**，所从與此類同，皆爲「奧」之訛變。

（4）□

內野本「燠」字皆作□，爲（1）□之訛誤。

【傳鈔古文《尚書》「燠」字構形異同表】

燠	傳抄古尚書文字 □**汗 4.55** □□□□ □□□ **四 5.5**	戰國楚簡	石經	敦煌本	岩崎本 神田本b	九條本 島田本b	內野本	上圖（元） 觀智院b	天理本 古梓堂b	足利本	上圖本（影）	上圖本（八）	古文尚書晁刻	書古文訓	尚書篇目
曰雨曰暘曰燠曰寒曰風曰時						□b	□							□	洪範
曰哲時燠若曰謀時寒若						□b	□				燠 燠			□	洪範
曰僭恆暘若曰豫恆燠若						□b	□							□	洪範

1203、蕃

「蕃」字在傳鈔古文《尚書》有下列不同字形：

（1）番**1**番**2**

「蕃」字《書古文訓》「蕃」字作番**1**，九條本作番**2**，《說文》「番」字篆文作番，上形或隸變似「米」，「蕃」字或省作「番」，如〈白石神君碑〉「永永番昌」《隸釋》謂「以番爲蕃」，「番」爲「蕃」字假借。

【傳鈔古文《尚書》「蕃」字構形異同表】

蕃	戰國楚簡	石經	敦煌本	岩崎本 神田本b	九條本 島田本b	內野本	上圖（元） 觀智院b	天理本 古梓堂b	足利本	上圖本（影）	上圖本（八）	古文尚書晁刻	書古文訓	尚書篇目
庶草蕃廡				蕃		蕃				蕃	蕃		番	洪範
以蕃王室弘乃烈祖						蕃					蕃		蕃	微子之命

睦乃四鄰以蕃王室					蕃	蕃				蕃	蕃		蕃	蔡仲之命

1204、番

（1）番番番（字形說明參見“蕃”字）

番	戰國楚簡	石經	敦煌本	岩崎本 神田本b	九條本 島田本b	內野本	上圖（元） 觀智院b	天理本 古梓堂b	足利本	上圖本（影）	上圖本（八）	古文尚書晁刻	書古文訓	尚書篇目
番番良士旅力既愆			番 P3871		番	番			番	番	番		番	秦誓

1205、廡

「廡」字在傳鈔古文《尚書》有下列不同字形：

（1）汗 4.51四 3.10123

《說文》林部「𣞤」字下引「〈商書〉曰『庶草蕃𣞤』」，段注云：「按此蕃𣞤字也，隸變爲『無』，遂借爲有𣞤字，而蕃無乃借『廡』或借『蕪』爲之」。「廡」字《汗簡》、《古文四聲韻》錄《古尚書》作：汗 4.51四 3.10，《書古文訓》作1，岩崎本作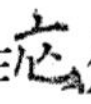2，皆與此同形，內野本作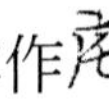3，所从「亡」訛作「乇」，訛與「度」字或作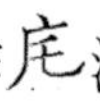混同（參見“度”字）。古音「無」屬明紐魚部，「亡」屬明紐陽部，「廡」「」爲聲符更替。

【傳鈔古文《尚書》「廡」字構形異同表】

廡	傳抄古尚書文字 汗 4.51 四 3.10	戰國楚簡	石經	敦煌本	岩崎本 神田本b	九條本 島田本b	內野本	上圖（元） 觀智院b	天理本 古梓堂b	足利本	上圖本（影）	上圖本（八）	古文尚書晁刻	書古文訓	尚書篇目
庶草蕃廡															洪範

洪範	一極備凶一極無凶曰休徵	曰肅時雨若曰乂時暘若	曰哲時燠若曰謀時寒若
唐石經			
書古文訓			
晁刻古文尚書			
上圖本（八）	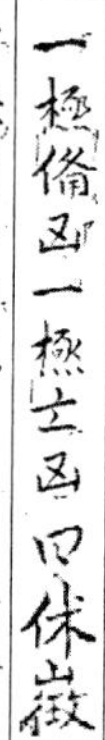	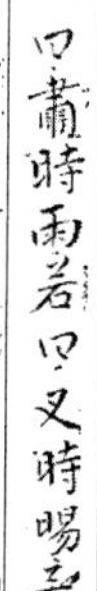	
上圖本（影）			
足利本			
古梓堂本			
天理本			
觀智院本			
上圖本（元）			
內野本			
島田本			
九條本			
神田本			
岩崎本			
敦煌本			
魏石經			
漢石經			
戰國楚簡			

曰聖時風若曰咎徵曰狂恆雨若

曰僭恆暘若曰豫恆燠若

曰急恆寒若曰蒙恆風若

曰王省惟歲卿士惟月

師尹惟日歲月日時無易	百穀用成乂用明俊民用章	家用平康日月歲時既易	百穀用不成乂用昏不明
帠尹惟日𢧀月日旹亡易	百榖用戚乂用朙畯民用章	家用平康日月𢧀旹旡易	百榖用弜戚乂用旦弜朙
師尹惟日嵗月日時亡易	百穀用成乂用明俊民用章	家用平康日月嵗時无易	百穀用弗成乂用昏弗明
師尹惟日嵗月日旹亡易	百穀用成乂用明俊民用章	家用平康日月嵗旹既易	百穀用弗成乂用昏不明
師尹惟日嵗月日旹亡易	百穀用成乂用明俊民用章	家用平康日月嵗時既易	百穀用弗成乂用昏不明
師尹惟日𢧀月日旹亡易	百穀用戚乂用明畯民用章	家用平康日月𢧀旹无易	百穀用弗戚乂用旦弗明
師君惟日𢧀月日旹亡易	百穀用成乂用明畯民用章	家用平康日月𢧀旹无易	百穀用弗戚乂用旦弗明
師尹惟日歲月日時無易	百穀用成乂用明俊民用章	家用平康日月歲時既易	百穀用不成乂用昏不明

俊民用微家用不寧庶民惟星	星有好風星有好雨日月之行	則有冬有夏月之從星則以風雨
畯民甪敚冡甪弜寍庶民惟曐	曐ナ𢀜風曐ナ𢀜雨日月㞢行	則ナ冬ナ夏月㞢刅曐則㠯風雨
俊民用嶶家用弗寧庶民惟星	有好風星有好雨日月之行	則有冬有夏月之從星則㠯風雨
俊民用徵家用不寧庶民惟星	有好風星有好雨日月之行	則有冬有夏月之從星則以風雨
俊民用微家用不寧庶民惟星	有好風星有好雨日月之行	則有冬有夏月之從星則以風雨
畯民甪微家甪弗寧庶民惟曐	ナ𢀜風曐ナ𢀜雨月㞢行	則ナ冬ナ夏月㞢刅曐則㠯風雨
畯民用織家用弗寧庶民惟星	ナ𢀜風星ナ𢀜雨日月㞢行	則ナ冬ナ夏月㞢刅曐則㠯風雨
俊民用微家用不寧庶民惟星	星有好風星有好雨日月之行	則有冬有夏月之從星則以風雨

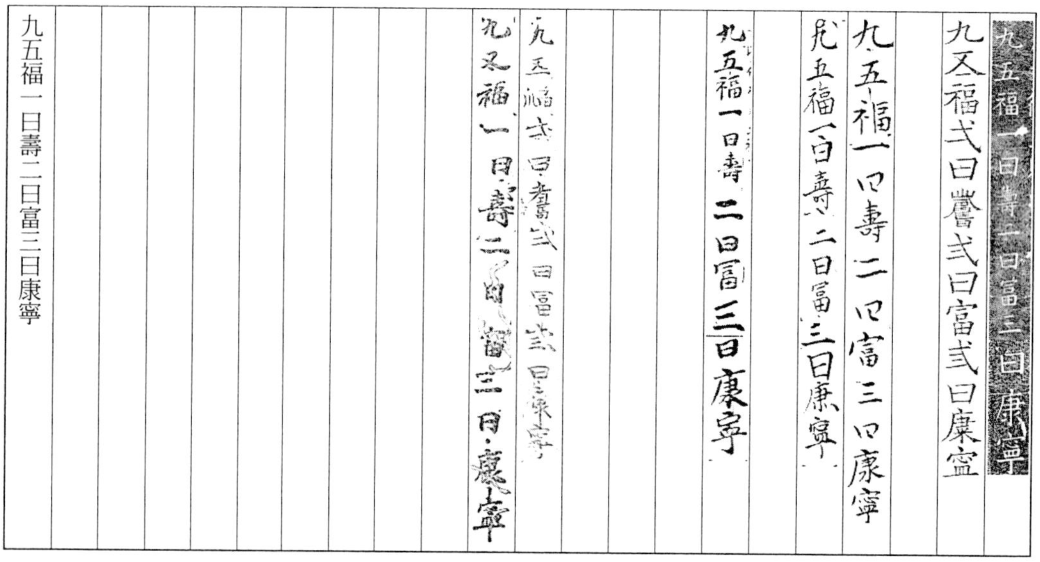

1206、壽

「壽」字在傳鈔古文《尚書》有下列不同字形：

（1）魏三體 1

魏三體石經〈君奭〉「壽」字古文作，源自金文「壽」字作 豆閉簋 縣改簋 陳伯元匜 㝨鼎 曾伯陭壺 王子申盞盂 都公鼎形。《書古文訓》「壽」字作 1，爲此形之隸古定訛變。

（2）1 2 3 4

內野本「壽」字或作 1，爲「壽」字篆文之隸古定，源自金文作 蔡大師鼎 師鄂父鼎 頌簋 追簋 子璋鐘 秦公鎛，或訛變作 2，其下「口」變作「𠓛」；敦煌本 P3767、九條本或作 3，敦煌本 P2748 或作 4，當爲 㲋簋 仲師父鼎 蔡姞簋 欒書缶 郘鐘形之隸變。

（3）1 2 3

島田本、內野本、足利本、上圖本（影）、上圖本（八）「壽」字或作 1，源自金文或增「又」作 對罍 刂尊 善夫克鼎，爲此形之隸變。上圖本（八）或變作 2，足利本或省作 3，與漢代作 武威簡.少牢 33 鼎胡延壽瓦當類同。

（4）

九條本〈召誥〉「今沖子嗣則無遺壽者」「壽」字作，「老」「壽」義可相通。

（5）𠷎1𠷎2

上圖本（八）「壽」字或作𠷎1，即《說文》口部「𠷎」（𠷎）字（段注云當正爲𠷎）訓「誰也」之本字（參見“疇”字），內野本或作𠷎2，「口」變作「一」，二本皆以此形爲「疇」字，此乃假「𠷎」（或“疇”）爲「壽」字。

【傳鈔古文《尚書》「壽」字構形異同表】

壽	戰國楚簡	石經	敦煌本	岩崎本 神田本b	九條本 島田本b	內野本	上圖（元） 觀智院b	天理本 古梓堂b	足利本	上圖本（影）	上圖本（八）	古文尚書晁刻	書古文訓	尚書篇目
一曰壽二曰富三曰康寧					壽b	耇				壽	壽		𠷎	洪範
今沖子嗣則無遺壽耇					老	𠷎				壽			𠷎	召誥
自時厥後亦罔或克壽			耇 P3767 耇 P2748			壽					壽		𠷎	無逸
君奭天壽平格保乂有殷		[illegible] 魏				壽			壽		𠷎		𠷎	君奭
罔或耆壽俊在厥服					耇	耇			壽		壽		𠷎	文侯之命

洪範	戰國楚簡	漢石經	魏石經	敦煌本			岩崎本	神田本	九條本	島田本	內野本	上圖本（元）	觀智院本	天理本	古梓堂本	足利本	上圖本（影）	上圖本（八）	晁刻古文尚書	書古文訓	唐石經
四曰攸好德五曰考終命										三曰逌𤥩悳𠄡曰考𠔤命	三曰逌𤥩悳𠄡曰考𠔤命				四曰攸好德五曰考終命		四曰攸好德五曰考終命	四曰攸好德五曰考終命		三曰逌𤥩悳𠄡曰丂𠔤命	四曰攸好德五曰考終命

六極一日凶短折二日疾三日憂	四日貧五日惡六日弱

1207、貧

「貧」字在傳鈔古文《尚書》有下列不同字形：

（1）汗 3.39四 1.32穷1穷穷2

《汗簡》、《古文四聲韻》錄《古尚書》「貧」字作：汗 3.39四 1.32，與《說文》古文作同形。《書古文訓》作穷1，爲此形之隸定，島田本、內野本作穷穷2，所从「刀」訛作「力」。

【傳鈔古文《尚書》「貧」字構形異同表】

貧	傳抄古尚書文字 汗 3.39 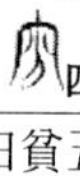四 1.32	戰國楚簡	石經	敦煌本	岩崎本	神田本b	九條本	島田本b	內野本	上圖（元）	觀智院b	天理本	古梓堂b	足利本	上圖本（影）	上圖本（八）	古文尚書晁刻	書古文訓	尚書篇目
四日貧五日惡六日弱								穷b	穷									穷	洪範

版本	洪範
唐石經	武王既勝殷邦諸侯班宗彝作分器
書古文訓	武王既勝殷峀㣎厌班宗彝𢓊分器
晁刻古文尚書	
上圖本（八）	武王既勝殷封諸侯班宗彝作分器
上圖本（影）	武王既勝殷邦諸侯班宗彝作分器
足利本	
古梓堂本	武王既勝殷邦諸侯班宗彝作分器
天理本	
觀智院本	
上圖本（元）	
內野本	武王克勝殷峀彪侯班宗彝作器
島田本	武王既勝殷邦諸侯班宗彝作分器
九條本	
神田本	
岩崎本	
敦煌本	
魏石經	
漢石經	
戰國楚簡	

三十三、旅　獒

旅獒	戰國楚簡	漢石經	魏石經	敦煌本			岩崎本	神田本	九條本	島田本	內野本	上圖本（元）	觀智院本	天理本	古梓堂本	足利本	上圖本（影）	上圖本（八）	晁刻古文尚書	書古文訓	唐石經
西旅獻獒太保作旅獒										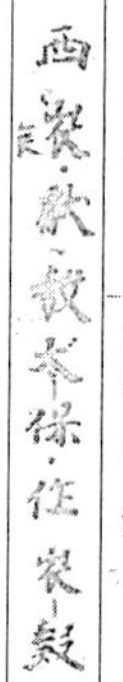											

1208、獒

「獒」字在傳鈔古文《尚書》有下列不同字形：

(1) $_{1}$$_{2}$

島田本、《書古文訓》「獒」字作，古文尚書省作「敖」；上圖本（八）作，其下「犬」訛誤作「火」。

【傳鈔古文《尚書》「獒」字構形異同表】

獒	戰國楚簡	石經	敦煌本	岩崎本	神田本 b	九條本	島田本 b	內野本	上圖（元）	觀智院 b	天理本	古梓堂 b	足利本	上圖本（影）	上圖本（八）	古文尚書晁刻	書古文訓	尚書篇目
西旅獻獒太保作旅獒							b											旅獒
西旅厎貢厥獒太保乃作旅獒							b											旅獒

旅獒	戰國楚簡	漢石經	魏石經	敦煌本			岩崎本	神田本	九條本	島田本	內野本	上圖本（元）	觀智院本	天理本	古梓堂本	足利本	上圖本（影）	上圖本（八）	晁刻古文尚書	書古文訓	唐石經
惟克商遂通道于九夷八蠻																	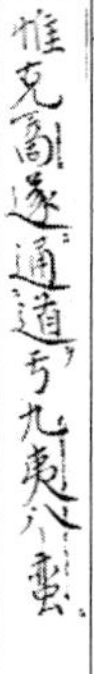				

1209、通

「通」字在傳鈔古文《尚書》有下列不同字形：

(1) 

《書古文訓》「通」字作，《說文》辵部「通」字篆文作，此形訛誤，當為與上文「遂」字相涉而誤作「遂」字古文之隸古定。

【傳鈔古文《尚書》「通」字構形異同表】

通	戰國楚簡	石經	敦煌本	岩崎本	神田本 b	九條本	島田本 b	內野本	上圖（元）	觀智院 b	天理本	古梓堂 b	足利本	上圖本（影）	上圖本（八）	古文尚書晁刻	書古文訓	尚書篇目
遂通道于九夷八蠻																		旅獒

旅　獒	西旅厎貢厥獒太保乃作旅獒	用訓于王曰嗚呼明王慎德	四夷咸賓無有遠邇畢獻方物
戰國楚簡			
漢石經			
魏石經			
敦煌本			
岩崎本			
神田本			
九條本			
島田本	西旅厎貢氒獒太保乃作旅獒	用訔亐王曰烏虖明王昚悳	亖尼咸賓亡ナ遠邇畢獻方物
內野本	西旅厎貢氒獒大保乃作旅獒	用訔亐王曰烏虖明王昚悳	亖尼咸賓亡ナ遠邇畢獻方物
上圖本（元）			
觀智院本			
天理本			
古梓堂本			
足利本	西旅底貢其獒大保乃作旅獒	用訓亐王曰鳴呼明王慎德	四夷咸賓亡有遠迩畢獻方物
上圖本（影）	西旅底貢其獒大保乃作旅獒	用訓亐王曰鳴呼明王慎德	四夷咸賓亡有遠迩畢獻方物
上圖本（八）	西旅致貢厥獒大保乃作旅獒	用訓于王曰鳴呼明王慎德	四夷咸賓亡有遠近畢獻方物
晁刻古文尚書			
書古文訓	卤㫺厎貢身敖大𤓽𠧪迮㫺敖	用訔亐王曰緋虖朙王昚悳	亖尼咸賓亡ナ遠迩畢獻匚物
唐石經	西旅厎貢厥獒大保乃作旅獒	用訓于王曰嗚呼明王慎德	四夷咸賓無有遠邇畢獻方物

惟服食器用王乃昭德之致于異姓之邦																	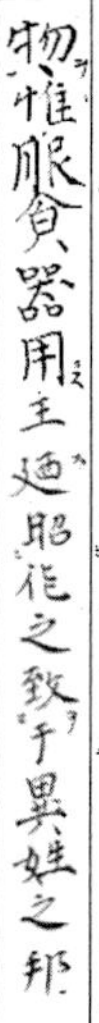				
無替厥服分寶玉于伯叔之國											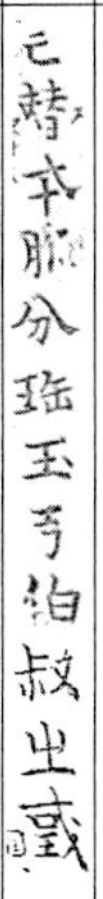					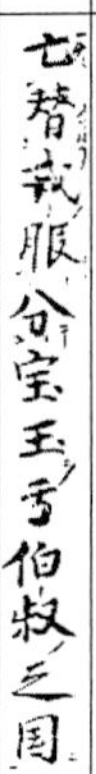	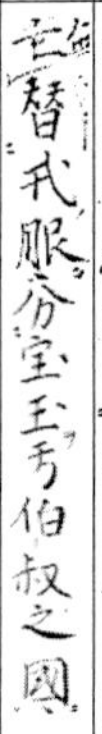				

1210、替

「替」字在傳鈔古文《尚書》有下列不同字形：

（1）暜：**魏三體**

魏三體石經〈大誥〉「不敢替上帝命」「替」字篆文作，同形於《汗簡》錄《古尚書》「僭」字作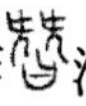汗 **2.23**，乃假「暜」爲「僭」字（參見“僭”字），又《漢書・翟義傳》王莽自作〈大誥〉亦引作「予不敢僭上帝命」，今本「替」字當爲「暜」（僭）字之誤。

《說文》立部「替」字篆文从竝白聲作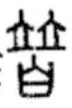，或从曰作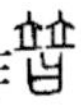，或从兟作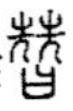，徐鉉曰：「今俗作『替』」，或體「暜」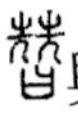與「暜」字篆文作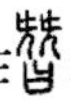字形相近，隸變即見混用，如魏三體石經〈左傳〉遺字「替」作**魏三體.左傳「不敢△」**，《隸辨》謂

「《說文》『朁，曾也，从曰从……』碑蓋訛『朁』爲『』」，又「潛」字漢碑作夏承碑、日古寫本或作、「僭」字日古寫本或作（假朁爲僭）、、，偏旁「朁」字皆與「替」字作楊震碑日古寫本混同。

（2）僭：魏三體

魏三體石經〈大誥〉「不敢替上帝命」「替」字古文作，同形於《汗簡》錄《古尚書》「僭」字作汗 2.16，此形爲「僭」字（參見“僭”字），今本作「替」字爲「朁」（僭）字之誤。

（3）1 2

敦煌本 S2074、上圖本（影）「替」字或作1，爲「替」字或體「朁」之隸變俗寫，漢碑作帝堯碑，又作楊震碑與此同形；足利本、上圖本（影）或作2，上變作重「天」。

【傳鈔古文《尚書》「替」字構形異同表】

替	戰國楚簡	石經	敦煌本	岩崎本	神田本b	九條本	島田本b	內野本	上圖（元）	觀智院b	天理本	古梓堂b	足利本	上圖本（影）	上圖本（八）	古文尚書晁刻	書古文訓	尚書篇目
無替厥服分寶玉于伯叔之國																		旅獒
不敢替上帝命		魏																大誥
式勿替有殷歷年																		召誥
我惟無斁其康事公勿替刑																		洛誥
亦越武王率惟敉功不敢替厥義德			S2074															立政

旅獒	時庸展親人不易物惟德其物	德盛不狎侮狎侮君子罔以盡人心	狎侮小人罔以盡其力不役耳目百度惟貞
唐石經	時庸展親人不易物惟德其物	德盛不狎侮狎侮君子罔以盡人心	狎侮小人罔以盡其力不役耳目百度惟貞
書古文訓	旹亯展寴人亞易物惟悳亓物	悳盛亞狎侮狎侮商学宔吕盡人心	狎侮小人宔吕盡亓力亞役耳目百庑惟貞
晁刻古文尚書			
上圖本（八）	時庸展親人弗易物惟德其物	德盛弗狎侮狎侮君子罔以盡人心	狎侮小人罔以盡其力弗役耳目百度惟貞
上圖本（影）	時庸展親人弗易物惟德其物	悳盛弗狎侮狎侮君子罔以尽其心	狎侮小人罔以尽其力弗役耳目百度惟貞
足利本	時庸展親人弗易物惟德其物	悳盛弗狎侮狎侮君子罔以尽人心	狎侮小人罔以尽其力弗役耳目百度惟貞
古梓堂本			
天理本			
觀智院本			
上圖本（元）			
內野本	旹庸展親人弗易物惟悳亓物	悳盛弗狎侮狎侮君子宔吕盡人心	狎侮小人宔吕盡亓力弗役耳目百度惟貞
島田本	旹庸 親人弗易物惟悳亓物	悳盛弗狎侮狎侮君子罔 盡人心	狎侮小人罔吕盡亓力弗役耳目百度惟貞
九條本			
神田本			
岩崎本			
敦煌本			
魏石經			
漢石經			
戰國楚簡			

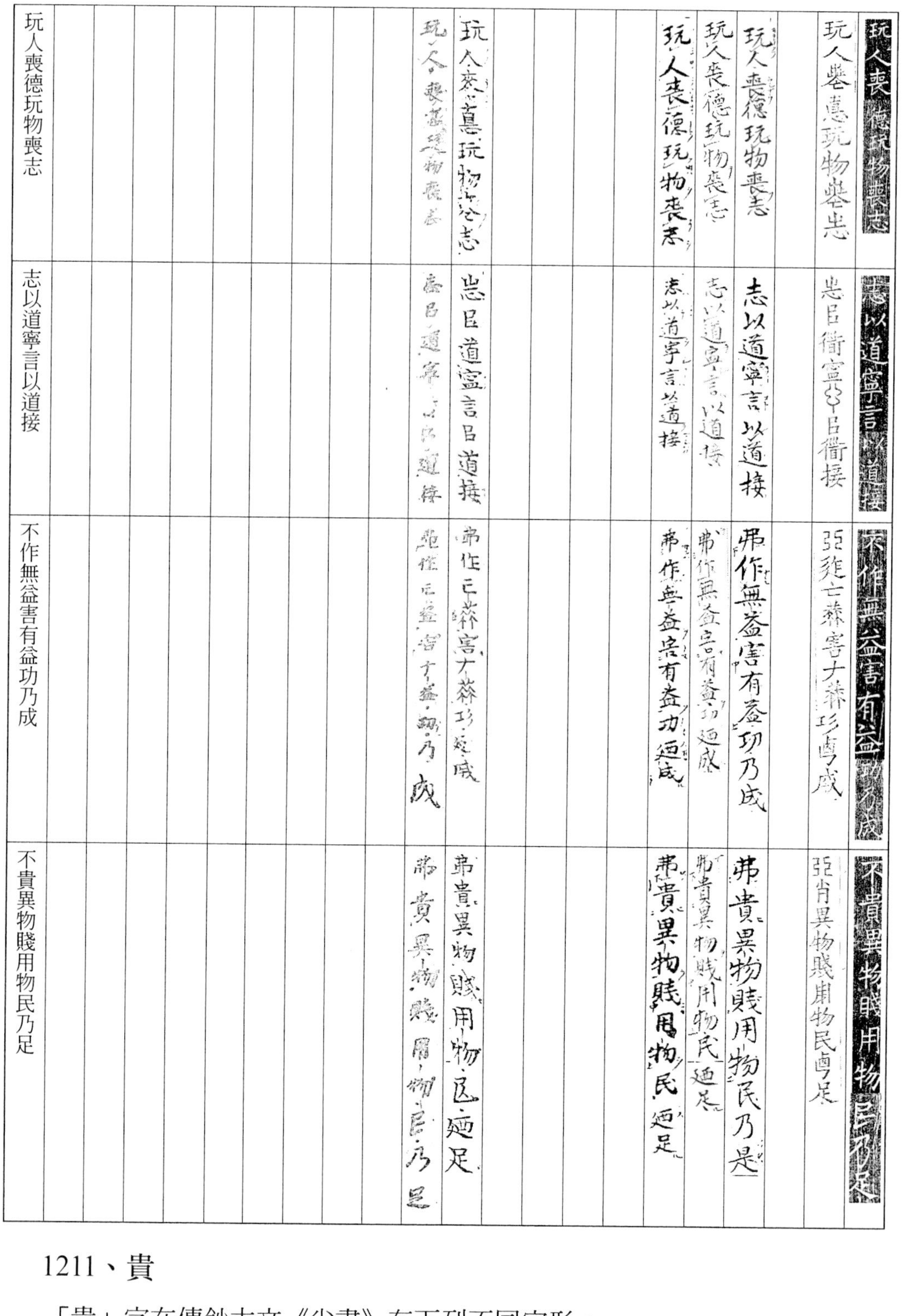

1211、貴

「貴」字在傳鈔古文《尚書》有下列不同字形：

（1）六 278 臾1

《訂正六書通》錄《古尚書》「貴」字作：六 278，〈畢命〉「政貴有恆」《書古文訓》作臾1，爲此形之隸定，乃《說文》「貴」字篆文作省貝形之隸

古定。

（2）

「貴」字上圖本（影）作，爲「貴」俗書草化字形，如「遺」字上圖本（影）或作，與漢簡**武威醫簡 60** 類同。

（3）**上博 1 緇衣 1**

戰國楚簡上博一〈緇衣〉引「〈君陳〉員：『未見聖，女如丌丌弗克見，我既見，我弗貴聖。』〔註 360〕」「貴」字作**上博 1 緇衣 1**，其下「貝」省訛作「目」，與**璽彙 1751** **璽彙 4675**（）**鳥書箴言帶鉤**類同，「貴」字戰國作**璽彙 4709** **郭店.老子甲 29** **郭店.老子乙 5** **郭店.緇衣 20** **郭店.成之 11**，「妻」字金文作 **弔皮父簋** **農卣**，二者上形類同。

（4）

《書古文訓》〈旅獒〉「不貴異物賤用物」「貴」字作，《說文》女部「妻」字古文作「从女，古文貴字」，《汗簡》錄義雲章作**汗 1.5**，與此同形。古文「貴」字**說文古文妻字所从**、疑即**璽彙 4709** **郭店.老子甲 29** **郭店.老子乙 5** **郭店.緇衣 20** 隸古定省形，由上形、、訛變。

【傳鈔古文《尚書》「貴」字構形異同表】

貴	傳抄古尚書文字 六 278	戰國楚簡	石經	敦煌本	岩崎本	神田本 b	九條本	島田本 b	內野本	上圖（元）	觀智院 b	天理本	古梓堂 b	足利本	上圖本（影）	上圖本（八）	古文尚書晁刻	書古文訓	尚書篇目
不貴異物賤用物																			旅獒
政貴有恆																			畢命

1212、賤

「賤」字在傳鈔古文《尚書》有下列不同字形：

（1）

〔註 360〕今本〈君陳〉作：「凡人未見聖，若不克見，既見聖，亦不克由聖。」
今本〈緇衣〉引作「〈君陳〉云：未見聖，若己弗克見，既見聖，亦不克由聖。」」
郭店〈緇衣〉引「〈君陳〉員：『未見聖，如其弗克見，我既見，我弗迪聖。』」

上圖本（影）「賤」字作賤，偏旁「戔」上半省作二畫，而似「土」、「士」等形，與漢簡作賤**縱橫家書 45**賤**相馬經 7 下**類同。

【傳鈔古文《尚書》「賤」字構形異同表】

賤	戰國楚簡	石經	敦煌本	岩崎本	神田本b	九條本b	島田本b	內野本	上圖（元）	觀智院b	天理本	古梓堂b	足利本	上圖本（影）	上圖本（八）	古文尚書晁刻	書古文訓	尚書篇目
不貴異物賤用物														賤				旅獒

旅獒	戰國楚簡	漢石經	魏石經	敦煌本			岩崎本	神田本	九條本	島田本	內野本	上圖本（元）	觀智院本	天理本	古梓堂本	足利本	上圖本（影）	上圖本（八）	晁刻古文尚書	書古文訓	唐石經
犬馬非其土性不畜珍禽奇獸不育于國										犬馬非亓土性弗畜珎禽奇獸弗育于國	犬馬非亓土生弗畜珎禽奇獸弗育亏或					犬馬非其土性不畜珎禽奇獸不育于国	犬馬非其土性不畜珎禽奇獸不育于國	犬馬非其土生弗畜珎禽奇獸弗育于國		犬象非亓土性弜畜珍禽奇嘼弜育亏或	犬馬非其土性不畜珍禽奇獸不育于國

1213、犬

「犬」字在傳鈔古文《尚書》有下列不同字形：

（1）犬

內野本、上圖本（影）「犬」字俗訛少一畫作犬，與「大」字訛混。

【傳鈔古文《尚書》「犬」字構形異同表】

犬	戰國楚簡	石經	敦煌本	岩崎本	神田本b	九條本	島田本b	內野本	上圖（元）	觀智院b	天理本	古梓堂b	足利本	上圖本（影）	上圖本（八）	古文尚書晁刻	書古文訓	尚書篇目
犬馬非其土性不畜								犬						犬				旅獒

1214、珍

「珍」字在傳鈔古文《尚書》有下列不同字形：

（1）珎1珎2

島田本、內野本、足利本、上圖本（八）「珍」字作珎1，上圖本（影）作珎2，其右爲「㐱」形之隸變俗寫，如「璆」字作璆華山廟碑，「殄」字作殄度尚碑殄孔龢碑等。

【傳鈔古文《尚書》「珍」字構形異同表】

珍	戰國楚簡	石經	敦煌本	岩崎本	神田本b	九條本	島田本b	內野本	上圖（元）	觀智院b	天理本	古梓堂b	足利本	上圖本（影）	上圖本（八）	古文尚書晁刻	書古文訓	尚書篇目
珍禽奇獸不育于國							珎b	珎					珎	珎	珎			旅獒

旅獒	戰國楚簡	漢石經	魏石經	敦煌本			岩崎本	神田本	九條本	島田本	內野本	上圖本（元）	觀智院本	天理本	古梓堂本	足利本	上圖本（影）	上圖本（八）	晁刻古文尚書	書古文訓	唐石經
不寶遠物則遠人格所寶惟賢則邇人安										亞珤遠物則遠人格所珤惟臤則迩人安	亞珤遠物則遠人格所珤惟臤則迩人安					不宝遠物則遠人格所宝惟賢則迩人安	不宝遠物則遠人格所宝惟賢則迩人安	弗寶遠物則遠人格所寶惟賢則迩人安		亞珤遠物則遠人𢦏所珤惟臤則迩人安	不寶遠物則遠人格所寶惟賢則邇人安

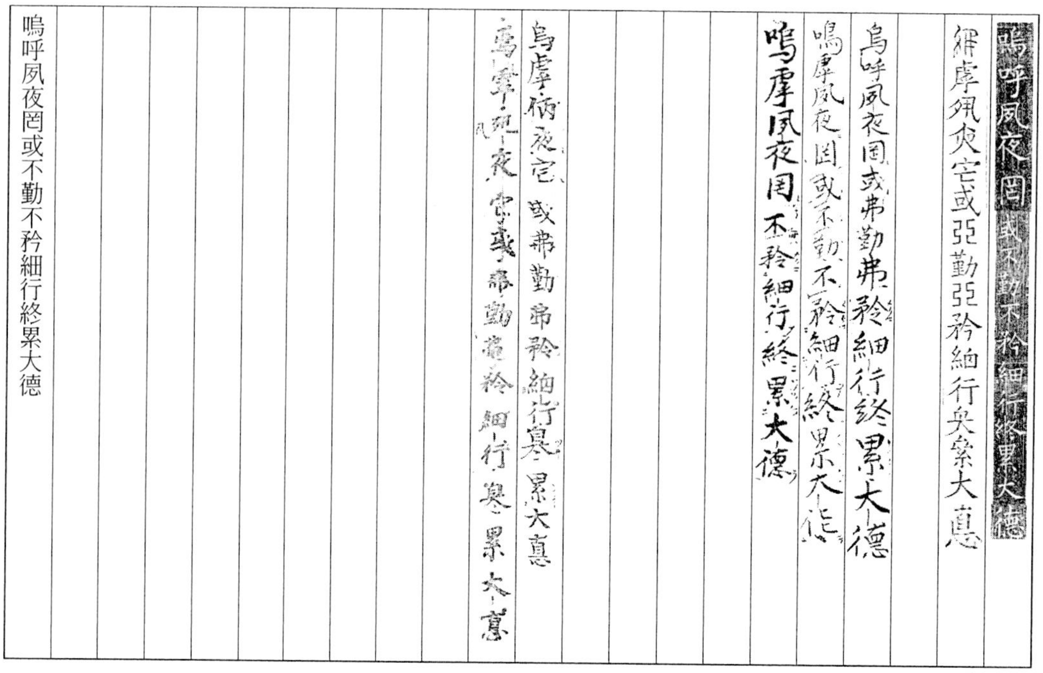
嗚呼夙夜罔或不勤不矜細行終累大德

1215、細

「細」字在傳鈔古文《尚書》有下列不同字形：

（1）絢$_1$絢$_2$

《書古文訓》「細」字作絢$_1$，即《說文》糸部「細」字篆文之隸古定，「微也，从糸囟聲」，內野本稍變作絢$_2$。

【傳鈔古文《尚書》「細」字構形異同表】

細	戰國楚簡	石經	敦煌本	岩崎本	神田本b	九條本	島田本b	內野本	上圖（元）	觀智院b	天理本	古梓堂b	足利本	上圖本（影）	上圖本（八）	古文尚書晁刻	書古文訓	尚書篇目
不矜細行								絢									絢	旅獒
三細不宥															細			君陳

1216、累

「累」字在傳鈔古文《尚書》有下列不同字形：

（1）絫

《書古文訓》「累」字作絫，即《說文》厽部「絫」字篆文隸定，「增也，从厽从糸，絫十黍之重也」，段注云：「增者益也，凡增益謂之積絫。『絫』之隸變作『累』，『累』行而『絫』廢，古書時見『絫』字乃不識爲『累』字」，《漢書・吳王濞傳》「脅肩絫足」，顏注云：「『絫』古『累』字」。

【傳鈔古文《尚書》「累」字構形異同表】

累	戰國楚簡	石經	敦煌本	岩崎本	神田本b	九條本	島田本b	內野本	上圖（元）	觀智院b	天理本	古梓堂b	足利本	上圖本（影）	上圖本（八）	古文尚書晁刻	書古文訓	尚書篇目
終累大德																		旅獒
洪惟我幼沖人 *內野本.足利本.上圖本（八）作洪惟累我幼沖人																		大誥

旅獒	戰國楚簡	漢石經	魏石經	敦煌本			岩崎本	神田本	九條本	島田本	內野本	上圖本（元）	觀智院本	天理本	古梓堂本	足利本	上圖本（影）	上圖本（八）	晁刻古文尚書	書古文訓	唐石經
爲山九仞功虧一簣											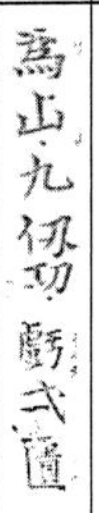									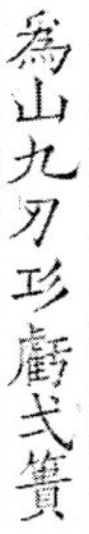	

1217、仞

「仞」字在傳鈔古文《尚書》有下列不同字形：

（1）

《書古文訓》「仞」字作，《釋文》「仞字又作刃」，「刃」、「仞」音同假借，無極山碑「浚谷千」，《隸釋》云：「以刃爲仞」，《隸辨》謂「《儀禮・士喪禮》疏『天子之旗九刃，諸侯七刃，大夫五刃，士三刃』仞亦作刃」。

【傳鈔古文《尚書》「仞」字構形異同表】

仞	戰國楚簡	石經	敦煌本	岩崎本 神田本b	九條本 島田本b	內野本	上圖(元) 觀智院b	天理本 古梓堂b	足利本	上圖本(影)	上圖本(八)	古文尚書晁刻	書古文訓	尚書篇目
爲山九仞														旅獒

1218、虧

「虧」字在傳鈔古文《尚書》有下列不同字形：

（1）12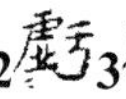345

上圖本（八）「虧」字作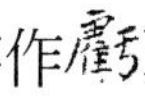1，左上爲「虍」之隸變俗寫，上圖本（影）作2，復右形變作「戊」；足利本作3，左形訛變从「虛」，島田本作4，復右形訛作「予」；內野本訛作5。

【傳鈔古文《尚書》「虧」字構形異同表】

虧	戰國楚簡	石經	敦煌本	岩崎本 神田本b	九條本 島田本b	內野本	上圖(元) 觀智院b	天理本 古梓堂b	足利本	上圖本(影)	上圖本(八)	古文尚書晁刻	書古文訓	尚書篇目
功虧一簣					b									旅獒

1219、簣

「簣」字在傳鈔古文《尚書》有下列不同字形：

（1）12

內野本、足利本、上圖本（影）、上圖本（八）「簣」字作1，「匱」「簣」爲義符更替；島田本作2，字形與「遺」混同，當是「匱」字之訛，偏旁「匚」訛作「辶」（參見“匯”字），該本「匱」字作。

【傳鈔古文《尚書》「簣」字構形異同表】

簣	戰國楚簡	石經	敦煌本	岩崎本	神田本b	九條本	島田本b	內野本	上圖(元)	觀智院b	天理本	古梓堂b	足利本	上圖本(影)	上圖本(八)	古文尚書晁刻	書古文訓	尚書篇目
功虧一簣							b											旅獒

旅獒	戰國楚簡	漢石經	魏石經	敦煌本			岩崎本	神田本	九條本	島田本	內野本	上圖本(元)	觀智院本	天理本	古梓堂本	足利本	上圖本(影)	上圖本(八)	晁刻古文尚書	書古文訓	唐石經
允迪茲生民保厥居惟乃世王																		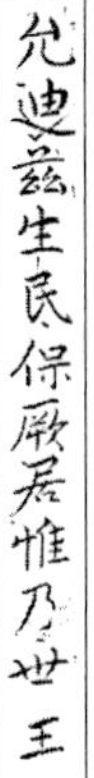			
巢伯來朝芮伯作旅巢命																					

1220、芮

「芮」字在傳鈔古文《尚書》有下列不同字形：

(1) 

島田本、觀智院本、足利本、上圖本（影）「芮」字作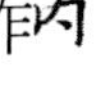，所从「內」上多一横，訛似从「丙」。

【傳鈔古文《尚書》「芮」字構形異同表】

芮	戰國楚簡	石經	敦煌本	岩崎本 神田本 b	九條本 島田本 b	內野本	上圖（元） 觀智院 b	天理本 古梓堂 b	足利本	上圖本（影）	上圖本（八）	古文尚書晁刻	書古文訓	尚書篇目
巢伯來朝芮伯作旅巢命					b									旅獒
乃同召太保奭芮伯彤伯							b							顧命
太保暨芮伯咸進相揖皆再拜稽首							b							康王之誥

三十四、金　縢

金縢	戰國楚簡	漢石經	魏石經	敦煌本			岩崎本	神田本	九條本	島田本	內野本	上圖本（元）	觀智院本	天理本	古梓堂本	足利本	上圖本（影）	上圖本（八）	晁刻古文尚書	書古文訓	唐石經
武王有疾周公作金縢																					

1221、縢

「縢」字在傳鈔古文《尚書》有下列不同字形：

(1) 

《書古文訓》「縢」字作，爲《說文》篆文之隸古定，从糸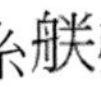聲。

【傳鈔古文《尚書》「縢」字構形異同表】

縢	戰國楚簡	石經	敦煌本	岩崎本	神田本b	九條本	島田本b	內野本	上圖（元）	觀智院b	天理本	古梓堂b	足利本	上圖本（影）	上圖本（八）	古文尚書晁刻	書古文訓	尚書篇目
武王有疾周公作金縢																		金縢
乃納冊于金縢之匱中																		金縢

金縢	既克商二年王有疾弗豫	二公曰我其爲王穆卜	周公曰未可以戚我先王	公乃自以爲功爲三壇同墠
唐石經	既克商二年王有疾弗豫	二公曰我其爲王穆卜	周公曰未可以戚我先王	公乃自以爲功爲三壇同墠
書古文訓	旡亨𠅿弍秊王𠂇疾弜悆	弍公曰𢦏亓爲王𢿘卜	周公曰未可吕𢝊𢦏先王	公𠄎自吕爲𢀜爲弍壇同墠
晁刻古文尚書				
上圖本（八）	既克商二年王有疾弗豫	二公曰我其爲王穆卜	周公曰未可以戚我先王	公乃自以爲功爲三壇同墠
上圖本（影）	既克商二年王有疾弗豫	二公曰我其爲王穆卜	周公曰未可以戚我先王	公廼自吕爲功爲三壇同墠
足利本	既克商二年王有疾弗豫	二公曰我其爲王穆卜	周公曰未可以戚我先王	公廼自以爲功爲三壇同墠
古梓堂本				
天理本				
觀智院本				
上圖本（元）				
內野本	旡克商弍秊王𠂇疾弗悆	弍公曰我亓爲王穆卜	周公曰未可吕戚我先王	公廼自吕爲功爲弍壇同墠
島田本				
九條本				
神田本				
岩崎本				
敦煌本				
魏石經				
漢石經				
戰國楚簡				

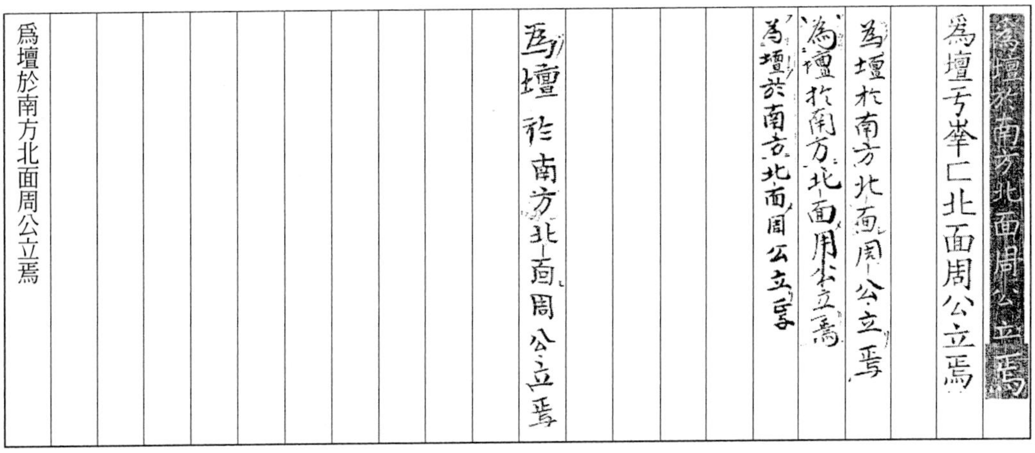

1222、壇

「壇」字在傳鈔古文《尚書》有下列不同字形：

（1）壇

足利本、上圖本（影）、上圖本（八）「壇」字或作壇，上所从「亶」字俗變作「面」，所从「旦」俗變似「且」。

【傳鈔古文《尚書》「壇」字構形異同表】

壇	戰國楚簡	石經	敦煌本	岩崎本	神田本b	九條本	島田本b	內野本	上圖（元）	觀智院b	天理本	古梓堂b	足利本	上圖本（影）	上圖本（八）	古文尚書晁刻	書古文訓	尚書篇目
爲三壇同墠													壇	壇	壇			金縢
爲壇於南方													壇	壇	壇			金縢

1223、墠

（1）墠

「墠」字上圖本（八）作墠，所从「單」之二口省作二點，其直筆訛未中貫。

【傳鈔古文《尚書》「墠」字構形異同表】

墠	戰國楚簡	石經	敦煌本	岩崎本	神田本b	九條本b	島田本b	內野本	上圖（元）	觀智院b	天理本	古梓堂b	足利本	上圖本（影）	上圖本（八）	古文尚書晁刻	書古文訓	尚書篇目
爲三壇同墠															墠			金縢

金縢	戰國楚簡	漢石經	魏石經	敦煌本			岩崎本	神田本	九條本	島田本	內野本	上圖本（元）	觀智院本	天理本	古梓堂本	足利本	上圖本（影）	上圖本（八）	晁刻古文尚書	書古文訓	唐石經
植璧秉珪乃告大王王季文王											植璧秉珪廼告大王王季文王					植壁秉珪廼告大王々季文王	植壁秉珪廼告大王々季文王	植璧康珪乃告大王々季文王		植辟秉珪乃告大王王季文王	植璧秉珪乃告大王王季文王

1224、璧

「璧」字在傳鈔古文《尚書》有下列不同字形：

（1）辟1

「璧」字《書古文訓》作辟1，漢碑作辟堯廟碑辟史晨奏銘，皆移「王（玉）」於左下。

（2）壁2

「璧」字上圖本（影）〈金縢〉三處「璧」皆作壁2，下形訛作「土」，誤爲「壁」。

【傳鈔古文《尚書》「璧」字構形異同表】

璧	戰國楚簡	石經	敦煌本	岩崎本 神田本b	九條本 島田本b	內野本	上圖（元） 觀智院b	天理本 古梓堂b	足利本	上圖本（影）	上圖本（八）	古文尚書晁刻	書古文訓	尚書篇目
植璧秉珪										璧			辟	金縢
我其以璧與珪										璧			辟	金縢
我乃屏璧與珪										璧			辟	金縢
越玉五重陳寶赤刀大訓弘璧琬琰													辟	顧命

金縢	戰國楚簡	漢石經	魏石經	敦煌本			岩崎本	神田本	九條本	島田本	內野本	上圖本（元）	觀智院本	天理本	古梓堂本	足利本	上圖本（影）	上圖本（八）	晁刻古文尚書	書古文訓	唐石經
史乃冊祝曰惟爾元孫某遘厲虐疾																					

1225、冊

「冊」字《說文》古文作，原非从「竹」，金文作：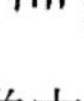殷甗作冊大鼎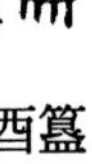吳方彝頌鼎頌壺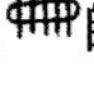師虎簋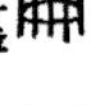師酉簋等形，說文古文冊當由師虎簋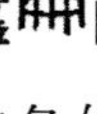師酉簋演變。「典」字所从「冊」與此類同，魏三體〈皋陶謨〉、〈多方〉古文各作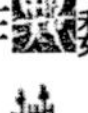魏品式魏三體、傳抄古尚書作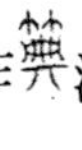汗 2.21四 3.17，《說文》古文作，乃源自陳侯因錞包山 3包山 11包山 16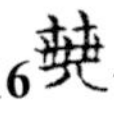包山 7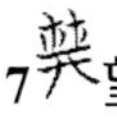望山 2 策等形而上形訛變作从「竹」（參見“典”字）。

「冊」字在傳鈔古文《尚書》有下列不同字形：

（1）汗 1.10 四 5.18 1 2 3

《汗簡》、《古文四聲韻》錄《古尚書》「冊」字作：汗 1.10 四 5.18，與《說文》古文作類同，原非从「竹」，源自金文師虎簋師酉簋形，四 5.18 訛作从「竹」。

島田本「冊」字作1，即四 5.18 形之隸定，敦煌本 P2748、內野本、觀智院本、足利本、上圖本（影）、上圖本（八）、《書古文訓》多作2，《書古文訓》又作2，所从「冊」皆多一横；敦煌本 P2748 或訛少一直筆作3。

（2）汗 1.10

《汗簡》錄《古尚書》「冊」字又作：汗 1.10，此當爲《說文》曰部「曹」字之訛變，「曹，告也，从曰从冊，冊亦聲」，《箋正》謂「此『冊』从隸作，作『日』，謬。《一切經音義》屢云『曹古文冊』，蓋漢以後字書有之，裴氏所本。」「曹」字甲骨文作甲 884，从口，此形从日，類同於「曹」字甲骨文作前 2.5.5，金文作曹公子戈 趞曹鼎 曹公媵孟姬悆母盤，《說文》篆文作〔註 361〕。此形乃假「曹」爲「冊」。

（3）1 2

內野本、足利本、上圖本（影）、上圖本（八）「冊」字或作1《書古文訓》〈書序・畢命〉「康王命作冊畢」「冊」字作2，爲《說文》篆文作之隸古定，皆多一横。

（4）

上圖本（八）〈金縢〉「乃納冊于金縢之匱中」「冊」字作，爲「策」字之訛變，「冊」「策」古音皆屬清紐錫部，音同通假。

〔註 361〕參見黃錫全，《汗簡注釋》，武漢：武漢大學出版社，1993，頁 127。

【傳鈔古文《尚書》「冊」字構形異同表】

冊 / 傳抄古尚書文字 笧汗1.10 笧四5.18 𠕋汗1.10	戰國楚簡	石經	敦煌本	岩崎本	神田本b	九條本	島田本b	內野本	上圖（元）	觀智院b	天理本	古梓堂b	足利本	上圖本（影）	上圖本（八）	古文尚書晁刻	書古文訓	尚書篇目
史乃冊祝曰								笧					冊	冊	笧		笧	金縢
乃納冊于金縢之匱中							笧b	笧					笧	冊	策		笧	金縢
王命作冊逸祝冊			笧 P2748					冊					冊	冊	笧		笧	洛誥
王命作冊逸祝冊			笧 P2748					冊					冊	冊	冊		笧	洛誥
作冊逸誥在十有二月			笧 P2748					冊					笧	冊	笧		笧	洛誥
有冊有典殷革夏命			笧 P2748					冊					笧	冊	笧		笧	多士
丁卯命作冊度								笧		笧b			冊	冊	笧		笧	顧命
御王冊命								冊		冊b			冊	冊	冊		笧	顧命
康王命作冊畢分居里成周郊作畢命								笧					冊	冊	笧		冊	畢命

1226、祝

「祝」字在傳鈔古文《尚書》有下列不同字形：

（1）祝祝$_1$祝$_2$祝$_3$

〈無逸〉「否則厥口詛祝」敦煌本 P3767「祝」字作祝$_1$、內野本作祝$_1$、《書古文訓》作祝$_2$，其左皆从古文「示」字示；〈洛誥〉「王命作冊逸祝冊」「祝」字作祝$_3$，偏旁古文「示」字改易爲「亻」。

【傳鈔古文《尚書》「祝」字構形異同表】

祝	戰國楚簡	石經	敦煌本	岩崎本	神田本b	九條本	島田本b	內野本	上圖（元）	觀智院b	天理本	古梓堂b	足利本	上圖本（影）	上圖本（八）	古文尚書晁刻	書古文訓	尚書篇目
史乃冊祝曰																		金縢

王命作冊逸祝冊													祝	洛誥
否則厥口詛祝			祝 P3767			祝							祝	無逸

1227、遘

「遘」字在傳鈔古文《尚書》有下列不同字形：

（1）冓1冓2

「遘」字《書古文訓》〈金縢〉「遘厲虐疾」作冓1，敦煌本 P2748〈洛誥〉「無有遘自疾」作冓2，爲「冓」字訛變，《說文》辵部「遘，遇也」，冓部「冓，交積材也，象對交之形」，二字音同義亦可通。

（2）篝

《書古文訓》〈洛誥〉「無有遘自疾」「遘」字作篝，「篝」「遘」音同假借。

【傳鈔古文《尚書》「遘」字構形異同表】

遘	戰國楚簡	石經	敦煌本	岩崎本	神田本b	九條本	島田本b	內野本	上圖（元）	觀智院b	天理本	古梓堂b	足利本	上圖本（影）	上圖本（八）	古文尚書晁刻	書古文訓	尚書篇目
遘厲虐疾																	冓	金縢
無有遘自疾			冓 P2748														篝	洛誥

1228、厲

「厲」字在傳鈔古文《尚書》有下列不同字形：

（1）厲1厉2

岩崎本「厲」字作厲1，偏旁「厂」字變作「广」；足利本、上圖本（影）、上圖本（八）作厉2，从「万」。

【傳鈔古文《尚書》「厲」字構形異同表】

厲	戰國楚簡	石經	敦煌本	岩崎本	神田本b	九條本	島田本b	內野本	上圖（元）	觀智院b	天理本	古梓堂b	足利本	上圖本（影）	上圖本（八）	古文尚書晁刻	書古文訓	尚書篇目
遘厲虐疾													厉	厉				金縢
予罔厲殺人															厉			梓材
怵惕惟厲				厲									厉	厉	厉			冏命

金縢	戰國楚簡	漢石經	魏石經	敦煌本			岩崎本	神田本	九條本	島田本	內野本	上圖本（元）	觀智院本	天理本	古梓堂本	足利本	上圖本（影）	上圖本（八）	晁刻古文尚書	書古文訓	唐石經
若爾三王是有丕子之責于天											若尒弍王是ナ丕子㞢責亏天					若尒三王是有丕子之責亏天	若尒三王是有丕子之責亏天	若爾三王是有丕子之責于天		若尒弍王是ナ丕孚㞢責亏兲	若爾三王是有丕子之責于天
以旦代某之身予仁若考											㠯旦代某㞢身予仁若考					以旦代某之身予仁若考	以旦代某之身予仁若考	以旦代某之身仁若考		㠯旦代某㞢身予忎若丂	以旦代某之身予仁若考
能多材多藝能事鬼神											能多材多藝能事鬼神					能多材多藝能叓鬼神	能多材多埶能叓鬼神	能多枝多藝能叓鬼神		耐多材多萟耐[illegible]䰠[illegible]	能多材多藝能事鬼神

乃元孫不若旦多材多藝不能事鬼神	𠧧元孫弜若旦多材多蓺弜耐叓䰡禮		乃元孫不若旦多材多藝不能事鬼神	乃元孫不若旦多材多藝不能叓鬼神	乃元孫不若旦多材多藝不能叓鬼神					𢎘元孫弗若旦多材多藝弗能事鬼神	𢎘元孫弗若旦多材多藝不能事鬼神										乃元孫不若旦多材多藝不能事鬼神
乃命于帝庭敷佑四方用能定爾子孫于下地	𠧧命亏帝庭尃右亖匚用耐定尒孚孫亏丅墬		乃命于帝庭敷右四方用能定爾子孫亏下地	乃命亏帝庭敷佑四方用能定尒子孫亏下地	乃命亏帝庭敷佑四方用能定尒子孫亏下地					𢎘命亏帝庭尃右亖方用能定尒子孫亏丅墬	乃命于帝庭敷佑亖方用能定尒子孫于下地										乃命于帝庭敷佑四方用能定爾子孫于下地
四方之民罔不祇畏	亖匚㞢民宔弜祗畏		亖方㞢民宔弗祗畏	四方之民罔不祇畏	四方之民罔不祇畏					亖方㞢民宔弗祗畏	亖方㞢民宔弗祗畏										四方之民罔不祗畏

嗚呼無墜天之降寶命	
我先王亦永有依歸今我即命于元龜	
爾之許我我其以璧與珪歸俟爾命	

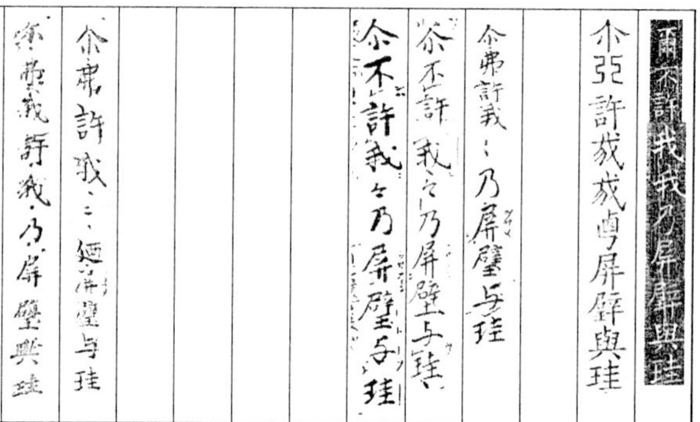	爾不許我我乃屏璧與珪
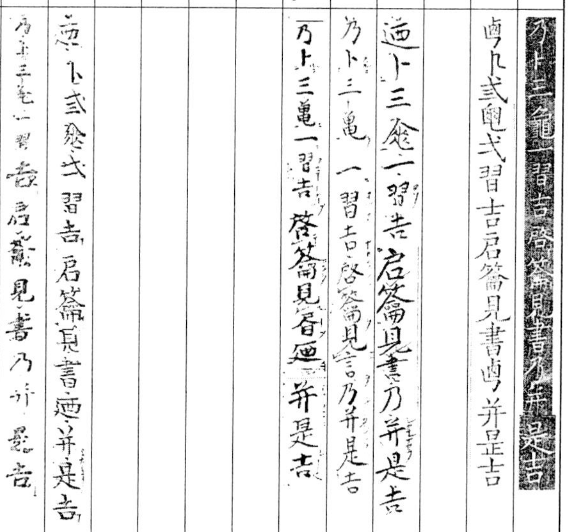	乃卜三龜一習吉啓籥見書乃并是吉
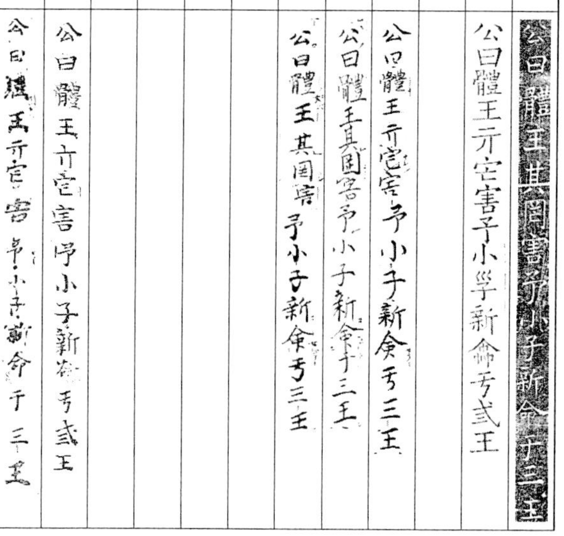	公曰體王其罔害予小子新命于三王

惟永終是圖茲攸俟能念予一人	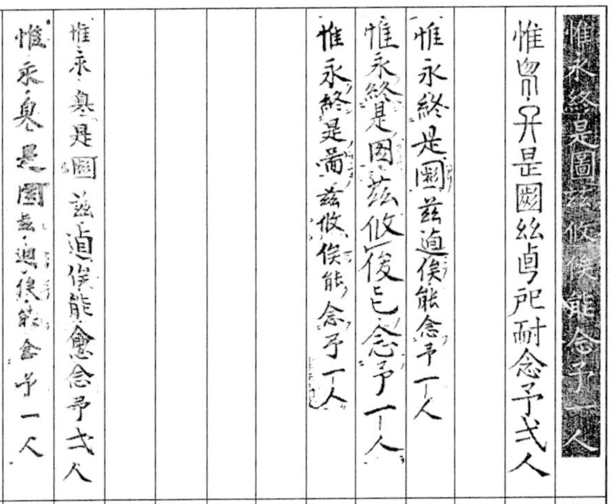
公歸乃納冊于金縢之匱中	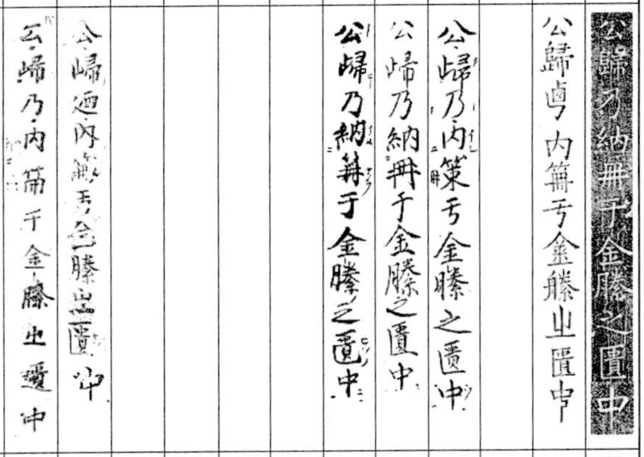
王翼日乃瘳武王既喪	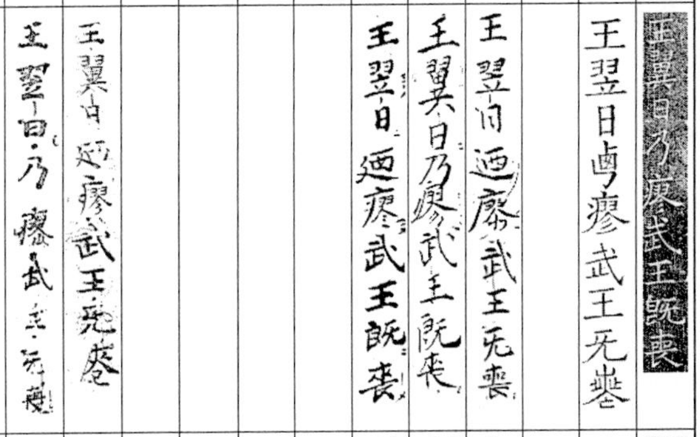
管叔及其群弟乃流言於國	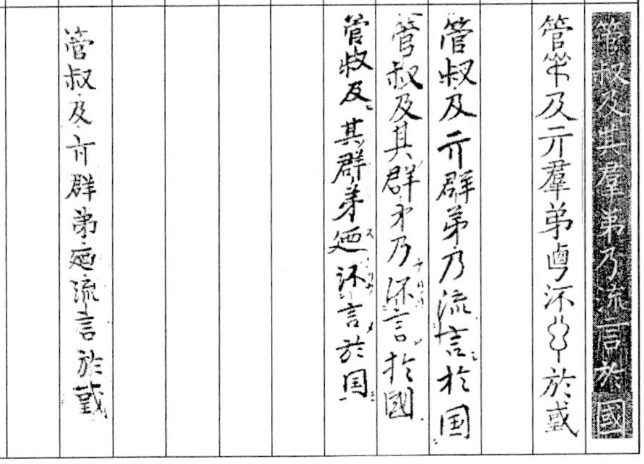

曰公將不利於孺子周公乃告二公	曰我之弗辟我無以告我先王	周公居東二年則罪人斯得	于後公乃為詩以貽王名之曰鴟鴞
曰公將弜秎雁孺學周公𠧪告弍公	曰𢦏㞢弜辟𢦏亡㠯告𢦏先王	周公凥東弍秊劓辠人斦㝵	亐𨑂公𠧪為訨㠯台王名㞢曰鴟鴞
曰公將弗利於孺子周公乃告二公	曰我之弗辟我亡以告我先王	周公居東二年則罪人斯得	亐後公迺為詩以貽王名之曰鴟鴞
曰公將不利於孺子周公乃告二公	曰我之弗辟我無以告我先王	周公居東二年則罪人斯得	于後公乃為詩以貽王名之曰鴟鴞
曰公將不利於孺子周公迺告二公	曰我之不辟我亡以告我先王	周公居東二年則罪人斯得	亐後公迺為詩以貽王名之曰鴟鴞
曰公將弗利於孺子周公迺告弍公	曰我㞢弗辟我亡㠯告我先王	周公凥東弍秊則辠人斯得	亐後公迺為詩㠯貽王名㞢曰鴟鴞
曰公將不利於孺子周公乃告二公	曰我之弗辟我無以告我先王	周公居東二年則罪人斯得	于後公乃為詩以貽王名之曰鴟鴞

1229、匱

「匱」字在傳鈔古文《尚書》有下列不同字形：

(1) 

島田本「匱」字作，其「辶」形爲偏旁「匚」字之「乚」形俗寫訛變（參見"匪"字）。

【傳鈔古文《尚書》「匱」字構形異同表】

匱	戰國楚簡	石經	敦煌本	岩崎本	神田本b	九條本	島田本b	內野本	上圖（元）	觀智院b	天理本	古梓堂b	足利本	上圖本（影）	上圖本（八）	古文尚書晁刻	書古文訓	尚書篇目
乃納冊于金縢之匱中							b											金縢

1230、鴟

「鴟」字在傳鈔古文《尚書》有下列不同字形：

(1) 鴟：

岩崎本「鴟」字作，偏旁「氐」字隸變或俗作「互」形，如「厎」字或作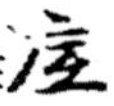、「祗」字或作（參見"厎"字）。

(2) 

上圖本（八）「鴟」字作，「氐」古音端紐脂部，「至」古音章紐質部，「鴟」、「鵄」乃聲符更替。

(3) 1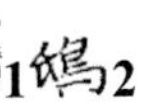2

上圖本（影）、上圖本（八）「鴟」字或作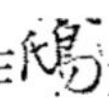12，「氐」旁作「氏」，俗書「氐」常混作「氏」。

【傳鈔古文《尚書》「鴟」字構形異同表】

鴟	戰國楚簡	石經	敦煌本	岩崎本	神田本b	九條本	島田本b	內野本	上圖（元）	觀智院b	天理本	古梓堂b	足利本	上圖本（影）	上圖本（八）	古文尚書晁刻	書古文訓	尚書篇目
名之曰鴟鴞																		金縢

罔不寇賊鴟義										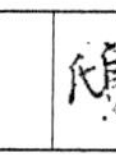				呂刑

金縢	戰國楚簡	漢石經	魏石經	敦煌本			岩崎本	神田本	九條本	島田本	內野本	上圖本（元）	觀智院本	天理本	古梓堂本	足利本	上圖本（影）	上圖本（八）	晁刻古文尚書	書古文訓	唐石經
王亦未敢誚公秋大熟未穫											王亦未敢誚公秌大熟未穫					王亦未敢誚公秋大熟未穫	王亦未敢誚公秋大熟未穫	王亦未敢誚公秋大熟未穫		王亦未敢誚公秋大錦未穫	王亦未敢誚公秋大熟未穫

1231、熟

「熟」字在傳鈔古文《尚書》有下列不同字形：

（1）**1****2**

《說文》丮部「孰」字「食飪也」，即今「熟」字。甲骨文「孰」字作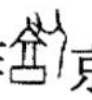**京津 2676**，金文作**伯侄簋****伯侄簋**，乃「丮」之人形下加女形，《古文四聲韻》錄古老子「孰」字作**四 5.4** 與古孝經「熟」字作**四 5.4** 同形，其右皆金文所从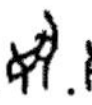.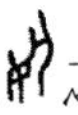之訛變，《書古文訓》「熟」字作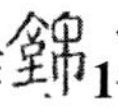**1****2**，《集韻》入聲九 1 屋韻「孰」字隸作「熟」、古作「」，皆爲**孰.四 5.4 古老子****熟.四 5.4 古孝經**之隸古定訛變，《古文四聲韻》「熟」字又錄**四 5.4 古孝經**，前述諸形左下「土」爲「火」之訛誤〔註 362〕。

（2）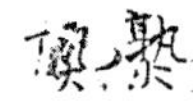**1****2**

島田本、上圖本（八）「熟」字作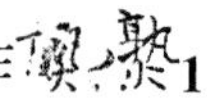**1**，上圖本（影）或訛作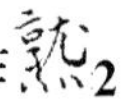**2**。

〔註 362〕徐在國謂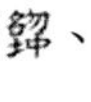、**孰.四 5.4 古老子**皆爲「塾」字，此假「塾」爲「熟」。《隸定古文疏證》，合肥：安徽大學出版社，2002 頁 67。

【傳鈔古文《尚書》「熟」字構形異同表】

熟	戰國楚簡	石經	敦煌本	岩崎本 神田本b	九條本 島田本b	內野本	上圖（元） 觀智院b	天理本 古梓堂b	足利本	上圖本（影）	上圖本（八）	古文尚書晁刻	書古文訓	尚書篇目
秋大熟未穫														金縢
歲則大熟					b									金縢

金縢	戰國楚簡	漢石經	魏石經	敦煌本			岩崎本	神田本	九條本	島田本	內野本	上圖本（元）	觀智院本	天理本	古梓堂本	足利本	上圖本（影）	上圖本（八）	晁刻古文尚書	書古文訓	唐石經
天大雷電以風禾盡偃大木斯拔																					

1232、電

「電」字在傳鈔古文《尚書》有下列不同字形：

（1）**四 4.22** 

《古文四聲韻》錄《古尚書》「電」字作：**四 4.22**，與《說文》古文作同形，其下从籀文「申」字，源自金文作**番生簋**。《書古文訓》作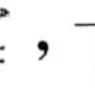，下形爲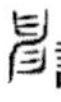**說文籀文申**之隸古定訛變。

【傳鈔古文《尚書》「電」字構形異同表】

電	傳抄古尚書文字	戰國楚簡	石經	敦煌本	岩崎本	神田本b	九條本	島田本b	內野本	上圖（元）	觀智院b	天理本	古梓堂b	足利本	上圖本（影）	上圖本（八）	古文尚書晁刻	書古文訓	尚書篇目
	四 4.22																		
天大雷電以風																			金縢

金縢	戰國楚簡	漢石經	魏石經	敦煌本			岩崎本	神田本	九條本	島田本	內野本	上圖本（元）	觀智院本	天理本	古梓堂本	足利本	上圖本（影）	上圖本（八）	晁刻古文尚書	書古文訓	唐石經
邦人大恐王與大夫盡弁以啓金縢之書																					
乃得周公所自以爲功代武王之說																		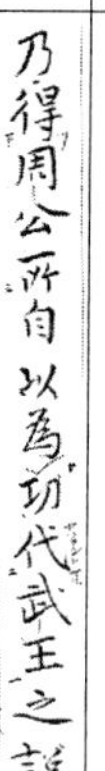			

二公及王乃問諸史與百執事							弍公及王乃問諸史与百執事			二公及王廸問諸史与百執事	二公及王乃問諸史与百執事	弍公及王卤問彬史與百執事	弍公及王乃問諸史监百執事
對曰信噫公命我勿敢言							對曰信伯噫公命我勿敢言			對曰信噫公命我勿敢言	對曰信噫公命我勿敢言	對曰伯意公命我勿敢言	對曰信意公命我勿敢言

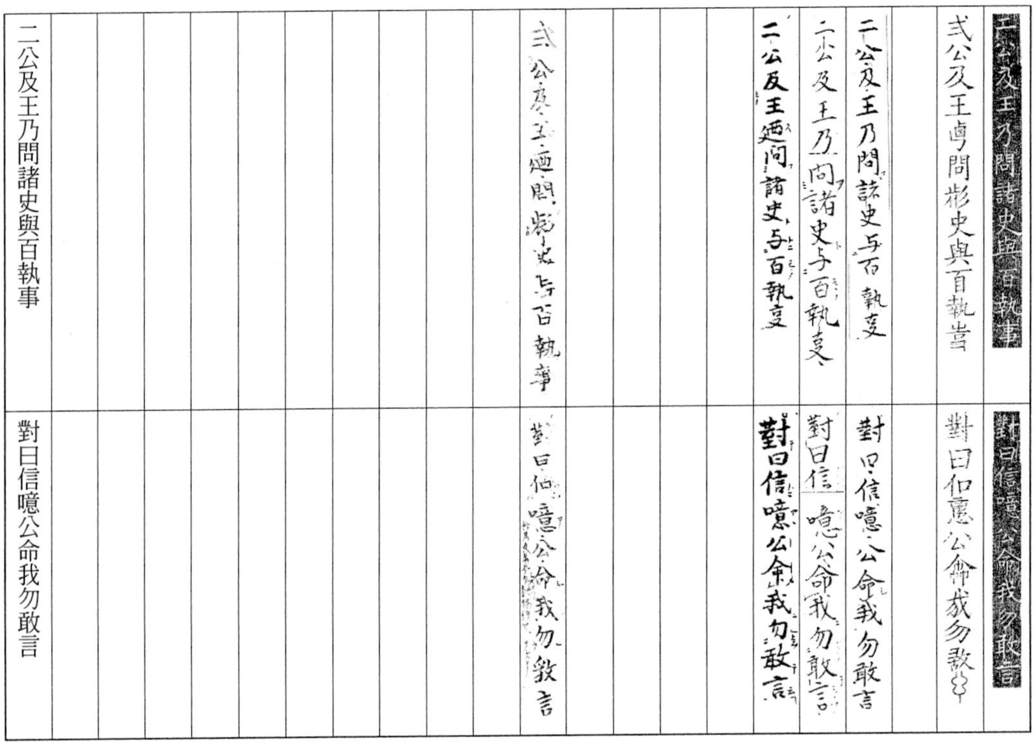

1233、噫

〈金縢〉「噫公命我勿敢言」《釋文》謂「噫，馬本作『懿』，猶『億』也」，《說文》心部「意」字「一曰十萬曰『意』」，意、億古今字。王鳴盛《後案》云：「《詩‧大雅‧瞻卬》『懿厥哲婦』《箋》云：『懿者，有所傷痛之詞也』《疏》引此經爲說。又《大雅》有〈抑〉篇，〈楚語〉作『懿』，韋昭云：『懿讀曰抑』。《小雅‧十月之交》『抑此皇父』，《箋》云：『抑之言噫』，徐邈音噫。《韓詩》云：『抑，意也。《周頌》「噫嘻成王定」本作「意」』……然則噫、意、懿、抑皆同也」。意、億、懿、抑皆「噫」之假借，有所傷痛之聲。

「噫」字在傳鈔古文《尚書》有下列不同字形：

（1）**虛**汗 4.59 **虛**四 1.20

《汗簡》、《古文四聲韻》錄《古尚書》「噫」字作：**虛**汗 4.59 **虛**四 1.20，此形從虍從意，疑爲「噫」之異體，前者從《說文》「意」字篆文**意**，後者從籀文**意**。

（2）**意**四 1.20 **意**1

《古文四聲韻》錄《古尚書》「噫」字又作：**意**四 1.20，與《說文》「意」字籀文**意**同形，《書古文訓》作**意**1，爲篆文作**意**之隸古定，亦假「意」爲「噫」。

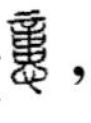

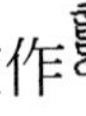

【傳鈔古文《尚書》「噫」字構形異同表】

噫	傳抄古尚書文字 [illegible] 汗 4.59 [illegible] 四 1.20	戰國楚簡	石經	敦煌本	岩崎本 神田本b	九條本 島田本b	內野本	上圖（元） 觀智院b	天理本 古梓堂b	足利本	上圖本（影）	上圖本（八）	古文尚書晁刻	書古文訓	尚書篇目
噫公命我勿敢言														[illegible]	

金縢	戰國楚簡	漢石經	魏石經	敦煌本			岩崎本	神田本	九條本	島田本	內野本	上圖本（元）	觀智院本	天理本	古梓堂本	足利本	上圖本（影）	上圖本（八）	晁刻古文尚書	書古文訓	唐石經
王執書以泣曰其勿穆卜											王執書吕泣曰亓勿穆卜					王執書以泣曰其勿穆卜	王執書以泣曰其勿穆卜	王執書以泣曰其勿穆卜		王執書吕泣曰亓勿育卜	王執書以泣曰其勿穆卜
昔公勤勞王家惟予沖人弗及知										昔公勤勞王家惟予沖人弗及知	㫺公勤勞王家惟予沖人弗及知					昔公勤勞王家惟予沖人弗及知	昔公勤勞王家惟予沖人弗及知	昔公勤勞王家惟予沖人弗及知		㫺公勤[illegible]王家惟予沖人弜及知	昔公勤勞王家惟予沖人弗及知

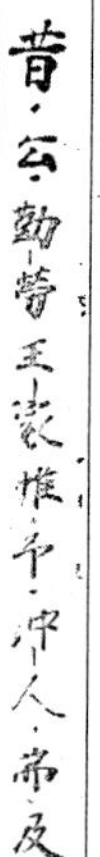

今天動威以彰周公之德										今天動畏㠯彰周公之悳	今𠀡𨓏畏㠯彰周公㞢悳					今天動威以彰周公之德	今天動威以彰周公之德	今天動畏以彰周公之德		今𠀡𨓏畏㠯彰周公㞢悳	今天動威以彰周公之德
惟朕小子其新逆我國家禮亦宜之										惟朕小子亓新逆我國家禮亦宜㞢	惟𦨶小子亓新逆我或家礼亦宐㞢					惟朕小子其新逆我国家礼亦宜之	惟朕小子其新逆我國家礼亦宜之	惟朕小子其新逆我国家礼亦宜之		惟𦨶小学亓親屰𢦓或家礼亦宐㞢	惟朕小子其新逆我國家禮亦宜之
王出郊天乃雨反風禾則盡起										王出郊天乃雨反風禾則盡起	王出郊𠀡迺雨反風禾則盡起					王出郊天迺雨反風禾則尽起	王出郊天乃雨反風禾則尽起	王出郊天乃雨反風禾則盡起		王出郊𠀡𠧧雨反風禾則盡起	王出郊天乃雨反風禾則盡起

二公命邦人凡大木所偃盡起而築之歲則大熟

三十五、大　誥

大誥	戰國楚簡	漢石經	魏石經	敦煌本			岩崎本	神田本	九條本	島田本	內野本	上圖本（元）	觀智院本	天理本	古梓堂本	足利本	上圖本（影）	上圖本（八）	晁刻古文尚書	書古文訓	唐石經
武王崩三監及淮夷叛										武王崩三監及淮尸叛	武王崩弎監及淮尸叛					武王崩三监及淮夷叛	武王崩三監及淮夷叛	武王崩三监及淮夷叛		武王崩弎監及淮尸畔	武王崩三監及淮夷叛
周公相成王將黜殷作大誥										周公相成王將黜殷作大誥	周公相成王將黜殷作大誥					周公相成王將黜殷作大誥	周公相成王將黜殷作大誥	周公相成王將黜殷作大誥		周公相成王將黜殷迮大弇	周公相成王將黜殷作大誥

1234、叛

「叛」字在傳鈔古文《尚書》有下列不同字形：

（1）畔1叛2

《書古文訓》「叛」字作畔1，假同音「畔」字爲「叛」；上圖本（八）作叛2，所从「半」字訛多一畫。

【傳鈔古文《尚書》「叛」字構形異同表】

叛	戰國楚簡	石經	敦煌本	岩崎本	神田本b	九條本b	島田本b	內野本	上圖（元）	觀智院b	天理本	古梓堂b	足利本	上圖本（影）	上圖本（八）	古文尚書晁刻	書古文訓	尚書篇目
武王崩三監及淮夷叛															叛		畔	大誥

大誥	王若曰猷大誥爾多邦越爾御事	弗弔天降割于我家不少	延洪惟我幼沖人嗣無疆大歷服
唐石經	王若曰猷大誥爾多邦越爾御事	弗弔天降割于我家不少	延洪惟我幼沖人嗣無疆大歷服
書古文訓	王若曰繇大𢍏尒多峕戉尒馭叓	弜弔兲夅创亏𢦓家弜少	延㳷惟𢦓幼沖人孠亡畺大厤𦨶
晁刻古文尚書			
上圖本（八）	王若曰繇大誥爾多邦越尒御事	弗弔天降割亏我家弗少	延洪惟累我幼沖人嗣亡疆大歷
上圖本（影）	王若曰猷大誥尒多邦越尒御事	弗弔天降割于我家不少	延洪惟我幼沖人嗣無疆大歷服
足利本	王若曰猷大誥尒多邦越尒御事	弗弔天降割亏我家弗少	延洪惟累我幼沖人嗣亡疆大歷服
古梓堂本			
天理本			
觀智院本			
上圖本（元）			
內野本	王若曰猷大誥尒多邦粵尒御事	弗弔天降割亏我家弗少	延洪惟累我幼沖人嗣亡疆大歷服
島田本	王若曰繇大誥尒多邦越尒御事	弗弔天降割于我家弗少	延洪惟我幼沖人
九條本			
神田本			
岩崎本			
敦煌本			
魏石經			
漢石經			
戰國楚簡			

弗造哲迪民康矧曰其有能格知天命																					
已予惟小子若涉淵水											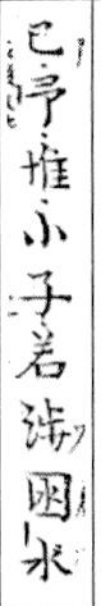							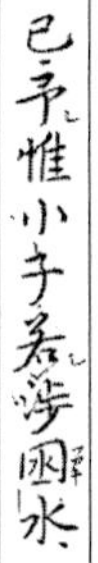		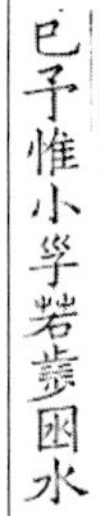	
予惟往求朕攸濟敷賁																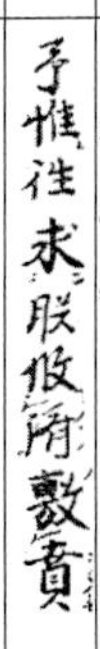	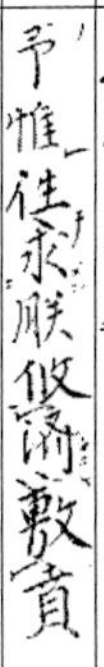				
敷前人受命茲不忘大功																					

予不敢閉于天降威用											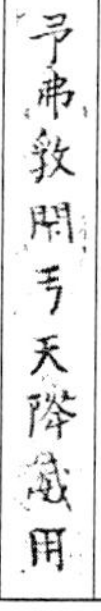										

1235、閉

「閉」字在傳鈔古文《尚書》有下列不同字形：

(1) 

內野本、上圖本（八）「閉」字作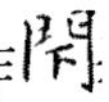，其內所从「才」訛變作「下」。

【傳鈔古文《尚書》「閉」字構形異同表】

閉	戰國楚簡	石經	敦煌本	岩崎本	神田本b	九條本	島田本b	內野本	上圖（元）	觀智院b	天理本	古梓堂b	足利本	上圖本（影）	上圖本（八）	古文尚書晁刻	書古文訓	尚書篇目
予不敢閉于天降威用																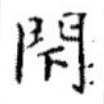		大誥

大誥	戰國楚簡	漢石經	魏石經	敦煌本			岩崎本	神田本	九條本	島田本	內野本	上圖本（元）	觀智院本	天理本	古梓堂本	足利本	上圖本（影）	上圖本（八）	晁刻古文尚書	書古文訓	唐石經
寧王遺我大寶龜紹天明即命																	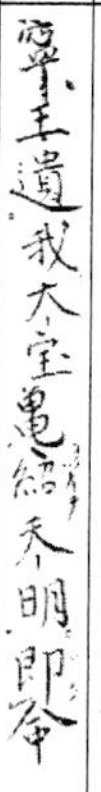				

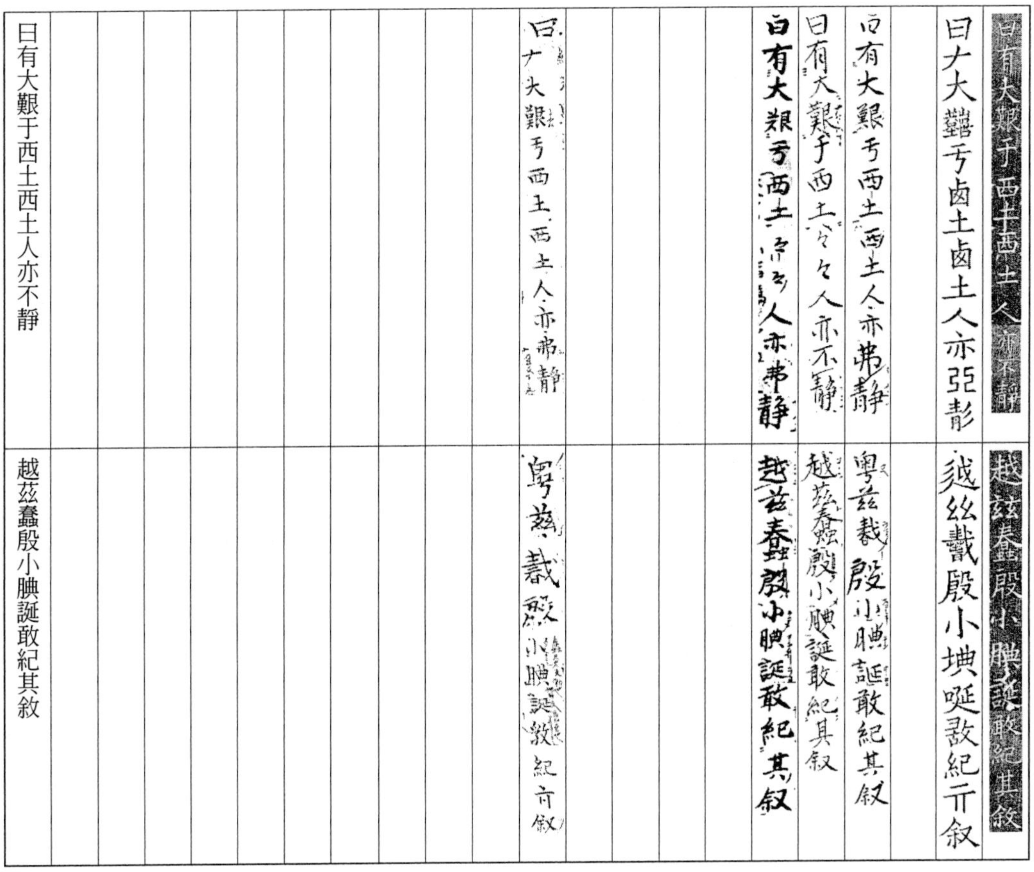
曰有大艱于西土西土人亦不靜
越茲蠢殷小腆誕敢紀其敘

1236、腆

「腆」字在傳鈔古文《尚書》有下列不同字形：

（1）⿰土典汗 6.73 ⿰土典四 3.17 ⿰土典

《汗簡》、《古文四聲韻》錄《古尚書》「腆」字作：⿰土典汗 6.73 ⿰土典四 3.17，《集韻》上聲六 27 銑韻「倎」字「厚也，或从土，通作『腆』」「倎」「⿰土典」爲義符更替之異體字，與「腆」字音同通假。《書古文訓》「腆」字多作⿰土典，與此同形。

（2）⿱典月1 ⿱典月 ⿱典月2 ⿱典大3

九條本、內野本、足利本「腆」字或作⿱典月1，《說文》篆文作腆，此形移「月」於下，《集韻》上聲六 27 銑韻「腆」字「或書作⿱典月」。九條本、足利本或作⿱典月 ⿱典月2，所从「典」多一畫；上圖本（影）或作⿱典大4，「典」之下形訛作「大」。

（3）⿱典日1 ⿱典目2

足利本「腆」字或作或作⿱典日1，其下从「日」，爲《說文》古文作⿱典日之隸定。上圖本（影）或作⿱典目2，訛从「目」。

(4) [illegible]

《書古文訓》〈酒誥〉「惟荒腆于酒」一例「腆」字作[illegible]，《集韻》「腆」字或作[illegible]，上从《說文》古文「典」字[illegible]，當爲「腆」字古文。

【傳鈔古文《尚書》「腆」字構形異同表】

腆	傳抄古尚書文字 [illegible]汗 6.73 [illegible]四 3.17	戰國楚簡	石經	敦煌本	岩崎本	神田本b	九條本	島田本b	內野本	上圖（元）	觀智院b	天理本	古梓堂b	足利本	上圖本（影）	上圖本（八）	古文尚書晁刻	書古文訓	尚書篇目
越茲蠢殷小腆																		[illegible]	大誥
自洗腆致用酒									[illegible]					[illegible]				[illegible]	酒誥
不腆于酒故我至于今							[illegible]		[illegible]					[illegible]	[illegible]			[illegible]	酒誥
惟荒腆于酒							[illegible]		[illegible]					[illegible]	[illegible]			[illegible]	酒誥

大誥	戰國楚簡	漢石經	魏石經	敦煌本			岩崎本	神田本	九條本	島田本	內野本	上圖本（元）	觀智院本	天理本	古梓堂本	足利本	上圖本（影）	上圖本（八）	晁刻古文尚書	書古文訓	唐石經
天降威知我國有疵民不康											天降畏知我戜有呰民弗康					天降畏知我国有疵民弗康	天降威知我國有疪民不康	天降畏知我国有呰民弗康		兲夅畏知我戜𠂇呰民弜康	天降威知我國有疵民不康

1237、疵

「疵」字在傳鈔古文《尚書》有下列不同字形：

(1) 疵：疵$_1$疪$_2$

〈呂刑〉「五過之疵」岩崎本「疵」字作疵$_1$，所从「此」之左形訛作「山」，足利本、上圖本（影）訛作疪$_2$（參見"此"字）。

(2) 呰：呰呰$_1$呰$_2$

內野本、《書古文訓》〈大誥〉「知我國有疪」「疪」字作呰呰1，上圖本（八）作呰2，上从「此」之隸變，乃假「呰」字爲「疪」，《漢書・翟義傳》王莽自作大誥云：「故知作我國有呰災」顏注曰：「讀作『疪』」。

【傳鈔古文《尚書》「疪」字構形異同表】

疪	戰國楚簡	石經	敦煌本	岩崎本	神田本b	九條本	島田本b	內野本	上圖（元）	觀智院b	天理本	古梓堂b	足利本	上圖本（影）	上圖本（八）	古文尚書晁刻	書古文訓	尚書篇目
知我國有疪								呰							呰		呰	大誥
五過之疪				疪									疪	疪				呂刑

大誥	戰國楚簡	漢石經	魏石經	敦煌本			岩崎本	神田本	九條本	島田本	內野本	上圖本（元）	觀智院本	天理本	古梓堂本	足利本	上圖本（影）	上圖本（八）	晁刻古文尚書	書古文訓	唐石經
曰予復反鄙我周邦											曰予復反鄙我周邦					曰予復反鄙我周邦	曰予復反鄙我周邦	曰予復反鄙我周邦		曰予復反鄙𢦏周𡵨	曰予復反鄙我周邦
今蠢今翼日民獻有十夫予翼											今𢦔今翌日民獻ナ十夫予翼					今蠢今翌日民獻有十夫予翼	今蠢今翌日民獻有十夫予翼	今蠢今翌日民獻有十夫予翌		今𢦔今翌日民獻ナ十夫予翊	今蠢今翼日民獻有十夫予翼

以于敉寧武圖功我有大事休朕卜并吉

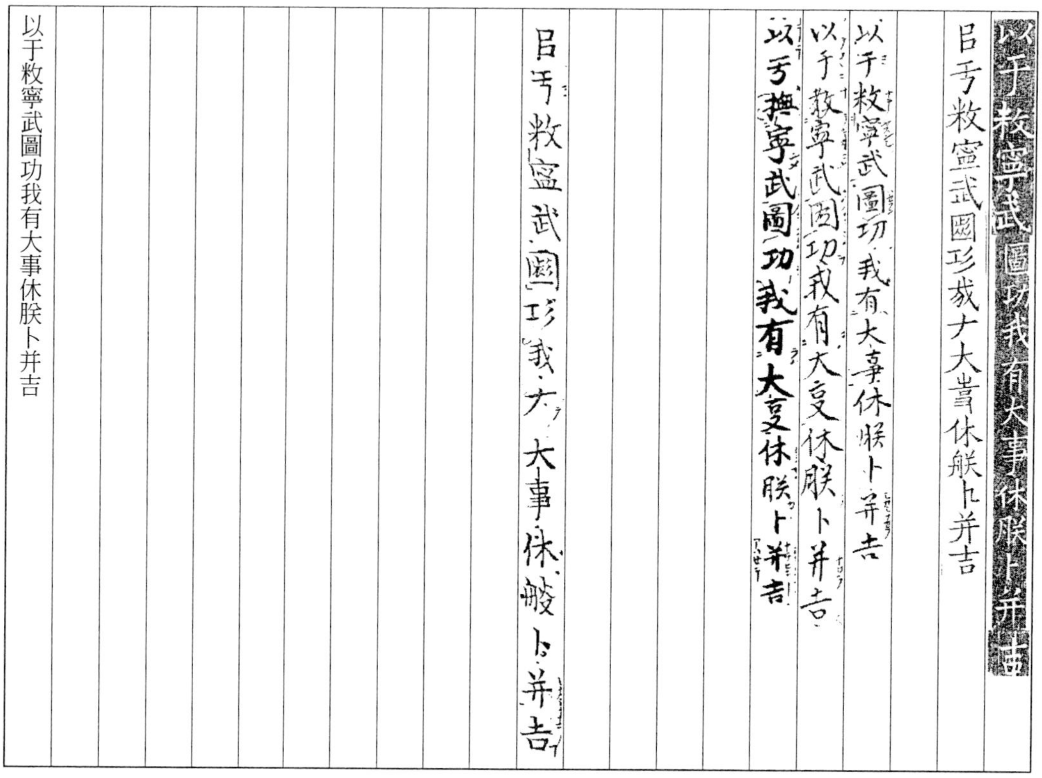

1238、敉

「敉」字在傳鈔古文《尚書》有下列不同字形：

（1）撫：撫

足利本、上圖本（影）、上圖本（八）「敉」字或作撫，「撫」、「敉」同義，《說文》攴部「敉」字「撫也」，下引「〈周書〉曰『亦未克敉公功』」。

（2）⿰亡攵

上圖本（八）〈洛誥〉「亦未克敉公功」「敉」字作⿰亡攵，當爲「⿰亡攵」字之變，《說文》攴部「⿰亡攵」字「撫也，从攴亡聲，讀與『撫』同」，「⿰亡攵」爲「撫」字異體（參見"撫"字）。

（3）⿰朱攵

九條本〈立政〉「率惟敉功」「敉」字作⿰朱攵，偏旁「米」字訛誤作「朱」。

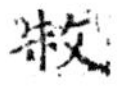

【傳鈔古文《尚書》「敉」字構形異同表】

敉	戰國楚簡	石經	敦煌本	岩崎本 神田本b	九條本b 島田本b	內野本	上圖（元） 觀智院b	天理本 古梓堂b	足利本	上圖本（影）	上圖本（八）	古文尚書晁刻	書古文訓	尚書篇目
以于敉寧武圖功														大誥
肆予曷敢不越卬敉寧王大命														大誥
亦未克敉公功														洛誥
率惟敉功					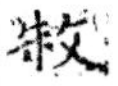									立政

大誥	戰國楚簡	漢石經	魏石經	敦煌本			岩崎本	神田本	九條本	島田本	內野本	上圖本（元）	觀智院本	天理本	古梓堂本	足利本	上圖本（影）	上圖本（八）	晁刻古文尚書	書古文訓	唐石經
曰予得吉卜予惟以爾庶邦											曰予㝵吉卜予惟㠯尒庶邦					曰予得吉卜予惟以尒庶邦	曰予得吉卜予惟以尒庶邦	曰予得吉卜予惟以爾庶邦		曰予㝵吉卜予惟㠯介屖峀	曰予得吉卜予惟以爾庶邦
于伐殷逋播臣爾庶邦君											亐伐殷逋播臣尒庶邦君					亐伐殷逋播臣尒庶邦君	亐伐殷逋播臣尒庶邦君	亐伐殷逋播臣爾邦君		亐伐殷逋[illegible]臣介屖峀商	于伐殷逋播臣爾庶邦君

越庶士御事罔不反曰艱大	[illegible]𠪨士馭耑宕弜反曰囏大		越庶士御叓罔弗反曰艱大	越庶士御叓罔不反曰艱大	越庶士御叓罔弗反曰艱大					粤庶士御事罔弗反曰艱大											越庶士御事罔不反曰艱大
民不靜亦惟在王宮邦君室	民弜彭亦惟圣王宮峀冋室		民亦弗靜亦惟在王宮邦君室	民不靜亦惟在王宮邦君室	民亦弗靜亦惟在王宮邦君室					民亦弗靜亦惟在王宮邦君室											民不靜亦惟在王宮邦君室
越予小子考翼不可征	粤予小学丂翌弜可延		越予小子考翼弗可征	越予小子考翼不可征	粤予小子考翼弗可征					粤予小子考翼弗可征											越予小子考翼不可征
王害不違卜肆予沖人永思艱	王害弜莫卜𢑑予沖人[illegible]恖囏		王害弗違卜肆予沖人永思艱	王害不違卜肆予沖人永思艱	王害弗違卜肆予沖人永思艱					王害弗違卜肆予沖人永思艱											王害不違卜肆予沖人永思艱

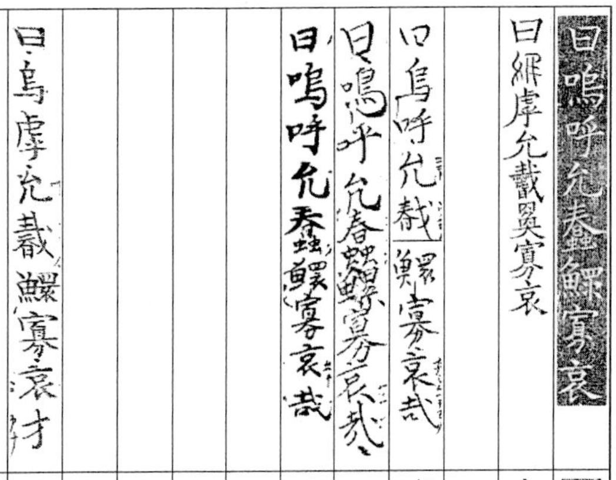

			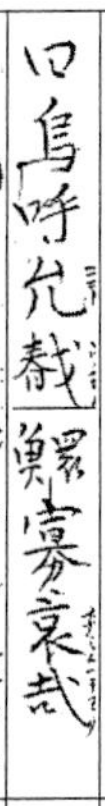		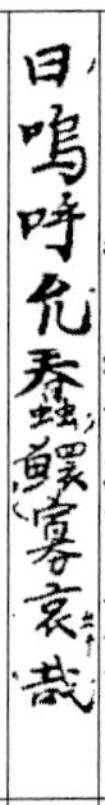																曰嗚呼允蠢鰥寡哀哉
																					予造天役遺大投艱于朕身
																					越予沖人不卬自恤義爾邦君越爾多士

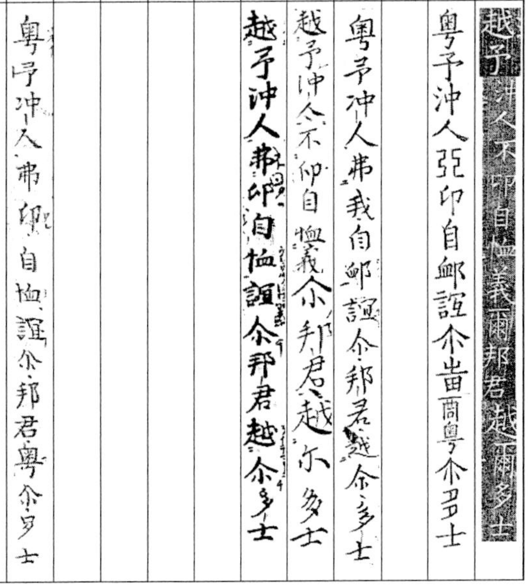

尹氏御事綏予曰無毖于恤																		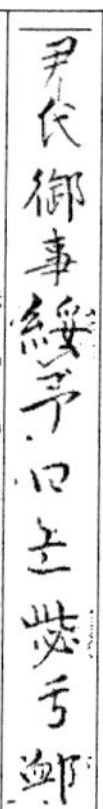			

1239、毖

「毖」字在傳鈔古文《尚書》有下列不同字形：

（1）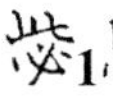12

上圖本（八）「毖」字作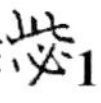1，其上訛作「此」，上圖本（影）作2，所从「必」訛少一畫作「心」。

【傳鈔古文《尚書》「毖」字構形異同表】

毖	戰國楚簡	石經	敦煌本	岩崎本	神田本b	九條本b	島田本b	內野本	上圖（元）	觀智院b	天理本	古梓堂b	足利本	上圖本（影）	上圖本（八）	古文尚書晁刻	書古文訓	尚書篇目
天閟毖我成功所																		大誥
天亦惟用勤毖我民																		大誥

大誥	戰國楚簡	漢石經	魏石經	敦煌本			岩崎本	神田本	九條本	島田本	內野本	上圖本（元）	觀智院本	天理本	古梓堂本	足利本	上圖本（影）	上圖本（八）	晁刻古文尚書	書古文訓	唐石經
不可不成乃寧考圖功																	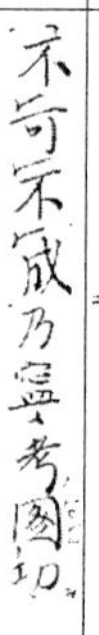				

																					己予惟小子不敢替上帝命
																					天休于寧王興我小邦周
																					寧王惟卜用克綏受茲命
																					今天其相民矧亦惟卜用

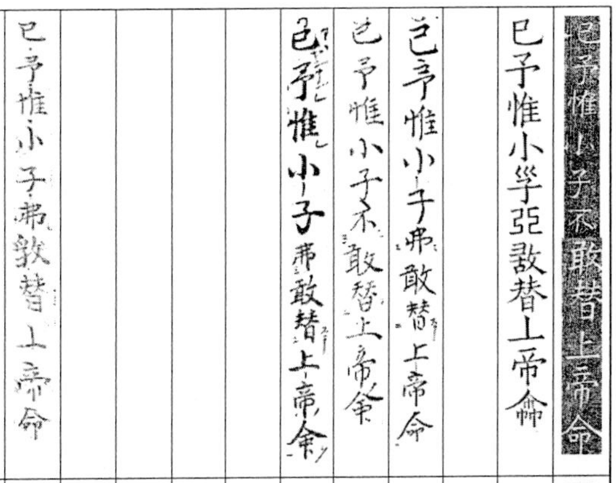

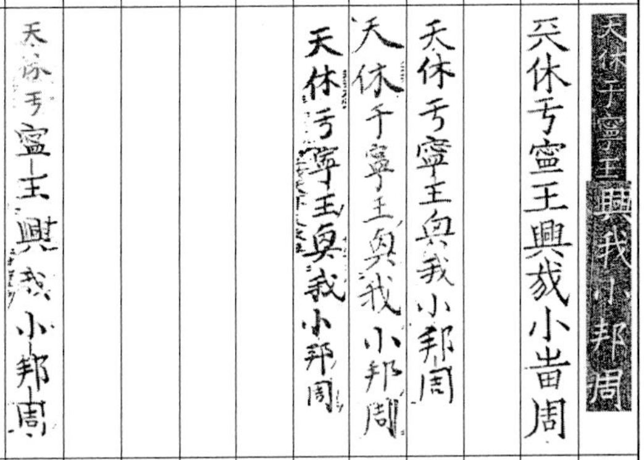

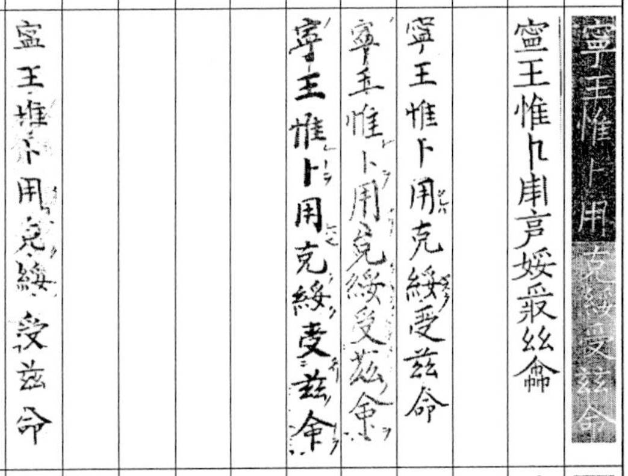

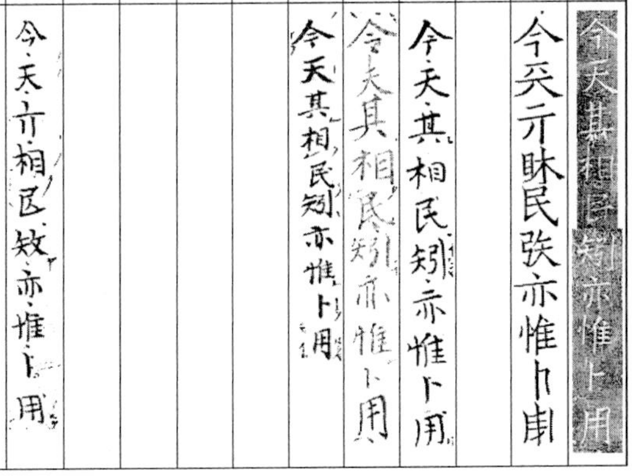

嗚呼天明畏弼我丕丕基											烏虖天明畏弜我丕丕[illegible]					嗚呼天明畏弼我丕々基	嗚呼天明畏弼我丕々基	烏呼天明畏弼我丕々基		緝虖兲朙畏弜我丕丕[illegible]	嗚呼天明畏弼我丕丕基
王曰爾惟舊人爾丕克遠省											王曰尒惟舊人尒丕克遠眚					王曰尒惟旧人尒丕克遠省	王曰尒惟旧人尒丕克遠省	王曰爾惟舊人爾丕克遠省		王曰尒惟舊人尒丕亯遠眚	王曰爾惟舊人爾丕克遠省
爾知寧王若勤哉天閟毖我成功所											尒知寍王若勤于天閟毖我戚珍所					尒知寧王若勤哉天閟毖我成功	尒知寧王若勤哉天閟毖我成功所	爾知寧王若勤哉天閟毖我成功所		尒知寍王若勤才兲閟毖𢦏戚珍所	爾知寧王若勤哉天閟毖我成功所
予不敢不極卒寧王圖事											予弗敢弗極卒寧王圖事					所予不敢弗極卒寧王圖叓	予不敢不極卒寧王圖叓	予弗敢弗極卒寧王圖叓		予弜敢弜極卒寍王圖事	予不敢不極卒寧王圖事

肆予大化誘我友邦君天棐忱辭其考我民											肆予大化誘我友邦君天棐忱詞亓考我民					肆予大化誘我友邦君天棐忱詞其考我民	肆予大化誘我友邦君天棐忱辭其考我民	肆予大化誘我友邦君天棐忱辭其考我民		𨽻予大傀誘𢦏友峀冏兲棐忱𧥒亓丂𢦏民	肆予大化誘我友邦君天棐忱辭其考我民
予曷其不于前寧人圖功攸終											予害亓弗亐歬寍人圖𢀩逌𠔂					予曷其弗于前寧人圖功攸終	予害其不亐歬寧人圖功攸終	予害亓弗亐歬寧人圖功攸參		予害亓弜亐歬寍人圖𢀩卣𠔂	予曷其不于前寧人圖功攸終
天亦惟用勤毖我民若有疾											天亦惟用勤毖我民若𠂇疾					天亦惟用勤毖我民若有疾	天亦惟用勤毖我民若有疾	天亦惟用勤毖我民若有疾		兲亦惟甪勤毖𢦏民若𠂇𤕫	天亦惟用勤毖我民若有疾
予曷敢不于前寧人攸受休畢											予害敢弗亐歬寍人逌受休畢					予曷敢弗亐前寧人攸受休畢	予曷敢不亐前寧人攸受休畢	予害敢弗亐前寧人攸受休畢		予害敢弜亐歬寍人卣受休𢦔	予曷敢不于前寧人攸受休畢

王曰若昔朕其逝朕言艱日思						王曰若昔般亓逝般言艱日息		王曰若昔朕其逝朕言艱日思	王曰若昔朕其逝朕言艱日思	王曰若昔朕其逝朕言艱日思	王曰若昔朕亓逝朕⊗譱日息	王曰若昔朕其逝朕言艱日思	
若考作室既底法厥子乃弗肯堂						若考作室无底法亓子迺弗肯堂		若考作室既底致法厥子迺弗肯堂	若考作室既底法厥子乃弗肯堂	若考作室既底法亓于乃弗肯堂	若丂徃室无底金乎學卤亞肯堂	若考作室既底法厥子乃弗肯堂	

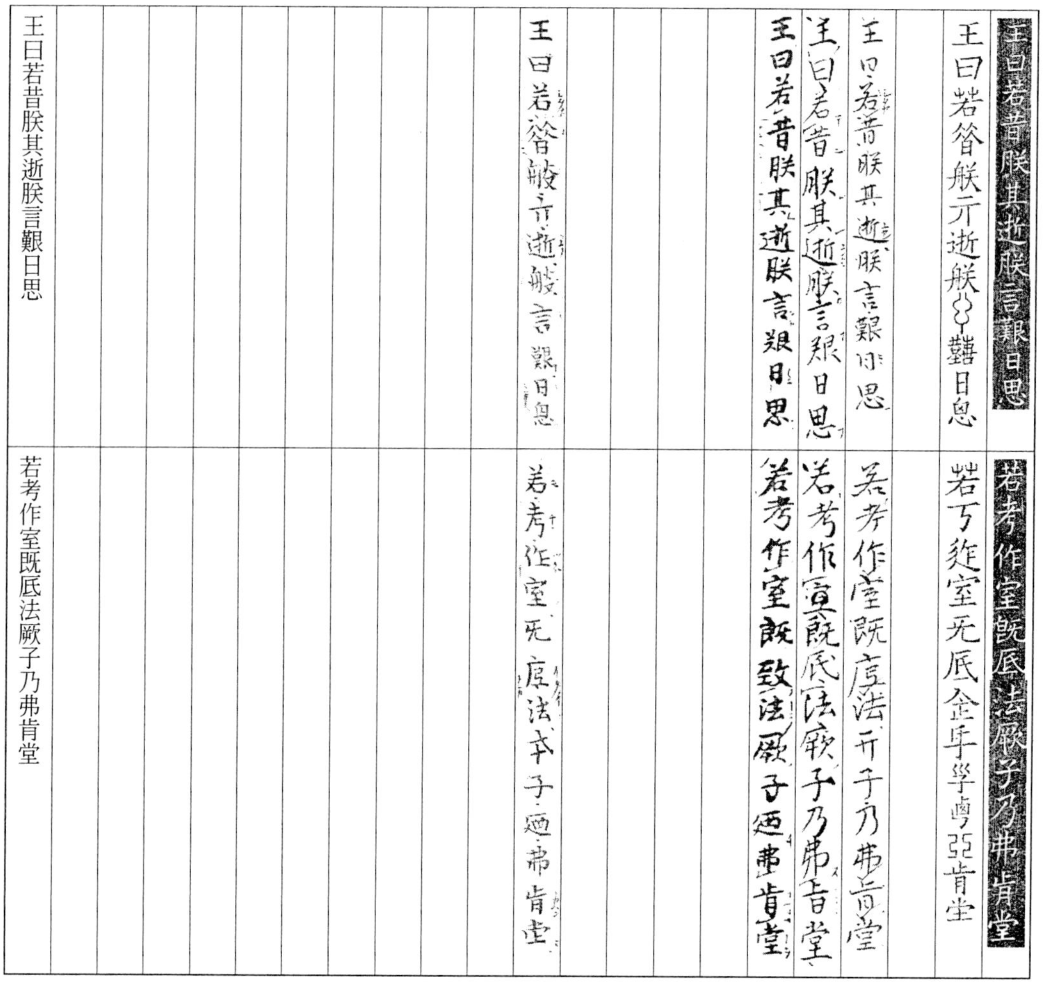

1240、肯

「肯」字在傳鈔古文《尚書》有下列不同字形：

（1）[古文]汗2.20 [古文]四3.29 [古文]六227 [古文]

《汗簡》、《古文四聲韻》、《訂正六書通》錄《古尚書》「肯」字作：[古文]汗2.20 [古文]四3.29 [古文]六227，與《說文》肉部「冎」字篆文作[古文]同形，源自[古文]梁鼎 [古文]璽彙3963 等。

《書古文訓》〈多方〉「不肯感言于民」「肯」字作[古文]，即篆文[古文]隸古定。

（2）[古文]

《書古文訓》〈大誥〉「肯」字四例作[古文]，爲《說文》古文作[古文]隸古定。

（3）[古文]昏[古文]昏1 [古文]旨2

上圖本（影）、上圖本（八）「肯」字或作[古文]昏[古文]昏1，偏旁「月」字訛與「日」混同；上圖本（影）或訛作[古文]旨2，與「旨」字混同。

【傳鈔古文《尚書》「肯」字構形異同表】

肯	傳抄古尚書文字 肎汗 2.20 肎四 3.29 肎六 227	戰國楚簡	石經	敦煌本	岩崎本 神田本b	九條本 島田本b	內野本	上圖（元） 觀智院b	天理本 古梓堂b	足利本	上圖本（影）	上圖本（八）	古文尚書晁刻	書古文訓	尚書篇目
厥子乃弗肯堂											肯	肯			大誥
矧肯構												肯		肎	大誥
厥父菑厥子乃弗肯播											肯	肯		肎	大誥
矧肯穫											肯	肯		肎	大誥
矧肯穫厥考翼其肯											肯	肯		肎	大誥
不肯慼言于民						肯	肯			肯	肯	肯		肎	多方

1241、堂

「堂」字在傳鈔古文《尚書》有下列不同字形：

（1）坐：坣汗 6.73 坣四 2.16 坣坣

《汗簡》、《古文四聲韻》錄《古尚書》「堂」字作：坣汗 6.73 坣四 2.16，與《說文》古文作坣同形，源自戰國作坣中山王兆域圖坣璽彙 3442 坣璽彙 5422 等形，其聲符「尙」省形。上圖本（影）、《書古文訓》或作坣坣，此形隸古定。

（2）堂

觀智院本「堂」字作堂，偏旁「土」字訛變作「玉」，當爲「圡」上訛多一畫。

【傳鈔古文《尚書》「堂」字構形異同表】

堂	傳抄古尚書文字 坣汗 6.73 坣四 2.16	戰國楚簡	石經	敦煌本	岩崎本 神田本b	九條本 島田本b	內野本	上圖（元） 觀智院b	天理本 古梓堂b	足利本	上圖本（影）	上圖本（八）	古文尚書晁刻	書古文訓	尚書篇目
厥子乃弗肯堂											坣			坣	大誥
一人冕執劉立于東堂									堂b					坣	顧命

一人冕執鉞立于西堂								堂b					堂	顧命

大誥	戰國楚簡	漢石經	魏石經	敦煌本			岩崎本	神田本	九條本	島田本	內野本	上圖本（元）	觀智院本	天理本	古梓堂本	足利本	上圖本（影）	上圖本（八）	晁刻古文尚書	書古文訓	唐石經
矧肯構厥父菑厥子乃弗肯播											矧肯構亣父菑亣子迺弗肯播					矧肯構厥父菑厥子迺不肯播	矤肯構厥父菑厥子乃弗肯播	矧肯構父菑亣子乃弗肯播		矤肎構氒父菑氒子乃弜肎𢺵	矧肯構厥父菑厥子乃弗肯播

1242、構

「構」字在傳鈔古文《尚書》有下列不同字形：

（1）搆

內野本、上圖本（影）、上圖本（八）「構」字作搆，偏旁「木」字俗混作「扌」。

【傳鈔古文《尚書》「構」字構形異同表】

構	戰國楚簡	石經	敦煌本	岩崎本 神田本b	九條本 島田本b	內野本	上圖（元） 觀智院b	天理本 古梓堂b	足利本	上圖本（影）	上圖本（八）	古文尚書晁刻	書古文訓	尚書篇目
矧肯構						搆				搆	搆			大誥

1243、菑

「菑」字在傳鈔古文《尚書》有下列不同字形：

（1）菑菑$_1$畄$_2$甾$_3$

足利本、上圖本（影）「菑」字或各省變作菑菑$_1$，上圖本（影）或所从「艹」訛省作一橫爲畄$_2$。九條本〈梓材〉「若稽田既勤敷菑」「菑」字作甾$_3$，《說文》

艸部「菑」字或體省「艹」作「甾」。

【傳鈔古文《尚書》「菑」字構形異同表】

菑	戰國楚簡	石經	敦煌本	岩崎本 神田本b	九條本 島田本b	內野本	上圖(元) 觀智院b	天理本 古梓堂b	足利本	上圖本(影)	上圖本(八)	古文尚書晁刻	書古文訓	尚書篇目
厥父菑厥子乃弗肯播														大誥
若稽田既勤敷菑														梓材

大誥	戰國楚簡	漢石經	魏石經	敦煌本			岩崎本	神田本	九條本	島田本	內野本	上圖本(元)	觀智院本	天理本	古梓堂本	足利本	上圖本(影)	上圖本(八)	晁刻古文尚書	書古文訓	唐石經
矧肯穫厥考翼其肯曰予有後																					
弗棄基肆予曷敢不越卬敉寧王大命																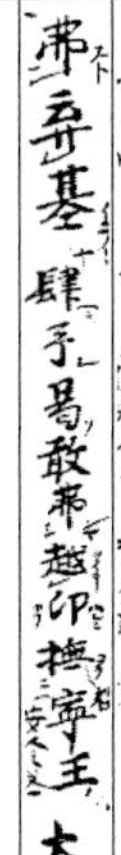	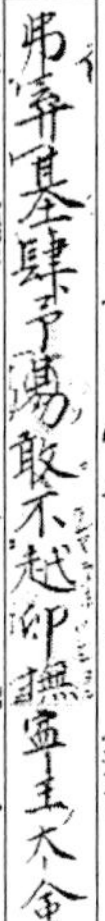				

若兄考乃有友伐厥子民養其勸弗救												若兄考乃有友伐厥子民養其勸弗救
王曰嗚呼肆哉爾庶邦君越爾御事												王曰嗚呼肆哉爾庶邦君越爾御事
爽邦由哲亦惟十人												爽邦由哲亦惟十人

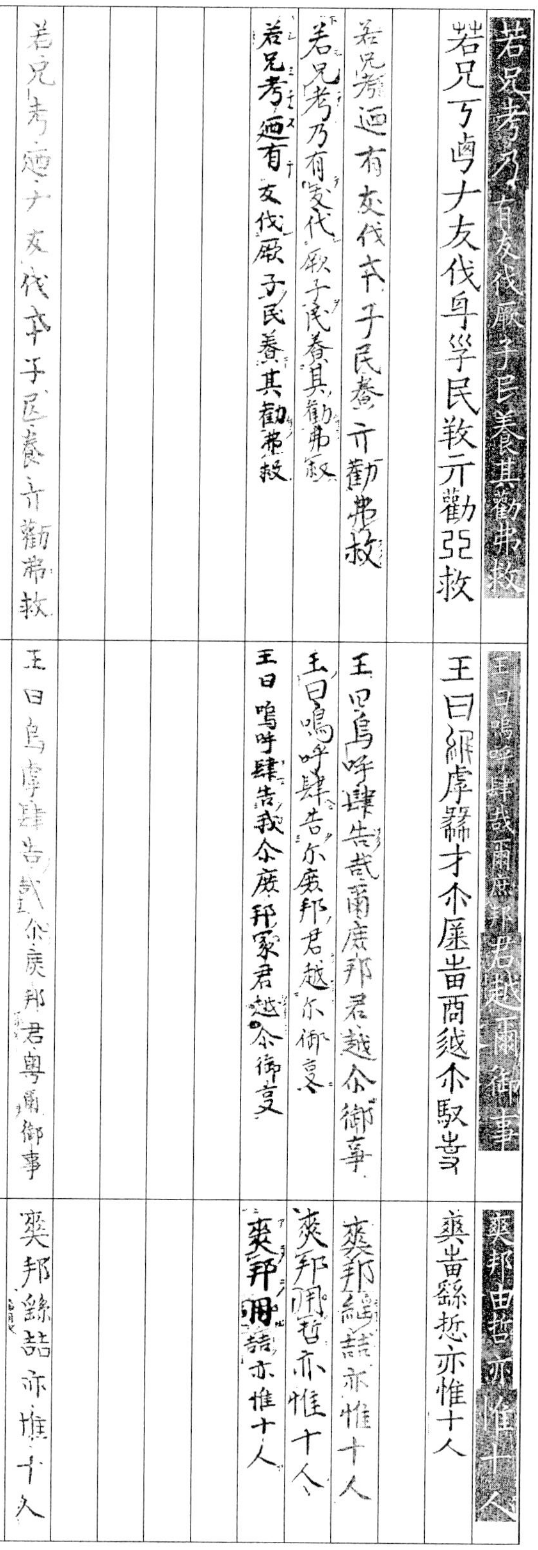

迪知上帝命越天棐忱爾時罔敢易法	迪知上帝命越天棐忱爾時罔敢易法	迪知上帝命越兲棐忱尒旹亡敢易金		迪知上帝命越天棐忱尒時罔敢易法	迪知上帝命越天棐忱尔時罔敢易法	迪知上帝命越天棐忱尒旹罔敢易法					迪知上帝命粤天棐忱尒旹亡敢易法	敢易法									
矧今天降戾于周邦	矧今天降戾于周邦	矤今兲夅𤟱亏周𡴂		矧今天降戾亏周邦	矧今天降戾于周邦	矧今天降戾亏周邦					矧今天降戾亏周邦	矧今天降戾于周邦									
惟大艱人誕鄰胥伐于厥室	惟大艱人誕鄰胥伐于厥室	惟大囏人唌厸胥伐亏𠂿室		惟大艱人誕近胥伐亏亓室	惟大艱人誕隣胥伐亏厥室	惟大艱人誕鄰胥伐亏厥室					惟大艱人誕厸胥伐亏亓室	惟大艱人誕厸近胥伐于亓室									
爾亦不知天命不易予永念曰	爾亦不知天命不易予永念曰	尒亦弜知兲命弜易予永念曰		尒其弗知天命弗易予永念曰	尒亦不知天命不易予永念曰	尒亦不知天命不易予永念曰					尒亦弗知天命弗易予永念曰	尒亦弗知天命不易予永念曰									

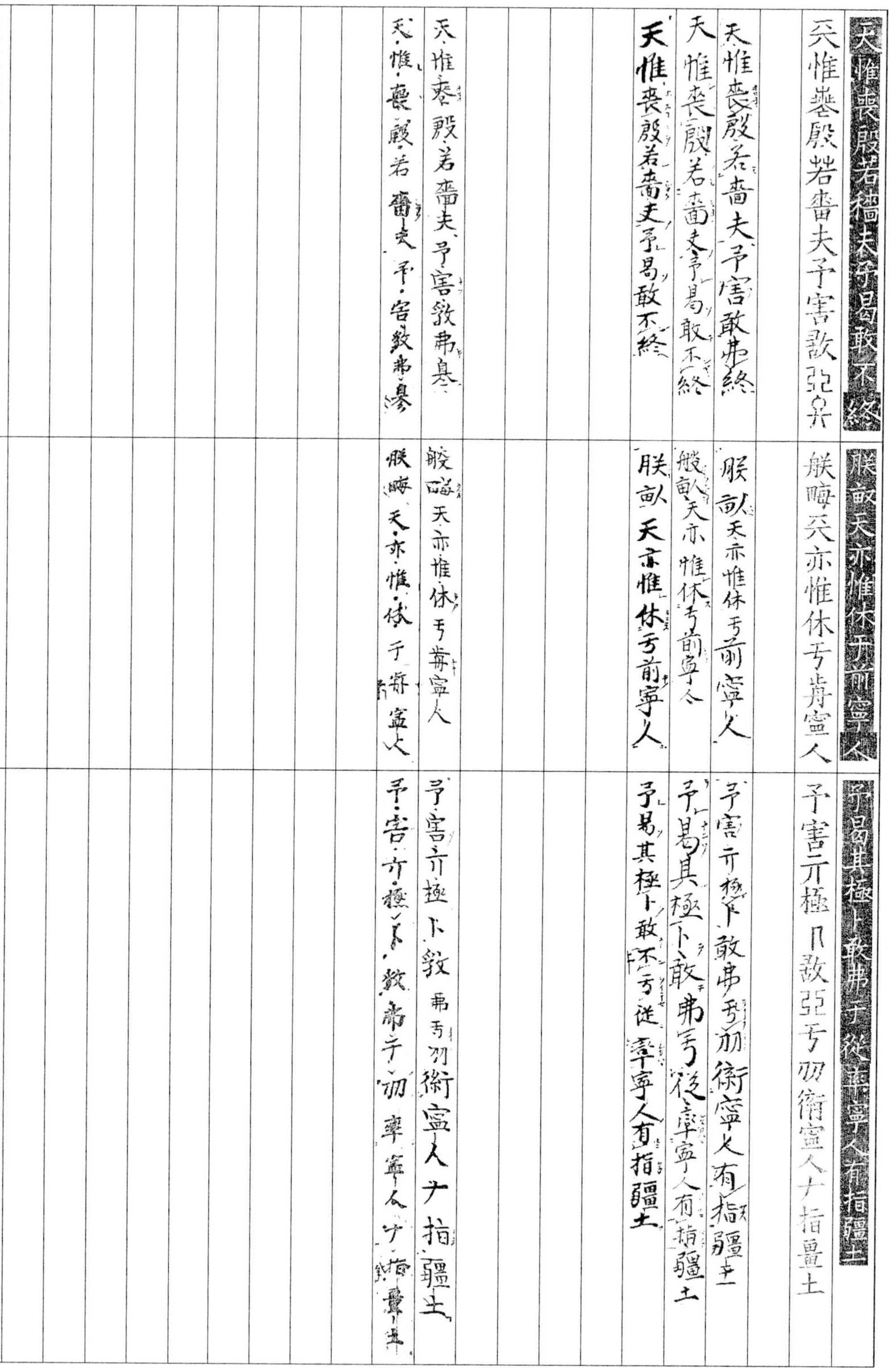

天惟喪殷若穡夫予曷敢不終

朕畝天亦惟休于前寧人

予曷其極卜敢弗于從率寧人有指疆土

矧今卜并吉肆朕誕以爾東征																		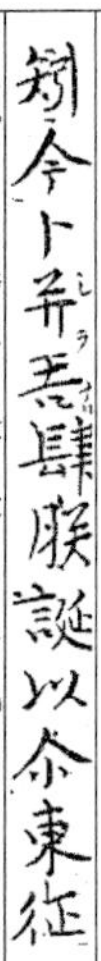		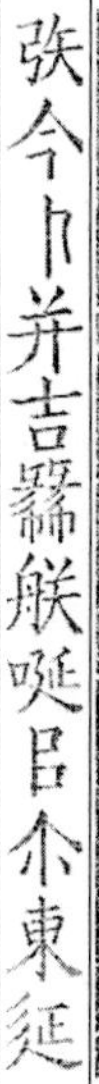	
天命不僭卜陳惟若茲										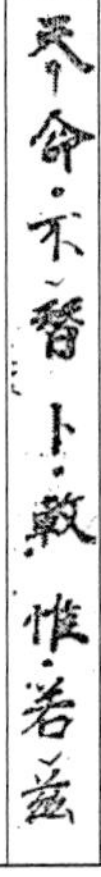											

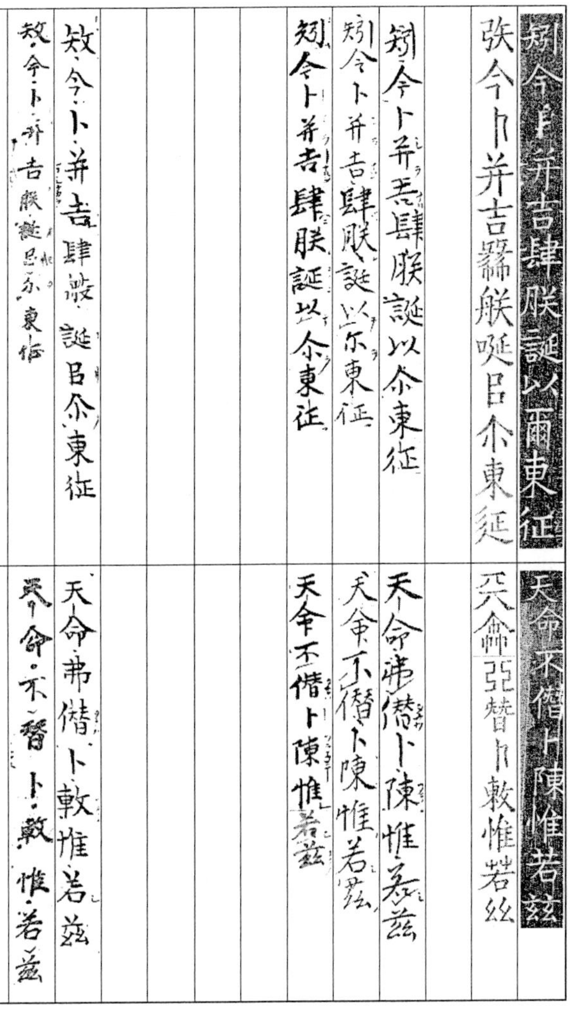

三十六、微子之命

微子之命	成王既黜殷命殺武庚	命微子啓代殷後作微子之命	王若曰猷殷王元子惟稽古崇德象賢
唐石經			
書古文訓			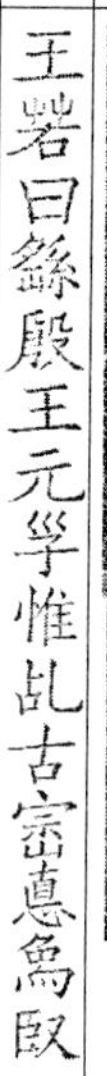
晁刻古文尚書			
上圖本（八）		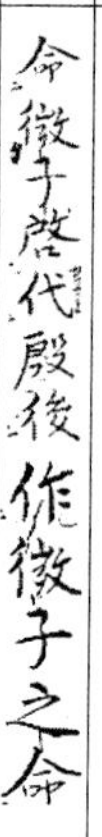	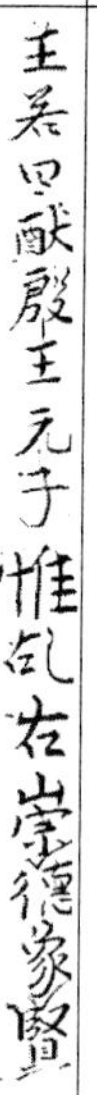
上圖本（影）			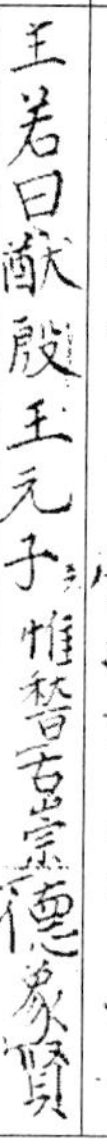
足利本			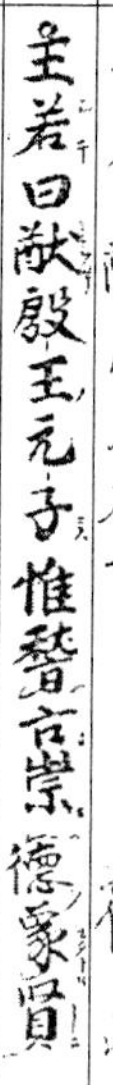
古梓堂本			
天理本			
觀智院本			
上圖本（元）			
內野本		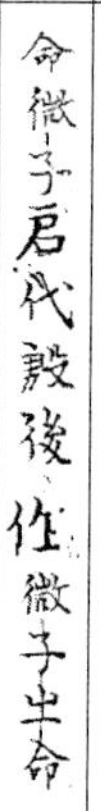	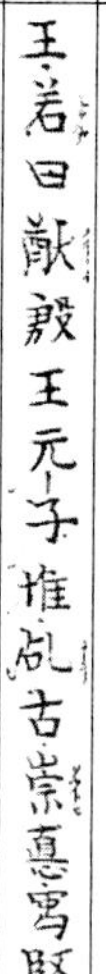
島田本			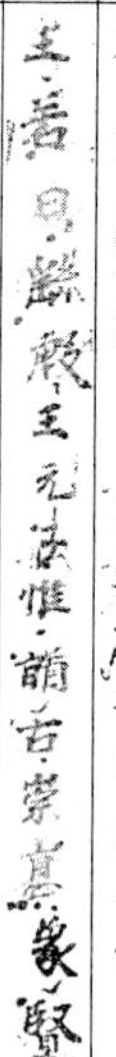
九條本			
神田本			
岩崎本			
敦煌本			
魏石經			
漢石經			
戰國楚簡			

統承先王修其禮物作賓于王家																					
與國咸休永世無窮																					
嗚呼乃祖成湯克齊聖廣淵											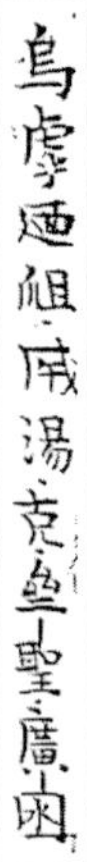					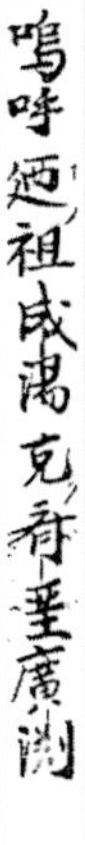					
皇天眷佑誕受厥命撫民以寬																					

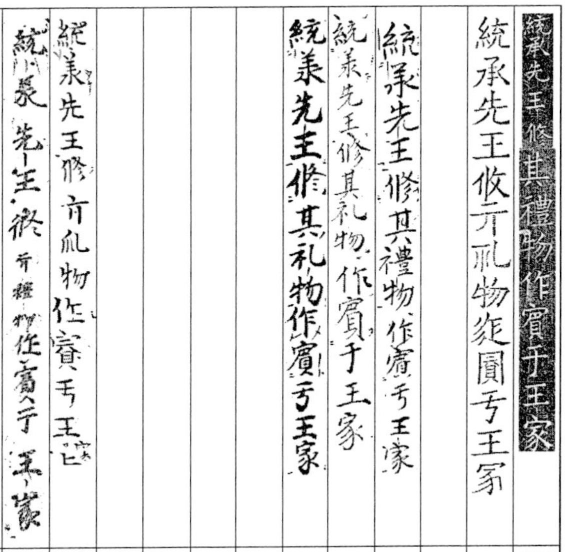

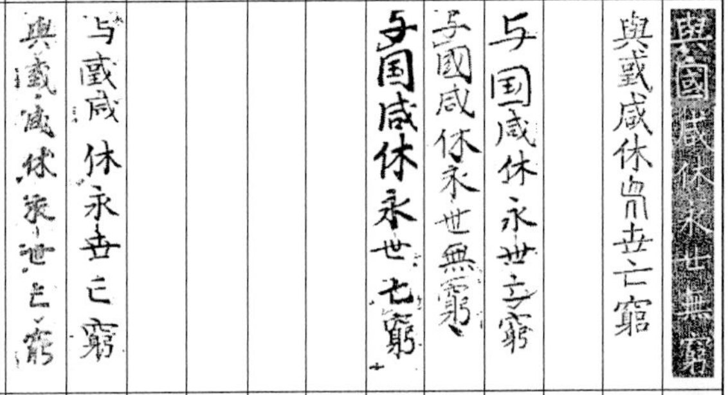

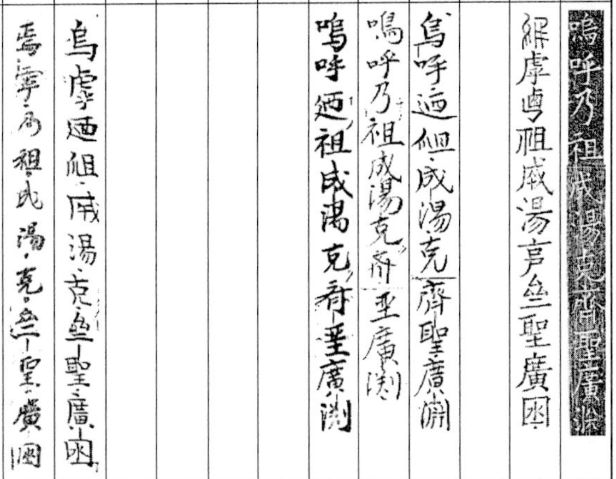

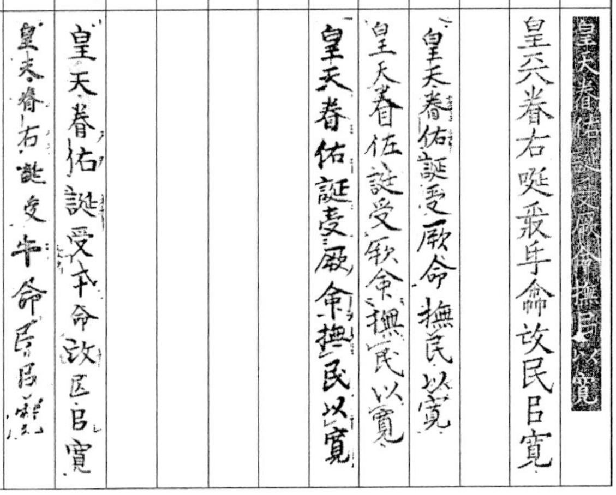

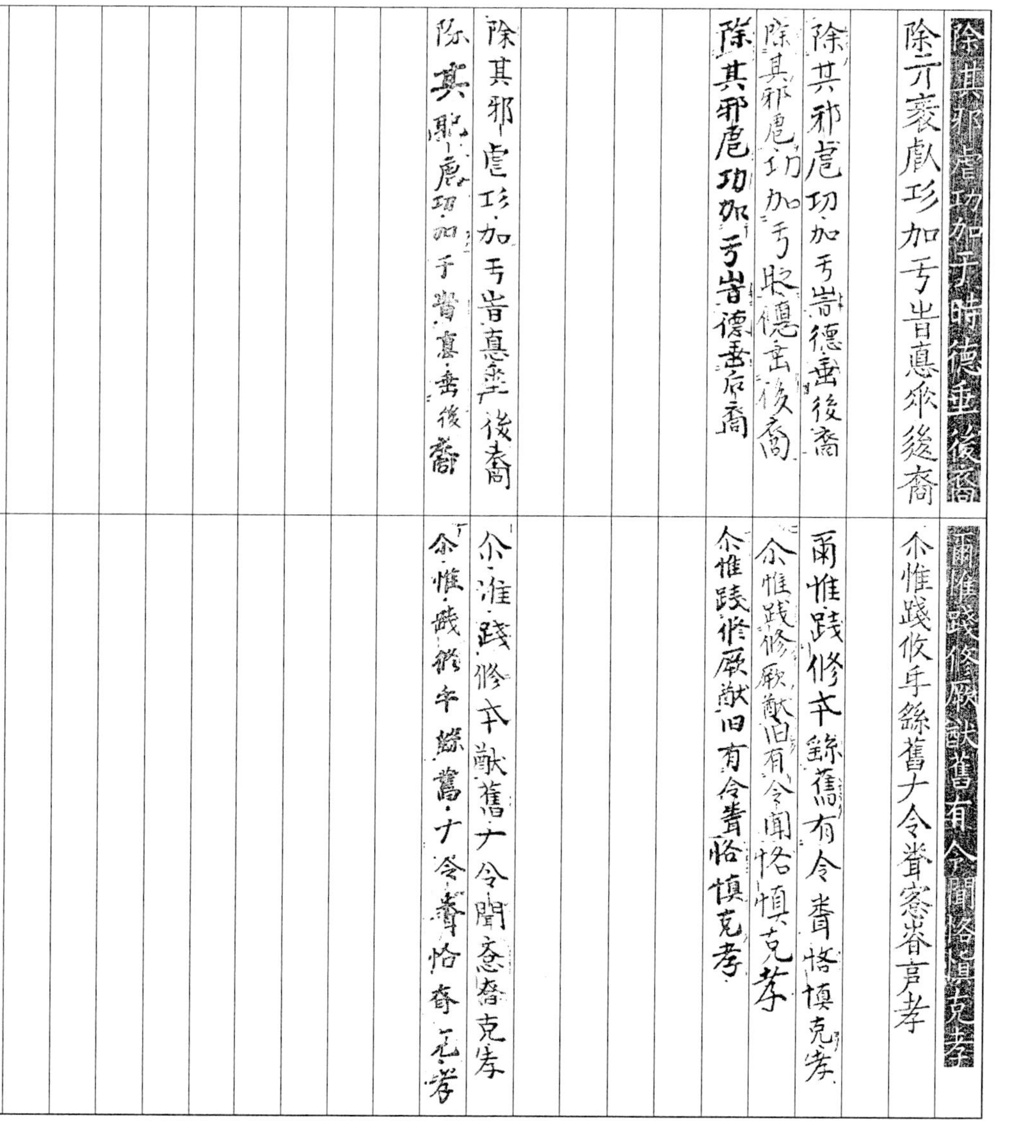

除其邪虐功加于時德垂後裔
爾惟踐修厥猷舊有令聞恪慎克孝

1244、踐

「踐」字在傳鈔古文《尚書》有下列不同字形：

(1) 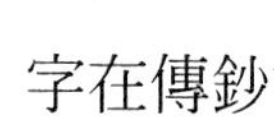

島田本、九條本、足利本、上圖本（影）、上圖本（八）「踐」字作形，偏旁「戔」上半省作二畫，而似「土」、「士」等形，與「淺」、「賤」等字所从同形。

【傳鈔古文《尚書》「踐」字構形異同表】

踐	戰國楚簡	石經	敦煌本	岩崎本 神田本b	九條本 島田本b	內野本	上圖(元) 觀智院b	天理本 古梓堂b	足利本	上圖本(影)	上圖本(八)	古文尚書晁刻	書古文訓	尚書篇目
爾惟踐修厥猷					踐b				踐	踐	踐			微子之命
蔡叔既沒王命蔡仲踐諸侯位作蔡仲之命					踐									蔡仲之命
成王東伐淮夷遂踐奄作成王政					踐				踐					蔡仲之命
成王既踐奄將遷其君於蒲姑					踐				踐					蔡仲之命

微子之命	戰國楚簡	漢石經	魏石經	敦煌本			岩崎本	神田本	九條本	島田本	內野本	上圖本(元)	觀智院本	天理本	古梓堂本	足利本	上圖本(影)	上圖本(八)	晁刻古文尚書	書古文訓	唐石經
肅恭神人予嘉乃德曰篤不忘										肅龔神人余嘉乃直曰篤弗忘	肅龔神人予嘉乃悳曰篤弗忘					肅龔神人予嘉迺德曰篤不忘	肅恭神人予嘉乃德曰篤不忘	肅龔神人予嘉乃德曰篤弗忘		肅龔神人予嘉鹵悳曰竺弗忘	肅恭神人予嘉乃德曰篤不忘
上帝時歆下民祗協										上帝旹歆下民祗協	上帝旹歆下民祗叶					上帝旹歆下民祗叶	上帝昆歆下民祗協	上帝時歆下民祗協		上帝旹歆下民祗叶	上帝時歆下民祗協

庸建爾于上公尹茲東夏
欽哉往敷乃訓慎乃服命
率由典常以蕃王室弘乃烈祖

1245、弘

「弘」字在傳鈔古文《尚書》有下列不同字形：

(1) 弘：$_{1}$ $_{2}$ $_{3}$

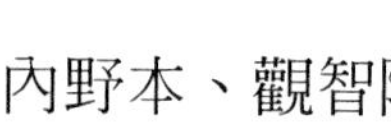

岩崎本、內野本、觀智院本、上圖本（八）「弘」字作$_{1}$，與漢帛書.老子甲後346春秋事語漢印徵孔龢碑同形，爲《說文》篆文作之隸變，「弘，弓聲，从弓ㄙ聲，ㄙ古文肱字」，ㄙ、口之隸變常互作；島田本變作$_{2}$，

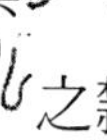

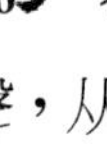

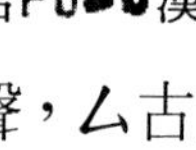

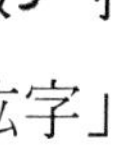

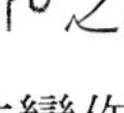

觀智院本作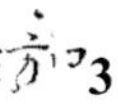3，偏旁「弓」字訛作「方」。

(2) 

《書古文訓》〈周官〉「貳公弘化寅亮天地」、〈顧命〉「越玉五重陳寶赤刀大訓弘璧琬琰」「弘」字作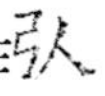，爲篆文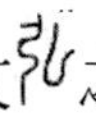之隸訛，訛與「引」字或隸變作「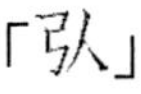」陳球碑西晉三國志寫本混同（參見“引”字）。

【傳鈔古文《尚書》「弘」字構形異同表】

弘	戰國楚簡	石經	敦煌本	岩崎本 神田本b	九條本 島田本b	內野本	上圖(元) 觀智院b	天理本 古梓堂b	足利本	上圖本(影)	上圖本(八)	古文尚書晁刻	書古文訓	尚書篇目
弘乃烈祖					b									微子之命
用康保民弘于天若德裕											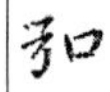			康誥
乃服惟弘王應保殷民											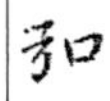			康誥
越乃光烈考武王弘朕恭			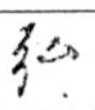 P2748											洛誥
貳公弘化寅亮天地							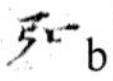b							周官
君陳爾惟弘周公丕訓							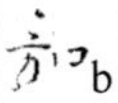b							君陳
弘濟于艱難							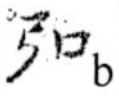b							顧命
越玉五重陳寶赤刀大訓弘璧琬琰														顧命
弘敷五典														君牙

微子之命	戰國楚簡	漢石經	魏石經	敦煌本			岩崎本	神田本	九條本	島田本	內野本	上圖本（元）	觀智院本	天理本	古梓堂本	足利本	上圖本（影）	上圖本（八）	晁刻古文尚書	書古文訓	唐石經
律乃有民永綏厥位毗予一人																					

1246、毗

「毗」字在傳鈔古文《尚書》有下列不同字形：

（1）

《書古文訓》「毗」字作，所从「比」與漢代「鹿」字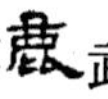**武威簡.泰射 36****漢石經.春秋.僖 21**、「妣」字**郭輔碑**所从類同。

【傳鈔古文《尚書》「毗」字構形異同表】

毗	戰國楚簡	石經	敦煌本	岩崎本	神田本 b	九條本	島田本 b	內野本	上圖（元）	觀智院 b	天理本	古梓堂 b	足利本	上圖本（影）	上圖本（八）	古文尚書晁刻	書古文訓	尚書篇目
毗予一人																		微子之命

唐石經	世世享德萬邦作式俾我有周無斁	嗚呼往哉惟休無替朕命	唐叔得禾異畝同穎獻諸天子
書古文訓	丗丗亯悳万𡴀迮式畀𢦏𠂇周亡斁	緋虖𢓸才惟休亡替𦨶𠕋	唐𠦑旻禾異晦同穎獻𢒈天𢀈
晁刻古文尚書			
上圖本（八）	世〻〻亯德万邦作式我有周亡斁	烏呼往哉惟休亡替朕命	唐叔得禾異畝同穎獻𢒈天子
上圖本（影）	世〻享德方邦作式俾我有周無斁	嗚呼往哉惟休無替朕命	唐叔得禾異畝同穎獻諸天子
足利本	世〻享德万邦作式俾我有周亡斁	嗚呼往哉惟休亡替朕命	唐叔得禾異畝同穎獻諸天子
古梓堂本			
天理本			
觀智院本			
上圖本（元）			
內野本	丗〻亯悳万邦作式俾我𠂇周亡斁	烏虖往才惟休亡替𦨶命	唐叔旻禾異晦同顆獻𢒈天子
島田本			
九條本			
神田本			
岩崎本			
敦煌本			
魏石經			
漢石經			
戰國楚簡			
微子之命	世世享德萬邦作式俾我有周無斁	嗚呼往哉惟休無替朕命	唐叔得禾異畝同穎獻諸天子

王命唐叔歸周公于東作歸禾	王命唐弔歸周公亐東迮歸禾		王命唐叔帰周公亐東作帰禾	王命唐叔帰周公于東作帰禾	王命唐叔帰周公亐東作帰禾					王命唐叔帰周公亐東作帰禾											王命唐叔歸周公于東作歸禾
周公既得命禾旅天子之命作嘉禾	周公旡㝵命禾旅兲子㞢命迮嘉禾		周公既得命禾旅天子之命作嘉禾	周公既得命禾旅天子之命作嘉禾	周公既得命禾旅天子之命作嘉禾					周公旡㝵命禾旅天子㞢命作嘉禾											周公既得命禾旅天子之命作嘉禾

1247、穎

「穎」字在傳鈔古文《尚書》有下列不同字形：

(1) 穎$_1$穎$_2$穎$_3$

足利本「穎」字作穎$_1$，右上訛變作「止」，上圖本（影）、上圖本（八）作穎$_2$，復「禾」變作「示」，內野本作穎$_3$，「禾」變作「王」。

【傳鈔古文《尚書》「穎」字構形異同表】

穎	戰國楚簡	石經	敦煌本	岩崎本 神田本b	九條本 島田本b	內野本	上圖（元） 觀智院b	天理本 古梓堂b	足利本	上圖本（影）	上圖本（八）	古文尚書晁刻	書古文訓	尚書篇目
唐叔得禾異畝同穎獻諸天子														微子之命

三十七、康　誥

康誥	戰國楚簡	漢石經	魏石經	敦煌本			岩崎本	神田本	九條本	島田本	內野本	上圖本（元）	觀智院本	天理本	古梓堂本	足利本	上圖本（影）	上圖本（八）	晁刻古文尚書	書古文訓	唐石經
成王既伐管叔蔡叔以殷餘民																	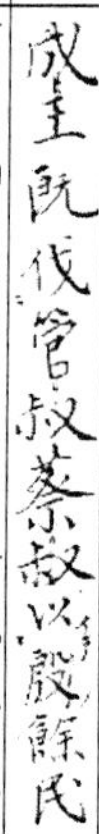				
封康叔作康誥酒誥梓材																					

1248、梓

「梓」字在傳鈔古文《尚書》有下列不同字形：

（1）杍汗 3.30 杍四 3.8 杍杍

《汗簡》、《古文四聲韻》錄《古尚書》「梓」字作：杍汗 3.30 杍四 3.8，其下皆注「亦李字」，《說文》木部「李」字古文作杍，古璽「李」字作李戰國印.吉金杍戰國.陳簠二形[註363]，《箋正》謂「郭云『亦李字』則依《說文》言之，《書》無『李』字」。九條本、內野本、足利本、上圖本（影）、上圖本（八）、《書古文訓》「梓」字或作杍杍，與杍汗 3.30 杍四 3.8 相合，「梓」字从宰省聲，「李」字从子聲，《爾雅・釋木》〈釋文〉引《字林》:「梓，音子」，二字古音皆屬之韻，

[註363] 高明，《古文字類編》，北京：中華書局，2004，頁 219。

此乃假「杍」(李)爲「梓」字。

【傳鈔古文《尚書》「梓」字構形異同表】

梓	傳抄古尚書文字 杍汗 3.30 杍四 3.8	戰國楚簡	石經	敦煌本	岩崎本	神田本b	九條本	島田本b	內野本	上圖(元)	觀智院b	天理本	古梓堂b	足利本	上圖本(影)	上圖本(八)	古文尚書晁刻	書古文訓	尚書篇目
作康誥酒誥梓材									杍							杍		杍	康誥
惟其塗塈茨若作梓材							杍		杍					杍	杍			杍	康誥

康誥	戰國楚簡	漢石經	魏石經	敦煌本			岩崎本	神田本	九條本	島田本	內野本	上圖本(元)	觀智院本	天理本	古梓堂本	足利本	上圖本(影)	上圖本(八)	晁刻古文尚書	書古文訓	唐石經
惟三月哉生魄周公初基											惟三月𢦏生魄周公初坖					惟三月哉生魄周公初基	惟三月哉生魄周公初基	惟三月𢦏生魄周公初基		惟弍月才生霸周公初坖	惟三月哉生魄周公初基
作新大邑于東國洛四方民大和會											作新大邑亏東或条亖方民大咊岁					作新大邑于東國洛四方民大和會	作新大邑于東國洛四方民大和會	作新大邑亐東或条亖方民大和岁		迮新大邑亏東或条亖匚民大咊岁	作新大邑于東國洛四方民大和會

唐石經	侯甸男邦采衛百工播民和	見士于周周公咸勤乃洪大誥治	王若曰孟侯朕其弟小子封
書古文訓	厌甸男甾采衛百工𠜱民咊	見士亏周周公咸勤迺𢓊大誥乿	王若曰盟厌朕亓弟小子𡉚
晁刻古文尚書			
上圖本（八）	侯甸男邦采衛百工𠜱民和	見事于周周公咸勤乃洪大誥治	王若曰孟侯朕亓弟小子𡉚
上圖本（影）	侯甸男邦采衛百工播民和	見叓于周周公咸勤乃洪大誥治	王若曰孟侯朕其弟小子封
足利本	侯甸男邦采衛百工播民和	見叓于周周公咸勤乃洪大誥治	王若曰孟侯朕其弟小子封
古梓堂本			
天理本			
觀智院本			
上圖本（元）			
內野本	侯甸男邦采衛百工𠜱民咊	見事亏周周公咸勤乃洪大誥治	王若曰孟侯朕亓弟小子𡉚
島田本			
九條本			
神田本			
岩崎本			
敦煌本			
魏石經			
漢石經			
戰國楚簡			
康　誥	侯甸男邦采衛百工播民和	見士于周周公咸勤乃洪大誥治	王若曰孟侯朕其弟小子封

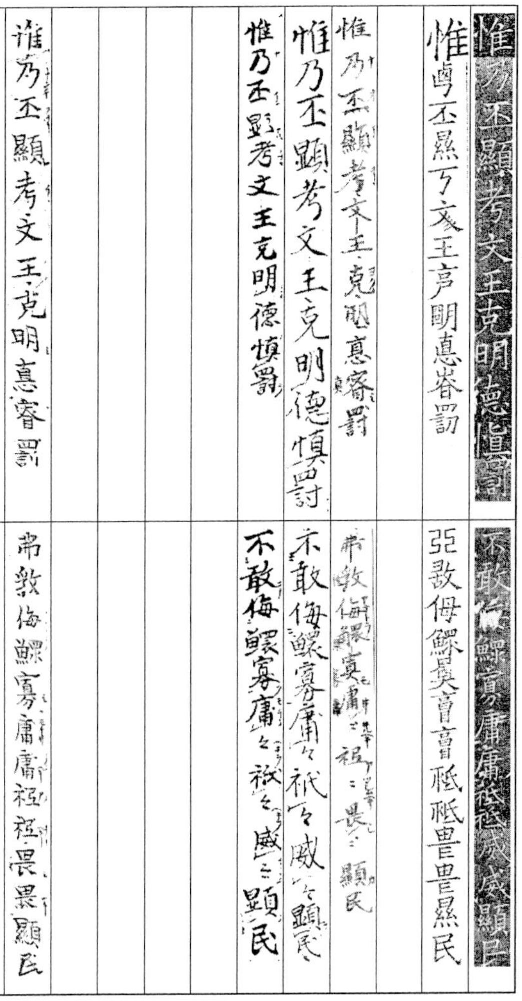

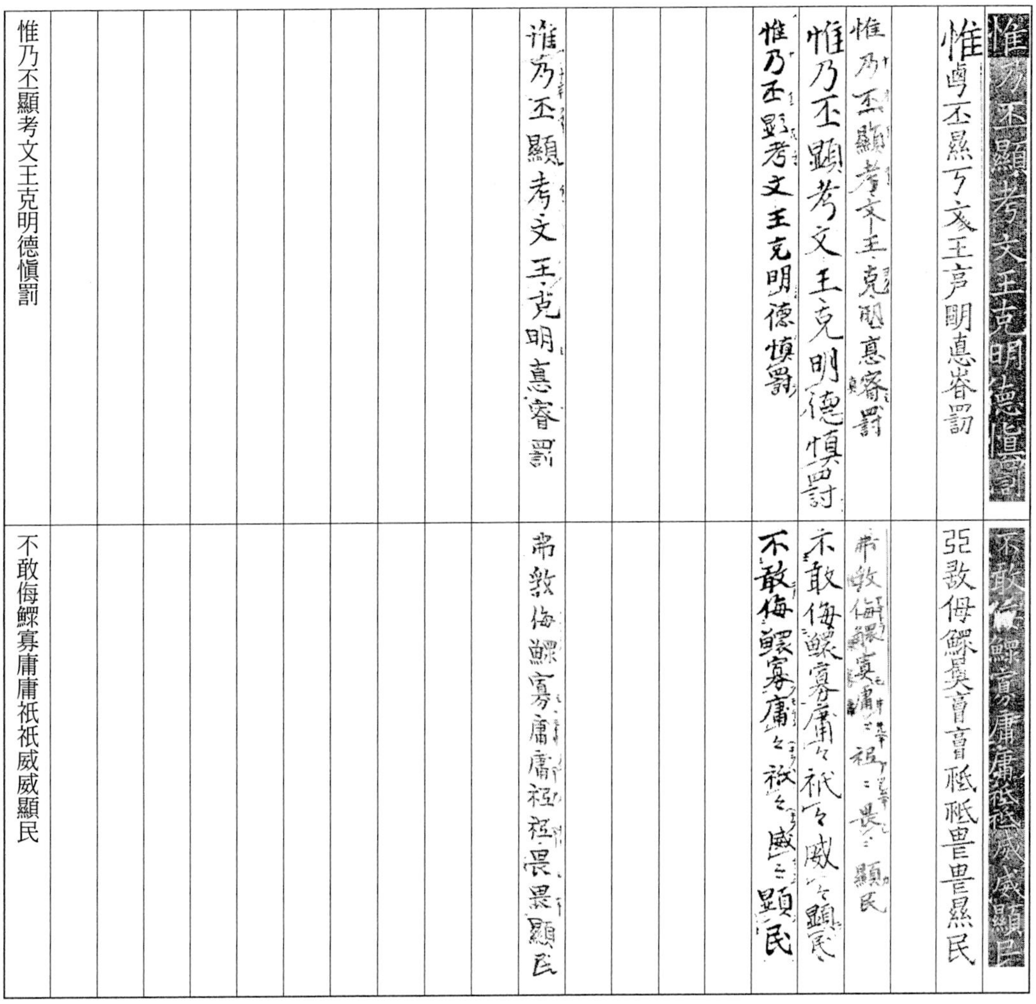

惟乃丕顯考文王克明德慎罰	
不敢侮鰥寡庸庸祇祇威威顯民	

1249、寡

「寡」字在傳鈔古文《尚書》有下列不同字形：

（1）1 2 3 4

「寡」字金文作 毛公鼎 父辛卣 寡子卣，或作 **枎氏壺**，《說文》篆文作 即演變自此，下形訛變作「刀」，戰國人形左右加飾筆作 **中山王鼎** **中山王壺** **上博 1 緇衣 12** **郭店緇衣 22**，敦煌本 P2748「寡」字作 **1**，敦煌本 P3767 作 **2**，岩崎本、九條本或作 **3**，上圖本（八）或作 **4**，其旁注「寡」字 ，上述 4 形當皆爲戰國「寡」字之隸變俗寫。

（2）

足利本、上圖本（影）、上圖本（八）「寡」字或各作 ，乃 **說文篆文寡**下「刀」變作「力」。

（3）

《書古文訓》〈康誥〉「不敢侮鰥寡庸庸祗祗威威顯民」「鰥寡」作，「寡」字作，乃涉上文而誤作「鰥」字，《書古文訓》「鰥」字多作此形，爲《汗簡》錄石經「鰥」字汗 5.63 之隸古定（參見“鰥”字）。

【傳鈔古文《尚書》「寡」字構形異同表】

寡	戰國楚簡	石經	敦煌本	岩崎本 神田本b	九條本 島田本b	內野本	上圖（元） 觀智院b	天理本 古梓堂b	足利本	上圖本（影）	上圖本（八）	古文尚書晁刻	書古文訓	尚書篇目
曰嗚呼允蠢鰥寡哀哉														大誥
不敢侮鰥寡庸庸祗祗威威顯民														康誥
至于敬寡至于屬婦														梓材
能保惠于庶民不敢侮鰥寡			 P2748											無逸
懷保小民惠鮮鰥寡			 P3767  P2748											無逸
張皇六師無壞我高祖寡命														康王之誥
嗚呼罔曰弗克惟既厥心罔曰民寡														畢命
鰥寡無蓋皇帝清問下民														呂刑
鰥寡有辭于苗														呂刑

康誥	用肇造我區夏越我一二邦以修	我西土惟時怙冒聞于上帝	帝休天乃大命文王	殪戎殷誕受厥命越厥邦厥民
唐石經	用肇造我區夏越我一二邦以修	我西土惟時怙冒聞于上帝	帝休天乃大命文王	殪戎殷誕受厥命越厥邦厥民
書古文訓	用肁艁𢦓區𡕱𨒅𢦓弌弍𡴞吕攸	𢦓卥土惟旹怙冒𦖞亏上帝	帝休兲𠧧大命𢘽王	殪戎殷唌𤔲氒命𨒅氒𡴞氒民
晁刻古文尚書				
上圖本（八）	用肇造我區夏越我一二邦㠯修	我西土惟旹怙冒聞于上帝	〻休天乃大命文王	殪戎殷誕受亓命越亓邦亓民
上圖本（影）	用肇造我區夏越我一二邦以修	我西土惟時怙冒聞亏上帝	〻休天乃大命文王	殪戎殷誕受其命越其邦其民
足利本	用肇造我區夏越我一二邦以修	我西土惟時怙冒聞亏上帝	〻休天乃大命文王	殪戎殷誕受其命越其邦其民
古梓堂本				
天理本				
觀智院本				
上圖本（元）				
內野本	用肇造我區夏越我一二邦㠯修	我西土惟旹怙冒聞亏上帝	〻休天乃大命文王	殪戎殷誕受亓命越亓邦亓民
島田本				
九條本				
神田本				
岩崎本				
敦煌本				
魏石經				
漢石經				
戰國楚簡				

惟時敘乃寡兄勖肆汝小子封在茲東土

王曰嗚呼封汝念哉

今民將在祇遹乃文考

紹聞衣德言往敷求于殷先哲王

用保乂民汝丕遠惟商耇成人

宅心知訓別求聞由古先哲王

用康保民弘于天若德裕

乃身不廢在王命王曰嗚呼小子封

恫瘝乃身敬哉天畏棐忱											恫瘝乃身敬才天畏棐忱					恫瘝乃身敬才天畏棐忱	恫瘝乃身敬才天畏棐忱	恫瘝乃身敬才天畏棐忱		恫瘝𠧧身敬才兲畏棐忱	恫瘝乃身敬哉天畏
民情大可見小人難保往盡乃心											民情大可見小人難保往盡乃心					民情大可見小人難保往盡乃心	民情大可見小人難保往盡乃心	民情大可見小人難保往盡乃心		民情大可見小人難保𨑒盡𠧧心	民情大見小人難保往盡乃心
無康好逸豫乃其乂民											亡康𢀜逸豫乃亓乂民					亡康好逸豫乃亓乂民	亡康好逸豫乃亓乂民	亡康𢀜逸豫乃亓乂民		亡康𢀜佾悆𠧧亓乂民	無康好逸豫乃其乂民
我聞曰怨不在大亦不在小											我𦖞曰怨弗在大亦弗在小					我𦖞曰怨弗在大亦弗在小	我𦖞曰怨弗在大亦弗在小	我𦖞曰怨弗在大亦弗在小		𢦏𦖞曰𢙐弜圣大亦弜圣小	我聞曰怨不在大亦不在小

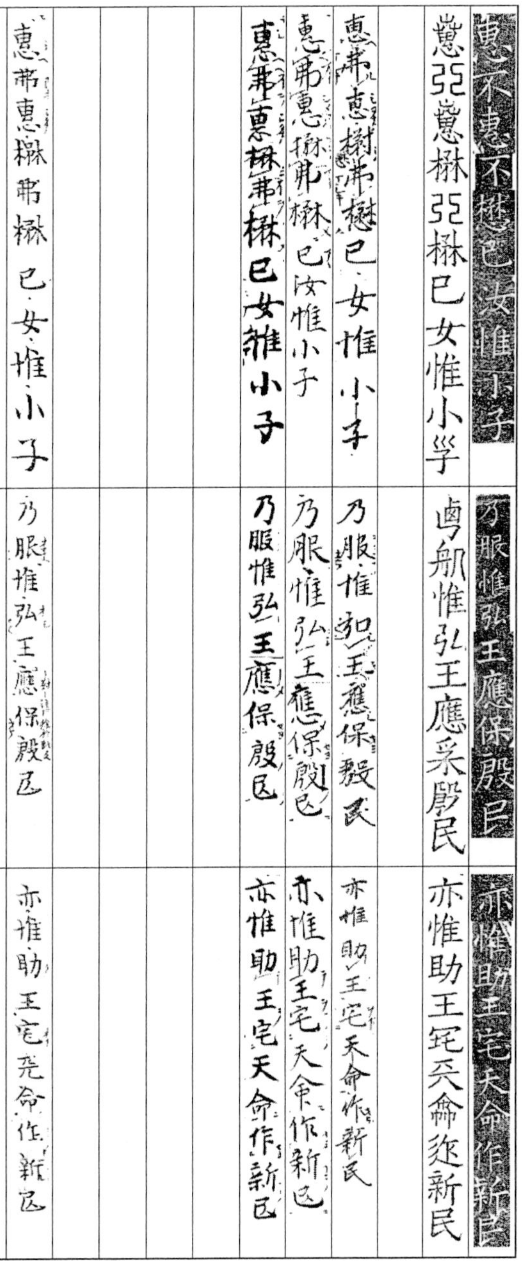

惠不惠懋不懋己汝惟小子
乃服惟弘王應保殷民
亦惟助王宅天命作新民

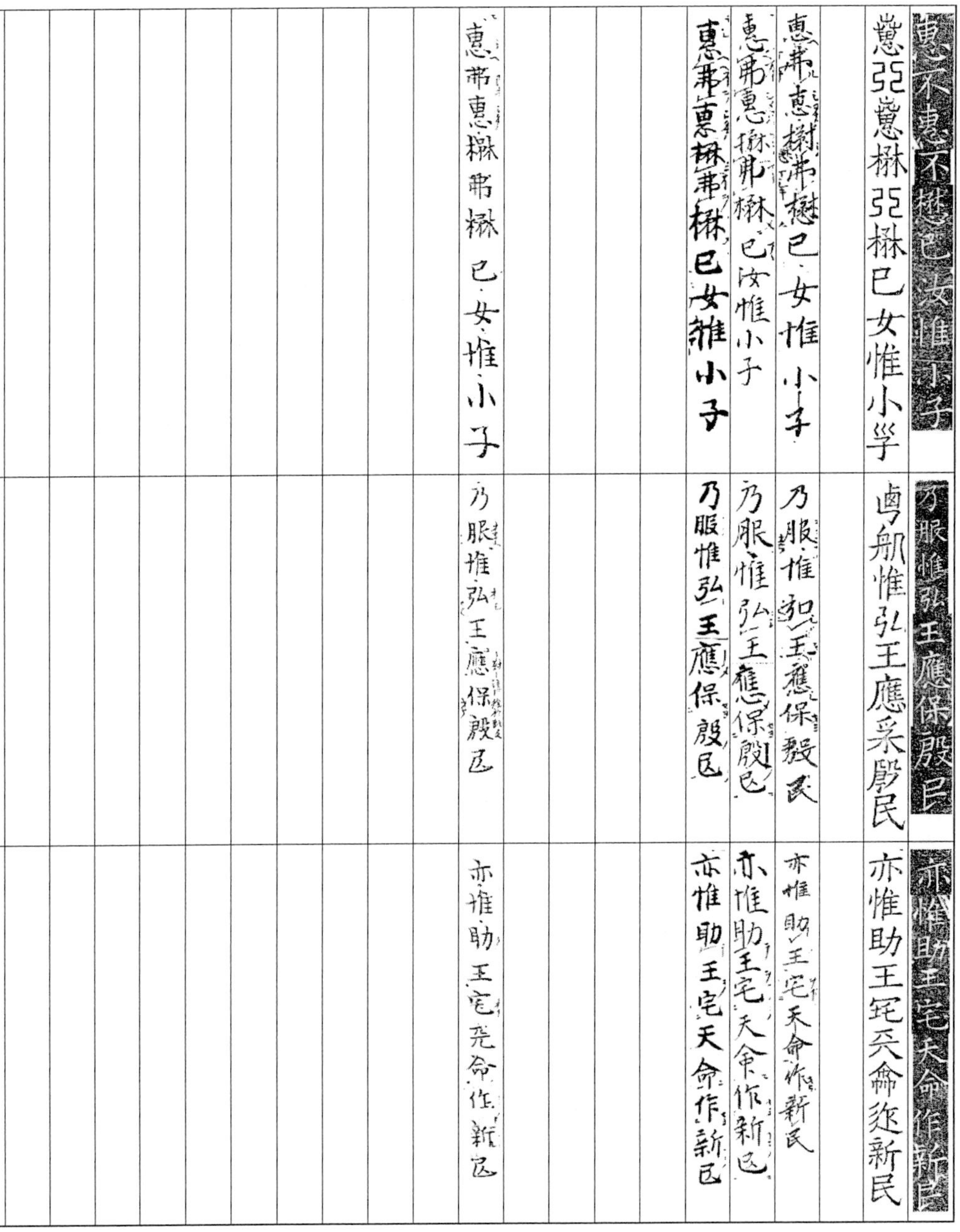

1250、助

「助」字在傳鈔古文《尚書》有下列不同字形：

（1）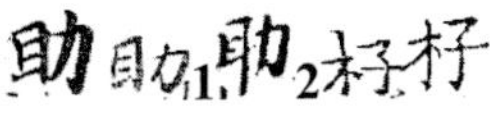

九條本、上圖本（八）「助」字作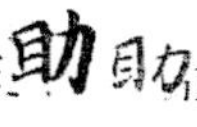$_1$，左形訛變似「目」，與漢簡或作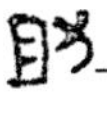**一號墓竹簡 110** 類同；內野本、足利本、上圖本（影）、上圖本（八）作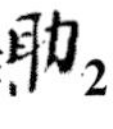$_2$，訛作从「耳」。

【傳鈔古文《尚書》「助」字構形異同表】

助	戰國楚簡	石經	敦煌本	岩崎本 神田本b	九條本 島田本b	內野本	上圖（元） 觀智院b	天理本 古梓堂b	足利本	上圖本（影）	上圖本（八）	古文尚書晁刻	書古文訓	尚書篇目
亦惟助王宅天命作新民									 助	 助	 助			康誥
惟助成王德顯					 助	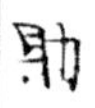 助			 助	 助	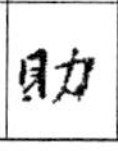 助			酒誥

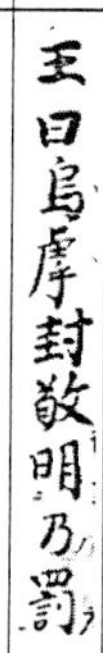

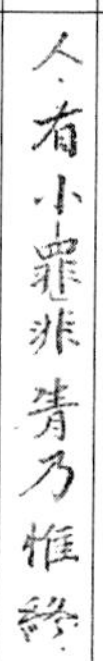

康誥	戰國楚簡	漢石經	魏石經	敦煌本			岩崎本	神田本	九條本	島田本	內野本	上圖本（元）	觀智院本	天理本	古梓堂本	足利本	上圖本（影）	上圖本（八）	晁刻古文尚書	書古文訓	唐石經
王曰嗚呼封敬明乃罰											王曰烏虖㞷敬明乃罰					王曰烏虖封敬明乃罰	王曰嗚呼封敬明乃罰	王曰嗚呼封敬明乃罰		王曰緋虖㞷敬朙𠧧罰	王曰嗚呼封敬明乃罰
人有小罪非眚乃惟終											人ナ小辠非青乃惟冬					人ナ小罪非青乃惟冬	人ナ小罪非青乃惟冬	人有小罪非青乃惟終		人ナ小辠非眚𠧧惟𠔇	人有小罪非眚乃惟終
自作不典式爾有厥罪小											 自作弗典式尒ナ亣辠小					 自作弗典式尒ナ亣辠小	 自作弗典式尒ナ亣辠小	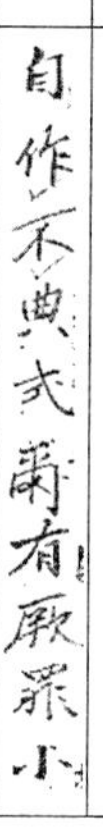 自作不典式爾有厥罪小		 自迮弫籅式尒ナ氒辠小	 自作不典式爾有厥罪小

乃不可不殺乃有大罪非終											乃弗可殺乃ナ大辠非冬					乃弗可弗殺乃ナ大辠非冬	乃弗可弗殺乃ナ大辠非冬	乃不可不殺乃有大罪非終		𠧟弜可弜𢿍𠧟𠂇大辠非宊	乃不可不殺乃有大罪非終
乃惟眚災適爾既道極厥辜											乃惟眚災適尒旡道極亓辜					乃惟眚災適尒旡道極亓辜	乃惟眚災適尒旡道極亓辜	乃惟眚灾適尒既道極厥辜		𠧟惟眚災適尒旡衜極氒𦙶	乃惟眚災適爾既道極厥辜
時乃不可殺王曰嗚呼封有敘											旹乃弗可殺王曰烏虖𡉚ナ叙					旹乃不可殺王曰烏虖𡉚ナ叙	旹乃不可殺王曰嗚虖𡉚ナ叙	時乃不可殺王曰嗚呼封有叙		旹𠧟弜可𢿍王曰䲨虖𡉚𠂇敘	時乃不可殺王曰嗚呼封有敘
時乃大明服惟民其敕懋和											旹乃大明服惟民亓勑楙咊					旹乃大明服惟民亓勑楙咊	旹乃大明服惟民亓勑楙咊	時乃大明服惟民其勑懋和		旹𠧟大明舟惟民亓敕楙咊	時乃大明服惟民其敕懋和

若有疾惟民其畢棄咎											若ナ疾惟𫝀亓畢弃咎					若ナ疾𫝀亓畢弃咎	若ナ疾惟𫝀亓畢弃咎	若有疾惟民其畢弃咎		若ナ疾惟民亓畢弃咎	若有疾惟民其畢弃咎
若保赤子惟民其康乂											若保赤子惟𫝀康乂					若保赤子惟民亓康乂	若保赤子惟民亓康乂	若保赤子惟民其康乂		若采烾学惟民亓康乂	若保赤子惟民其康乂
非汝封刑人殺人無或刑人殺人											非女㞷刑人殺人亡或刑人殺人					非女㞷刑人殺人亡或刑人殺人	非女㞷刑人殺人亡或刑人殺人	非女封刑人殺人亡或刑人殺人		非女㞷𠛬人𢽳人亡或𠛬人𢽳人	非汝封刑人殺人無或刑人殺人
非汝封又曰劓刵人無或劓刵人											非女㞷又曰劓刵人亡或劓刵人					非女㞷又曰劓刵人亡或劓刵人	非汝㞷又曰劓刵人亡或劓刵人	非女封又曰亡或劓刵人		非女㞷又曰劓刵人亡或劓刵人	非汝封又曰劓刵人無或劓刵人

王曰外事汝陳時臬司師																	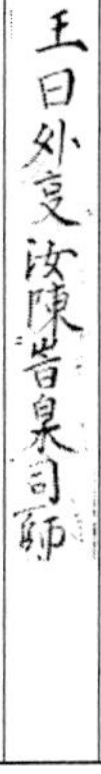				

1251、臬

「臬」字在傳鈔古文《尚書》有下列不同字形：

（1）倪： **漢石經**

「汝陳時臬司」漢石經〈康誥〉殘碑作「女陳時倪事」「臬」字作「倪」。

（2）臬：**1****2**

敦煌本 S2074、上圖本（影）「臬」字或作1，所从「木」訛作「水」，九條本或作2，復「自」變作「白」，與「泉」字訛混。

【傳鈔古文《尚書》「臬」字構形異同表】

臬	戰國楚簡	石經	敦煌本	岩崎本 神田本b	九條本 島田本b	內野本	上圖（元） 觀智院b	天理本 古梓堂b	足利本	上圖本（影）	上圖本（八）	古文尚書晁刻	書古文訓	尚書篇目
汝陳時臬司		 漢												康誥
爾罔不克臬自作不和			 S2074											多方

康誥	茲殷罰有倫又曰要囚	服念五六日至于旬時	丕蔽要囚王曰汝陳時臬事	罰蔽殷彝用其義刑義殺
唐石經	茲殷罰有倫又曰要囚	服念五六日至于旬時	丕蔽要囚王曰汝陳時臬事	罰蔽殷彝用其義刑義殺
書古文訓	丝殷罰𠂇倫又曰𡝩囚	𦨈忢㐅六日𡉀亏旬旹	丕蔽𡝩囚王曰女敶旹臬叓	罰蔽殷彝用亓誼刑誼㦰
晁刻古文尚書				
上圖本（八）	茲𣪊罰有倫又曰要囚	服念五六日至于旬時	丕蔽要囚王曰女陳時臬事	罰蔽𣪊彝用其義刑義殺
上圖本（影）	茲殷罰𠂇倫又曰要囚	服念五六日至于旬時	丕蔽要囚王曰汝陳旹臬叓	罰蔽殷彝用亓誼刑誼殺
足利本	茲殷罰𠂇倫又曰要囚	服念㐅六日至于旬旹	丕蔽要囚王曰女陳旹臬叓	罰蔽殷彝用亓誼刑誼殺
古梓堂本				
天理本				
觀智院本				
上圖本（元）				
內野本	茲殷罰𠂇倫又曰要囚	服念㐅六日至亐旬旹	丕蔽要囚王曰女陳旹臬事	罰蔽殷彝用亓誼刑誼殺
島田本				
九條本				
神田本				
岩崎本				
敦煌本				
魏石經				
漢石經				
戰國楚簡				

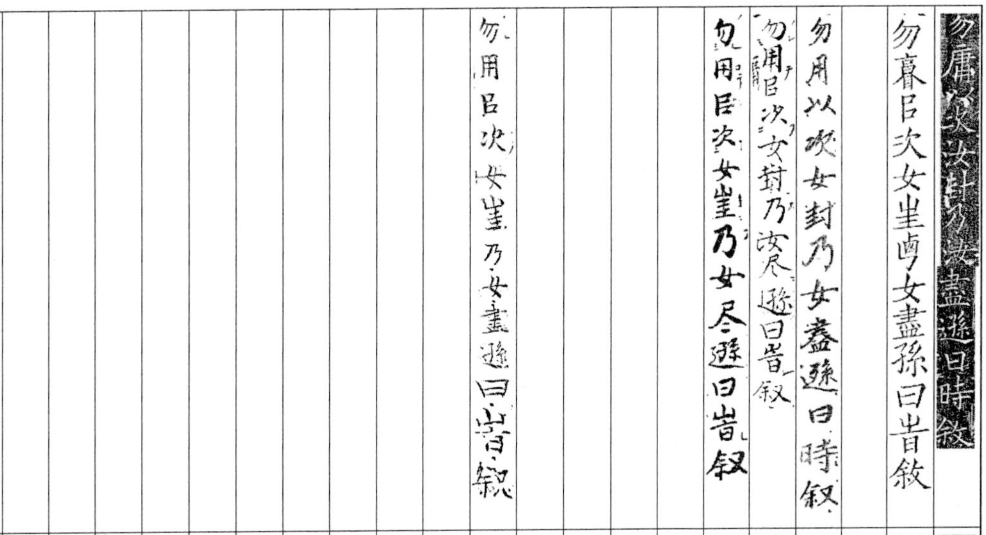

勿庸以次汝封乃汝盡遜曰時敘	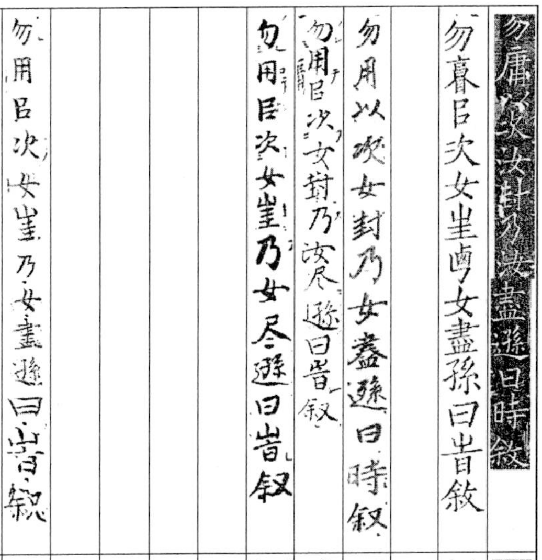
惟曰未有遜事己	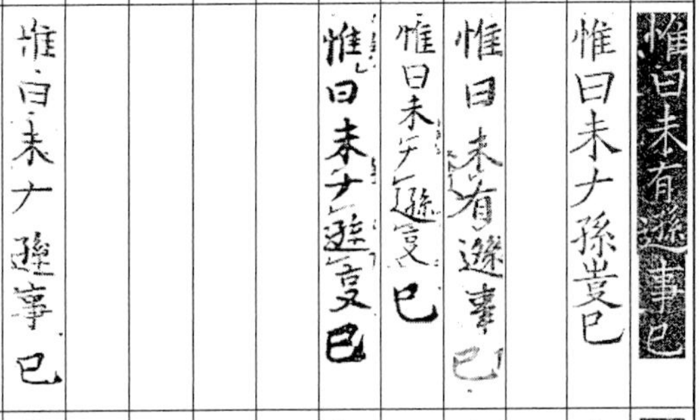
汝惟小子未其有若汝封之心	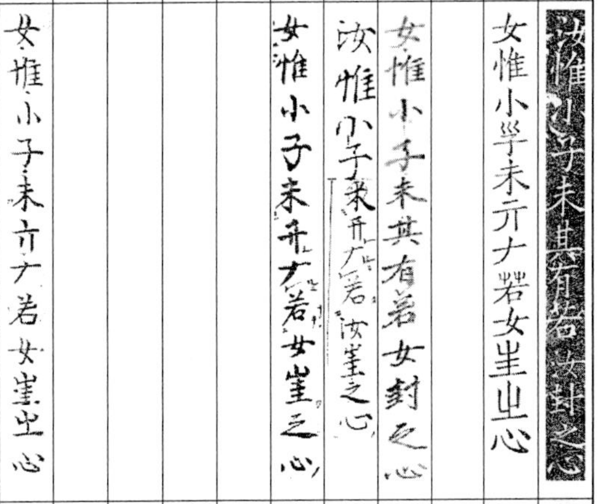
朕心朕德惟乃知	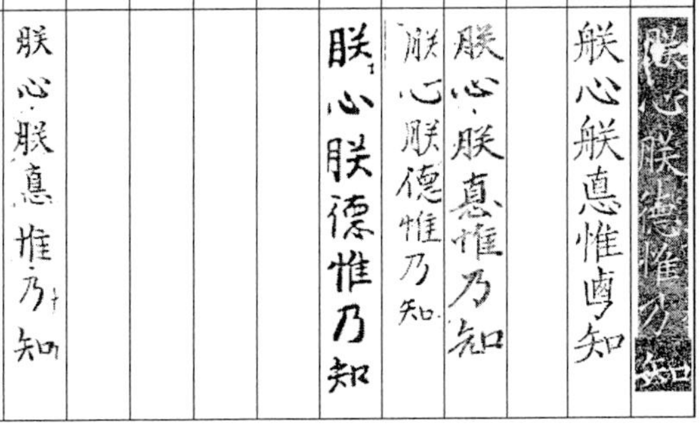

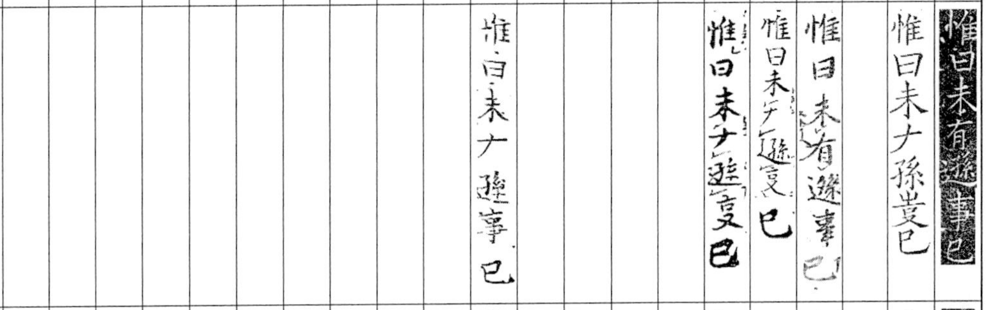

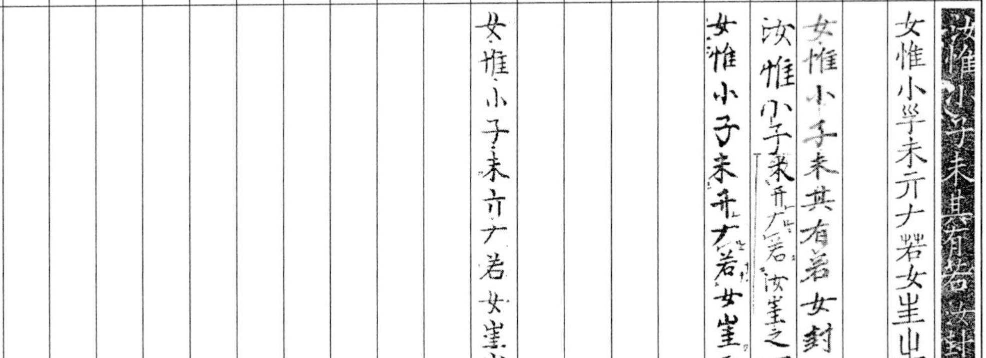

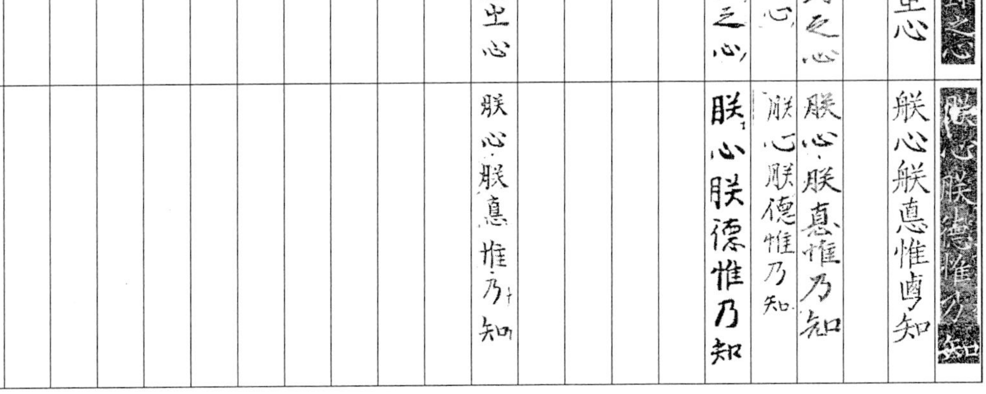

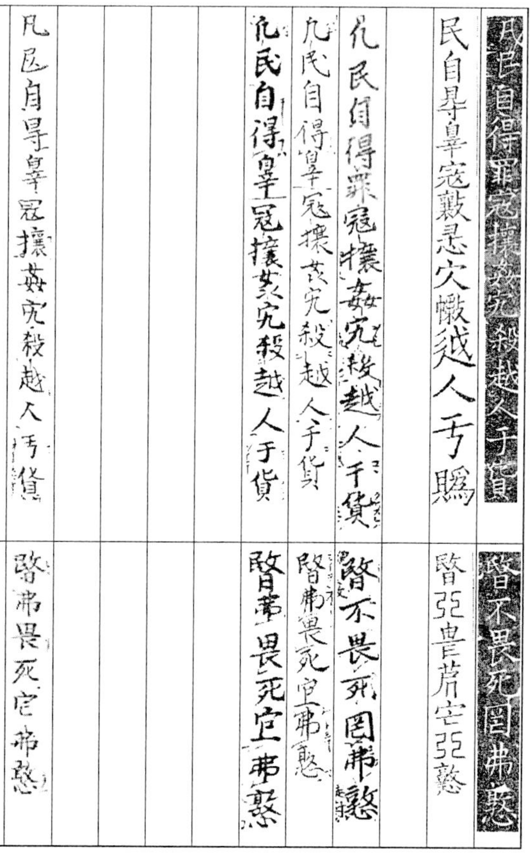

凡民自得罪寇攘姦宄殺越人于貨											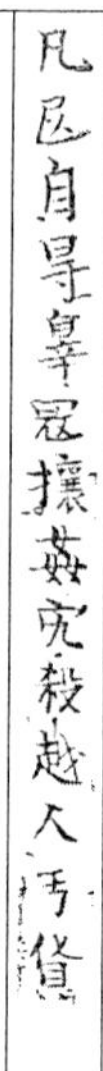						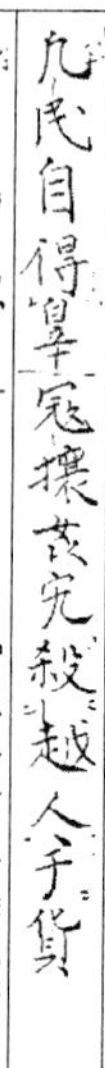	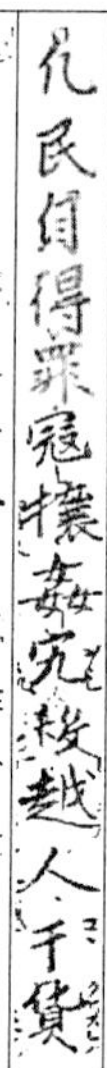			
暋不畏死罔弗憝																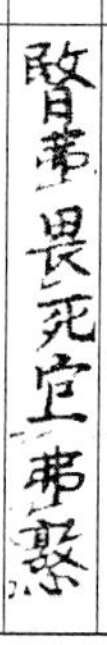					

1252、憝

「憝」字在傳鈔古文《尚書》有下列不同字形：

(1)  憝$_1$憝$_2$憝$_3$

《說文》心部「憝」字下引「〈周書〉曰『凡民罔不憝』」段注云：「今作『凡民自得罪寇攘姦宄殺越人于貨暋不畏死罔弗憝』，《孟子》引作『凡民罔不譈』」。《書古文訓》「憝」字作憝$_1$，爲篆文作憝之隸古定；上圖本（八）訛作憝$_2$；內野本作憝$_3$，當爲「憝」字之訛誤。

【傳鈔古文《尚書》「憝」字構形異同表】

憝	戰國楚簡	石經	敦煌本	岩崎本	神田本b	九條本	島田本b	內野本	上圖（元）	觀智院b	天理本	古梓堂b	足利本	上圖本（影）	上圖本（八）	古文尚書晁刻	書古文訓	尚書篇目
暋不畏死罔弗憝								 憝									 憝	康誥
封元惡大憝								 憝										康誥

惟朕憝														康誥

康誥	戰國楚簡	漢石經	魏石經	敦煌本			岩崎本	神田本	九條本	島田本	內野本	上圖本（元）	觀智院本	天理本	古梓堂本	足利本	上圖本（影）	上圖本（八）	晁刻古文尚書	書古文訓	唐石經
王曰封元惡大憝矧惟不孝不友																					
子弗祗服厥父事大傷厥考心																					
于父不能字厥子乃疾厥子																					

1253、字

「字」字在傳鈔古文《尚書》有下列不同字形：

（1）⿱𢆶子汗 6.80 ⿱𢆶子四 4.8 ⿱𢆶子

《汗簡》、《古文四聲韻》錄《古尚書》「字」字作：⿱𢆶子汗 6.80 ⿱𢆶子四 4.8，《箋正》云：「孳字也，薛本凡兹字例作𢆶，故孳亦例作⿱𢆶子，釋『字』誤。」此當隸定作「⿱𢆶子」，《書古文訓》「字」字作⿱𢆶子，與此同，爲「孳」字之古文異體（參見“孳”字），「字」、「孳」音義近同相通用，「孳尾」《史記．五帝本紀》即作「字微」。

【傳鈔古文《尚書》「字」字構形異同表】

字	傳抄古尚書文字 ⿱𢆶子汗 6.80 ⿱𢆶子四 4.8	戰國楚簡	石經	敦煌本	岩崎本	神田本b	九條本b	島田本b	內野本	上圖（元）	觀智院b	天理本	古梓堂b	足利本	上圖本（影）	上圖本（八）	古文尚書晁刻	書古文訓	尚書篇目
于父不能字厥子																			康誥

康誥	戰國楚簡	漢石經	魏石經	敦煌本			岩崎本	神田本	九條本	島田本	內野本	上圖本（元）	觀智院本	天理本	古梓堂本	足利本	上圖本（影）	上圖本（八）	晁刻古文尚書	書古文訓	唐石經
于弟弗念天顯乃弗克恭厥兄																					

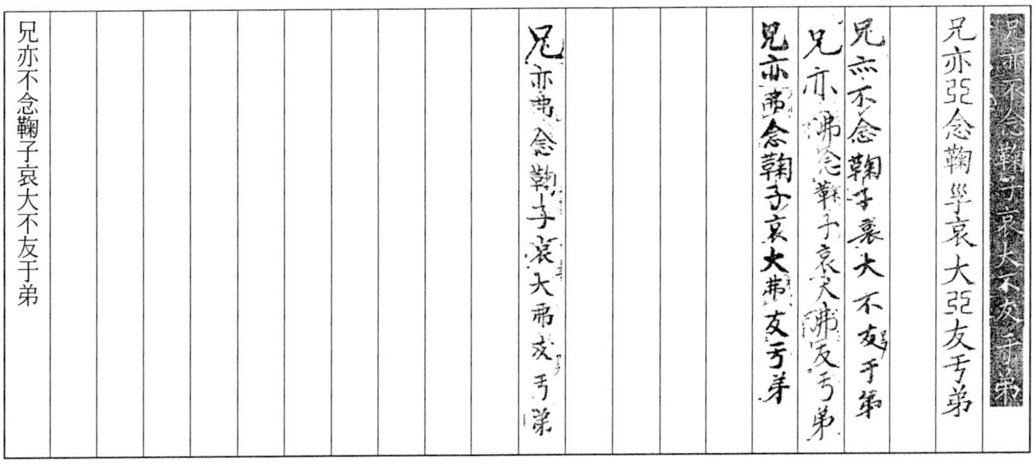

1254、亦

「亦」字在傳鈔古文《尚書》有下列不同字形：

（1）魏三體 上博 1 緇衣 6 郭店緇衣 10 1 2

魏三體石經〈君奭〉、〈無逸〉「亦」字古文作，上博 1〈緇衣〉簡 6、郭店〈緇衣〉簡 9、10 引〈君牙〉句〔註 364〕「亦」字作上博 1 緇衣 6 郭店緇衣 10 與此同形，皆源自金文作毛公旅鼎井姬鼎效卣禹鼎兮甲盤。上圖本（八）「亦」字變作1，敦煌本 S2074 作1，與漢碑作華山廟碑郙閣頌、「弈」字尹宙碑所从「亦」類同，《隸辨》云：「按《字原》誤書作」；敦煌本 P3871、岩崎本、九條本、內野本變作2，其上變似「夕」。

（2）亓（其）：

「亦」字〈湯誥〉「嗚呼尚克時忱乃亦有終」上圖本（影）作，上圖本（八）則旁注「亓」：，〈召誥〉「亦敢殄戮用乂民若有功」上圖本（八）亦作「亓」，即「其」字，「亦」「亓」形近易混，或有作「其」之本。

〔註 364〕上博〈緇衣〉06：「〈君牙〉員：日俁雨，少民隹曰怨，晉冬耆寒，少民亦隹曰怨。」
郭店〈緇衣〉9.10：「〈君牙〉員：日傛雨，少民隹曰怨，晉冬旨滄，少民亦隹曰怨。」
今本〈緇衣〉：「〈君雅〉曰：夏日暑雨，小民惟曰怨，資冬祁寒，小民亦惟曰怨。」
今本〈君牙〉曰：「夏暑雨，小民惟曰怨咨，冬祁寒，小民亦惟曰怨咨。」

【傳鈔古文《尚書》「亦」字構形異同表】

亦	戰國楚簡	石經	敦煌本	岩崎本 神田本b	九條本 島田本b	內野本	上圖（元） 觀智院b	天理本 古梓堂b	足利本	上圖本（影）	上圖本（八）	古文尚書晁刻	書古文訓	尚書篇目
嗚呼尚克時忱乃亦有終											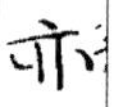			湯誥
古我先王亦惟圖任舊人共政														盤庚上
予亦拙謀作乃逸														盤庚上
若農服田力穡乃亦有秋														盤庚上
亦惟汝故以丕從厥志														盤庚中
凶人爲不善亦惟日不足														泰誓中
兄亦不念鞠子哀大不友于弟														康誥
歷人宥肆亦見厥君事														梓材
我亦惟茲二國命嗣若功王乃初服														召誥
亦敢殄戮用乂民若有功														召誥
王末有成命王亦顯我非敢勤														召誥
我受命無疆惟休亦大惟艱		 魏												君奭
罔不明德慎罰亦克用勸		 魏	 S2074											多方
開釋無辜亦克用勸		 魏												多方
亦越成湯陟丕釐上帝之耿命		 魏	 S2074											立政
式商受命奄甸萬姓亦越文王武王		 魏												立政
簡厥修亦簡其或不修														君陳
亦有無窮之聞														畢命
冬祁寒小民亦惟曰怨咨〔註365〕														君牙

〔註365〕同前注。

亦惟先正克左右昭事厥辟					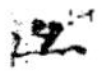									文侯之命
亦曰殆哉			 P3871											秦誓

1255、哀

「哀」字在傳鈔古文《尚書》有下列不同字形：

(1) 1 2

岩崎本、上圖本（八）「哀」字作1，其下「衣」之下半訛多一畫，九條本作2，上形變似「八」。

【傳鈔古文《尚書》「哀」字構形異同表】

哀	戰國楚簡	石經	敦煌本	岩崎本 神田本b	九條本 島田本b	內野本	上圖（元） 觀智院b	天理本 古梓堂b	足利本	上圖本（影）	上圖本（八）	古文尚書晁刻	書古文訓	尚書篇目
兄亦不念鞠子哀														康誥
以哀籲天徂厥亡出執														召誥
嗚呼天亦哀于四方民														召誥
皇帝哀矜庶戮之不辜														呂刑
哀敬折獄明啓刑書胥占														呂刑

康誥	戰國楚簡	漢石經	魏石經	敦煌本			岩崎本	神田本	九條本	島田本	內野本	上圖本（元）	觀智院本	天理本	古梓堂本	足利本	上圖本（影）	上圖本（八）	晁刻古文尚書	書古文訓	唐石經
惟弔茲不于我政人得罪											惟弔茲弗亐𢦏政人㝵辠					惟弔茲不于我政人得辠	惟予茲不于我政人得辠	惟弔茲不于我政人得罪		惟弔丝亞亐𢦏政人㝵罪	惟弔茲不于我政人得罪

天惟與我民彝大泯亂											兲惟与我民彝大泯𤔔					天惟与我民彝大泯乱	天惟与我民彝大泯乱	天惟與我民彝大泯亂		兲惟與我民彝大泯𤔔	天惟與我民彝大泯亂
曰乃其速由文王作罰											曰乃亓速繇亥王作罰					曰乃亓速繇文王作罰	曰乃亓速繇文王作罰	曰乃其速由文王作罰		曰卤亓警繇亥王迮罰	曰乃其速由文王作罰
刑茲無赦不率大戛矧惟外庶子訓人											刑兹亡赦弗衜大戛敹惟外庶子訓人					刑兹亡赦不衜大戛敹惟外庶子訓人	刑兹亡赦不衜大戛敹惟外庶子訓人	刑兹亡赦不率大戛矧惟外庶子訓人		㓝丝亡赦弜衜大戛弞惟外庶学訓人	刑茲無赦不率大戛矧惟外庶子訓人
惟厥正人越小臣諸節											惟亓正人粤小臣𢒈節					惟亓正人粤小臣𢒈節	惟亓正人粤小臣𢒈節	惟厥正人越小臣諸節		惟氒正人𨒅小臣𢒈節	惟厥正人越小臣諸節

乃別播敷造民大譽弗念弗庸											迺亽㓝𠭥造𠬝大譽弗念弗庸					迺亽㓝𠭥造民大譽弗念弗庸	迺亽播敷造民大譽弗念弗庸	乃別播敷造民大譽弗念弗庸		𠧧別𥱼尃䑽民大譽亞念亞𩫖	乃別播敷造民大譽弗念弗庸
瘝厥君時乃引惡惟朕憝											瘝乓君旹乃引惡惟朕憝					瘝𠩺君旹乃引悪惟朕憝	瘝㡿君旹乃引惡惟朕憝	瘝厥君時乃引惡惟朕憝		鰥乓㕯旹𠧧弘亞惟𦨶憝	瘝厥君時乃引惡惟朕憝

1256、瘝

「瘝」字在傳鈔古文《尚書》有下列不同字形：

（1）鰥：鰥

《書古文訓》〈康誥〉「瘝厥君時乃引惡」鰥，「瘝」字《說文》所無，「鰥」「瘝」音同假借。

（2）瘝：瘝$_1$瘝$_2$

岩崎本、內野本、上圖本（八）「瘝」字作瘝$_1$，所从「眔」訛變作睘；足利本、上圖本（影）作瘝$_2$，「眔」下之「水」訛變作「衣」。

【傳鈔古文《尚書》「瘝」字構形異同表】

瘝	戰國楚簡	石經	敦煌本	岩崎本 神田本b	九條本 島田本b	內野本	上圖(元) 觀智院b	天理本 古梓堂b	足利本	上圖本(影)	上圖本(八)	古文尚書晁刻	書古文訓	尚書篇目
瘝厥君時乃引惡														康誥
越厥後王後民茲服厥命厥終智藏瘝在											 		 	召誥
若時瘝厥官惟爾大弗克祇厥辟惟予汝辜						 				 			 	冏命

康誥	戰國楚簡	漢石經	魏石經	敦煌本			岩崎本	神田本	九條本	島田本	內野本	上圖本(元)	觀智院本	天理本	古梓堂本	足利本	上圖本(影)	上圖本(八)	晁刻古文尚書	書古文訓	唐石經
己汝乃其速由茲義率殺																					 
亦惟君惟長不能厥家人											 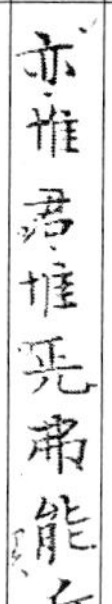					 	 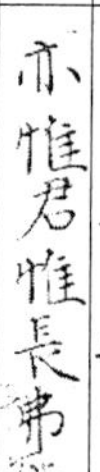	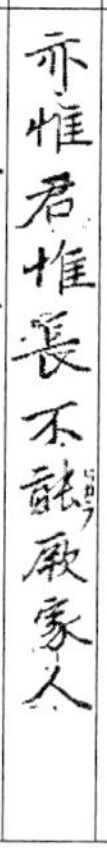 		 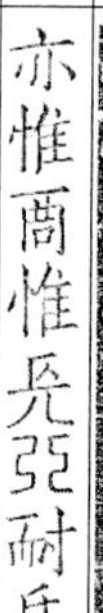	 

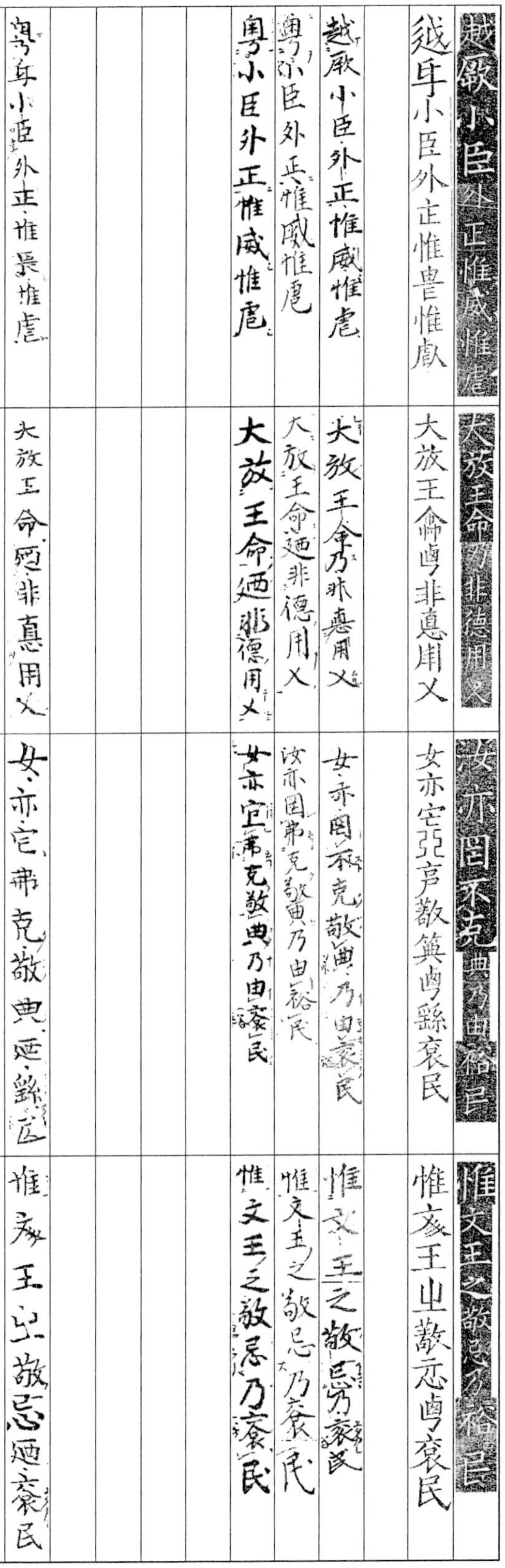

越厥小臣外正惟威惟虐
大放王命乃非德用乂
汝亦罔不克敬典乃由裕民
惟文王之敬忌乃裕民

1257、忌

「忌」字在傳鈔古文《尚書》有下列不同字形：

（1）汗 1.12 1 2 3

《汗簡》錄《古尚書》「忌」字作：汗 1.12，其上从「亓」，與金文作 子𧪘盆 子𧪘盆同形，古文字資料「其」字多作「丌」、「亓」（參見“其”字），《說文》言部「𧪘」字「忌也」下引「〈周書〉曰『爾尚不𧪘于凶德』」，《箋正》謂「薛本〈多方〉『』、〈秦誓〉『』，並本《說文》『𧪘』下稱『不𧪘于凶德』、『惎』下稱『來就惎惎』。僞本『其』例作『亓』」。

〈多方〉「爾尚不忌于凶德」「忌」字《書古文訓》作汗 1.12 之隸定爲1，敦煌本 S2074 變作2，九條本「亓」下訛多一畫作3，「忌」、「𧪘」音義皆通同，偏旁言、心相通，己、其音近。

（2）1 2 3

敦煌本 P3871、《書古文訓》「忌」字作1，敦煌本 P4509、九條本、內野本、上圖本（八）作2，觀智院本作3，其上形皆「亓」字之訛變，《玉篇》心部「」古「惎」字，源自戰國「惎」字作璽彙 5289 郭店.忠信 1 陶彙 3.274 郭店.語叢 4.13 郭店.語叢 2.26。《說文》「惎」字下引「〈周書〉曰『來就惎惎』」，段注云：「今尚書無此文，蓋即〈秦誓〉『未就予忌』也。『惎』『忌』音同義相近」，「忌」「」（惎）古音皆屬群紐之部，二字音同相通，爲聲符更替。

（3）

九條本、內野本、足利本、上圖本（影）、上圖本（八）「忌」字作，所从「己」訛作「巳」。

【傳鈔古文《尚書》「忌」字構形異同表】

忌	傳抄古尚書文字 汗 1.12	戰國楚簡	石經	敦煌本	岩崎本	神田本 b	九條本	島田本 b	內野本	上圖（元）	觀智院 b	天理本	古梓堂 b	足利本	上圖本（影）	上圖本（八）	古文尚書晁刻	書古文訓	尚書篇目
惟文王之敬忌乃裕民																			康誥
爾尚不忌于凶德				S2074															多方
以敬忌天威				P4509							b								顧命

惟訖于富敬忌														呂刑
未就予忌			 P3871			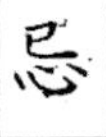								秦誓

康誥	戰國楚簡	漢石經	魏石經	敦煌本			岩崎本	神田本	九條本	島田本	內野本	上圖本（元）	觀智院本	天理本	古梓堂本	足利本	上圖本（影）	上圖本（八）	晁刻古文尚書	書古文訓	唐石經
曰我惟有及則予一人以懌																					
王曰封爽惟民迪吉康																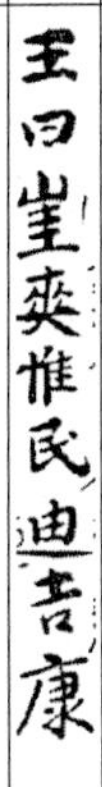		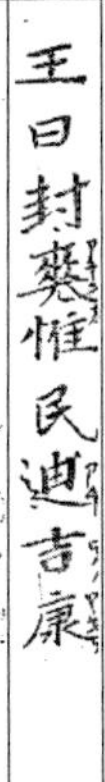			
我時其惟殷先哲王德用康乂民作求																				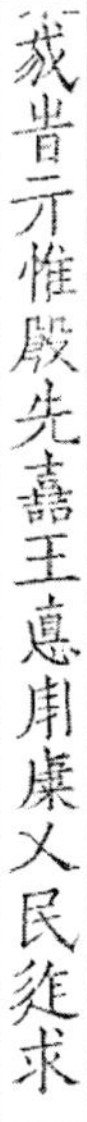	

唐石經	剢今民罔迪不適不迪則罔政在厥邦
書古文訓	𢎷今民宅迪弜適弜迪則宅政圣氒峕
晁刻古文尚書	
上圖本（八）	剢今民罔迪不適不迪則罔政在厥邦
上圖本（影）	敓今民宜迪不適弗迪則宜政在亓邦
足利本	敓今民宜迪不適弗迪則宜政在亓邦
古梓堂本	
天理本	
觀智院本	
上圖本（元）	
內野本	敓今民宜迪不適弗迪則宜政在亓邦
島田本	
九條本	
神田本	
岩崎本	
敦煌本	
魏石經	
漢石經	
戰國楚簡	
	剢今民罔迪不適不迪則罔政在厥邦

唐石經	王曰封予惟不可不監告女德之說于罰之行
書古文訓	王曰𡉚子惟弜可弜譼告女悳㞢說亐罰㞢行
晁刻古文尚書	
上圖本（八）	王曰封予惟不可不監告女悳之說于罰之行
上圖本（影）	王曰𡉚予惟弗可弗監告女德㞢說于罰㞢行
足利本	王曰𡉚予惟弗可弗監告女德㞢說于罰㞢行
古梓堂本	
天理本	
觀智院本	
上圖本（元）	
內野本	王曰𡉚予惟弗可弗監告女悳㞢說于罰㞢行
島田本	
九條本	
神田本	
岩崎本	
敦煌本	
魏石經	
漢石經	
戰國楚簡	
康誥	王曰封予惟不可不監告汝德之說于罰之行

今惟民不靜未戾厥心	迪屢未同爽惟天其罰殛我	我其不怨惟厥罪無在大亦無在多
今惟民弜靖未猷乓心	迪婁未同爽惟兲亓罰殛戜	戜亓弜怨惟乓辠亡圣大亦亡圣多
今惟民不靜未戾厥心	迪屢未同爽惟天其罰殛於我	〻其不怨惟厥罪亡在大亦亡在多
今惟民弗靜未戾亓心	迪屢未同爽惟天亓罰殛於我	〻亓不怨惟亓罪亡在大亦亡在多
今惟民弗靜未戾亓心	迪屢未同爽惟天亓罰殛於我	〻亓不怨惟亓罪亡在大亦亡在多
今惟民弗靜未戾亓心	迪屢未同爽惟兲亓罰殛於我	〻〻亓弗怨惟亓罪亡在大亦亡在多
今惟民不靜未戾厥心	迪屢未同爽惟天其罰殛我	我其不怨惟厥罪無在大亦無在多

歾曰其尚顯聞于天	弜曰亓尚㬎䎽亐兲		歾曰其尚顯聞于天	歾曰亓尚㬎䎽亐天	歾曰亓尚顯䎽亐天					歾曰亓尚顯䎽亐兲										歾曰其尚顯聞于天
王曰嗚呼封敬哉無作怨	王曰烏虖𡉚敬才亡迮怨		王曰嗚呼封敬哉亡作怨	王曰嗚呼封敬才亡作怨	王曰烏虖封敬才亡作怨					王曰烏虖𡉚敬才無作怨										王曰嗚呼封敬哉無作怨
勿用非謀非彝蔽時忱	勿用非𢘊非彝蔽亐忱		勿用非謀非彝蔽時忱	勿用非謀非彝蔽旹忱	勿用非𢘊非彝蔽旹忱					勿用非𢘊非彝蔽旹忱										勿用非謀非彝蔽時忱
丕則敏德用康乃心	丕則敏悳用康𠧟心		丕則敏悳用康乃心	丕則敏悳用康迺心	丕則敏悳用康迺心					丕則敏悳用康迺心										丕則敏德用康乃心

顧乃德遠乃猷裕乃以民寧不汝瑕殄																					
王曰嗚呼肆汝小子封惟命不于常																					
汝念哉無我殄享明乃服命																					

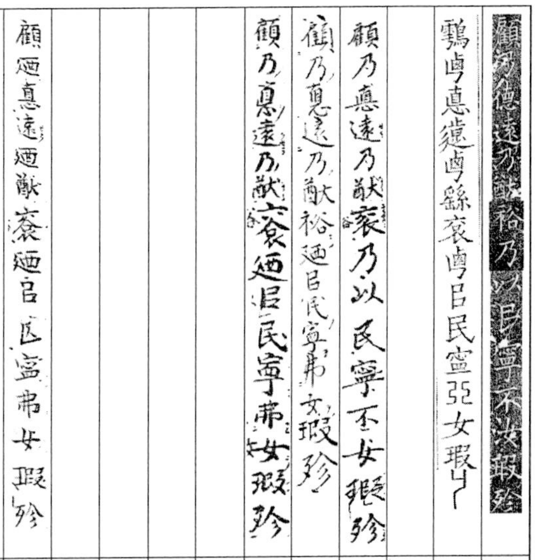

高乃聽用康乂民王若曰往哉封勿替敬典							高廼聽用康乂民王若曰往才坒勿替敬典		高廼聽用康乂民王若曰往才坒勿替敬典	高乃聽用康乂民王若曰俊戈坒勿替敬典	高廼聽用康乂民王若曰往哉封勿替敬典	高廼聽用康乂民王嶜曰逞才坒勿替敬典
聽朕告汝乃以殷民世享							聽朕誥女逞呂殷民世享		聽朕誥女逞呂殷民世享	聽朕吉女乃以殷民世享	聽朕誥女逞呂殷民世享	聽朕告女廼呂殷民世音

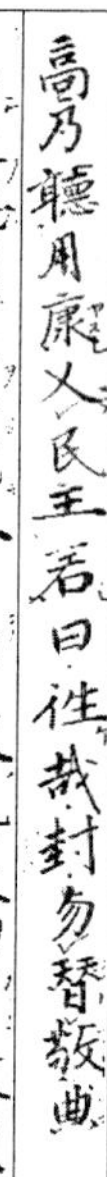

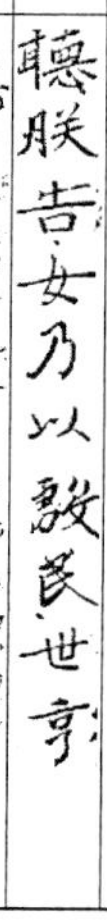

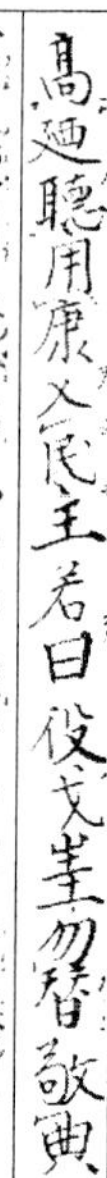

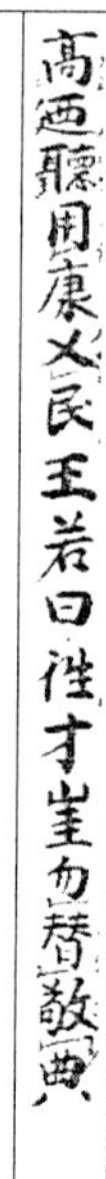

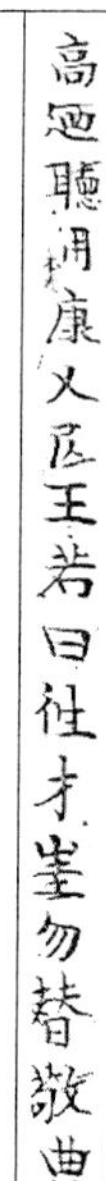

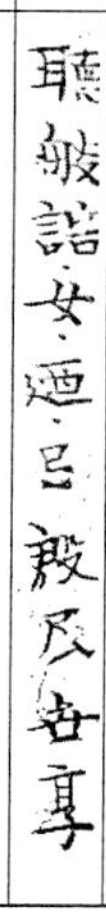

三十八、酒　誥

酒誥	王若曰明大命于妹邦	乃穆考文王肇國在西土	厥誥毖庶邦庶士越少正御事朝夕曰
戰國楚簡			
漢石經			
魏石經			
敦煌本			
岩崎本			
神田本			
九條本	王若曰明大命妹邦	乃敉考文王肇或在西土	氒誥毖庶邦庶士越少正御事朝夕曰
島田本			
內野本	王若曰明大命亏妹邦	迺穆考彣王肇戜在西土	氒誥毖庶邦庶士粵少正御事朝夕曰
上圖本（元）			
觀智院本			
天理本			
古梓堂本			
足利本	王若曰明大命于妹邦	迺穆考文王肇戜在西土	亓誥毖庶邦庶士粵少正御事朝夕曰
上圖本（影）	王若曰明大命于妹邦	迺穆考文王肇國在西土	其誥毖庶邦庶士越少正御事朝夕曰
上圖本（八）	王若曰明大命于妹邦	乃穆考文王肇國在西土	厥誥毖庶邦庶士越少正御事朝夕
晁刻古文尚書			
書古文訓	王𦬁曰朙大命亏妹	𠧟𠧪敳丂彣王肁或圣卥土	氒𢍜毖𢒼𡋟𢒼士𢦔少𤴓馭叓鼂夕曰
唐石經	王若曰明大命于妹邦	乃穆考文王肇國在西土	厥誥毖庶邦庶士越少正御事朝夕曰

祀茲酒惟天降命	禩茲酒惟天夅命		祀茲酒惟天降命	祀茲酒惟天降命	祀茲酒惟天降命					祀茲酒惟兲降命		祀茲酒惟天降命										祀茲酒惟天降命
肇我民惟元祀天降威	肁㦰民惟元禩兲夅畏		肇我民惟元祀天降威	肇我民惟元祀天降威	肇我民惟元祀天降威					肇我民惟元祀兲降威		肇我民惟元祀天降畏										肇我民惟元祀天降威
我民用大亂喪德亦罔非酒惟行	㦰民用大𤔲喪悳亦宓非酒惟行		我民用大乱喪悳亦罔非酒惟行	我民用大乱喪德亦罔非酒惟行	我民用大𤔲喪德亦宓非酒惟行					我民用大𤔲喪悳亦宓非酒惟行		我民用大𤔲喪悳亦宓非酒惟行										我民用大亂喪德亦罔非酒惟行
文王誥教小子有正有事	文王𢍏教小子𠂇正𠂇叓		文王誥教小子有正有事	文王誥教小子有正有叓	文王誥教小子有正有叓					文王誥教小子𠂇正𠂇事		文王誥教小子又正又事										文王誥教小子有正有事

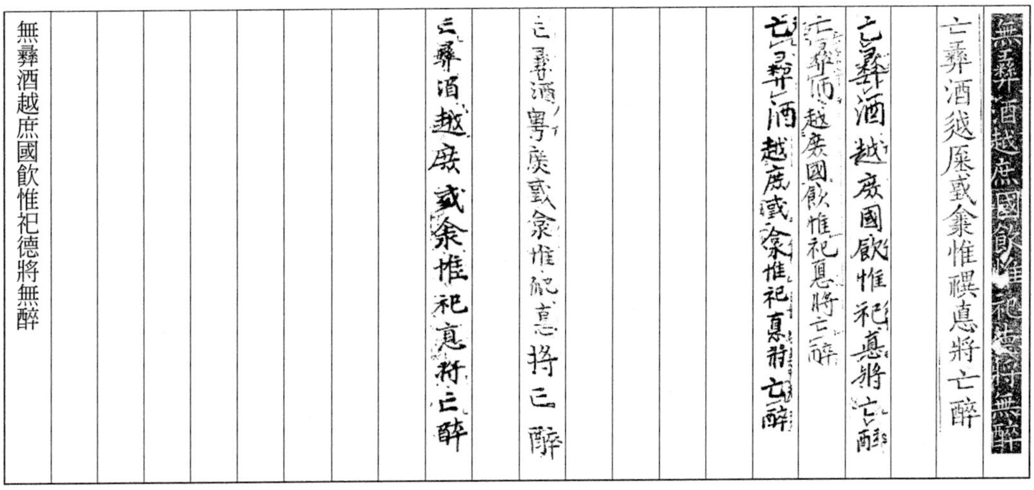

1258、飲

「飲」字在傳鈔古文《尚書》有下列不同字形：

（1）四 3.28

《古文四聲韻》錄《古尚書》「飲」字作：四 3.28，與《說文》古文一从水今聲作同形，內野本、足利本、上圖本（影）或作，爲此形之訛變，「今」訛誤爲「合」。「飲」字甲骨文作菁 4.1甲 205，象人飲酒，金文作辛伯鼎、變作善夫山鼎沇兒鐘幺兒鐘魯元匜中山王壺曾孟孀諫盆等形。

（2）汗 5.61

《汗簡》錄《古尚書》「飲」字作：汗 5.61，从水侌聲，當隸定作「⿱侌水」，爲「⿱今水」之異體，九條本「飲」字皆作，爲「⿱侌水」之訛變。《箋正》謂从金、从侌「二字皆得聲，未定誰誤，要是仿『⿱今水』增成」，侌、今、金偏旁古可相通〔註 366〕，如「陰」字作几伯眞離陰鼎石鼓文.鑾車秦陶 488貨系 1422，也作从金：羌鐘上官鼎璽彙 4710、从酓：敔簋永盂（「飲」假爲「陰」）。

（3）⿱金水

《書古文訓》「飲」字作，上从古文「金」字隸古定，从水金聲，亦爲「⿱今水」之異體，聲符今、金更替。

〔註 366〕參見黃錫全，《汗簡注釋》，武漢：武漢大學出版社，1993，頁 388。

【傳鈔古文《尚書》「飲」字構形異同表】

飲	傳抄古尚書文字 汗 5.61 四 3.28	戰國楚簡	石經	敦煌本	岩崎本	神田本 b	九條本	島田本 b	內野本	上圖（元）	觀智院 b	天理本	古梓堂 b	足利本	上圖本（影）	上圖本（八）	古文尚書晁刻	書古文訓	尚書篇目
無彝酒越庶國飲																			酒誥
爾乃飲食醉飽																			酒誥
矧曰其敢崇飲																			酒誥
厥或誥曰群飲汝勿佚																飲			酒誥

酒誥	戰國楚簡	漢石經	魏石經	敦煌本			岩崎本	神田本	九條本	島田本	內野本	上圖本（元）	觀智院本	天理本	古梓堂本	足利本	上圖本（影）	上圖本（八）	晁刻古文尚書	書古文訓	唐石經
惟曰我民迪小子惟土物愛厥心臧									惟曰我民迪小子惟土物愛氒心臧		惟曰化我民迪小子惟土物愛氒心臧					惟曰化我民迪小子惟土物愛氒心臧	惟曰化我民迪小子惟土物愛其心臧	惟曰化我民迪小子惟土物愛厥心臧		惟曰𢦓民迪小𢀈惟土物炁氒心臧	惟曰我民迪小子惟土物愛厥心臧
聽祖考之彝訓越小大德									聰聽祖考彝言[illegible]小大惪		聰聽祖考㞢彝言粤小大惪					聰聽祖考之彝言粤小大惪	聰聽祖考之彝訓越小大惪	聰聽祖考之彝訓越小大惪		聰聽祖丂㞢彝訔粤小大惪	聰聽祖考之彝訓越小大德

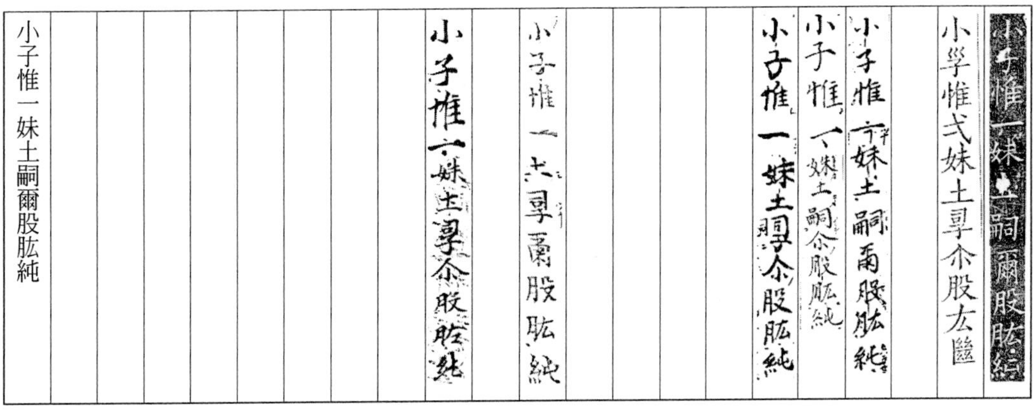

1259、純

「純」字在傳鈔古文《尚書》有下列不同字形：

（1）**汗 5.70** **魏三體.君奭** **魏三體.文侯之命** 1 2 3

《汗簡》錄《古尚書》「純」字作：**汗 5.70**，魏三體石經〈君奭〉、〈文侯之命〉「純」字古文各作，與《說文》篆文作同形，敦煌本 P2748、S2074 作 1，九條本、觀智院本或作 2，九條本或變作 3。

（2）醇

〈君奭〉「天惟純佑命」、「亦惟純佑秉德」《書古文訓》「純」字作醇，「純」、「醇」音同（皆常倫切）義類相通，二字通用，《漢書・食貨志》「天子不能具醇駟」、〈梅福傳〉「一色成體謂之醇」皆作「純」解〔註 367〕。

（3）

〈酒誥〉「小子惟一妹土嗣爾股肱純」、〈文侯之命〉「侵戎我國家純」《書古文訓》「純」字作，與「絕」字或作同形，疑形近誤為「絕」字而作其古文形，《說文》「絕」字古文作，从「刀」斷絲，戰國作 **中山王壺** **隨縣 14**，與戰國「絕」字或作反向：**郭店老子甲 1** **郭店老子乙 4** **包山 2499** 等同形（參見“絕”字）。

〔註 367〕參見李遇孫，《尚書隸古定釋文》卷 7.2，劉世珩輯，《聚學軒叢書》7，台北：藝文印書館。

【傳鈔古文《尚書》「純」字構形異同表】

純	傳抄古尚書文字  汗 5.70	戰國楚簡	石經	敦煌本	岩崎本 神田本b	九條本 島田本b	內野本	上圖（元） 觀智院b	天理本 古梓堂b	足利本	上圖本（影）	上圖本（八）	古文尚書晁刻	書古文訓	尚書篇目
小子惟一妹土嗣爾股肱純															酒誥
天惟純佑命			 魏	 P2748											君奭
亦惟純佑秉德				 P2748											君奭
刑殄有夏惟天不畀純				 S2074											多方
敷重篾席黼純華玉仍几								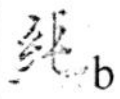 b							顧命
西序東嚮敷重厎席綴純文貝仍几								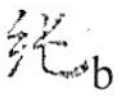 b							顧命
侵戎我國家純			 魏												文侯之命

酒誥	戰國楚簡	漢石經	魏石經	敦煌本			岩崎本	神田本	九條本	島田本	內野本	上圖本（元）	觀智院本	天理本	古梓堂本	足利本	上圖本（影）	上圖本（八）	晁刻古文尚書	書古文訓	唐石經
用孝養厥父母厥父母慶											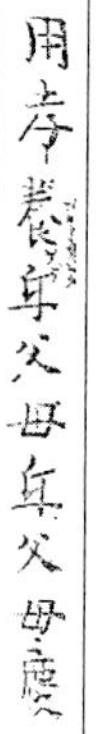										
自洗腆致用酒											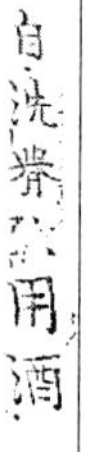										

庶士有正越庶伯君子					庶士又正越庶伯君子	庶士才正粤庶伯君子			庶士有正粤庶伯君子 / 庶士有正越庶伯君子 / 庶士有正粤庶伯君子 / **庶士有正越庶伯君子**
其爾典聽朕教爾大克羞耇惟君					开尒典聽朕教尒大克羞耇惟君	亓尔典聽般效尒大克羞耇惟启			开尒典聽般效余大克羞耇惟君 / 其尒典聽般效尒大克羞耇惟君 / 辻尒典聽朕教尒大克羞耇惟君 / 𡥪亓尒簨聽朕教尒大卢羞耇惟啇 / **其爾典聽朕教爾大克羞耇惟君**
爾乃飲食醉飽					尒乃余食醉飽	尒迺余食醉飽			尒迺余食醉飽 / 尒迺飲食醉飽 / 尒乃飲食醉飽 / 尒西余食醉餘 / **爾乃飲食醉飽**
其藝黍稷奔走事厥考厥長					开藝黍稷奔走事乎考手氐	亓藝黍稷奔走事乎耇乎氐			开藝黍稷奔走事乎考氐長 / 其藝黍稷奔走事厥考厥長 / 亓藝黍稷奔走事厥考乎氐 / **其藝黍稷奔走事厥考厥長**

肇牽車牛遠服賈																					

1260、牽

「牽」字在傳鈔古文《尚書》有下列不同字形：

（1）**汗 5.66****1****2**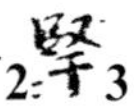**3**

「牽」字《汗簡》錄《古尚書》作：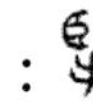**汗 5.66**，與《說文》「掔」字篆文同形，九條本作**1**，內野本作**2**，其下「手」訛作「牛」，足利本作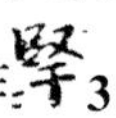**3**，則「手」訛作「干」。《說文》「掔，固也」，「牽，引前也」，二字古通，《史記・鄭世家》「肉袒掔羊」，《左傳》宣公 12 年作「肉袒牽羊以逆」，《公羊傳》僖公 2 年「虞公抱寶牽馬而至」，《釋文》曰：「『牽』本又作『掔』，音同」，「掔」「牽」音同通假。

（2）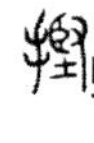**掔.汗 5.66**

《汗簡》錄《古尚書》「掔」字作：**汗 5.66**，乃假「擇」爲「掔」字，《文選・揚雄賦》：「擇象犀」李善注：「擇，古掔字」，又《爾雅・釋詁》「掔」字《釋文》：「音牽，又却閑反。郭《音義》本與慳惜物同」，《經典釋文彙校》云：「盧本作『擇揩』」，「擇」「掔」「牽」音同通假。

【傳鈔古文《尚書》「牽」字構形異同表】

牽	傳抄古尚書文字 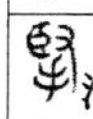汗 5.66 掔.汗 5.66	戰國楚簡	石經	敦煌本	岩崎本 神田本b	九條本 島田本b	內野本	上圖（元） 觀智院b	天理本 古梓堂b	足利本	上圖本（影）	上圖本（八）	古文尚書晁刻	書古文訓	尚書篇目
肇牽車牛遠服賈										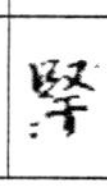		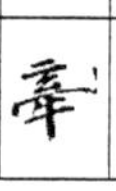			酒誥

1261、飽

「飽」字在傳鈔古文《尚書》有下列不同字形：

（1）餘

《書古文訓》「飽」字作⿰食孚，爲《說文》古文作⿰食孚之隸古定，其右从「孚」《汗簡》錄《說文》作：⿰食保汗 **2.26**，从「保」字古文⿰人孚，與今本从「孚」相異，《古文四聲韻》則錄裴光遠《集綴》作：⿰食保四 **3.19** 與此形同。偏旁「孚」、「包」古相通，如《說文》「桴」字或作「枹」；「孚」古音滂紐幽部，「包」、「保」皆幫紐幽部，「飽」字作「⿰食孚」、「⿰食保」爲聲符更替。

【傳鈔古文《尚書》「飽」字構形異同表】

飽	戰國楚簡	石經	敦煌本	岩崎本	神田本b	九條本b	島田本b	內野本	上圖（元）	觀智院b	天理本	古梓堂b	足利本	上圖本（影）	上圖本（八）	古文尚書晁刻	書古文訓	尚書篇目
爾乃飲食醉飽															飽		⿰食孚	酒誥

酒誥	戰國楚簡	漢石經	魏石經	敦煌本			岩崎本	神田本	九條本	島田本	內野本	上圖本（元）	觀智院本	天理本	古梓堂本	足利本	上圖本（影）	上圖本（八）	晁刻古文尚書	書古文訓	唐石經
丕惟曰爾克永觀省									丕惟曰介克永觀省		丕惟曰爾克永觀					丕惟曰介克永觀省	丕惟曰介克永觀省	丕惟曰介克永觀省		丕惟曰介亯[illegible]觀眚	丕惟曰爾克永觀省
作稽中德爾尚克羞饋祀									作乩中德介尚克羞饋祀		有作乩中悳爾尚克羞饋祀					作乩中悳介尚克羞饋祀	作稽中悳介尚克羞饋祀	作稽中德介尚克羞饋祀		迮乩中悳介尚亯羞饋禩	作稽中德爾尚克羞饋祀

爾乃自介用逸茲乃允惟王正事之臣	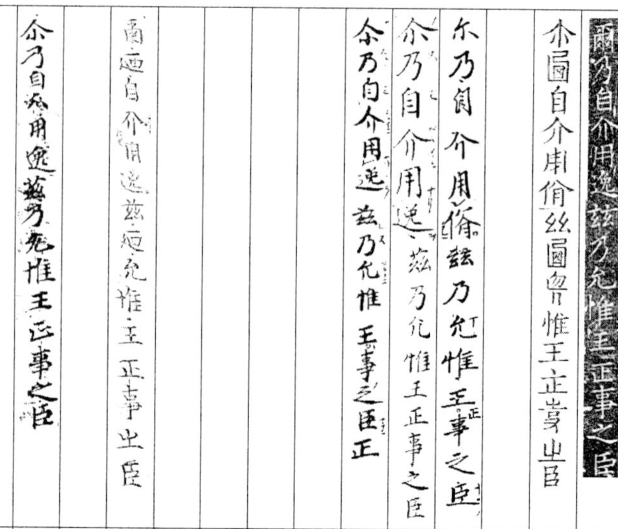
茲亦惟天若元德永不忘在王家	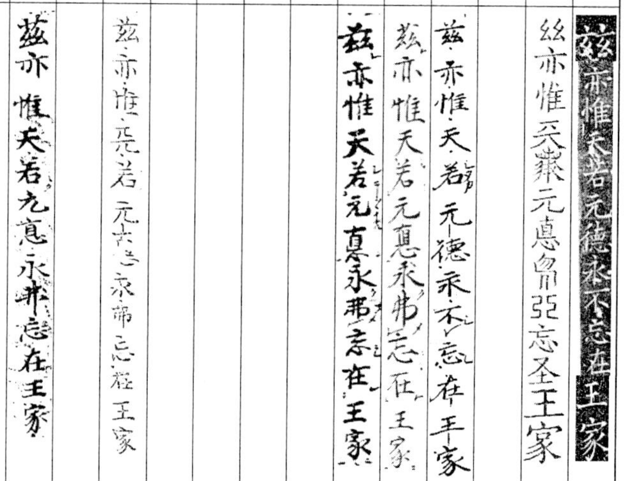
王曰封我西土棐徂邦君	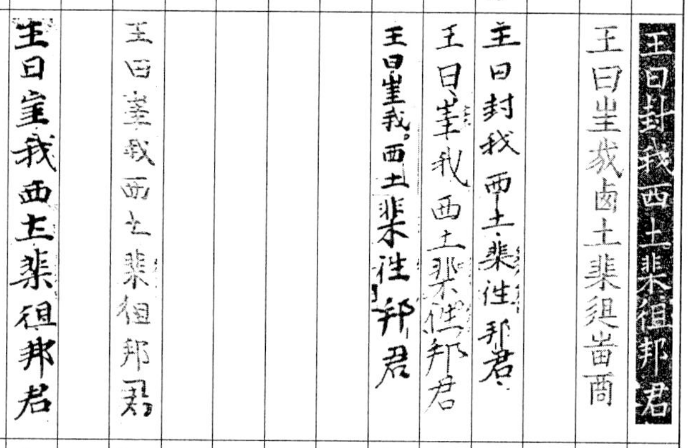
御事小子尚克用文王教	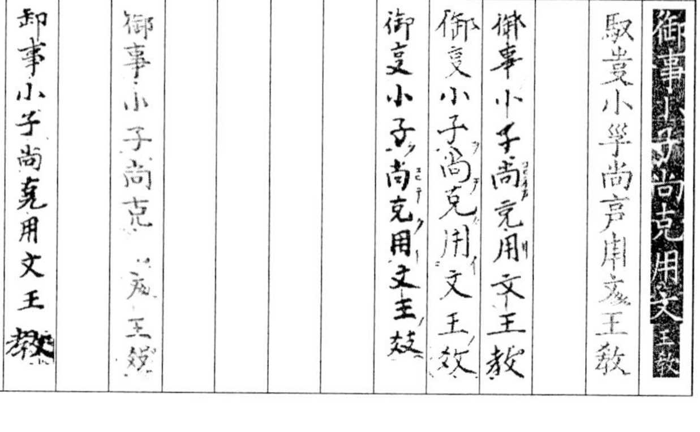

不腆于酒故我至于今									弗腆于酒故我至于今		弗腆亏酒故我至亏今					不腆亏酒故我至于今	不腆亏酒故我至于今	不腆于酒故我至于今		弜腆亏酒故𢦓𦤳亏今	不腆于酒故我至于今
克受殷之命王曰封我聞惟曰									克受殷之命王曰𡉚我聞惟曰		克受殷㞢命王曰𡉚我𦖞惟曰					克受殷㞢命王曰𡉚我𦖞惟曰	克受殷㞢命王曰𡉚我𦖞惟曰	克受殷之命王曰封我聞惟曰		𠅏𤔣殷㞢命王曰𡉚𢦓𦖞惟曰	克受殷之命王曰封我聞惟曰
在昔殷先哲王迪畏天									在昔殷先悊王迪畏天		在昝殷先喆王迪畏天					在昝殷先喆王迪畏天	在昔殷先喆㞢迪畏天	在昔殷先哲王迪畏天		圣昝殷先嚞王廸畏天	在昔殷先哲王迪畏天
顯小民經德秉哲									顯小民經悳康悊		顯小民經悳秉喆					顯小民經德秉喆	顯小民經德秉喆	顯小民經悳秉哲		㬎小民經悳秉嚞	顯小民經德秉哲

自成湯咸至于帝乙									自成湯咸至于帝乙		自咸湯咸至亐帝乙					自咸湯咸至亐帝乙	自咸湯咸至亐帝乙	自成湯咸至于帝乙		自成湯咸𡉀亐帝乙	自成湯咸至于帝乙
成王畏相惟御事厥棐有恭									成王畏相惟御事乎棐		咸王畏相惟御事乎棐ナ龔					成王畏相惟御吏乎棐ナ恭	成王畏相惟御吏乎棐ナ恭	成王畏相惟御事厥棐		咸王畏眛惟馭叓乎棐ナ龔	成王畏相惟御事厥棐有恭
不敢自暇自逸矧曰其敢崇飲									又龔弗敢自暇逸敢曰亓敢崇酓		弗敢自暇自逸敓曰其敢崇酓					不敢自暇自逸矧曰亓敢崇酓	不敢自暇自逸矧曰亓敢崇酓	不敢自暇自佾矧曰其敢崇飲		弜敢自暇自佾矤曰亓敢宗酓	不敢自暇自逸矧曰其敢崇飲
越在外服侯甸男衛邦伯									越在外服侯甸男衛邦伯		粤在外服侯甸男衛邦伯					粤在外服侯甸男衛邦伯	越在外服侯甸男衛邦伯	越在外服侯甸男衛邦伯		越圣外𠬝矦甸男衛畕柏	越在外服侯甸男衛邦伯

越在內服百僚庶尹									越在内服百僚庶尹		粵在内服百僚庶尹					越在内服百僚庶尹	越在内服百僚庶尹	越在内服百僚庶君尹		越圣内𦨈百僚庶尹	越在内服百僚庶尹
惟亞惟服宗工									惟亞惟服宗工		惟亞惟服宗工					惟亞惟服宗工	惟亞惟服宗工	惟亞惟服宗工		惟亞惟𦨈宗工	惟亞惟服宗工
越百姓里居罔敢湎于酒									越百姓里居罔敢湎于酒		粵百姓里居罔敢湎于酒					粵百姓里居罔敢湎于酒	粵百姓里居罔敢湎于酒	越百姓里居罔敢湎于酒		越百姓里居罔敢湎亏酒	越百姓里居罔敢湎于酒
不惟不敢亦不暇									弗惟弗敢亦弗暇		弗惟弗敢亦弗暇					不惟不敢亦弗暇	不惟不敢亦弗暇	不惟不敢亦不暇		弜惟弜敢亦弜暇	不惟不敢亦不暇
惟助成王德顯越尹人祗辟									惟助成王悳顯越尹人祗辟		惟助成王悳顯粵尹人祗侵					惟助成王悳顯粵尹人祗侵	惟助成王悳顯粵尹人祗侵	惟助成王德顯越尹人祗辟		惟助成王悳㬎越尹人祗侵	惟助成王德顯越尹人祗辟

我聞亦惟曰在今後嗣王酣身
厥命罔顯于民祇保越怨不易
誕惟厥縱淫泆于非彝
用燕喪威儀民罔不盡傷心

1262、衋

「衋」字在傳鈔古文《尚書》有下列不同字形：

（1）$_{1}$$_{2}$

《說文》血部「衋」字下引「〈周書〉曰『民罔不衋傷心』」。「衋」字上圖本（八）作$_{1}$，所从「皕」訛作「⿰白白」，《書古文訓》作$_{2}$，「皕」訛作「䀠」，「金」當為「聿」之訛誤。

【傳鈔古文《尚書》「衋」字構形異同表】

衋	戰國楚簡	石經	敦煌本	岩崎本 神田本b	九條本 島田本b	內野本	上圖（元） 觀智院b	天理本 古梓堂b	足利本	上圖本（影）	上圖本（八）	古文尚書晁刻	書古文訓	尚書篇目
民罔不衋傷心					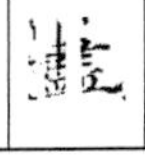									酒誥

酒誥	戰國楚簡	漢石經	魏石經	敦煌本			岩崎本	神田本	九條本	島田本	內野本	上圖本（元）	觀智院本	天理本	古梓堂本	足利本	上圖本（影）	上圖本（八）	晁刻古文尚書	書古文訓	唐石經
惟荒腆于酒不惟自息乃逸																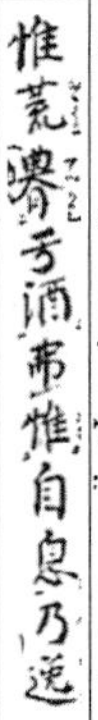					
厥心疾很不克畏死																	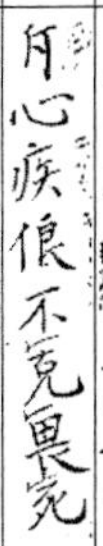				

1263、很

「很」字在傳鈔古文《尚書》有下列不同字形：

（1）狠佷$_1$俍$_2$

九條本、內野本「很」字作狠佷$_1$，偏旁「彳」字變作「亻」，上圖本（影）作俍$_2$，復右上多一點，「艮」旁寫作「良」。

（2）狠$_1$狼$_2$

上圖本（八）「很」字作狠$_1$，假音同之「狠」為「很」字；足利本作狼$_2$，乃「狠」字多一點為「狼」，亦「艮」旁寫作「良」，旁注佷字。

【傳鈔古文《尚書》「很」字構形異同表】

很	戰國楚簡	石經	敦煌本	岩崎本 神田本b	九條本 島田本b	內野本	上圖（元） 觀智院b	天理本 古梓堂b	足利本	上圖本（影）	上圖本（八）	古文尚書晁刻	書古文訓	尚書篇目
厥心疾很					狠	佷			狼 佷	俍	狠			酒誥

酒誥	戰國楚簡	漢石經	魏石經	敦煌本			岩崎本	神田本	九條本	島田本	內野本	上圖本（元）	觀智院本	天理本	古梓堂本	足利本	上圖本（影）	上圖本（八）	晁刻古文尚書	書古文訓	唐石經
辜在商邑越殷國滅無罹									辜在商邑越殷戜滅亡罹		辜在商邑粵殷戜滅亡罹					辜在商邑粵殷国滅亡罹	辜在商邑粵殷國滅亡罹	辜在商邑越殷國滅亡罹		骷圣商邑越殷戜烕亡罹	辜在商邑越殷國[illegible]無罹

弗惟德馨香祀登聞于天									弗惟悳馨香祀登𦖞于天		弗惟悳馨香祀登𦖞亐兲					弗惟悳馨香祀登𦖞亐天	弗惟悳馨香祀登𦖞亐天	弗惟德馨香祀登聞于天		弜惟悳馨香禩登𦖞亐兲	弗惟德馨香祀登聞于天
誕惟民怨庶群自酒腥聞在上									誕惟民怨庶群自酒腥𦖞在上		誕惟民怨庶群自酒腥𦖞在上					誕惟民怨庶群自酒腥𦖞在上	誕惟民怨庶群自酒腥𦖞在上	誕惟民怨庶群自酒腥聞在上		㢟惟民𡖅歷羣自酒腥𦖞圣上	誕惟民怨庶群自酒腥聞在上
故天降喪于殷罔愛于殷									故天降喪于殷罔愛于殷		故兲降喪亐殷罔愛亐殷					故天降喪亐殷罔愛亐殷	故天降喪亐殷罔愛于殷	故天降喪于殷罔愛于殷		故兲夅喪亐殷𡧓㤅亐殷	故天降喪于殷罔愛于殷
惟逸天非虐惟民自速辜									惟佾天非虐人惟人自速辜		惟逸兲非虐惟民自速辜					惟逸天非虐惟民自速辜	惟逸天非虐惟民自速辜	惟佾天非虐惟人自速辜		惟佾兲非䖈惟民自警[illegible]	惟逸天非虐惟民自速辜

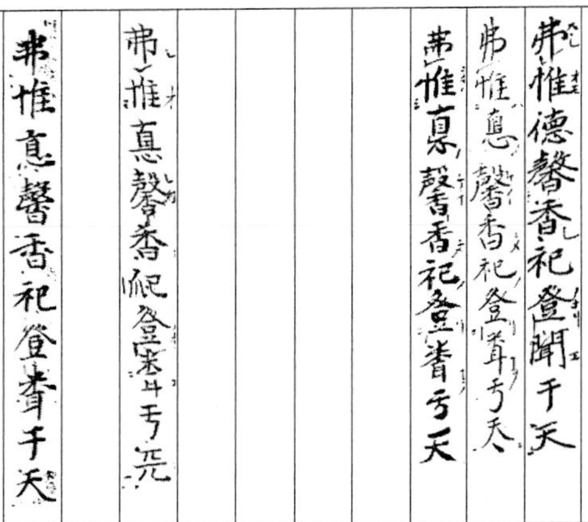

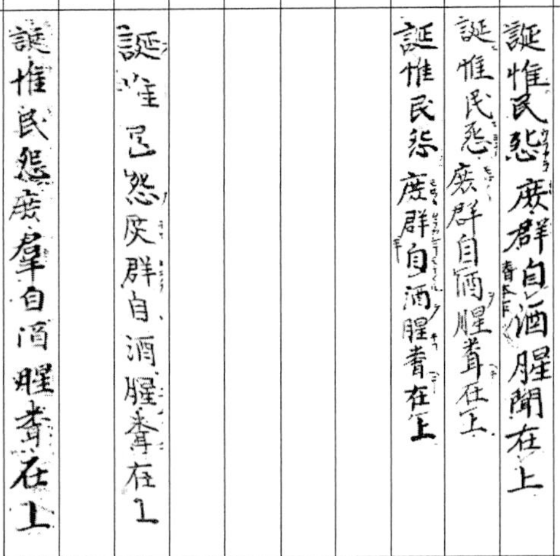

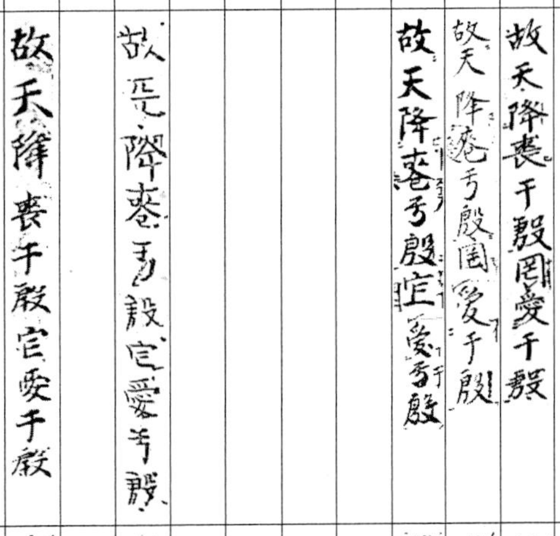

王曰封予不惟若兹多誥	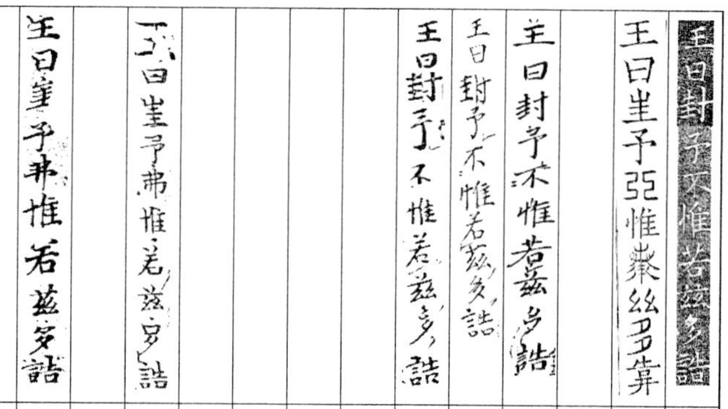
古人有言曰人無於水監當於民監	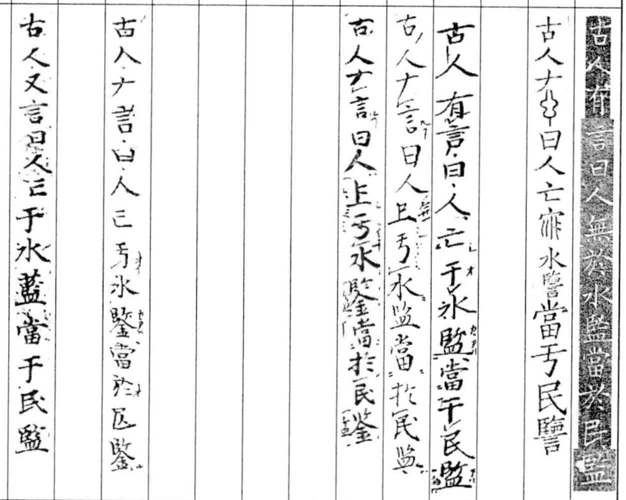
今惟殷墜厥命我其可不大監撫于時	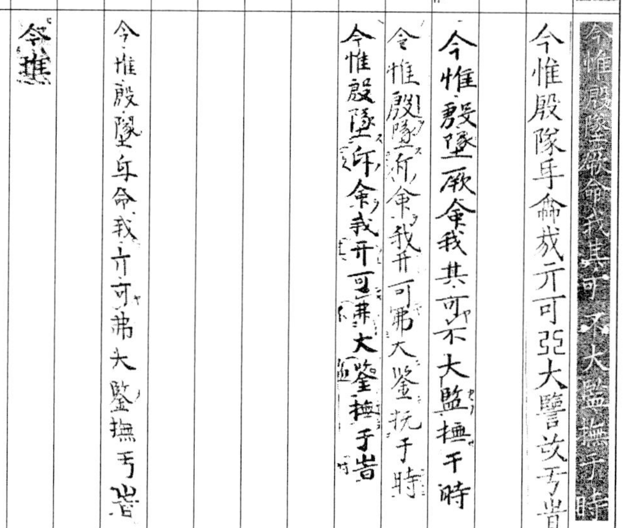
予惟曰汝劼毖殷獻臣	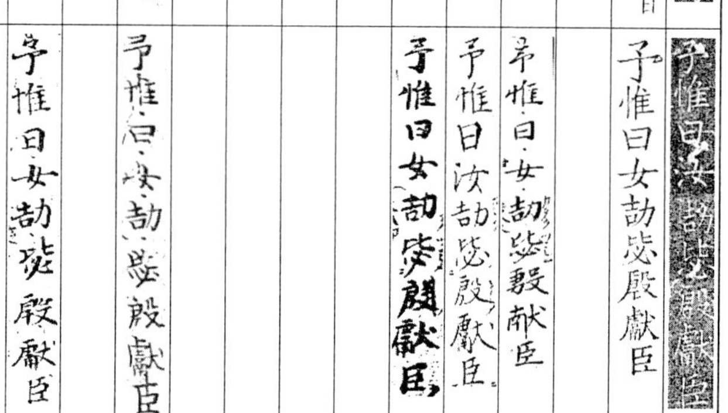

侯甸男衛矧太史友內史友									侯甸男衛矧太史友内史友		侯甸男衛矧太史友内史友					侯甸男衛矧太史友内史友	侯甸男衛矧太史友内史友	侯甸男衛矧太史友内史友		矦甸男衛矤太史友内史友	侯甸男衛矧太史友内史友
越獻臣百宗工矧惟爾事									越獻臣百宗工矧惟尒事		粤獻臣百宗工矧惟爾事					粤獻臣百宗工矧惟尒叓	粤獻臣百宗工矧惟尒叓	越獻臣百宗工矧惟爾事		越獻臣百宗𢀜矤惟尒叓	越獻臣百宗工矧惟爾事
服休服采矧惟若疇圻父									服休服采矧惟若疇圻父		服休服采矧惟若疇圻父					服休服采矧惟若疇圻父	服休服采矧惟若疇圻父	服休服采矧惟若疇圻父		𦨈休𦨈采矤惟若疇圻父	服休服采矧惟若疇圻父
薄違農父若保宏父									薄違農父若保宏父		薄父違農父若保宏父					薄違農父若保宏父	薄違農父若保宏父	薄違農父若保宏父		薄違農父若保宏父	薄違農父若保宏父

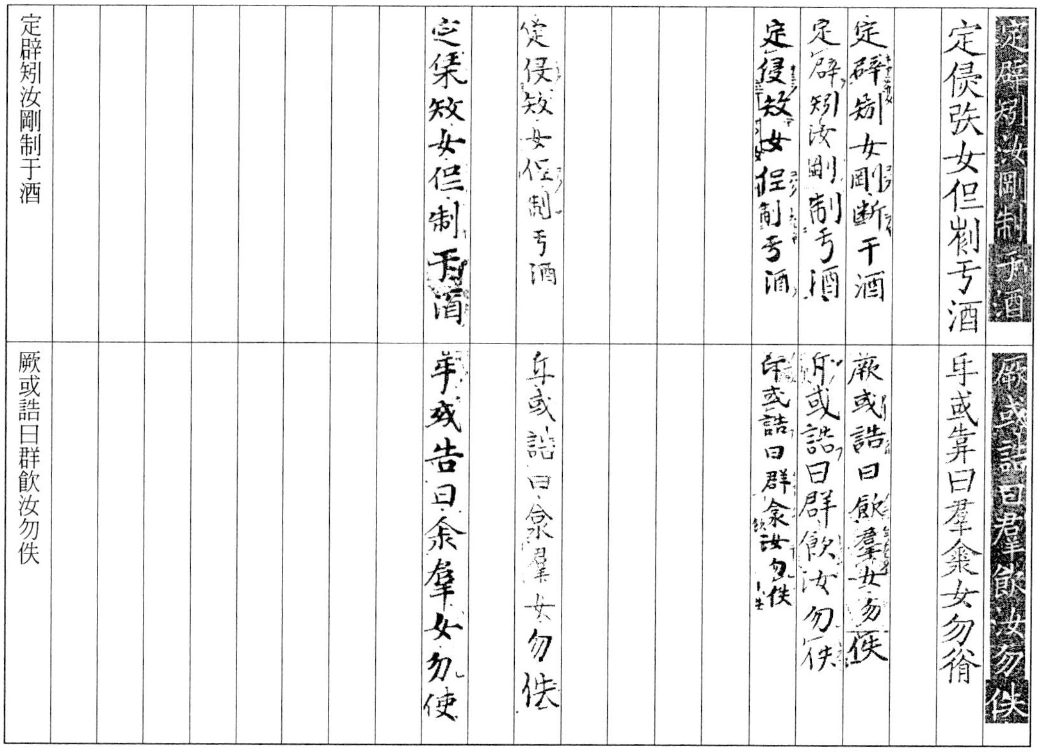

1264、佚

「佚」字在傳鈔古文《尚書》有下列不同字形：

（1）⿰彳⿱八月

〈酒誥〉「群飲汝勿佚」「佚」字《書古文訓》作⿰彳⿱八月，爲《集韻》入聲 5 質韻「佾」字「古作⿰亻⿱八月」之訛从「彳」（參見“逸”“泆”字），「佚」「佾」音同通假。

（2）使

〈酒誥〉「群飲汝勿佚」「佚」字九條本作使，「佚」形誤作「使」字。

【傳鈔古文《尚書》「佚」字構形異同表】

佚	戰國楚簡	石經	敦煌本	岩崎本 神田本b	九條本 島田本b	內野本	上圖（元） 觀智院b	天理本 古梓堂b	足利本	上圖本（影）	上圖本（八）	古文尚書晁刻	書古文訓	尚書篇目
群飲汝勿佚					使	佚			佚	佚	佚		 ⿰彳⿱八月	酒誥
遏佚前人光						佚			佚	佚	佚			君奭

酒誥	盡執拘以歸于周予其殺	又惟殷之迪諸臣	惟工乃湎于酒勿庸殺之	姑惟教之有斯明享
唐石經				
書古文訓				
晁刻古文尚書				
上圖本（八）		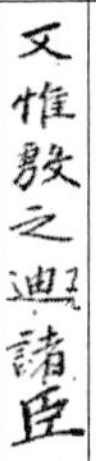		
上圖本（影）				
足利本	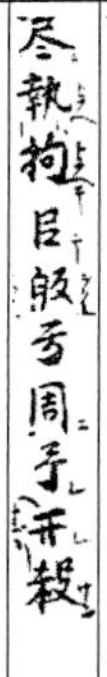			
古梓堂本				
天理本				
觀智院本				
上圖本（元）				
內野本				
島田本				
九條本				
神田本				
岩崎本				
敦煌本				
魏石經				
漢石經				
戰國楚簡				

乃不用我教辭惟我一人弗恤						乃弗用我教詞惟我一人弗邺	乃帝用致效辭惟我弍人弗㣈	乃不用我效辭惟我一人弗恤
弗蠲乃事時同于殺						弗蠲乃事尚同于殺	弗蠲乃事尚同亐殺	弗蠲乃㕦尚同亐殺
王曰封汝典聽朕毖						王曰崇女典䎽朕毖	王曰崇女典聽皎毖	王曰封女典聽朕毖
勿辯乃司民湎于酒						勿辯乃司民湎于酒	勿辯迴司区湎亐酒	勿辯迴司民湎亐酒

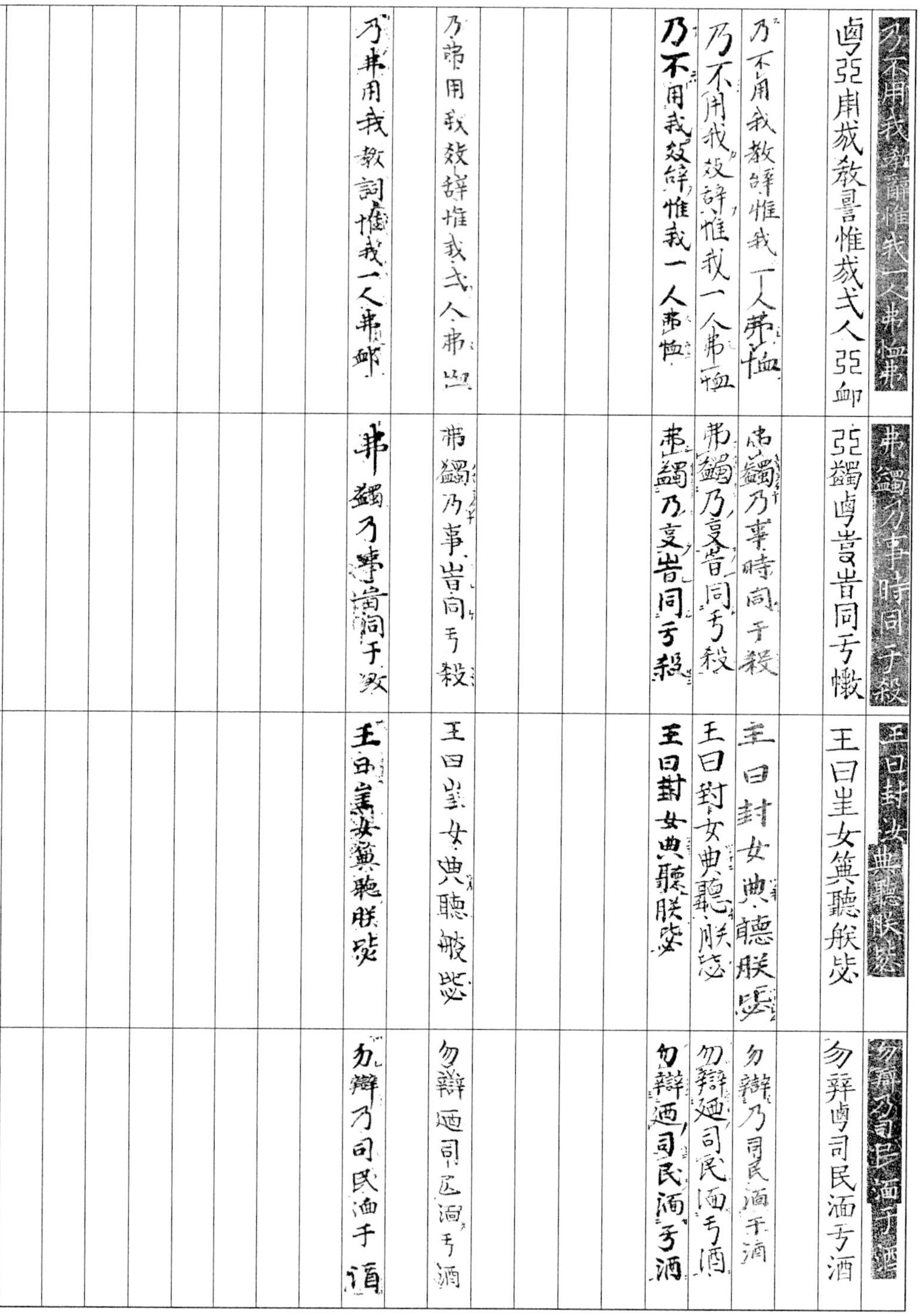

三十九、梓　材

版本	王曰封以厥庶民暨厥臣達大家	以厥臣達王惟邦君汝若恆	越曰我有師師司徒司馬司空尹旅
戰國楚簡			
漢石經			
魏石經			
敦煌本			
岩崎本			
神田本			
九條本			
島田本			
內野本			
上圖本（元）			
觀智院本			
天理本			
古梓堂本			
足利本			
上圖本（影）			
上圖本（八）		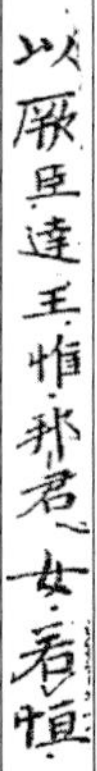	
晁刻古文尚書			
書古文訓		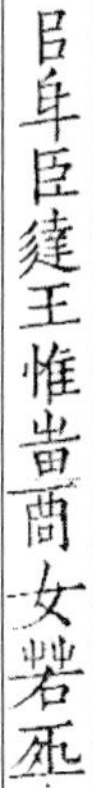	
唐石經			

曰予罔厲殺人亦厥君先敬勞	肆徂厥敬勞肆往姦宄	殺人歷人宥肆亦見厥君事	戕敗人宥王啓監厥亂爲民
曰予宓厲憖人亦氒啇先敬𢡟	肆徂氒敬𢡟𦇊徃𢘓宄	憖人厤人宥𦇊亦見氒啇叓	戕𢿱人宥王启譼氒啇爲民
曰予罔后殺人亦厥君先敬勞	肆徂厥敬勞肆往姦宄	殺人歷人宥肆亦見厥君事	戕敗人宥王啓監厥亂爲民
曰予罔厲殺人亦厥君先敬勞	肆徂厥敬勞肆往姦宄	殺人歷人宥肆亦見厥君叓	戕敗人宥王啓監厥乱爲民
曰予宓厲殺人亦氒君先敬勞	肆徂氒敬勞肆往姦宄	殺人肆亦見氒君叓歷人宥	戕敗人王君監氒乱爲民
曰予宓厲殺人亦氒君先敬勞	肆徂氒敬勞肆往姦宄	殺人歷人宥肆亦見氒君事	戕敗人宥王启監氒乱爲民
亦氒君先敬勞	肆徂氒敬勞肆往姦宄	殺人歷人宥肆亦見氒君事	戕敗人宥王启監氒亂爲民
曰予罔厲殺人亦厥君先敬勞	肆徂厥敬勞肆往姦宄	歷人宥肆亦見厥君事	戕敗人宥王啓監厥亂爲民

曰無胥戕無胥虐至于敬寡至于屬婦

合由以容王其效邦君

越御事厥命曷以引養引恬

自古王若茲監罔攸辟

惟曰若稽田既勤敷菑									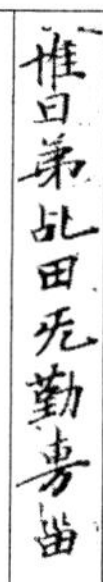		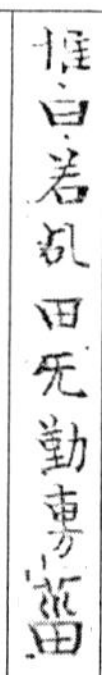					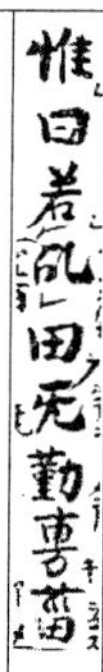		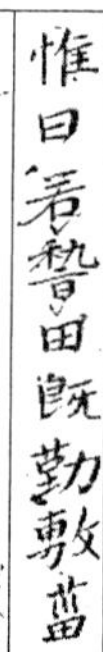		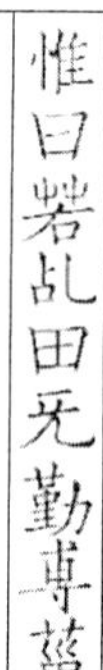	
惟其陳修爲厥疆畎若作室家																					

1265、為

「爲」字在傳鈔古文《尚書》有下列不同字形：

（1）**魏三體**

魏三體石經〈梓材〉「爲」字古文作，與戰國作**東周左師壺****中山王兆域圖****陳喜壺****包山 5** 等同形，源自西周金文作**弘尊****姞氏簋****雍伯鼎****召伯簋****歸父盤**，其下形以「=」省略之，或又省「=」作**鄂君啓舟節****包山 16**。

【傳鈔古文《尚書》「為」字構形異同表】

為	戰國楚簡	石經	敦煌本	岩崎本	神田本b	九條本	島田本b	內野本	上圖（元）	觀智院b	天理本	古梓堂b	足利本	上圖本（影）	上圖本（八）	古文尚書晁刻	書古文訓	尚書篇目
惟其陳修爲厥疆畎		魏																梓材

梓材	戰國楚簡	漢石經	魏石經	敦煌本			岩崎本	神田本	九條本	島田本	內野本	上圖本（元）	觀智院本	天理本	古梓堂本	足利本	上圖本（影）	上圖本（八）	晁刻古文尚書	書古文訓	唐石經
既勤垣墉惟其塗塈茨若作梓材									旡勤垣墉惟亓斁旡土茨若杍材		旡勤垣墉惟亓塗塈茨若作杍材					旡勤垣墉惟亓塗塈茨若作杍材	旡勤垣墉惟亓塗塈茨若作杍材	既勤垣墉惟其塗塈茨若作梓材		旡勤垣𩫖惟亓斁旡土茨若作杍材	既勤垣墉惟其塗塈茨若作梓材

九條本「惟其塗塈茨若作梓材」少「作」字。

1266、塈

「塈」字在傳鈔古文《尚書》有下列不同字形：

（1）四 4.6暨.汗 6.7312

「塈」字《古文四聲韻》錄《古尚書》作：四 4.6，《汗簡》錄《古尚書》此形注爲「暨」字汗 6.73，《箋正》謂「薛本『塈茨』字作，此形與注並誤，夏不誤，省从旡聲一也」。《書古文訓》作1，九條本作2，偏旁「土」字作「圡」，二形皆「省从旡聲」，四 4.6汗 6.73 其上所从「旡」皆寫訛。

（2）上圖本（影）「塈」字作，所从「旡」俗訛作「无」（參見"暨"字）。

【傳鈔古文《尚書》「塈」字構形異同表】

塈	傳抄古尚書文字 四 4.6 暨.汗 6.73	戰國楚簡	石經	敦煌本	岩崎本	神田本 b	九條本	島田本 b	內野本	上圖（元）	觀智院 b	天理本	古梓堂 b	足利本	上圖本（影）	上圖本（八）	古文尚書晁刻	書古文訓	尚書篇目
惟其塗塈茨若作梓材																			梓材

梓材	戰國楚簡	漢石經	魏石經	敦煌本			岩崎本	神田本	九條本	島田本	內野本	上圖本（元）	觀智院本	天理本	古梓堂本	足利本	上圖本（影）	上圖本（八）	晁刻古文尚書	書古文訓	唐石經
既勤樸斲惟其塗丹雘																					

1267、斲

「斲」字在傳鈔古文《尚書》有下列不同字形：

（1）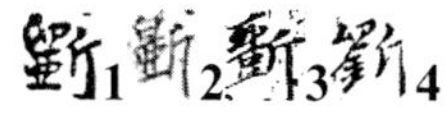

足利本「斲」字作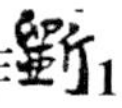$_1$，上圖本（影）訛作$_2$，九條本訛作$_3$，上圖本（八）訛作$_4$，與「劉」字形混。

【傳鈔古文《尚書》「斲」字構形異同表】

斲	戰國楚簡	石經	敦煌本	岩崎本 神田本b	九條本 島田本b	內野本	上圖（元） 觀智院b	天理本 古梓堂b	足利本	上圖本（影）	上圖本（八）	古文尚書晁刻	書古文訓	尚書篇目
既勤樸斲											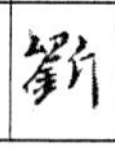			梓材

1268、雘

「雘」字在傳鈔古文《尚書》有下列不同字形：

（1）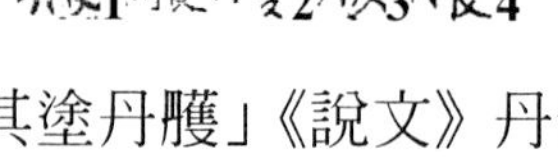

「惟其塗丹雘」《說文》丹部「」字下引作「〈周書〉曰『惟其丹雘』」。「雘」字九條本作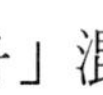$_1$，右下「又」變似「人」；內野本、足利本作$_2$，偏旁「丹」字與「舟」混近，上圖本（影）作$_3$，復右下「又」變似「夂」；上圖本（八）作$_4$，偏旁「丹」字俗混近「月」，其右訛多「cc」。

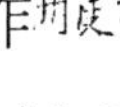

【傳鈔古文《尚書》「臒」字構形異同表】

臒	戰國楚簡	石經	敦煌本	岩崎本 神田本b	九條本 島田本b	內野本	上圖（元） 觀智院b	天理本 古梓堂b	足利本	上圖本（影）	上圖本（八）	古文尚書晁刻	書古文訓	尚書篇目
惟其塗丹臒					臒	臒		臒		臒	臒		臒	梓材

梓材	戰國楚簡	漢石經	魏石經	敦煌本			岩崎本	神田本	九條本	島田本	內野本	上圖本（元）	觀智院本	天理本	古梓堂本	足利本	上圖本（影）	上圖本（八）	晁刻古文尚書	書古文訓	唐石經
今王惟曰先生既勤用明德									今王惟曰先王旡勤用明悳		今王惟曰先王旡勤用明悳					今王惟曰先王旡勤用明德	今王惟曰先王旡勤用明德	今王惟曰先王既勤用明德		今王惟曰先王旡勤用明悳	今王惟曰先王既勤用明德
懷爲夾庶邦享作兄弟									褱爲夾庶邦亯作兄弟		褱爲夾庶邦亯作兄弟					懷爲夾庶邦亯作兄弟	懷爲夾庶邦亯作兄弟	懷爲夾庶邦亨作兄弟		褱爲夾庶邦亯作兄弟	懷爲夾庶邦享作兄弟
方來亦既用明德后式典									方来亦旡用明后式典		方來亦旡用明后式典					方来亦旡用明德后式典	方来亦旡用明德后式典	方來亦既用明德后式典		匚來亦旡用明悳后式典	方來亦既用明德后式典

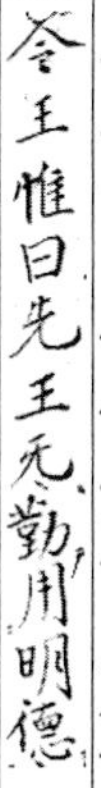

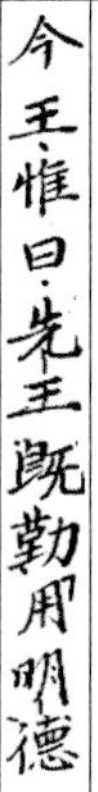

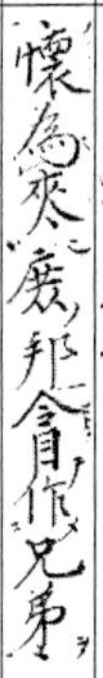

集庶邦丕享皇天既付中國民									集庶邦丕亯皇天旡付中或民		集庶邦丕亯皇天旡付中或民					集庶邦丕亯皇天旡付中国民	集庶邦丕享皇天旡付中國民	集庶邦丕亨皇天既付中國民		厇畓丕亯皇兲旡付中或民	集庶邦丕享皇天既付中國民
越厥疆土于先王肆									越氒畺土于先王肆		粤氒畺土亏先王					越氒疆土亏先王肆	越厥疆土亏先王肆	越厥畺土于先王肆		粤氒畺土亏先王肆	越厥疆土于先王肆
王惟德用和懌先後迷民									王惟悳用咊斁先後迷民		王惟悳用咊懌先後迷民					王惟悳用咊懌先後迷民	王惟悳用咊懌先後迷民	王惟德用咊懌先後迷民		王惟悳用咊懌先後悉民	王惟德用和懌先後迷民
用懌先王受命已若茲監									用斁先王受命已若茲監		用懌先王受命已若茲監					用懌先王受命已若茲鑒	用懌先王受命已若茲監	用懌先王受命已若茲監		用斁先王受命已若丝譼	用懌先王受命已若茲監

惟曰欲至于萬年惟王子子孫孫永保民

惟曰欲望于萬年惟王學學孫孫勿采民

惟曰欲至于万季惟王子子孫孫永保民

惟曰欲至于萬年惟王子子孫孫永保民

惟曰欲至于万季惟王子孫孫永保民

惟曰欲至于万年惟王子子孫孫永保民

惟曰欲至于万年惟王子子孫孫永保民

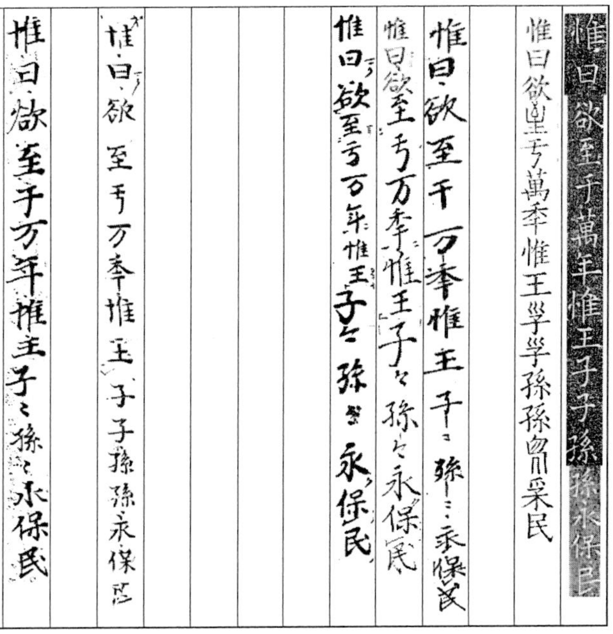

惟曰欲至于萬年惟王子子孫孫永保民

四十、召　誥

召誥	戰國楚簡	漢石經	魏石經	敦煌本			岩崎本	神田本	九條本	島田本	內野本	上圖本（元）	觀智院本	天理本	古梓堂本	足利本	上圖本（影）	上圖本（八）	晁刻古文尚書	書古文訓	唐石經
成王在豐欲宅洛邑									成王在豊欲宅条邑		成王在豊欲宅条邑					成王在豊欲宅条邑	成王在豊欲宅洛邑	成王在豊欲宅洛邑		咸王圣豊欲宅条邑	成王在豐欲宅洛邑
使召公先相宅作召誥									㕝台公先相宅作台誥		㕝召公先相宅作召誥					使召公先相宅作召誥	使召公先相宅作召誥	使召公先相宅作召誥		㞢召公先眛宅迮召𢍙	使召公先相宅作召誥
惟二月既望越六日乙未									惟二月旡望越六日乙未		惟弍月旡望粵六日乙未					惟二月旡望粵六日乙未	惟二月旡望粵六日乙未	惟二月既望越六日乙未		惟弍月旡朢粵六日乙未	惟二月既望越六日乙未
王朝步自周則至于豐									王朝步自周則至于豊		王朝步自周則至亏豊					王朝步自周則至于豊	王朝步自周則至于豊	王朝步自周則至于豊		王鼂步自周則𡉀亏豊	王朝步自周則至于豐

惟太保先周公相宅									惟大保先周公相宅		惟太保先周公相宅					惟太保先周公相宅	惟太保先周公相宅	惟太保先周公相宅		惟太𥸤先周公眛厇	惟太保先周公相宅
越若來三月惟丙午朏									越若来三月惟丙午⿰出月		粤若來弎月惟丙午朏					粤若来三月惟丙午朏	粤若来三月惟丙午朏	越若来三月惟丙午朏		粤若徠弎月惟丙午⿰出月	越若來三月惟丙午朏

1269、朏

「朏」字在傳鈔古文《尚書》有下列不同字形：

(1) ⿰出月⿰出月

《說文》「朏」字下引「〈周書〉曰『丙午朏』」。九條本、《書古文訓》「朏」字作⿰出月⿰出月，《集韻》上聲五 7 尾韻「朏」字古作「⿰出月」，源自金文作⿰出月九年衛鼎⿰出月吳方彝，篆文、楷書與之偏旁左右易位。

【傳鈔古文《尚書》「朏」字構形異同表】

朏	戰國楚簡	石經	敦煌本	岩崎本	神田本b	九條本	島田本b	內野本	上圖（元）	觀智院b	天理本	古梓堂b	足利本	上圖本（影）	上圖本（八）	古文尚書晁刻	書古文訓	尚書篇目
惟丙午朏						⿰出月											⿰出月	召誥

召誥	越三日戊申太保朝至于洛	卜宅厥既得卜則經營	越三日庚戌太保乃以庶殷	攻位于洛汭越五日甲寅位成
戰國楚簡				
漢石經				
魏石經				
敦煌本				
岩崎本				
神田本				
九條本	越三日戊申大保朝至于条	卜宅氒旡㝵卜則經營	越三日庚戌大保乃以庶殷	攻位于条汭越㐅日甲寅位成
島田本				
內野本	粤弍日戊申太保朝至亏条	卜宅氒旡㝵卜則經營	粤弍日庚戌大保乃㠯庶殷	攻位亏条汭粤㐅日甲寅位㦳
上圖本（元）				
觀智院本				
天理本				
古梓堂本				
足利本	粤三日戊申太保朝至亏洛	卜宅厥旡得卜則経營	粤三日庚戌太保乃㠯庶殷	攻位亏条汭粤五日甲寅位㦳
上圖本（影）	粤三日戊太申保朝至亏洛	卜宅厥既得卜則經營	粤三日庚戌太保乃㠯庶殷	攻位亏条汭粤五日甲寅位㦳
上圖本（八）	越三日戊申太保朝至于洛	卜宅厥既得卜則経營	越三日庚戌太保乃以庶殷	攻位于洛汭越五日甲寅位成
晁刻古文尚書				
書古文訓	粤弍日戊申太采鼂㞷亏条	卜宅氒旡㝵卜則經營	粤弍日庚戌太采卣㠯㡿殷	攻位亏条内粤㐅日𠇚寅位㦳
唐石經	越三日戊申太保朝至于洛	卜宅厥既得卜則經營	越三日庚戌太保乃以庶殷	攻位于洛汭越五日甲寅位成若[illegible]

若翼日乙卯周公朝至于洛																					
則達觀于新邑營																					

1270、卯

「卯」字在傳鈔古文《尚書》有下列不同字形：

(1) 

《書古文訓》「卯」字作，爲《說文》古文作之隸古定，魏三體石經僖公「卯」字古文作，《汗簡》錄石經作汗 6.81，源自戰國作包山 120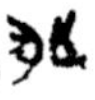包山 134陳卯戈等形。

(2) 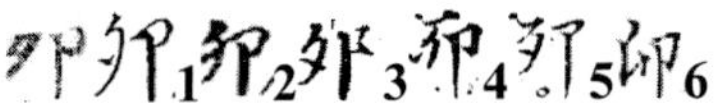

「卯」字敦煌本 P2748、上圖本（影）或作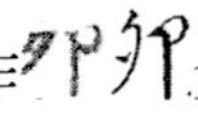$_{1}$，足利本作$_{2}$，其左形變似「夕」，上圖本（影）或作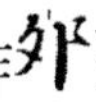$_{3}$，復右形變作「阝」；九條本作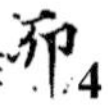$_{4}$，觀智院本作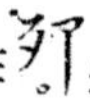$_{5}$，左形變似「歹」；內野本、上圖本（八）或作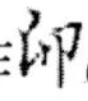$_{6}$，左形多一點。

【傳鈔古文《尚書》「卯」字構形異同表】

卯	戰國楚簡	石經	敦煌本	岩崎本	神田本b	九條本	島田本b	內野本	上圖（元）	觀智院b	天理本	古梓堂b	足利本	上圖本（影）	上圖本（八）	古文尚書晁刻	書古文訓	尚書篇目
若翼日乙卯						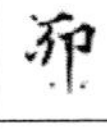									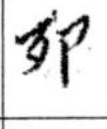			召誥
其基作民明辟予惟乙卯			 P2748											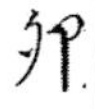				洛誥

丁卯命作冊度								夘b		夘	外	夘		非	顧命

召誥	越三日丁巳用牲于郊牛二	越翼日戊午乃社于新邑牛一羊一豕一	越七日甲子周公乃朝用書
唐石經	越三日丁巳用牲于郊牛二	越翼日戊午乃社于新邑牛一羊一豕一	越七日甲子周公乃朝用書
書古文訓	粵弍日丁巳用牲亐郊牛弍	粵翌日戊午𠧧壁亐新邑牛弌羊弌豕弌	粵七日命學周公𠧧翰用書
晁刻古文尚書			
上圖本（八）	觀于新邑營郊牛二	越翌日戊午乃社于新邑牛一羊一豕一	越七日甲子周公乃朝用書
上圖本（影）	越三日丁巳用牲亐郊牛二	粵翌日戊午乃社亐新邑牛一羊一豕一	粵七日甲子周公乃朝用書
足利本	越三日丁巳用牲亐郊牛二	粵翌日戊午乃社亐新邑牛一羊一豕一	粵七日甲子周公乃朝用書
古梓堂本			
天理本			
觀智院本			
上圖本（元）			
內野本	粵弍日丁巳用牲亐郊牛弍	粵翼日戊午乃社亐新邑牛弌羊弌豕弌	粵七日甲子周公乃朝用書
島田本			
九條本	越三日丁巳用牲于郊牛二	越翌日戊午乃社于新邑牛一羊一豕一	越七日甲子周公乃朝用書
神田本			
岩崎本			
敦煌本			
魏石經			
漢石經			
戰國楚簡			

命庶殷侯甸男邦伯厥既命殷庶									命庶殷侯甸男邦伯氒无命殷庶		命庶殷侯甸男邦伯氒无命殷庶					命庶殷侯甸男邦伯氒无命殷庶	命庶殷侯甸男邦伯厥无命殷庶	命庶殷侯甸男邦伯厥既命殷庶		命𠪚殷医甸男甾柏氒无命殷𠪚	命庶殷侯甸男邦伯厥既命殷庶
庶殷丕作太保乃以庶邦冢君									々殷丕作太保乃㠯庶殷冢君		二殷丕作太保乃㠯庶殷冢君					々殷丕作太保乃㠯庶邦冢君	々殷丕作太保乃㠯庶邦冢君	二殷丕作太保乃㠯庶殷冢君		𠪚殷丕延太采𠧪㠯𠪚甾冢商	庶庶殷丕作太保乃以庶邦冢君
出取幣乃復入錫周公曰									出取幣乃復入錫周公曰		出取幣乃復入錫周公曰					出取幣乃復入錫周公曰	出取幣乃復入錫周公曰	出取幣乃復入錫周公曰		出取幣𠧪復入錫周公曰	出取幣乃復入錫周公曰

1271、幣

「幣」字在傳鈔古文《尚書》有下列不同字形：

（1）

觀智院本、足利本、上圖本（影）、上圖本（八）「幣」字作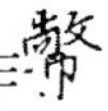，所从「敝」字作「敞」，由漢碑變作孫叔敖碑而俗寫混作。

（2）

九條本〈召誥〉「出取幣乃復入錫周公」、「惟恭奉幣用供王能祈天永命」「幣」字作，訛誤為「弊」字。

【傳鈔古文《尚書》「幣」字構形異同表】

幣	戰國楚簡	石經	敦煌本	岩崎本 神田本b	九條本 島田本b	內野本	上圖（元） 觀智院b	天理本 古梓堂b	足利本	上圖本（影）	上圖本（八）	古文尚書晁刻	書古文訓	尚書篇目
出取幣														召誥
惟恭奉幣用供王能祈天永命														召誥
賓稱奉圭兼幣							b		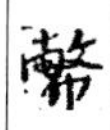					康王之誥

召誥	戰國楚簡	漢石經	魏石經	敦煌本			岩崎本	神田本	九條本	島田本	內野本	上圖本（元）	觀智院本	天理本	古梓堂本	足利本	上圖本（影）	上圖本（八）	晁刻古文尚書	書古文訓	唐石經
拜手稽首旅王若公誥告庶殷											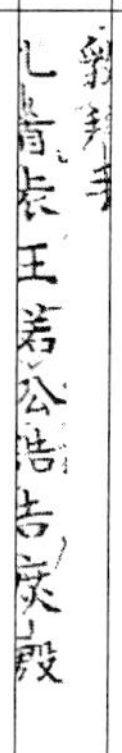							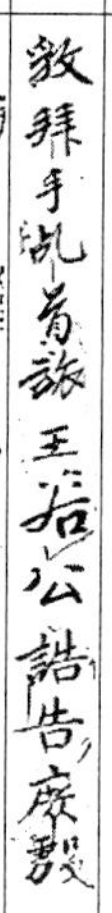		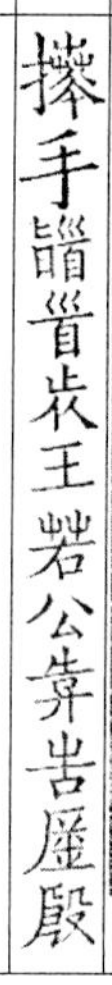	

越自乃御事嗚呼皇天上帝																					
改厥元子茲大國殷之命											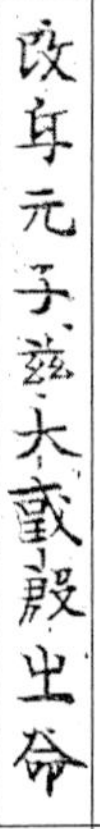										
惟王受命無疆惟休亦無疆惟恤																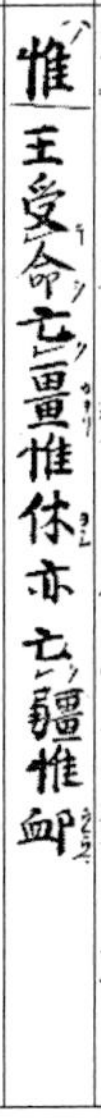					

嗚呼曷其奈何弗敬	天既遐終大邦殷之命	茲殷多先哲王在天	越厥後王後民茲服厥命厥終智藏瘝在
維虖害亓柰何弜敬	兲旡遐𠂻大峀殷㞢命	丝殷夛先嚞王圣兲	𢦔氒𨒥王𨒥民丝舟氒命氒𠂻智藏瘝圣
嗚呼曷亓奈何弗敬	天旡遐㚇大邦殷㞢	茲先喆王在天	越弌後王後民茲服弌命弌㚇智藏瘝在
烏虖曷亓奈何弗敬	兲旡遐終大邦殷之命	茲殷多先哲王在天	粵厥後王後民茲服厥命厥終智藏瘝在
烏虖曷亓奈何弗敬	兲旡遐㚇大邦殷之命	茲殷多先哲王在天	粵氒後王後民茲服氒命氒㚇智藏瘝在
烏虖曷亓奈何弗敬	兲旡遐㚇大邦殷㞢命	茲殷多先哲王在兲	粵氒後王後民茲服氒命氒㚇知藏瘝在
烏虖害亓奈何弗敬	天旡遐㚇大邦殷之命	茲殷多先悊王在天	越氒後王後民茲服氒命氒㚇智藏瘝在
嗚呼曷其柰何弗敬	天既遐終大邦殷之命	茲殷多先哲王在天	越厥後王後民茲服厥命厥終智藏瘝在

1272、藏

「藏」字在傳鈔古文《尚書》有下列不同字形：

(1) 

九條本、內野本、足利本、上圖本（八）「藏」字省變作，與漢碑變作孔耽神祠碑類同。

【傳鈔古文《尚書》「藏」字構形異同表】

藏	戰國楚簡	石經	敦煌本	岩崎本 神田本b	九條本 島田本b	內野本	上圖（元） 觀智院b	天理本 古梓堂b	足利本	上圖本（影）	上圖本（八）	古文尚書晁刻	書古文訓	尚書篇目
越厥後王後民茲服厥命厥終智藏瘝在														召誥

召誥	戰國楚簡	漢石經	魏石經	敦煌本			岩崎本	神田本	九條本	島田本	內野本	上圖本（元）	觀智院本	天理本	古梓堂本	足利本	上圖本（影）	上圖本（八）	晁刻古文尚書	書古文訓	唐石經
夫知保抱攜持厥婦子																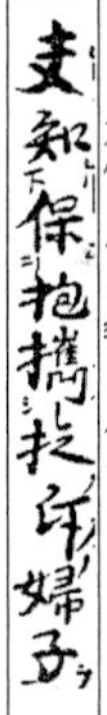	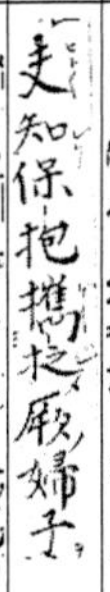				

1273、攜

「攜」字在傳鈔古文《尚書》有下列不同字形：

(1) 1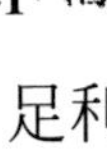2

內野本、足利本、上圖本（影）、上圖本（八）「攜」字作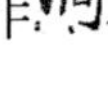1，與漢碑變作張壽碑類同，九條本作2，右下訛變作「旧」。

【傳鈔古文《尚書》「攜」字構形異同表】

攜	戰國楚簡	石經	敦煌本	岩崎本 神田本b	九條本 島田本b	內野本	上圖（元） 觀智院b	天理本 古梓堂b	足利本	上圖本（影）	上圖本（八）	古文尚書晁刻	書古文訓	尚書篇目
夫知保抱攜持厥婦子														召誥

召誥	戰國楚簡	漢石經	魏石經	敦煌本			岩崎本	神田本	九條本	島田本	內野本	上圖本（元）	觀智院本	天理本	古梓堂本	足利本	上圖本（影）	上圖本（八）	晁刻古文尚書	書古文訓	唐石經
以哀籲天徂厥亡出執											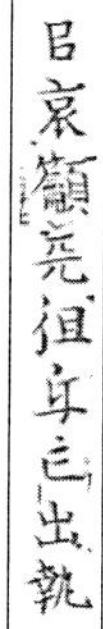							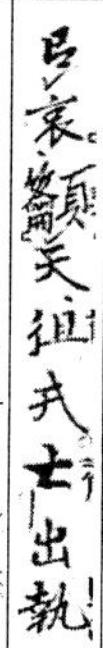			
嗚呼天亦哀于四方民																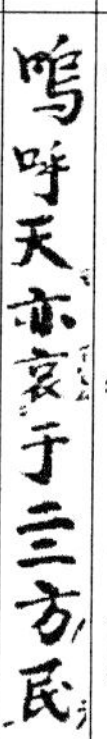					
其眷命用懋王其疾敬德																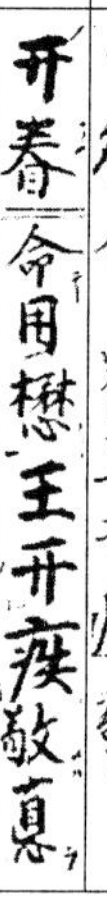	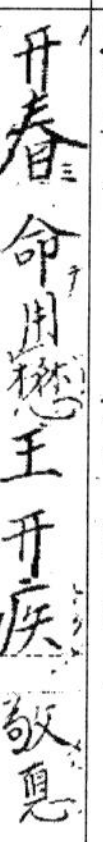	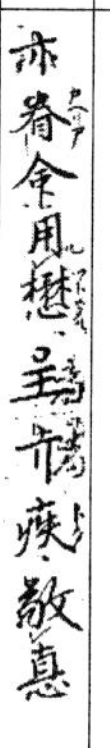			

相古先民有夏天迪從子保									相古先民有夏天迪刅子保		相古先民ナ夏兲迪刅子保					相古先民有夏天迪從子保	相古先民有夏天迪從子保	相古先民才夏天迪刅子保		眛古先民ナ夏兲迪刅斈采	其疾敬德天迪從子保
面稽天若今時既墜厥命									面乱天若今旹旡隊氒命		命面乱兲若今旹旡墜氒命					面乱天若今旹旡墜氒命	面乱天若今旹旡墜氒命	面乱天若今旹旡墜氒命		面乱兲若今旹旡隊氒命	面稽天若今時既墜厥命
今相有殷天迪格保									今相有殷天迪格保		今相ナ殷兲迪格保					今相ナ殷迪格保	今相ナ殷迪格保	今相ナ殷天迪格保		今眛ナ殷兲迪格采	今相有殷天迪格保
面稽天若今時既墜厥命									面稽天若今時既隊氒命		面乱兲若今旹旡墜氒命					面乱天若今旹旡墜氒命	面稽天若今旹旡墜氒命	面乱天若今旹旡墜氒命		面乱兲若今旹旡隊氒命	面稽天若今時既墜厥命

今沖子嗣則無遺壽耇									今沖子孠則亡遺老耇		今沖子孠則亡遺𦒱耇					今沖子嗣則亡遺壽耇	今沖子嗣則亡遺壽耇	今沖子嗣則宔遺壽耇		今沖学孠𠛬亡𨘻𠷎耇	今沖子嗣則無遺壽耇
曰其稽我古人之德									曰亓乩我古人之悳		曰亓乩我古人㞢悳					曰亓乩我古人之悳	曰亓乩我古人之息	曰亓乩我古人㞢悳		曰亓乩我古人㞢悳	曰其稽我古人之德
矧曰其有能稽謀自天									敹曰亓又能乩惎自天		敹曰亓ナ能乩惎自兲					敹曰亓有能乩惎自天	矧曰亓有能稽謀自天	敹曰亓ナ能乩惎自天		矤曰亓ナ耐乩惎自兲	矧曰其有能稽謀自天
嗚呼有王雖小元子哉									烏虖又王雖小元子才		烏虖ナ王雖小元子					烏虖ナ王雖小元子才	烏虖ナ王雖小元子戈	嗚呼ナ王雖小元子才		緋虖ナ王雖小元学才	嗚呼有王雖小元子哉
其不能諴于小民今休									亓丕能諴于小民今休		亓丕能諴亏小民今休					亓丕能諴亏小民今休	亓丕能諴于小民今休	亓丕能諴亏小民今休		亓丕耐諴亏小民今休	其不能諴于小民今休

王不敢後用顧畏於民碞				王弗致後用顧畏于民碞	王帝敢後用顧畏于区碞	王不敢後用顧畏于民碞	王不敢後用顧畏于民碞	王未敢後尒顧畏于民碞	王亞敢後甹顧豊于民碞
王來紹上帝自服于土中				王来紹上帝自服于土中	王来紹上帝自服于土中	王来紹上帝自服于土中	王来紹上帝自服于土中	王未紹上帝自服于土中	王徠紹上帝自舣于土中
旦曰其作大邑其自時配皇天				旦曰开作大邑开自甞配皇天	旦曰亓作大邑亓自甞配皇兂	旦曰亓作大邑亓自甞配皇天	旦曰开作大邑开自甞配皇天	旦曰亓作大邑亓自甞配皇天	旦曰亓述大邑亓自甞配皇天

1274、配

「配」字在傳鈔古文《尚書》有下列不同字形：

（1）𨟢魏三體配配

魏三體石經〈君奭〉「配」字古文作𨟢，岩崎本、九條本或作配配，偏旁「酉」字作𨟢魏三體隸古定字。

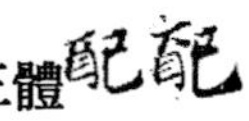

【傳鈔古文《尚書》「配」字構形異同表】

配	戰國楚簡	石經	敦煌本	岩崎本 神田本b	九條本 島田本b	內野本	上圖（元）	觀智院b	天理本	古梓堂b	足利本	上圖本（影）	上圖本（八）	古文尚書晁刻	書古文訓	尚書篇目
其自時配皇天																召誥
帝罔不配天其澤			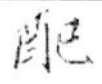 P2748										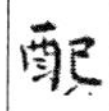			多士
故殷禮陟配天多歷年所		 魏	 P2748													君奭
追配于前人																君牙
配享在下																呂刑
今天相民作配在下明清于單辭																呂刑

召誥	戰國楚簡	漢石經	魏石經	敦煌本			岩崎本	神田本	九條本	島田本	內野本	上圖本（元）	觀智院本	天理本	古梓堂本	足利本	上圖本（影）	上圖本（八）	晁刻古文尚書	書古文訓	唐石經
毖祀于上下其自時中乂											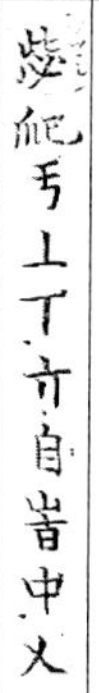					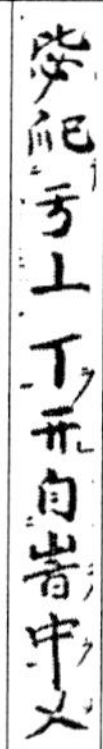		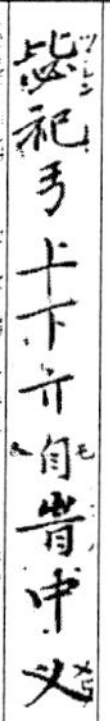			
王厥有成命治民今休																					

王先服殷御事比介于我有周御事	王先服殷擘比令于我又周邦事	王先服方殷御事比介于我大周御事		王先服方殷御事比途于我大周御事	王先服方殷御事比介于我大周御事	王先服方殷御事比途于我大周御事	先服殷御事比介于我有周御事（王先舫殷馭事狄介于我大周馭事）
節性惟日其邁王敬作所不可不敬德	節性惟日升邁王敬作所不可弗敬意	節性惟日升邁王敬作所弗可弗敬意		節性惟日升邁王敬作所不可弗敬意	節性惟日亓邁王敬意	節性惟日亓邁王敬作所弗可弗敬意	節性惟日其邁王敬作所不可不敬德（節性惟日亓邁王敔作所弜可弜敬意）
我不可不監于有夏亦不可不監于有殷	我弗可弗監于文夏亦弗可弗監于文殷	我弗可弗監于大夏亦弗可弗鑒于大殷		我弗可弗監于大夏亦弗可弗鑒于亣殷	我弗可弗監于亣夏亦弗可弗監于亣殷	我弜可弗監于亣夏亦弗可弗鑒于亣殷	我不可不監于有夏亦不可不監于有殷（我弜可弗監于大夏亦弜可弜鑒于亣殷）

我不敢知曰有夏服天命	我不敢知曰有夏服天命	𢦓亞敢知曰ナ夏𦨶兲命		我弗敢知曰ナ夏服天命	我弗敢知曰ナ夏服天命	我弗敢知曰ナ夏服天命					我弗敢知曰ナ夏服兲命		我弗敢知曰又夏服天命								
惟有歷年我不敢知曰不其延	惟有歷年我不知曰不其延	惟ナ厤秊𢦓亞敢知曰亞亓延		惟ナ歷秊我弗敢知曰弗亓延	惟ナ歷秊我弗敢知曰弗亓延	惟ナ歷秊我弗敢知曰弗亓延					惟ナ歷秊我弗敢知曰弗亓延		惟又歷年我弗敢知曰弗亓延								
惟不敬厥德乃早墜厥命	不敬厥德乃早墜厥命	惟亞敬氒悳𠧟早㒸氒命		惟弗敬厥悳乃早墜弌命	惟弗敬亓德迺早墜亓命	惟弗敬亓德迺早墜亓命					惟弗敬氒悳迺早墜氒命		惟弗敬氒德乃早墜氒命								
我不敢知曰有殷受天命惟有歷年	我不敢知曰有殷受天命惟有歷年	𢦓亞敢知曰ナ殷㲹兲命惟ナ厤秊		我弗敢知曰ナ殷受天命惟ナ歷秊	我不敢知曰ナ殷受天命惟ナ歷秊	我不敢知曰ナ殷受天命惟ナ歷秊					我弗敢知曰ナ殷受兲命惟ナ歷年		我弗敢知曰又殷受天命惟又歷年								

我不敢知曰不其延惟不敬厥德																					
乃早墜厥命今王嗣受厥命																					
我亦惟茲二國命嗣若功王乃初服																					
嗚呼若生子罔不在厥初生																	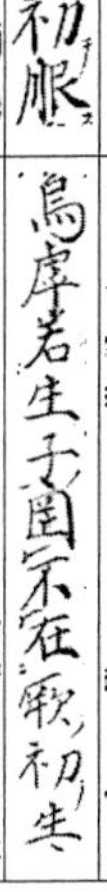				

自貽哲命今天其命哲
命吉凶命歷年知今我初服
宅新邑肆惟王其疾敬德
王其德之用祈天永命

1275、祈

「祈」字在傳鈔古文《尚書》有下列不同字形：

（1）蘄：

《書古文訓》「祈」字作蘄，「蘄」、「祈」音同通假，如《莊子・養生篇》「澤雉不蘄畜乎樊中」、《荀子・儒效篇》「跨天下而無蘄」、《列子・黃帝篇》「請蘄其術者，十反而不告」，《史記・秦本紀》「蘄年宮」注云：「『蘄年』求年也」，皆假「蘄」爲「祈」字〔註 368〕。

(2) 

九條本「祈」字作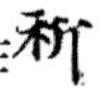，偏旁「示」字俗訛作「禾」。

【傳鈔古文《尚書》「祈」字構形異同表】

祈	戰國楚簡	石經	敦煌本	岩崎本	神田本b	九條本	島田本b	內野本	上圖（元）	觀智院b	天理本	古梓堂b	足利本	上圖本（影）	上圖本（八）	古文尚書晁刻	書古文訓	尚書篇目
王其德之用祈天永命																		召誥
用供王能祈天永命																		召誥

召誥	戰國楚簡	漢石經	魏石經	敦煌本			岩崎本	神田本	九條本	島田本	內野本	上圖本（元）	觀智院本	天理本	古梓堂本	足利本	上圖本（影）	上圖本（八）	晁刻古文尚書	書古文訓	唐石經
其惟王勿以小民淫用非彝											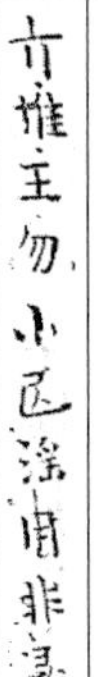							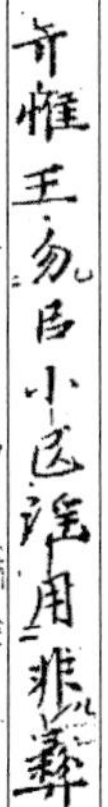			

〔註 368〕參見李遇孫，《尚書隸古定釋文》卷 7.1，劉世珩輯，《聚學軒叢書》7，台北：藝文印書館。

亦敢殄戮用乂民若有功									之敎殄戮用乂民若又功		亦敎殄戮用乂民若ナ珍					亦敎殄戮用乂民若ナ玫	亦敎殄戮用乂民若ナ玫	亣敎殄翏用乂民若ナ珍		亦敢ㄗ翏用乂民若ナ珍	亦敢殄戮用乂民若有功
其惟王位在德元小民乃惟刑用于天下									亓惟王位在悳元小民乃惟刑用于天下		亓惟王位在悳元小民迺惟刑用亏兲丅					亓惟王位在德元小民迺惟刑用亏天下	亓惟王位在德元小民迺惟刑用亏天下	亓惟王位在悳元小民乃惟刑用亏天丅		亓惟王位圣悳元小民卥惟𠛬用亏兲丅	其惟王位在德元小民乃惟刑用于天下
越王顯上下勤恤									越王顯上丅勤恤		粵王顯上丅勤恤					粵王顯上下勤恤	粵王顯上下勤恤	越王顯上丅勤恤		戉王㬎上丅勤卹	越王顯上下勤恤
其曰我受天命丕若有夏歷年									亓曰我受天命丕若又夏歷年		亓曰我受兲命丕若ナ夏歷秊					亓曰我受天命丕若ナ夏歷秊	亓曰我受天命丕若ナ夏歷秊	亓曰我受天命丕若ナ夏歷秊		亓曰𢦓𠬪兲命丕若ナ𡕾厤秊	其曰我受天命丕若有夏歷年

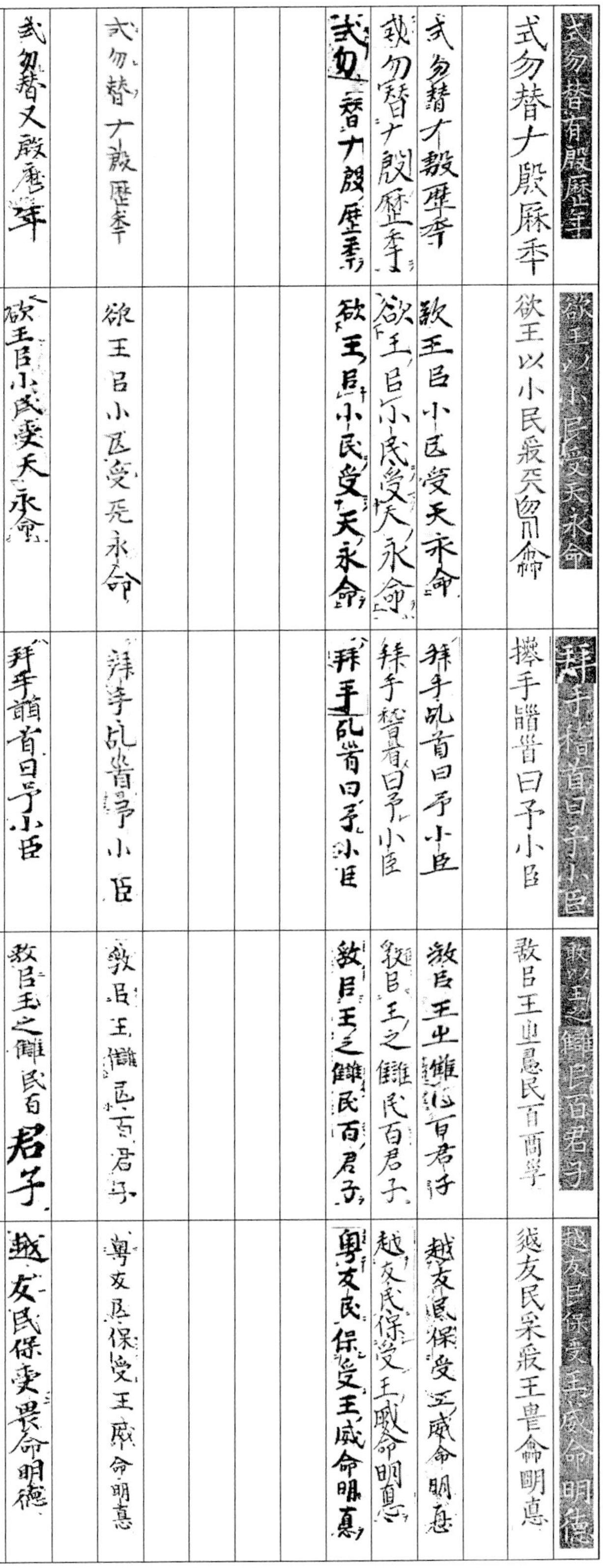

式勿替有殷歷年
欲王以小民受天永命
拜手稽首曰予小臣
敢以王之讎民百君子
越友民保受王威命明德

王末有成命王亦顯我非敢勤																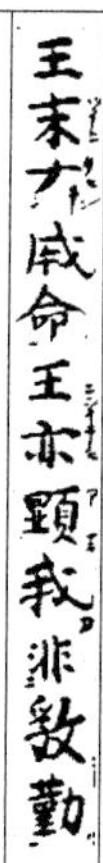	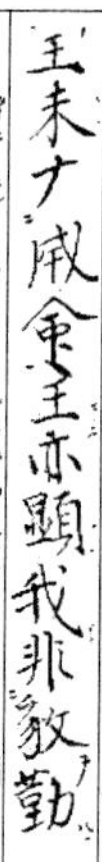				
惟恭奉幣用供王能祈天永命											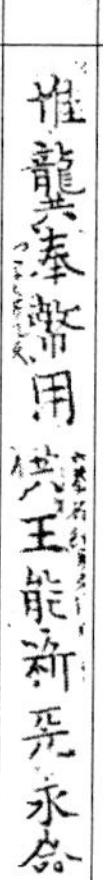					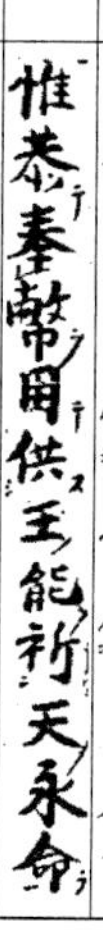		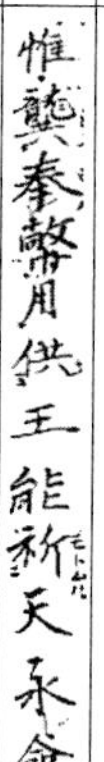			

四十一、洛　誥

洛誥	戰國楚簡	漢石經	魏石經	敦煌本 P2748	敦煌本 S6071		岩崎本	神田本	九條本	島田本	內野本	上圖本（元）	觀智院	天理本	古梓堂	足利本	上圖本（影）	上圖本（八）	晁刻古文尚書	書古文訓	唐石經
召公既相宅周公往營成周											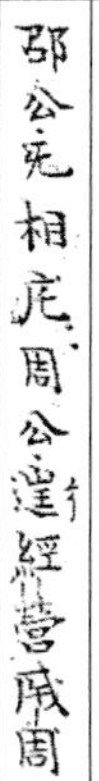										
使來告卜作洛誥																	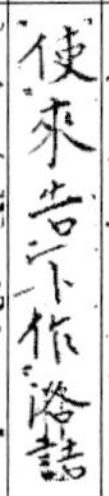			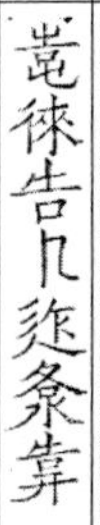	
周公拜手稽首曰朕復子明辟																					

王如弗敢及天基命定命

予乃胤保大相東土

其基作民明辟予惟乙卯

朝至于洛師我卜河朔黎水

我乃卜澗水東瀍水西惟洛食		我乃卜澗水東瀍水西惟洛食						我乃卜澗水東瀍水西惟黍食				我乃卜澗水東瀍水西惟洛食	我乃卜澗水東瀍水西惟黍食	我乃卜澗水東瀍水鹵惟黍食	我乃卜澗水東瀍水西惟洛食
我又卜瀍水東亦惟洛食		我亦卜瀍水東亦惟洛食						我亦卜瀍水東亦惟黍食				我又卜瀍水東亦惟洛食	我又卜瀍水東亦惟黍食	我又卜瀍水東亦惟黍食	我又卜瀍水東亦惟洛食
伻來以圖及獻卜		伻來以圖及獻卜						伻來呂圖及獻卜				伻來以圖及獻卜	伻來呂圖及獻卜	伻徠呂圖及獻卜	伻來呂圖及獻卜

1276、伻

「伻」字在傳鈔古文《尚書》有下列不同字形：

（1）　漢石經

漢石經尚書殘碑〈洛誥〉「伻從王于周」、「伻來毖殷」「伻」字作，為「辯」字，此假「辯」為「伻」字。

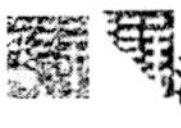

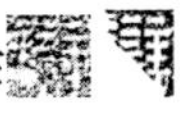

【傳鈔古文《尚書》「伻」字構形異同表】

伻	戰國楚簡	石經	敦煌本	岩崎本	神田本b	九條本	島田本b	內野本	上圖（元）	觀智院b	天理本	古梓堂b	足利本	上圖本（影）	上圖本（八）	古文尚書晁刻	書古文訓	尚書篇目
伻從王于周		 漢																洛誥
伻來毖殷		 漢																洛誥

洛誥	戰國楚簡	漢石經	魏石經	敦煌本 P2748	敦煌本 S6071		岩崎本	神田本	九條本	島田本	內野本	上圖本（元）	觀智院	天理本	古梓堂	足利本	上圖本（影）	上圖本（八）	晁刻古文尚書	書古文訓	唐石經
王拜手稽首曰公不敢不敬天之休											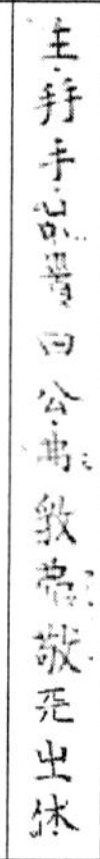										
來相宅其作周匹休				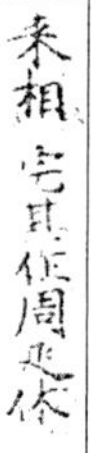							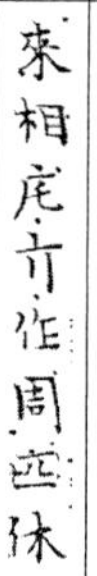					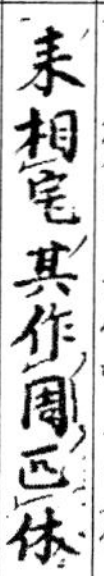				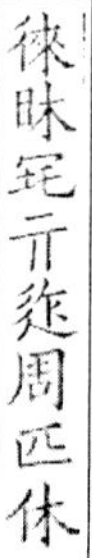	
公既定宅伻來來視予卜休恆吉											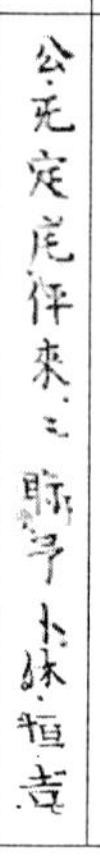					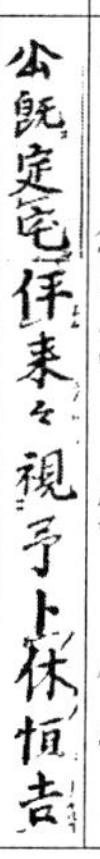		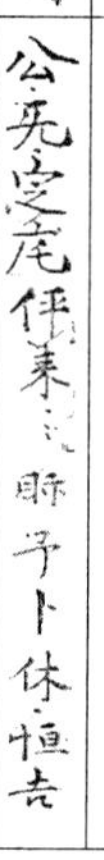			

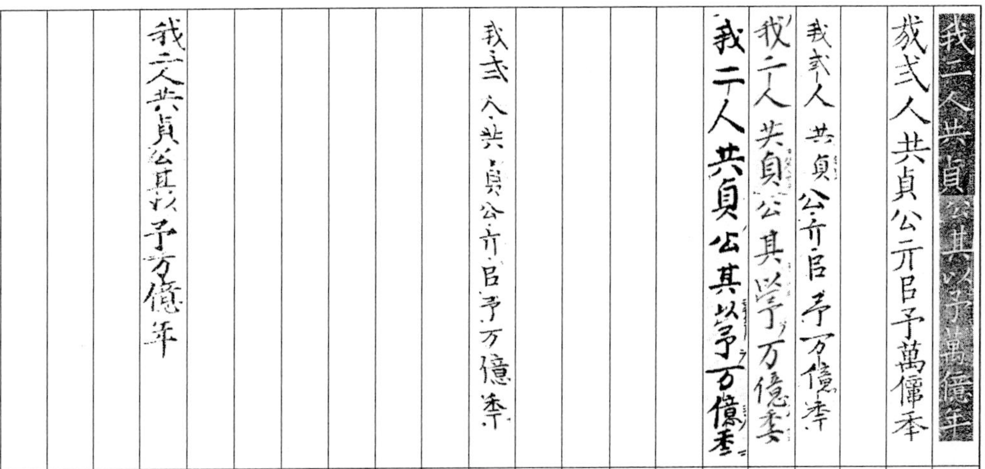	我二人共貞公其以予萬億年
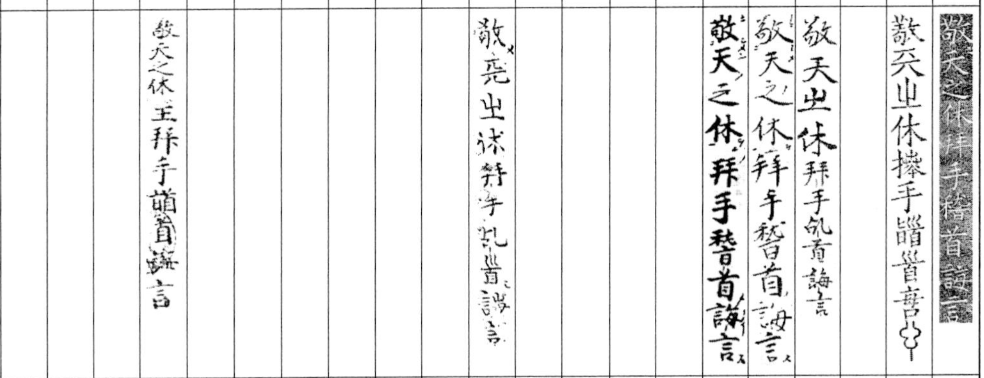	敬天之休拜手稽首誨言
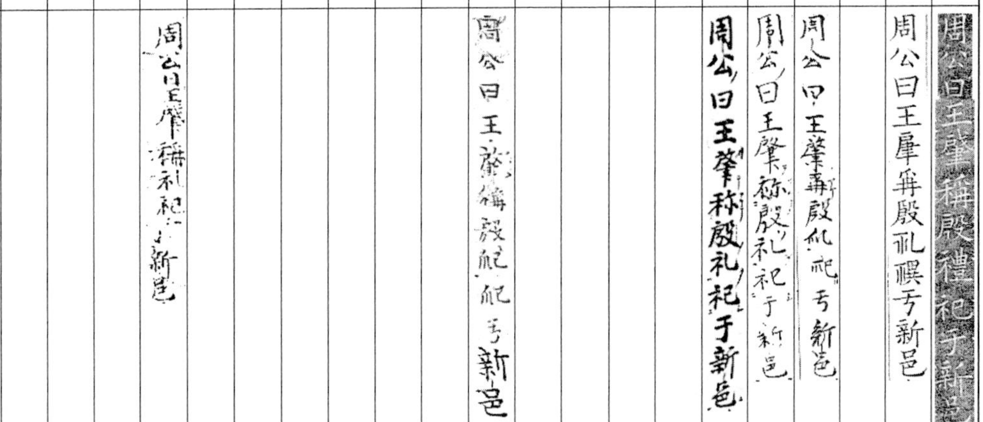	周公曰王肇稱殷禮祀于新邑
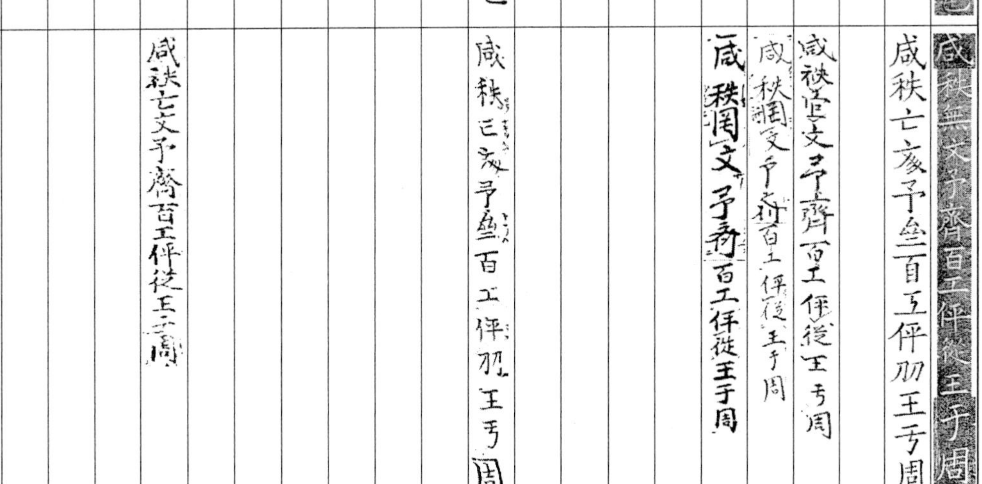	咸秩無文予齊百工伻從王于周

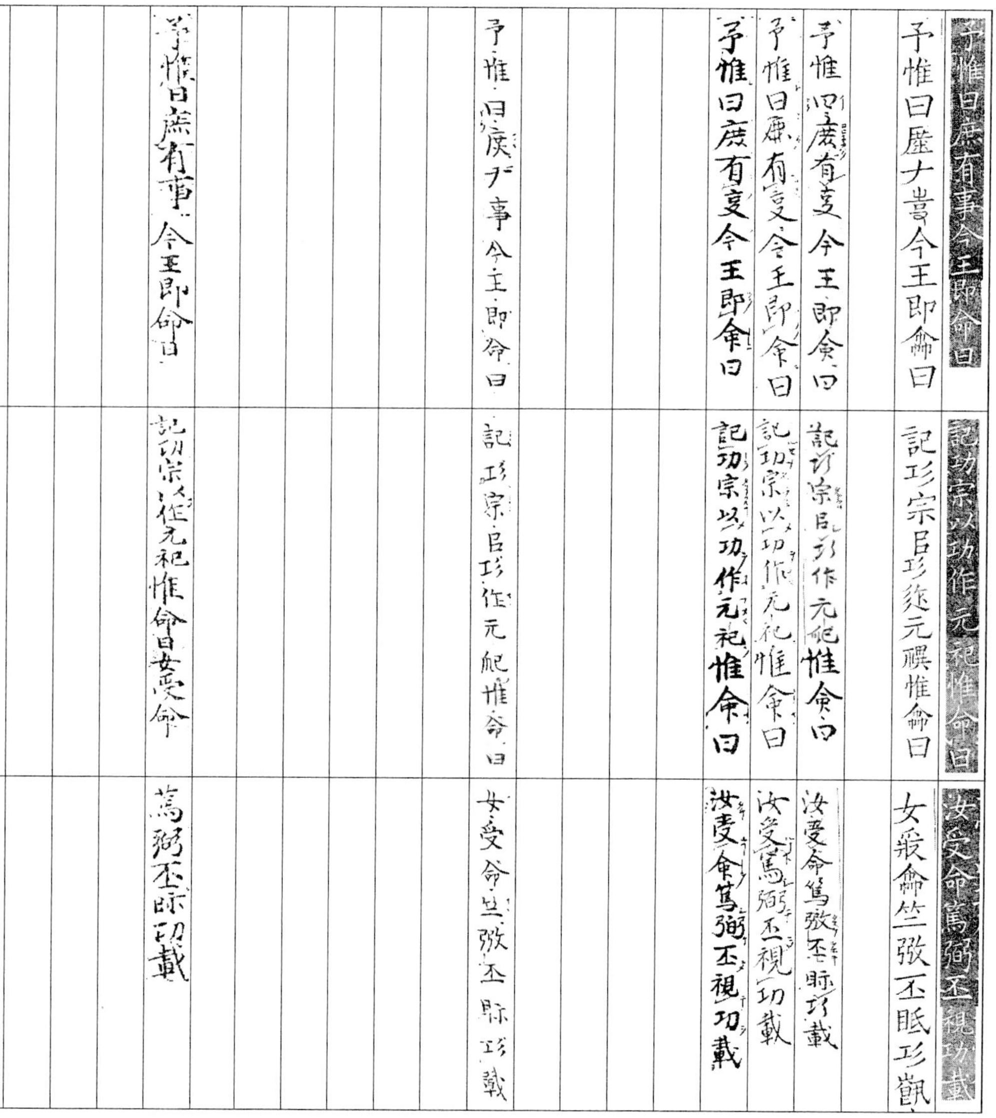

予惟曰庶有事今王即命曰
記功宗以功作元祀惟命曰
汝受命篤弼丕視功載

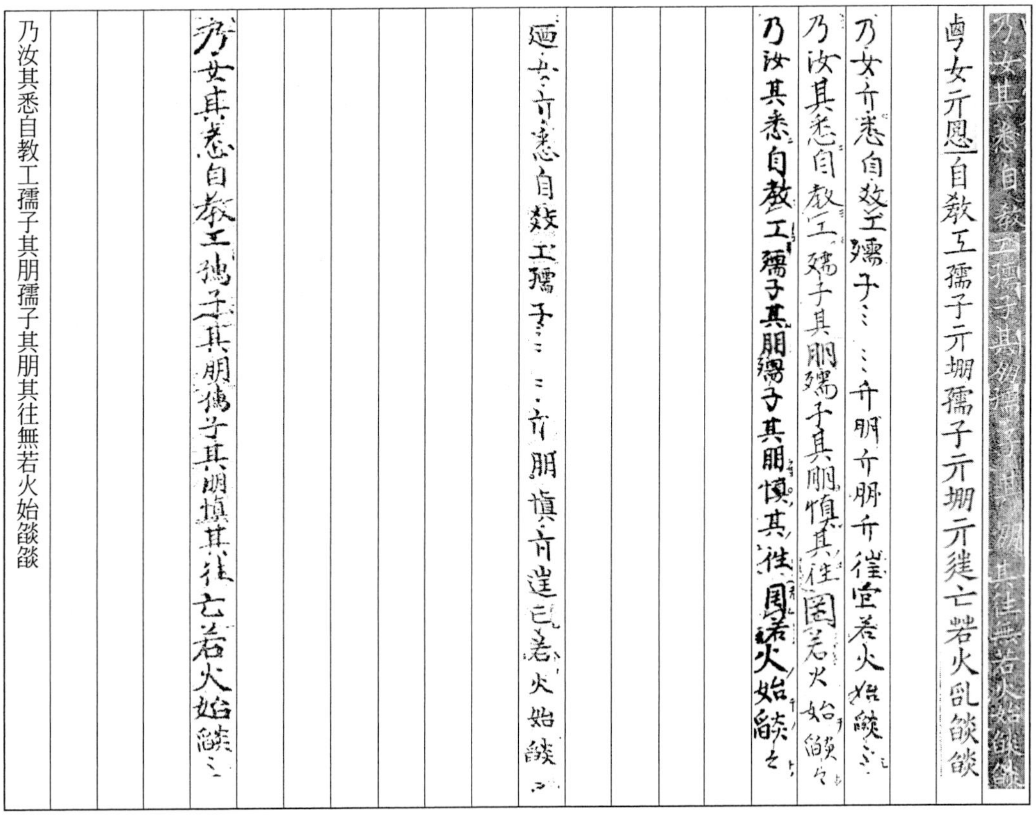

「孺子其朋孺子其朋其往」敦煌本 P2748、內野本、上圖本（八）多「愼」字作「孺子其朋孺子其朋**愼**其往」，又「孺子其朋孺子其朋」內野本、上圖本（八）用重文符號「=」作「孺子= =其朋」。

1277、孺

「孺」字在傳鈔古文《尚書》有下列不同字形：

（1）12

敦煌本 P2748、P2630「孺」字作1，偏旁「需」字與漢碑「濡」字、「繻」作堯廟碑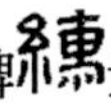景北海碑陰所从同形，《集韻》平聲二 10 虞韻「儒」或作「傌」、「濡」或作「瀉」、「檽」或作「榪」，偏旁「需」字皆作「焉」形；足利本、上圖本（影）、上圖本（八）或作2，偏旁「子」字訛作「歹」。

【傳鈔古文《尚書》「孺」字構形異同表】

孺	戰國楚簡	石經	敦煌本	岩崎本 神田本b	九條本 島田本b	內野本	上圖（元） 觀智院b	天理本 古梓堂b	足利本	上圖本（影）	上圖本（八）	古文尚書晁刻	書古文訓	尚書篇目
孺子其朋孺子其朋其往			孺 P2748			孺			孺	孺	孺			洛誥
			孺 P2748						孺	孺				洛誥
嗚呼孺子王矣			孺 P2630		孺	孺			孺	孺	孺			立政
咸告孺子王矣					孺	孺			孺	孺	孺			立政

1278、錟

「錟」字在傳鈔古文《尚書》有下列不同字形：

（1）錟

足利本、上圖本（影）「錟」字作錟2，所从舀之「臼」俗寫形似「旧」。

【傳鈔古文《尚書》「錟」字構形異同表】

錟	戰國楚簡	石經	敦煌本	岩崎本 神田本b	九條本 島田本b	內野本	上圖（元） 觀智院b	天理本 古梓堂b	足利本	上圖本（影）	上圖本（八）	古文尚書晁刻	書古文訓	尚書篇目
無若火始錟錟			錟 P2748			錟			錟	錟	錟		錟	洛誥

洛誥	戰國楚簡	漢石經	魏石經	敦煌本 P2748	敦煌本 S6071		岩崎本	神田本	九條本	島田本	內野本	上圖本（元）	觀智院	天理本	古梓堂	足利本	上圖本（影）	上圖本（八）	晁刻古文尚書	書古文訓	唐石經
厥攸灼敘歺弗其絕厥若彝及撫事如予											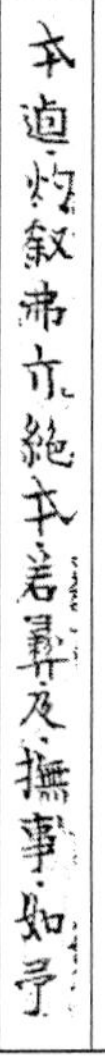										

1279、灼

「灼」字在傳鈔古文《尚書》有下列不同字形：

（1）汗 4.55四 5.23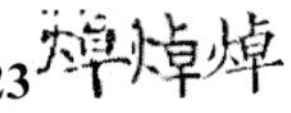

「灼」字《汗簡》、《古文四聲韻》錄《古尚書》作：汗 4.55四 5.23，《箋正》謂「从古卓」，《說文》七部「卓」字古文作，甲骨文「倬」字作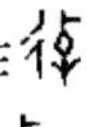粹 1160，金文「綽」字作蔡姞簋善夫山鼎，所从「卓」與汗 4.55 類同，說文古文卓當由（蔡姞簋）所變〔註 369〕，四 5.23 形則寫誤。敦煌本 P2748、S2074、P2630、岩崎本、九條本、內野本、上圖本（八）、《書古文訓》「灼」字或作「焯」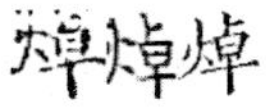，《說文》「焯」字下引「〈周書〉曰『焯見三有俊心』」與此相合。

【傳鈔古文《尚書》「灼」字構形異同表】

灼	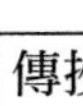 傳抄古尚書文字	戰國楚簡	石經	敦煌本	岩崎本	神田本 b	九條本	島田本 b	內野本	上圖（元）	觀智院 b	天理本	古梓堂 b	足利本	上圖本（影）	上圖本（八）	古文尚書晁刻	書古文訓	尚書篇目
	汗 4.55 四 5.23																		
厥攸灼敘				 P2748														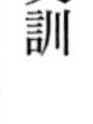 	洛誥

〔註 369〕參見黃錫全，《汗簡注釋》，武漢：武漢大學出版社，1993，頁 360。

灼見三有俊心			焯 S2074		焯	焯					焯		焯	立政
我其克灼知厥若			焯 P2630		焯	焯					焯		焯	立政
灼于四方				焯		焯					焯		焯	呂刑

洛誥	戰國楚簡	漢石經	魏石經	敦煌本 P2748	敦煌本 S6071		岩崎本	神田本	九條本	島田本	內野本	上圖本（元）	觀智院	天理本	古梓堂	足利本	上圖本（影）	上圖本（八）	晁刻古文尚書	書古文訓	唐石經
惟以在周工往新邑				惟以在周工往新邑							惟㠯在周工𨓏新邑					惟以在周工往新邑	惟以在周工往新邑	惟㠯在周工往新邑		惟㠯圣周工𨓏新邑	惟以在周工往新邑
伻嚮即有僚明作有功				平嚮即有僚明作有功							伻嚮即ナ僚朙作ナ㓛					伻嚮即有僚明作有功	伻嚮即有僚明作有功	伻嚮即有僚明作有㓛		伻宣即ナ僚朙迮ナ㓛	伻嚮即有僚明作有功
惇大成裕汝永有辭				惇大成裕女永有詞							惇大成衮女永ナ𤔲					惇大成裕汝永有辞	惇大成裕汝永有辞	惇大成衮女永有辞		惇大成衮女𣶒ナ𤔲	惇大成裕汝永有辭

公曰己汝惟沖子惟終
汝其敬識百辟享亦識其有不享
享多儀儀不及物
惟曰不享惟不役志于享

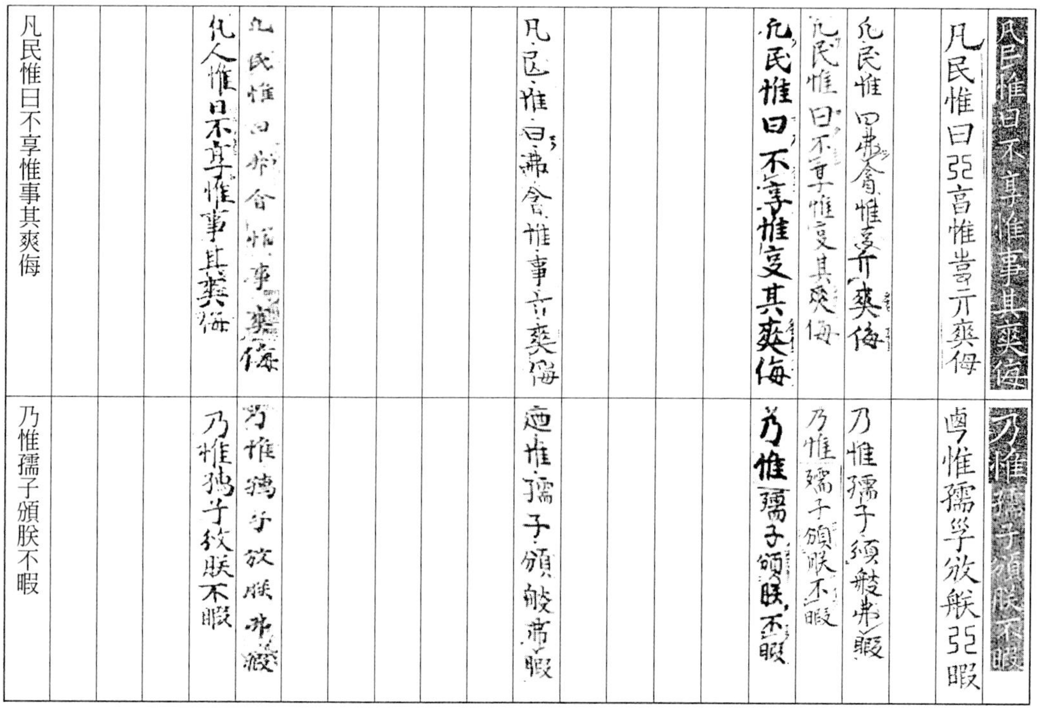

1280、頒

「頒」字在傳鈔古文《尚書》有下列不同字形：

（1）攽攽$_{1}$攽$_{2}$

《說文》攴部「頒」字「攽，分也」引「〈周書〉曰『乃惟孺子攽』」，敦煌本 P2748、《書古文訓》作攽攽$_{1}$，敦煌本 S6017 訛作攽$_{2}$，偏旁「分」字形近「方」。上述「頒」字皆作「攽」字，「攽」爲分義之本字，《說文》頁部「頒，大頭也」，「頒」爲「攽」之同音假借字。

【傳鈔古文《尚書》「頒」字構形異同表】

頒	戰國楚簡	石經	敦煌本	岩崎本	神田本b	九條本	島田本b	內野本	上圖（元）	觀智院b	天理本	古梓堂b	足利本	上圖本（影）	上圖本（八）	古文尚書晁刻	書古文訓	尚書篇目
乃惟孺子頒			攽 P2748 攽 S6017														攽	洛誥

洛誥	戰國楚簡	漢石經	魏石經	敦煌本 P2748	敦煌本 S6071		岩崎本	神田本	九條本	島田本	內野本	上圖本（元）	觀智院	天理本	古梓堂	足利本	上圖本（影）	上圖本（八）	晁刻古文尚書	書古文訓	唐石經
聽朕教汝于棐民彝																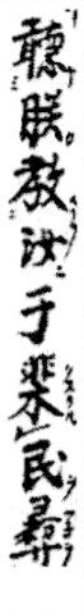		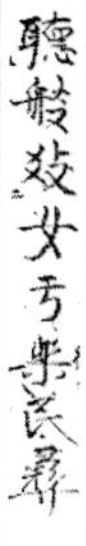			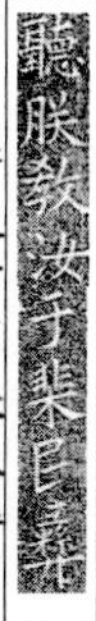
汝乃是不蘉乃時惟不永哉																					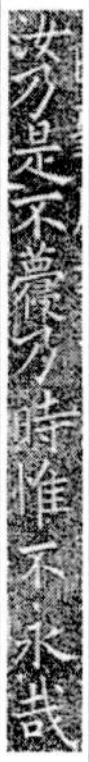

1281、蘉

「蘉」字錢大昕《十駕齋養新錄》云：「孔、馬、鄭皆訓『蘉』爲勉。……予考《釋詁》：『孟，勉也』……《戰國策》有『芒卯』，《淮南子》作『孟卯』，是孟、芒同音。《釋文》：『蘉，莫剛反』，蓋馬鄭舊音，而同訓勉，則『蘉』即『孟』審矣。『蘉』從侵無義，疑即『㝱』字，『孟』、『夢』音相近，皆黽勉之轉聲，隸變訛爲『蘉』耳。」其說是也。又孫詒讓《駢枝》謂「此當本爲『㝱』字，後訛爲『[illegible]』，又訛爲『蘉』」。

「蘉」字在傳鈔古文《尚書》有下列不同字形：

（1）12

敦煌本 P2748「蘉」字作1，其下「又」訛作「火」；上圖本（八）作2，「侵」所从「亻」俗混作「彳」。

【傳鈔古文《尚書》「蘉」字構形異同表】

蘉	戰國楚簡	石經	敦煌本	岩崎本	神田本b	九條本	島田本b	內野本	上圖（元）	觀智院b	天理本	古梓堂b	足利本	上圖本（影）	上圖本（八）	古文尚書晁刻	書古文訓	尚書篇目
汝乃是不蘉			 P2748  S6017															洛誥

洛誥	戰國楚簡	漢石經	魏石經	敦煌本 P2748	敦煌本 S6071		岩崎本	神田本	九條本	島田本	內野本	上圖本（元）	觀智院	天理本	古梓堂	足利本	上圖本（影）	上圖本（八）	晁刻古文尚書	書古文訓	唐石經
篤敘乃正父罔不若予																					
不敢廢乃命汝往敬哉											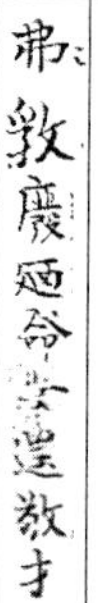							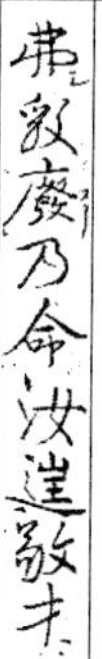			

	丝子亓明農才彼哀戒民																				茲子其明農哉彼裕我民
	亡遠甪猷王若曰公明保予冲學																				無遠用戾王若曰公明保予沖子
	公爯丕㬎悳吕予小学敭文武烈			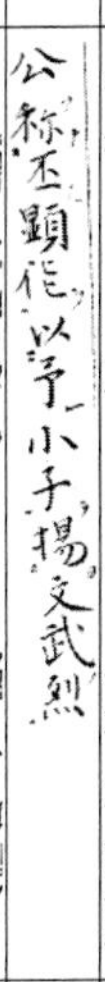																	公稱丕顯德以予小子揚文武烈
	奉亯兲命咊亙亖匚民																				奉荅天命和恒四方民

居師惇宗將禮稱秩元祀	屋師惇宗將礼爯秩元禩		屋師敦宗將礼爯祑元祀	居師惇宗將礼称秩元祀	居師惇宗將礼称秩元祀					屋師惇宗將礼稱秩元祀							居師惇宗將礼稱秩元祀				居師惇宗將禮稱秩元祀
咸秩無文惟公德明光于上下	咸秩亡文惟公悳朙炗亏上丅		咸秩亡文惟公明悳光亏上下	咸秩無文惟公德明光于上下	[illegible]文惟公德明光于上下					咸秩亡文惟公明德光亏上丅							咸秩亡文惟公德明光于上下				咸秩無文惟公德明光于上下
勤施于四方旁作穆穆迓衡	勤食亏三匚旁迮敹敹御臭		勤施亏三方旁作敹〻迓衡	勤施于四方旁作穆〻迓衡	勤施于四方旁作穆〻迓衡					勤施亏三方旁作敹〻迓衡							勤施于四方旁作穆〻卸衡				勤施于四方旁作穆穆迓衡
不迷文武勤教予沖子夙夜毖祀	弜迷文武勤教予冲學夙夜毖禩		弗迷文武勤技予冲子夙夜毖祀	不迷文武勤教予沖子夙夜毖祀	不迷文武勤教予沖子夙夜毖祀					弗迷文武勤效予冲子夙夜毖祀							弗迷文武勤教予冲子夙夜毖祀				不迷文武勤教予沖子夙夜毖祀

王曰公功棐迪篤罔不若時

王曰公予小子其退即辟于周

命公後四方迪亂未定于宗禮

亦未克敉公功迪將其後

監我士師工誕保文武受民	亂爲四輔王曰公定予往已	公功肅將祗歡公無困哉	我惟無斁其康事公勿替刑
監我士帝工延呆亥武受民	𤔔爲三輔王曰公正予𨓈已	公功肅將祗驩公亡朱才	我惟亡斁亓康事公勿替刑
監我士師工誕保文武受民	𤔔爲三輔王曰公定予往已	公功肅將組歡公無困才	惟亡斁亓康事公勿替刑
監我士師工誕保文武受民	乱爲四輔王曰公定予往已	公功肅將祇歡公無困哉	我惟無斁其康事公勿替刑
監我士師工誕保文武受民	乱爲四輔王曰公定予往已	公功肅將祇歡公無困哉	我惟無斁其康事公勿替刑
監我士師工誕保文武受民	𤔔爲三輔王曰公定予往已	公功肅將祗歡公亡困才	我惟亡斁亓康事公勿替刑
監我士師工誕保文武受民	亂爲四輔王曰公定予往已	公功肅將祗歡公亡困才	我惟亡斁其康事公勿替刑
監我士師工誕保文武受民	亂爲四輔王曰公定予往已	公功肅將祗歡公無困哉	我惟無斁其康事公勿替刑

四方其世享周公拜手稽首曰				四方其世享周公拜手稽首曰							三方亓丗亯周公拜手乩首曰					四方其世享周公拜手稽首曰	四方其世享周公拜手稽首曰	四方亓丗亯周公拜手稽首曰		三巳亓丗亯周公拜手䭫首曰	四方其世享周公拜手稽首曰
王命予來承保乃文祖受命民				王命予來承保乃文祖受命人							王命予來承保迺文祖受命民					王命予來承保乃文祖受命民	王命予來承保乃文祖受命民	王命予來承保乃文祖受命民		王命予徠承采𠧧彣祖受命民	王命予來承保乃文祖受命民
越乃光烈考武王弘朕恭				越乃光烈考武王弘朕恭							粵迺光烈考武王弘朕龔					越乃光烈考武王弘朕恭	越乃光烈考武王弘朕恭	越乃光烈考武王弘朕龔		𨒪𠧧炗劉丂武王弘朕龔	越乃光烈考武王弘朕恭
孺子來相宅其大惇典殷獻民				孺子來相宅其大惇典殷獻人							孺子來相宅亓大惇典殷獻民					孺子來相宅其大惇典殷獻民	孺子來相宅其大惇典殷獻民	孺子來相宅亓大惇典殷獻民		孺子徠相宅亓大惇典殷獻民	孺子來相宅其大惇典殷獻民

亂爲四方新辟作周恭先	𤔲爲三巳新侲迮周龏先		𤔲爲三方新辟作周龏先	乱爲四方新辟作周恭先	乱爲四方新辟作周恭先					𤔲爲三方新侲作周龏先							乱爲四方新侲作周恭先				亂爲四方新辟作周恭先
曰其自時中乂萬邦咸休	曰亓自旹中乂萬旹咸休		曰亓自旹中乂万邦咸休	曰其自旹中乂万邦咸休	曰其自旹中乂万邦咸休					曰亓自旹中乂万邦咸休							曰其自時中乂萬邦咸休				曰其自時中乂萬邦咸休
惟王有成績予旦以多子	惟王ナ成績予旦以多学		惟王有成績予旦㠯多子	惟王有成績予旦以多子	惟王有成績予旦以多子					惟王ナ成績予旦㠯多子							惟王有成績予旦㠯多子				惟王有成績予旦以多子
越御事篤前人成烈荅其師	𢓊馭叓竺歬人成𠛱畣亓帀		越御叓竺歬人成烈畣亓師	越御叓篤前人成烈荅其師	越御叓篤前人成烈荅其師					粤御事竺歬人成烈畣亓師							越御事篤前人成烈畣其師				越御事篤前人成烈荅其師

作周孚先考朕昭子刑

乃單文祖德伻來毖殷乃命寧

予以秬鬯二卣曰明禋

1282、秬

「秬」字在傳鈔古文《尚書》有下列不同字形：

（1）四 3.9六 1791

《古文四聲韻》、《訂正六書通》錄《古尚書》「秬」字作：四 3.9六書通 179，《說文》鬯部「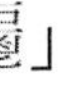」字篆文作，从鬯矩聲，或體从禾作「秬」，四 3.9 所从「巨」訛誤。

《書古文訓》「秬」字或作1，爲《說文》篆文之隸定。

（2）

九條本「秬」字或作，偏旁「巨」字俗訛多一畫。

【傳鈔古文《尚書》「柜」字構形異同表】

柜 傳抄古尚書文字 四 3.9 六 179	戰國楚簡	石經	敦煌本	岩崎本 神田本b	九條本 島田本b	內野本	上圖（元） 觀智院b	天理本 古梓堂b	足利本	上圖本（影）	上圖本（八）	古文尚書晁刻	書古文訓	尚書篇目
予以柜鬯二卣曰明禋			 P2748											洛誥
平王錫晉文侯柜鬯圭瓚作文侯之命														文侯之命
用賚爾柜鬯一卣														文侯之命

1283、鬯

「鬯」字在傳鈔古文《尚書》有下列不同字形：

（1）1 2

敦煌本 P2748「鬯」字作1，其下訛多一畫，九條本作2，復上形省訛作「必」。

【傳鈔古文《尚書》「鬯」字構形異同表】

鬯	戰國楚簡	石經	敦煌本	岩崎本 神田本b	九條本 島田本b	內野本	上圖（元） 觀智院b	天理本 古梓堂b	足利本	上圖本（影）	上圖本（八）	古文尚書晁刻	書古文訓	尚書篇目
予以柜鬯二卣曰明禋			 P2748											洛誥
平王錫晉文侯柜鬯圭瓚作文侯之命							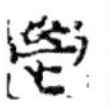							文侯之命
用賚爾柜鬯一卣														文侯之命

1284、卣

「卣」字在傳鈔古文《尚書》有下列不同字形：

（1）

敦煌本 P2748「卣」字作，源自金文「逌」字作毛公鼎「錫汝鬯一△」

臣辰卣彔伯簋呂鼎虢弔鐘虢弔鐘等形，「卣」、「逌」古爲一字，《說文》乃部「逌」字篆文：「气形貌，从乃聲，讀若攸」，「卣」即、虢弔鐘形之隸定（參見"攸"字）。

【傳鈔古文《尚書》「卣」字構形異同表】

卣	戰國楚簡	石經	敦煌本	岩崎本	神田本b	九條本	島田本b	內野本	上圖（元）	觀智院b	天理本	古梓堂b	足利本	上圖本（影）	上圖本（八）	古文尚書晁刻	書古文訓	尚書篇目
予以秬鬯二卣曰明禋			 P2748															洛誥

洛誥	戰國楚簡	漢石經	魏石經	敦煌本 P2748	敦煌本 S6071		岩崎本	神田本	九條本	島田本	內野本	上圖本（元）	觀智院	天理本	古梓堂	足利本	上圖本（影）	上圖本（八）	晁刻古文尚書	書古文訓	唐石經
拜手稽首休享予不敢宿																	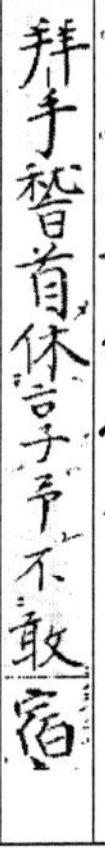				

1285、宿

「宿」字在傳鈔古文《尚書》有下列不同字形：

(1)

敦煌本 P2748、P4509「宿」字作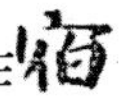，部件「百」俗少一畫混作「白」。

【傳鈔古文《尚書》「宿」字構形異同表】

宿	戰國楚簡	石經	敦煌本	岩崎本	神田本b	九條本	島田本b	內野本	上圖(元)	觀智院b	天理本	古梓堂b	足利本	上圖本(影)	上圖本(八)	古文尚書晁刻	書古文訓	尚書篇目
拜手稽首休享予不敢宿			宿 P2748															洛誥
乃受同瑁王三宿三祭三			宿 P4509															顧命

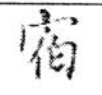

洛誥	戰國楚簡	漢石經	魏石經	敦煌本P2748	敦煌本S6071		岩崎本	神田本	九條本	島田本	內野本	上圖本(元)	觀智院	天理本	古梓堂	足利本	上圖本(影)	上圖本(八)	晁刻古文尚書	書古文訓	唐石經
則禋于文王武王惠篤甄				 則禋于文王武王惠篤叙							 則禋亏文王武王惠篤敘					 則禋于文王武王惠篤敘	 則禋于文王武王惠篤敘	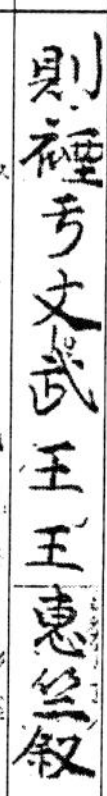 則禋亏文王武王惠竺敘		 則禋亏亥王武王悳竺敘	 則禋于文王武王惠篤
無有遘自疾萬年厭乃德				亡有祟自疾萬年猒于乃德							無有遘自疾万年猒亏迺悳					無有遘自疾万年厭于乃德	無有遘自疾万年厭于乃德	亡有遘自疾万年猒亏乃悳		亡ナ冓自疾万秊厭亏鹵悳	無有遘自疾萬年猒于乃德

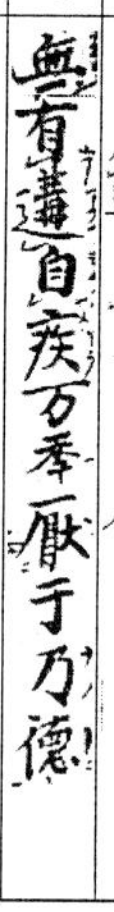

1286、厭

「厭」字在傳鈔古文《尚書》有下列不同字形：

(1) 猒猒 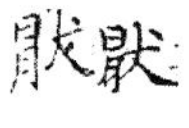

敦煌本 P2748、內野本、上圖本（八）「厭」字作猒猒 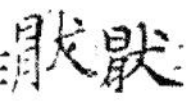，以聲符「猒」爲

「厭」字。

【傳鈔古文《尚書》「厭」字構形異同表】

厭	戰國楚簡	石經	敦煌本	岩崎本	神田本b	九條本	島田本b	內野本	上圖（元）	觀智院b	天理本	古梓堂b	足利本	上圖本（影）	上圖本（八）	古文尚書晁刻	書古文訓	尚書篇目
無有遘自疾萬年厭乃德			猒 P2748					猒							猒			洛誥

洛誥	戰國楚簡	漢石經	魏石經	敦煌本 P2748	敦煌本 S6071		岩崎本	神田本	九條本	島田本	內野本	上圖本（元）	觀智院	天理本	古梓堂	足利本	上圖本（影）	上圖本（八）	晁刻古文尚書	書古文訓	唐石經
殷乃引考王伻殷乃承敘				殷乃引考王伻殷乃承叙							殷迺引考王伻殷迺承叙					殷乃引考王伻殷乃承叙	殷乃引考王伻殷乃承叙	殷乃引考殷乃承叙		殷鹵弘丂王伻殷鹵承敘	殷乃引考王伻殷乃承敘
萬年其永觀朕子懷德				萬年其永觀朕子懷德							万秊亣永觀般子褱悳					万季其永観朕子懐德	万季其永觀朕子懷德	万季亣永觀般子褱悳		萬年亓㱃觀舟子褱悳	萬年其永觀朕子懷德
戊辰王在新邑烝祭歲				戊辰王在新邑烝祭歲							戊辰王在新邑烝祭歲					戊辰王在新邑烝祭歲	戊辰王在新邑烝祭歲	戊辰王在新邑烝祭歲		戊辰王圣新邑烝祭歲	戊辰王在新邑烝祭歲

文王騂牛一武王騂牛一				文王騂牛一武王騂牛一						文王騂牛弌武王騂牛弌					文王騂牛一武王騂牛一	文王騂牛一武王騂牛一	文王騂牛弌武王騂牛弌		文王𤙭牛弌武王𤙭牛弌	文王騂牛一武王騂牛一

1287、騂

「騂」字在傳鈔古文《尚書》有下列不同字形：

（1）騂1𤙭2

敦煌本 P2748「騂」字作騂1，所从「辛」字多一畫，《書古文訓》作𤙭2，《玉篇》「𤙭，赤牛，亦作『騂』」，《集韻》平聲四 14 清韻「騂，牲赤色，或从牛」。蓋「𤙭」爲本字，「騂」字則爲其形符更替之異體。

【傳鈔古文《尚書》「騂」字構形異同表】

騂	戰國楚簡	石經	敦煌本	岩崎本	神田本b	九條本	島田本b	內野本	上圖（元）	觀智院b	天理本	古梓堂b	足利本	上圖本（影）	上圖本（八）	古文尚書晁刻	書古文訓	尚書篇目
文王騂牛一			騂 P2748														𤙭	洛誥
武王騂牛一			騂 P2748														𤙭	洛誥

洛誥	戰國楚簡	漢石經	魏石經	敦煌本 P2748	敦煌本 S6071		岩崎本	神田本	九條本	島田本	內野本	上圖本（元）	觀智院	天理本	古梓堂	足利本	上圖本（影）	上圖本（八）	晁刻古文尚書	書古文訓	唐石經
王命作冊逸祝冊				王命作冊逸祝冊							王命作冊逸祝冊					王命作冊逸祝冊	王命作冊逸祝冊	王命作冊逸祝冊		王命迮笧佾侃笧	王命作冊逸祝冊

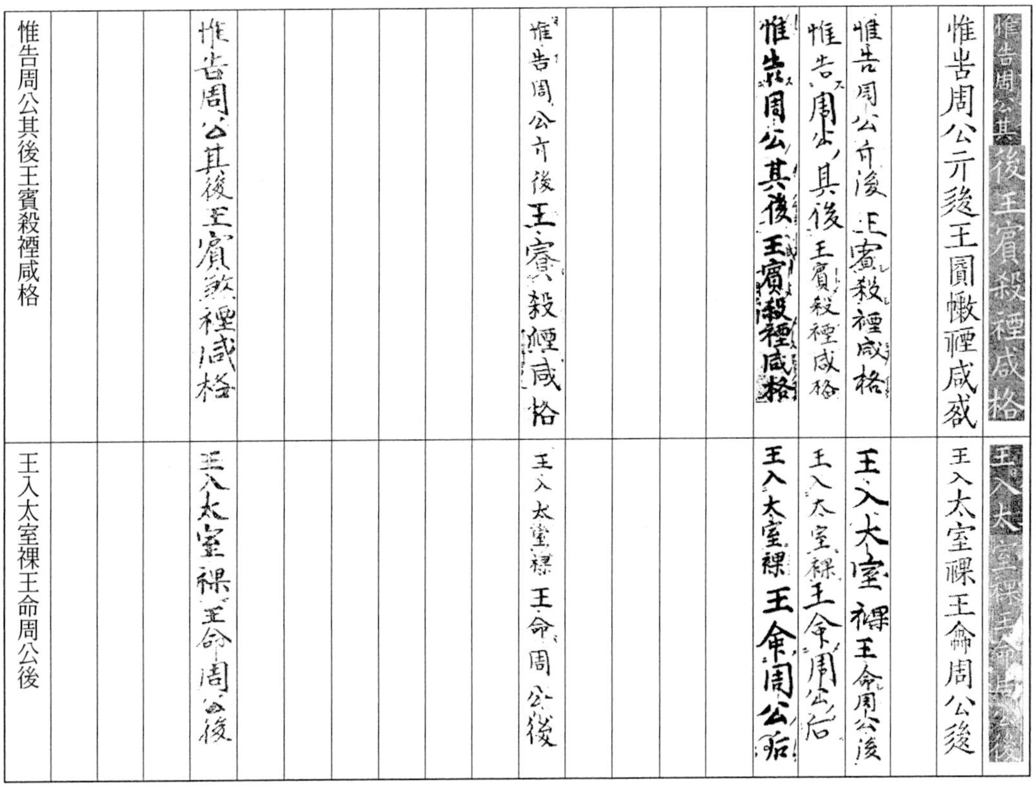

1288、祼

「祼」字在傳鈔古文《尚書》有下列不同字形：

（1）祼$_1$

「祼」字《書古文訓》作祼$_1$，左从古文「示」𡕝隸古定字形。

（2）祼$_2$

足利本、上圖本（影）、上圖本（八）作祼$_2$，偏旁「示」字混作「礻」。

【傳鈔古文《尚書》「祼」字構形異同表】

祼	戰國楚簡	石經	敦煌本	岩崎本	神田本b	九條本	島田本b	內野本	上圖（元）	觀智院b	天理本	古梓堂b	足利本	上圖本（影）	上圖本（八）	古文尚書晁刻	書古文訓	尚書篇目
王入太室祼			祼 P2748					祼					祼	祼	祼		祼	洛誥

洛誥	作冊逸誥在十有二月	惟周公誕保文武受命惟七年
戰國楚簡		
漢石經		
魏石經		
敦煌本 P2748		
敦煌本 S6071		
岩崎本		
神田本		
九條本		
島田本		
內野本	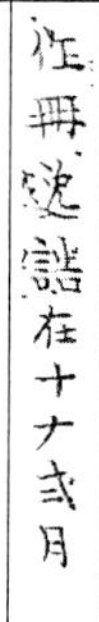	
上圖本（元）		
觀智院		
天理本		
古梓堂		
足利本		
上圖本（影）	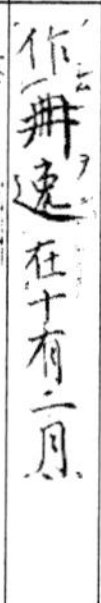	
上圖本（八）		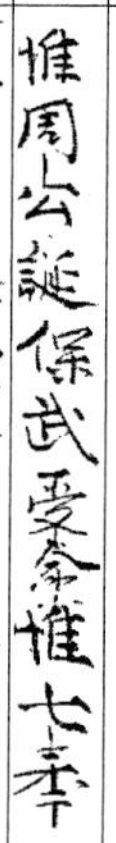
晁刻古文尚書		
書古文訓		
唐石經		

四十二、多　士

多士	戰國楚簡	漢石經	魏石經	敦煌本 P2748			岩崎本	神田本	九條本	島田本	內野本	上圖本（元）	觀智院	天理本	古梓堂	足利本	上圖本（影）	上圖本（八）	晁刻古文尚書	書古文訓	唐石經
成周既成遷殷頑民				成周旡成䙴殷頑人							成周旡成䙴殷頑民					成周既成遷殷頑民	成周既成遷殷頑民	成周旡成䙴殷頑民		戚周旡戚䙴殷頑民	成周既成遷殷頑民
周公以王命誥作多士				作多士							周公㠯王命誥作多士					周公以王命誥作多士	周公以王命誥作多士	周公㠯王命誥作多士		周公㠯王命𢍶迮多士	周公以王命誥作多士
惟三月周公初于新邑洛				惟三月周公初于新邑洛							惟弎月周公初亐新邑洛					惟三月周公初于新邑洛	惟三月周公初于新邑洛	惟三月周公初亐新邑洛		惟弎月周公初亐新邑洛	惟三月周公初于新邑洛
用告商王士王若曰爾殷遺多士				用告商王士王若曰尒殷遺多士							用告商王士王若曰尒殷遺多士					用告商王士王若曰尒殷遺多士	用告商王士王若曰尒殷遺多士	繇告商王士王若曰爾殷遺多士		用告商王士王若曰尒殷遺多士	用告商王士王若曰爾殷遺多士

弗弔昊天大降喪于殷				不弔昊天大降喪于殷							弗弔昊兲大降喪亐殷					不弗昊天大降喪于殷	不弗昊天大降喪于殷	弗弔昊天大降喪亐殷		弜弔昊兲大夅喪亐殷	弗弔昊天大降喪于殷
我有周佑命將天明威致王罰				我有周祐命將天明畏致王罰							我ナ周佑命將兲明畏致王罰					我有周佑命將天明威致王罰	我有周佑命將天明威致王罰	我有周佑命將天明威致王罰		𢦏ナ周右命將兲朙畏致王罰	我有周佑命將天明威致王罰
敕殷命終于帝肆爾多士				勑殷命終于帝肆尒多士							敕殷命冬亐帝肆尒多士					勑殷命終于帝肆尒多士	勑殷命終于帝肆尒多士	勑殷命冬亐帝肆爾多士		敕殷命𠔨亐帝肆尒多士	勑殷命終于帝肆爾多士
非我小國敢弋殷命				非我小國敢弋殷命							非我小或敢弋殷命					非我小国敢弋殷命	非我小國敢弋殷命	非我小或敢弋殷命		非𢦏小國敢弋殷命	非我小國敢弋殷命

1289、弋

「弋」字在傳鈔古文《尚書》有下列不同字形：

（1）文

上圖本（影）「弋」字多一筆作文，俗混作「戈」。

【傳鈔古文《尚書》「弋」字構形異同表】

弋	戰國楚簡	石經	敦煌本	岩崎本	神田本b	九條本	島田本b	內野本	上圖（元）	觀智院b	天理本	古梓堂b	足利本	上圖本（影）	上圖本（八）	古文尚書晁刻	書古文訓	尚書篇目
非我小國敢弋殷命								弋						文	弋			多士

多士	戰國楚簡	漢石經	魏石經	敦煌本 P2748			岩崎本	神田本	九條本	島田本	內野本	上圖本（元）	觀智院	天理本	古梓堂	足利本	上圖本（影）	上圖本（八）	晁刻古文尚書	書古文訓	唐石經
惟天不畀允罔固亂弼我																					

1290、畀

「畀」字在傳鈔古文《尚書》有下列不同字形：

（1）畀**魏三體**畀**1**畀畀**2**

魏三體石經〈多士〉「畀」字古文作畀、篆體作畀，晁刻古文尚書、《書古文訓》「畀」字多作畀**1**，爲畀**魏三體**之隸古字形，足利本、上圖本（八）、《書古文訓》「畀」字或作畀畀**2**，皆與畀**睡虎地 32.5**，畀**漢石經.僖 28**畀**耿勳碑**同形。

（2）卑：畀畀

尚書敦煌本 P2748、S2074、九條本「畀」字或作畀，上圖本（元）作畀，爲「卑」字，《書古文訓》「畀」字皆作（1）畀1形，亦與該本「卑」字同形，「畀」「卑」隸變之形相近，且又雙聲，二字相混用。

（3）畀

上圖本（八）「畀」字或作畀，爲（1）畀2形訛，與《書古文訓》「俾」字或作「卑」卑、足利本或作俾俾之右形類同，「畀」「卑」二字常混用。

【傳鈔古文《尚書》「畀」字構形異同表】

畀	戰國楚簡	石經	敦煌本	岩崎本	神田本b	九條本	島田本b	內野本	上圖（元）	觀智院b	天理本	古梓堂b	足利本	上圖本（影）	上圖本（八）	古文尚書晁刻	書古文訓	尚書篇目
惟天不畀允			畀 P2748												畀		畀	多士
惟帝不畀			畀 P2748													畀	畀	多士
惟天不畀不明厥德		畀 魏															畀	多士
爾克敬天惟畀矜爾			畀 P2748														畀	多士
刑殄有夏惟天不畀純			畀 S2074			畀							畀		畀		畀	多方
付畀四方乃命建侯樹屏									畀				畀	畀	畀		畀	康王之誥

多士	戰國楚簡	漢石經	魏石經	敦煌本P2748			岩崎本	神田本	九條本	島田本	內野本	上圖本（元）	觀智院	天理本	古梓堂	足利本	上圖本（影）	上圖本（八）	晁刻古文尚書	書古文訓	唐石經
我其敢求位惟帝不畀				我其敢求位惟帝不畀							〻亓敎求位惟帝弗畀					〻其敢求位惟帝不畀	〻具敢求位惟帝不畀	〻亓敎求位惟帝弗畀		我亓敎求位惟帝弜畀	我其敢求位惟帝不畀

惟我下民秉爲惟天明畏				惟我下人秉爲惟天明畏							惟我丅民秉爲惟兲明畏					惟我下民秉爲惟天明畏	惟我下氏秉爲惟天明畏	惟我下民秉爲惟天明畏		惟𢦓丅民秉爲惟兲明畏	惟我下民秉爲惟天明畏
我聞曰上帝引逸				我聞曰上帝引逸							我𦖞曰上帝引逸					我闵曰上帝引逸	我闵曰上帝引逸	我𦖞曰上帝引逸		𢦓𦖞曰上帝弘佾	我聞曰上帝引逸
有夏不適逸則惟帝降格				有夏不適逸則惟帝降格							有夏弗適逸則惟帝降格					有夏不適逸則惟帝降格	有夏不適逸則惟帝降格	有夏弗適逸則惟帝降格		大憂亞適佾則惟帝夅𢦔	有夏不適逸則惟帝降格
饗于時夏弗克庸帝				饗于時夏不克庸帝							饗亏旹夏弗克庸帝					饗于時夏不克庸帝	饗于時夏不克庸帝	饗亏旹夏弗克庸帝		亯亏旹憂亞亨𩫖帝	饗于時夏弗克庸帝

大淫泆有辭惟時天罔念聞
厥惟廢元命降致罰
乃命爾先祖成湯革夏
俊民甸四方自成湯至于帝乙

罔不明德恤祀亦惟天丕建保乂有殷	殷王亦罔敢失帝罔不配天其澤	在今後嗣王誕罔顯于天
宔弜明悳卹禩亦惟兲丕建保乂𠂇殷	殷王亦宔敢失帝宔弜配兲亓臮	𡌬今後𦔻王延宔㬎亐兲
宔弗明悳卹祀亦惟天丕建保乂有殷	殷王亦宔敢失帝宔弗配天亓澤	在今後𦔻王誕宔顯亐天
罔不明德恤祀亦惟天丕建保乂有殷	殷王亦罔敢失帝罔不配天其沢	在今後嗣王誕罔顯于天
罔不明德恤祀亦惟天丕建保乂有殷	殷王亦罔敢失帝罔不配天其沢	在今後嗣王誕罔顯于天
亡弗明悳卹祀亦惟兲丕建保乂𠂇殷	殷王亦亡敢失帝亡不配兲亓澤	在今後𦔻王誕亡顯亐兲
亡不明德卹祀亦惟天丕建保乂有殷	殷王亦亡敢失帝亡弗配天其澤	在今後𦔻王誕亡顯于天
	其……澤澤	在今今……嗣嗣王王誕誕
罔不明德恤祀亦惟天丕建保乂有殷	殷王亦罔敢失帝罔不配天其澤	在今後嗣王誕罔顯于天

矧曰其有聽念于先王勤家			王王王勤勤家家	矤其有聽念于先王勤家							矤曰亓ナ聽念亏先王勤家					矧曰其有聽念于先王勤家	矧曰其有聽念于先王勤家	矤曰亓有聽念亏先王勤家		矤曰亓ナ聽忈亏先王勤冡	矧曰其有聽念于先王勤家
誕淫厥泆罔顧于天顯民祇			誕誕淫淫淫厥厥厥逸逸罔	誕淫厥宔佾顧于天顯人祇							誕淫夲佾宔顧亏兲顯㠯祗					誕淫厥洪罔顧于天顯民祇	誕淫厥洪罔顧于天顯民祇	誕淫弌泆宔顧亏天顯㠯祗		𠰯𡌦氒佾宔顧亏兲㬎民祗	誕淫厥泆罔顧于天顯民祇
惟時上帝不保降若茲大喪			上帝若茲茲大大喪喪	惟時上帝不保降若茲大喪							惟旹上帝弗保降若茲大喪					惟時上帝不保降若茲大喪	惟時上帝不保降若茲大喪	惟旹上帝弗保降若茲大喪		惟旹上帝弜𤓰夅喾丝大喪	惟時上帝不保降若茲大喪

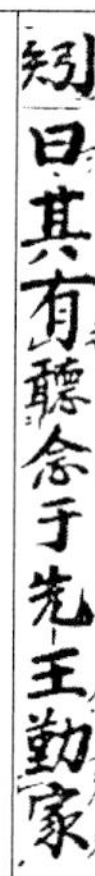

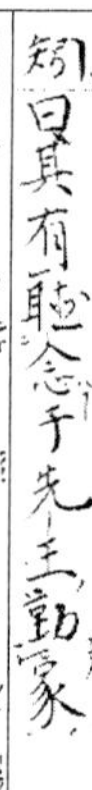

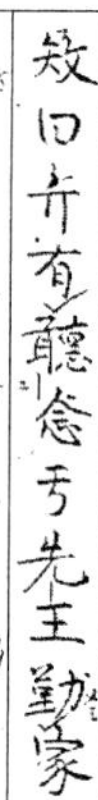

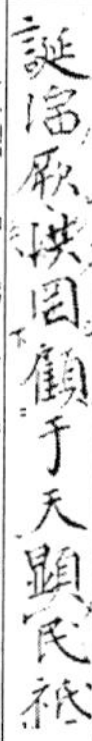

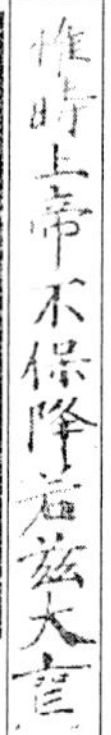

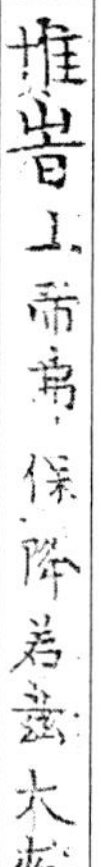

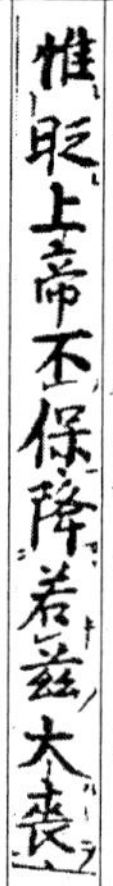

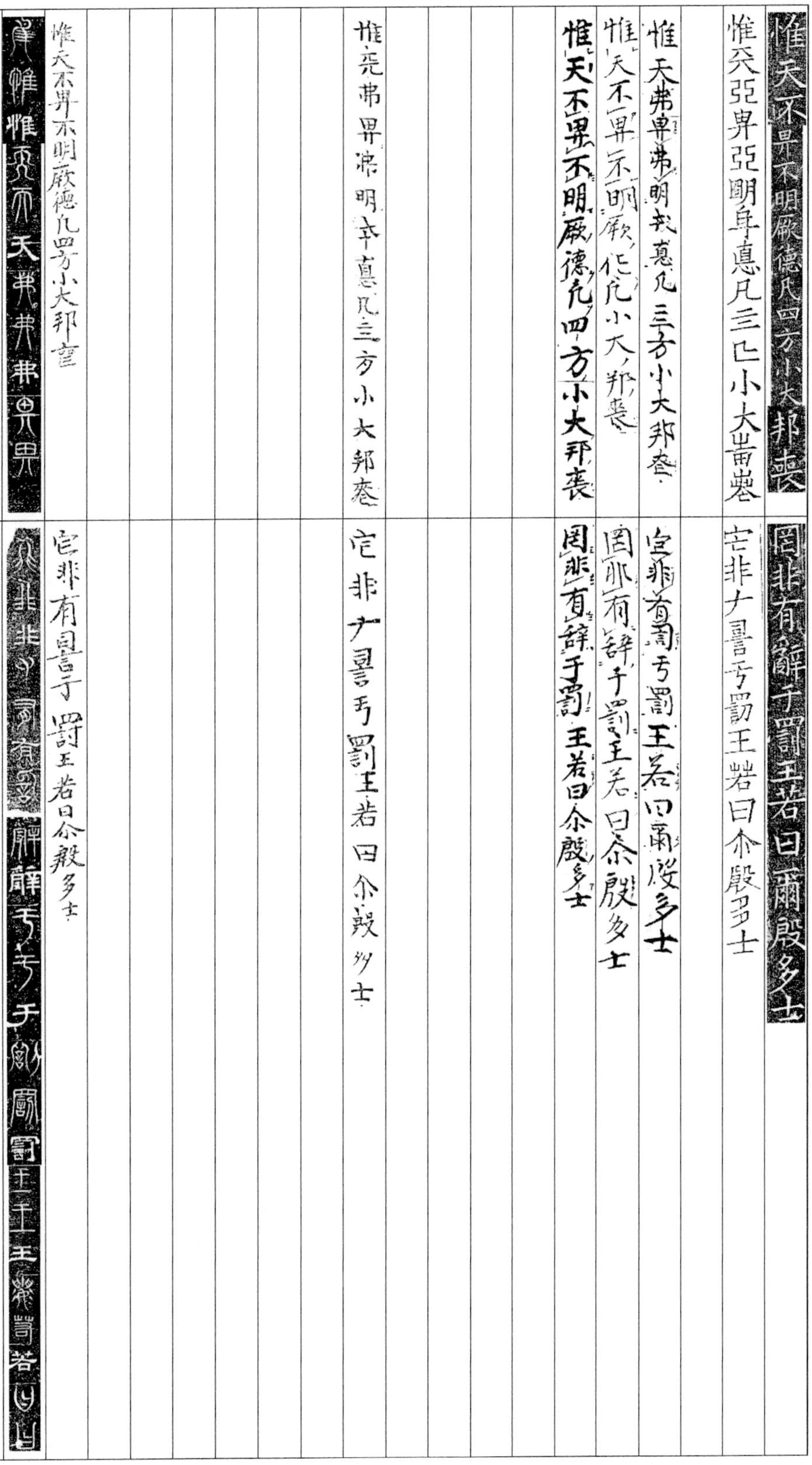

惟天不畀不明厥德凡四方小大邦喪

罔非有辭于罰王若曰爾殷多士

今惟我周王丕靈承帝事

有命曰割殷告敕于帝

惟我事不貳適惟爾王家我適

予其曰惟爾洪無度我不爾動

自乃邑予亦念天即于殷大戾

肆不正王曰猷告爾多士

予惟時其遷居西爾			[illegible]卥覀西尒爾爾	予惟時其遷居西尒						予惟旹亓䙴凥西尒						予惟時其遷居西尒	予惟時其遷居西尒	予惟旹亓遷居西尒		予惟旹亓䙴凥卥尒	予惟時其遷居西爾
非我一人奉德不康寧			人非非我𢦏	非我一人奉德弗康寧						非我弌人奉悳弗康寧						非我一人奉德不康寧	非我一人奉德不康寧	非我弌人奉悳弗康寧		非𢦏弌人奉悳弜康寍	非我一人奉德不康寧
時惟天命無違朕不敢有後				時惟天命亡違朕弗敢有後						旹惟兲命亾違朕弗敢𠂇後						時惟天命無違朕不敢有後	時惟天命無違朕不敢有後	旹惟天命亡違朕弗敢有後		旹惟兲命亡韋朕弜敢𠂇後	時惟天命無違朕不敢有後
無我怨惟爾知惟殷先人				亡我怨惟尒知惟殷先人						亾我怨惟尒知惟殷先人						無我怨惟尒知惟殷先人	無我怨惟尒知惟殷先人	亡我怨惟尒知惟殷先人		亡𢦏怨惟尒知惟殷先人	無我怨惟爾知惟殷先人

有冊有典殷革夏命	ナ笧ナ箕殷草夏命		有𠕋有箕殷草夏命	有冊有典殷子夏命	有冊有典殷革夏命					ナ冊ナ典殷革夏命							有笧有箕殷草夏命				有冊有典殷革夏命
今爾又曰夏迪簡在王庭	今尒又曰夏廸柬在王廷		今尒又曰夏迪柬在王庭	今尒又曰夏迪簡在王庭	尒今又曰夏迪簡在王庭					今尒又曰夏迪柬在王庭							今尒又曰夏迪簡在王庭				今爾乂曰夏迪簡在王庭
有服在百僚予一人惟聽用德	ナ舟圣百僚予弌人惟聽用悳		有服在百僚予弌人惟聽用悳	有服在百僚予一人惟聽用德	有服在百僚予一人惟聽用德					ナ服在百僚予弌人惟聽用悳							有服在百僚予一人惟聽用德				有服在百僚予一人惟聽用德
肆予敢求爾于天邑商	肆予敢求尒亐兲邑商		肆予敢求尒亐天邑商	肆予敢求尒于天邑商	肆予敢求尒于天邑商					肆予敢求尒亐兲邑商							肆予敢求尒于天邑商				肆予敢求爾于天邑商

予惟率肆矜爾非予罪時惟天命			予惟衛肆矜尔非予辠時天命				予惟衛肆矜尔非予辠甞惟兂命		予惟率肆矜尔非予罪肞惟天命	予惟率肆矜尔非予辠甞惟天命	予惟牽肆矜尔非予辠甞惟天命	予惟衛緐矜尔非予辠甞惟兂龠	予惟率肆矜爾非予罪時惟天命
王曰多士昔朕來自奄			王曰多去昔朕桒自奄				王曰州士谷般徔來自奄		王曰多士昔朕桒自奄	王曰多士昔般來自奄	王曰多士谷躲徔自奄	王曰多士昔朕徔有奄	王曰多士昔朕來自奄
予大降爾四國民命			予大隆尔四國民命				予大降尔三戴區命		予大降尔四国民命	予大降尔三戴區命	予大降尔四國民龠	予大夆尔三戴民命	予大降爾四國民命
我乃明致天罰移爾遐逖			我乃明致天罰穪尔遐逷				我𢓈明致兂罰移尔遐逖		我乃明致天罰移尔遐逖	我乃明致天罰移尔遐逖	我乃明致天罰移尔遐逷	致鹵明致兂罰吳尔遐邊	我乃明致天罰移爾遐逖

1291、移

「移」字在傳鈔古文《尚書》有下列不同字形：

（1）穪

敦煌本 P2748「移」字作，所从「多」作俗書形（參見“多”字）。

（2）

《書古文訓》「移」字作，《說文》辵部「迻」字「遷徙也」，「移」爲「迻」之同音假借字（皆弋支切）。

（3）

岩崎本「移」字作，偏旁「禾」字與「示」字混同。

【傳鈔古文《尚書》「移」字構形異同表】

移	戰國楚簡	石經	敦煌本	岩崎本 神田本b	九條本 島田本b	內野本	上圖（元） 觀智院b	天理本 古梓堂b	足利本	上圖本（影）	上圖本（八）	古文尚書晁刻	書古文訓	尚書篇目
移爾遐逖			 P2748											多士
世變風移														畢命

多士	戰國楚簡	漢石經	魏石經	敦煌本 P2748			岩崎本	神田本	九條本	島田本	內野本	上圖本（元）	觀智院	天理本	古梓堂	足利本	上圖本（影）	上圖本（八）	晁刻古文尚書	書古文訓	唐石經
比事臣我宗多遜																					

王曰告爾殷多士今予惟不爾殺予惟時命有申																				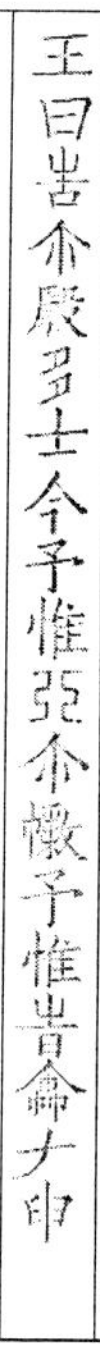	

「王曰告爾殷多士今予惟不爾殺予惟時命有申」敦煌本 P2748 作「王曰告爾殷多士爾今予惟時命有申」漏「不爾殺予惟」五字，「今」字敦煌本 P2748、內野本、足利本寫近「令」字，上圖本（影）寫作「令」，俗書「今」「令」常相混。

多士	戰國楚簡	漢石經	魏石經	敦煌本 P2748			岩崎本	神田本	九條本	島田本	內野本	上圖本（元）	觀智院	天理本	古梓堂	足利本	上圖本（影）	上圖本（八）	晁刻古文尚書	書古文訓	唐石經
今朕作大邑于茲洛																					

予惟四方罔攸賓亦惟爾多士

攸服奔走臣我多遜

爾乃尚有爾土爾乃尚寧幹止

爾克敬天惟畀矜爾爾不克敬

爾不啻不有爾土				尒弗啻弗有尒土							尒弗啻弗𠂇尒土					尒不啻不有尒土	尒不啻不有尒土	尒弗啻弗有爾土		尒弜啻弜𠂇尒土	爾不啻不有爾土
予亦致天之罰于爾躬				予亦致天之罰于尒躬							予亦致兲㞢罰亐尒躬					予亦致天之罰于尒躬	予亦致天之罰于尒躬	予亦致天㞢罰亐尒躬		予亦致天㞢罰亐尒躬	予亦致天之罰于爾躬
今爾惟時宅爾邑繼爾居				今尒惟時宅尒邑継尒立							今尒惟旹宅尒邑𢇍尒居					今尒惟時宅尒邑継尒居	今尒惟時宅尒邑継尒居	今爾惟旹宅尒邑継尒居		今尒惟旹宅尒邑繼尒居	今爾惟時宅爾邑繼爾居
爾厥有幹有年于茲洛				尒厥有幹有年于茲条							尒氒𠂇幹𠂇秊亐茲条					尒厥有幹有秊于茲洛	尒厥有幹有秊亐茲洛	尒氒有幹有秊亐茲条		尒氒𠂇幹𠂇秊亐丝条	爾厥有幹有年于茲洛

爾小子乃興從爾遷	尒小孚卤興刅尒䙴		尒小子乃興刅尒遷	尒小子乃與徔尒遷	尒小子乃與從尒遷					爾小子迺興刅尒䙴							尒小子乃興從尒遷				爾小子乃興從爾遷
王曰又曰時予乃或言爾攸居	王曰又曰旹予卤或[illegible]尒卤居		王曰又曰旹予乃或言尒逌居	王曰又曰時予乃或言尒攸居	曰又曰時予乃或言尒攸居					王曰又曰旹予迺或言尒逌居							王曰有曰時予乃或[illegible]言尒逌居				王曰又曰時予乃或言爾攸居